U0784183

西安外事学院高层次人才启动基金项目资助（项目编号：XAIU202306）

SHAANXI WENXUE

陕西文学

中国当代文学地方书写的一种样本

——以小说创作为中心

徐 翔 著

西北大学出版社

·西安·

图书在版编目（CIP）数据

陕西文学 : 中国当代文学地方书写的一种样本 : 以小说创作为中心 / 徐翔著. -- 西安 : 西北大学出版社，2025. 8. -- ISBN 978-7-5604-5703-1

Ⅰ. I207.42

中国国家版本馆 CIP 数据核字第 20250MF521 号

陕西文学：中国当代文学地方书写的一种样本

——以小说创作为中心

徐　翔　著

出版发行　西北大学出版社

（西北大学校内　邮编：710069　电话：029-88302621　88305287）

http://nwupress.nwu.edu.cn　　E-mail: xdpress@nwu.edu.cn

经	销	全国新华书店
印	刷	陕西瑞升印务有限公司
开	本	787 毫米×1092 毫米　1/16
印	张	16.5
版	次	2025 年 8 月第 1 版
印	次	2025 年 8 月第 1 次印刷
字	数	255 千字
书	号	ISBN 978-7-5604-5703-1
定	价	45.00 元

如有印装质量问题，请拨打电话 029-88302966 予以调换。

序　言

　　2019 年，徐翔到陕西师范大学攻读博士学位。那时候，她已在西安一所高校工作了 12 年。对她来说，重新成为学生，要走学术道路，需要付出极大的努力和勇气。这是因为她内心有着对文学研究的一种信念，对凡俗生活之外的精神世界有自己的追求。我算是她的校外导师，对她的学习有一点了解。徐翔在校学习正值疫情期间，这给学习造成了诸多不便，但从另一方面来说，却也给学术研究营造了一个清静、不被打扰的空间。

　　徐翔对学术持敬畏态度，肯吃苦，能下功夫，这是一种踏实诚笃的个性。她也正是以这种吃苦的精神完成了博士论文，顺利答辩毕业。在这篇论文变成一部书稿并即将出版之际，她嘱我作序。我似乎责无旁贷，同时，对这部著作，我也有一些体会和想法，希望可以分享。

　　这部以博士论文为基础的著作可以说是她那些年读书、研修的最重要成果。这部著作研究陕西文学，此类选题通常被归入地域文学研究范畴。地域文学研究已非常成熟，有一系列极有价值的成果。如果论文仍旧按照以往地域文学的研究思路，那么该选题就很难在学术上有所突破。徐翔没有沿用传统的"地域"视角，而是以"地方"视角进入陕西文学研究，并且将陕西文学作为"样本"来考察中国当代文学中的"地方"问题。她所思考和探讨的，并不单纯是陕西文学本身，更有对整体性的中国当代文学的观照。在徐翔的研究视野中，"地方"不仅是一种空间形式，也是一种书写形式，更是一种方法、路径和话语表达机制。她以对问题视野的把握和对小说文本的细读，使这部著作不仅在前人研究的基础上有所拓展和深化，更重要的是在许多方面都有自己独到的发现。

地方书写作为中国当代文学中值得注意的现象，学界对其已有一定的研究积累。近几年，从"地方"进入中国现当代文学，是对后现代思潮、空间理论、文化人类学等在当下汇聚、碰撞而激发出的文学研究新视角、新方法的一种倡导，并形成了学术热点。徐翔以这个选题作博士论文，我以为还体现了一种学术敏感。如果聚焦文坛和学界前沿，写一写文学批评，关注学术热点并没有问题；而博士论文选题似乎往往需要稳妥，选择学术热点既有难度也有风险。但徐翔并未出于稳妥考虑而回避学术热点，她的论文将陕西文学作为中国当代文学地方书写的样本，以小说创作为中心展开研究，正是对这一新的倡导和新的学术热点的切实响应和具体实践。她将"地方性知识""地方性写作""地方路径""在地性"等已有研究思路与成果纳入研究当中，从陕西文学的特质辐射到中国当代文学的重要文学现象，揭示出陕西文学具有的主流性特征和经验性意义，突破了就"地方"论"地方"的思维模式，这是有创新性的思路，也带来了有价值的学术见解。

徐翔的这部著作打开了陕西文学和中国当代文学更加广阔的意义空间，尤其是相关研究构建起一个从"地方"视角阐释陕西文学的较为系统的框架，令人耳目一新。这一研究框架对其他的地方文学样本研究也有重要的借鉴意义。期待她今后在相关研究领域有更大的进步和收获。

是为序。

阎晶明

2025 年 5 月 22 日

目　录

绪　论　"地方"的意义

一、问题的缘起

文学与"地方"是一个非常有意义的话题。无论是客观存在的"地方"还是文学中的"地方",总是通过某种形式与文学发生着关联,关于文学的诸多关键问题也都绕不开"地方"这一视点。无论是从文学的发生起源层面,还是从产生文学行为的个体作家层面,抑或从文学行为所指向、呈现的对象来看,文学总是与"地方"有所关联。在这个意义上,"地方"不仅是文学得以产生的外部因素,也构成了文学的内部因素。此外,"地方"也是进行文学研究的一个重要视角,宏观性的有地域文学、区域文学、作家群等类型的研究,微观性的有对具体作家作品中存在的"地方"元素的研究。这意味着,无论是对于文学创作而言,还是对于文学研究而言,"地方"始终扮演着重要的角色,不仅过去、当下如此,未来也将如此。同时,文学始终处于动态发展的过程中,文学研究也会不断推陈出新,不断涌现出新的研究观点和方法,这就意味着文学中的"地方"以及文学研究的"地方"视角也是不断变化的,"地方"的呈现形式及其指向意义也在变化。这恰恰说明文学与"地方"会是一个历久弥新的话题,有重要的研究价值与意义,对相关问题的探讨甚至还有反哺文学创作的可能。

当下,从"地方"视角进行文学研究依然是学术研究的一个热点,并衍生出"地方性文学""地方叙事""地方路径"等视点,这体现为众多学术研究成果的发表和近年来相关学术会议、论坛的举办①。在传统的关于文学与"地方"的研究，如地域文学、区域文学等研究上，这些学术成果肯定并延续了以往研究中有价值的方面。同时，新视点的引入以及相关学术成果的涌现使得文学进入"地方"有了更多的可能性，为传统研究提供了新的思路（或者说是传统地域文学、区域文学等类型的研究在新时代的嬗变），同时也为从"地方"视角进行中国文学研究提供了新的路径。如"地方性文学"②研究视点是近年来文学创作及中国文学研究中兴起的一个热点，学者们从这一研究视点对"地方性文学"的概念进行了梳理，并围绕这一概念展开了讨论。四川大学李怡提出的"地方路径"③则突破了以往以地方文学来完善中国文学总体景观的思路，聚焦"地方经验"如何成为"中国经验"，"地方路径"如何汇集成"文学中国"。这些相关学术成果提供了从"地方"进入文学研究的

---

① 2012 年 4 月在江苏兴化举办的"文学生态视野下的地方性写作"研讨会上，与会学者围绕地方性写作展开了讨论，涉及地方性写作的意义与价值、地方的保护、地方与世界等议题。2017 年 7 月，由江苏省作家协会与江苏当代作家研究中心南京师范大学研究基地主办的"中国文学的地方书写"学术研讨会在江苏徐州召开，与会学者围绕"中国文学的地方书写"展开了充分讨论。2019 年 11 月，《南方文坛》举办第十届"今日批评家"论坛，众多学者围绕"新时代的地方性叙事"展开了极有学术价值的探讨。2020 年 12 月，由江苏省作家协会主办的第五届"中国当代文学扬子江论坛"在南京举行。此届论坛以"当代文学总体性下的区域文学发展"为主题，聚焦长三角地区的文学新发展，围绕"文学的总体性""地方性书写""长三角文化"等问题展开对中国当代文学的思考。2020 年 9 月，由四川省作家协会、中国作家协会创作研究部、中国人民大学书报资料中心主办的"地方路径与文学中国——2020 中国文艺理论前沿峰会暨四川青年作家研讨会"在成都举行。2021 年 4 月，"'全国著名作家走进江安'暨十月年度文学论坛"在四川宜宾江安县举行，论坛的主题是"历史记忆和地方书写"。2021 年 12 月 4 日至 5 日，全国第六届"区域文化与文学"学术研讨会在重庆举行，围绕"区域文学""地方路径""文学地理学"三大议题展开了讨论。

② 贺仲明在其《"地方性文学"的多元探究与价值考量》一文中对"地方性文学"的相关问题进行了深入探讨，详见《中山大学学报（社会科学版）》，2021 年第 2 期，第 51—59 页。

③ 2020 年 9 月召开的"地方路径与文学中国——2020 中国文艺理论前沿峰会暨四川青年作家研讨会"上提出了这一概念。《当代文坛》自 2020 年第 4 期推出由李怡主持的《地方路径与文学中国》专栏，通过该专栏推出了一系列以"地方路径"为切入点进行中国现代文学研究的论文。

新思路，并且具有可操作性。这也意味着如果对相关问题进行深入探讨与分析，可能会挖掘出更丰富的研究空间。笔者希望能借此重新观照并思考中国当代文学中的"地方"问题，新视点的引入能否发掘出新的研究空间。当然，空泛地谈这种可能性并无太多意义，如果具体从一种"地方"样本入手来讨论问题，可能更具建设性。笔者身处陕西，对陕西文学关注更多，也较为了解，因此选择以陕西文学，具体而言是以当代陕西文学作为一种样本，来考察从"地方"视角进入文学可能产生的具有丰富性和多样性的研究空间；而将当代陕西文学作为一种"地方"样本进行考察，也必然会指向对包含这一"地方"样本的中国当代文学的考察。

笔者之所以选择以陕西文学作为一种"地方"样本，而没有选择某个作家如柳青、陈忠实、路遥的创作，主要是基于陕西文学作为"地方"样本具备双重的"地方"意义。一方面，陕西文学内部存在着丰富的"地方"元素，包括有共性的和有差异性的"地方"元素，以及一些"地方之外"的异质元素，这些元素交织在一起，构成了陕西文学内部丰富的空间。如果样本过小，就无法承载更多的丰富性，不利于研究的展开。当然，相关研究的展开仍需要借助这些作家作品。另一方面，笔者所思考的并不单纯是陕西文学本身，而是对于整体性的中国当代文学而言，陕西文学作为一种"地方"样本有何意义和价值，它能否构成一种通达中国当代文学的"地方路径"，它与中国当代文学之间是什么关系，两者之间如何碰撞，产生了哪些互动，它是如何参与中国当代文学的发展的，它的地方性中能否提供具有公共性、整体性和普适性的文学经验；更进一步讲，将陕西文学作为一种"地方"样本这一思路是否适用于研究山西文学、河南文学、湖南文学、四川文学等其他不同形式的与"地方"有关的文学现象。在笔者看来，陕西文学作为"地方"样本在向下/向上、内部/外部等层面都具有"地方"意义，其中可以挖掘出广阔的研究空间。

以往对陕西文学的研究更多是从地域文学的角度进行的，最常见的是两种研究视角：一是关注陕西文学创作的历史、作家队伍的构成以及有代表性的作家作品；二是关注陕西作家创作的总体特征和艺术风格，与地域文化、风俗和社会历史的关系，在整个国家、民族的文学格局中的地位和影响，等等。相较于以往的研究，"地方"视角的引入事实上与传统的地域文学研究并不矛盾，地域性、地方性的文学往往关注的是静态的、有历史文化积淀的地方元素，这些地方元素其实也是地域文学最本质的所在。陕西文学具有很强的地域特征和很高的辨识度也是因为这一点。"地方"视角不可能对此视而不见，否则就失去了"地方"最根基的一些东西。但相较于"地域"视角，"地方"视角可以更加细致入微地进入文学的发生现场和空间关系，有助于深挖陕西文学的丰富性。尤其是随着社会历史的发展变化，陕西文学也在发展变化，开放的社会、流动的人群、作家个体的身份认同和生存际遇，以及不同代际的作家由于成长环境和所处社会文化的不同带来的创作经验的差异，等等，都会呈现在文学当中。尤其是当下陕西文学中存在着一些很难用传统地域文学研究思路来解释的异质元素，如叶广芩、红柯的跨地域书写，"异乡"群体和"异地"景观。21 世纪以来，更为年轻的陕西作家的创作已很难看出地域性，出现了"去地域性"①的特征。对于以上这些创作上的新变，已很难用地域性来涵盖和阐释，这也说明地域性并不能涵盖和阐释全部的陕西文学。而"地方"视角的引入则可能会提供一种解释的途径，因为相较于"地域"而言，"地方"的弹性更大。因此，从"地域"到"地方"的思维转换可以开拓出陕西文学更为丰富的空间，可以发掘出陕西文学创作更为丰富的面向。

对中国文学而言，其本身就存在着不同形式的关于"地方"的文学现象。中国幅员辽阔，地理环境复杂多样，各地的政治、经济、文化、生活方式各异，因此形成了不同的地域特征，并衍生出各具特色的地域文化，这些都会呈现在文学层面，也就构成了中国文学多样化的"地方"文学现象。对中国古代文学而言，"地方"更多指向的是地理空间。而当下中国文学关于"地方"的探讨并不局限于此，而是不断发掘"地方"本身所蕴含的更多的可能性。"地方"不仅是一种地理空间、书写形式，也是一种知识、方法、路径和

---

① 周燕芬：《"去地域性"与"去史诗化"——新世纪陕西长篇小说创作群体观察》，《光明日报》，2013 年 2 月 26 日，第 14 版。

话语表达机制。将"地方"作为一种方法和路径进入中国当代文学，有可能打破传统文学研究的固化思维模式，提供一个新的视角，从而展开一个更为广阔的文学空间。更何况，中国当代文学本就存在着丰富的"地方"样本，是否可以将这些"地方"样本视为一种知识、方法、路径和话语表达机制，从而实现中国文学的别样表达？如果将陕西文学作为一种"地方路径"或"地方性知识"，那么它在中国当代文学版图中扮演什么角色，它对于中国当代文学有什么意义和价值，它是如何参与中国当代文学的发展的，它与中国当代文学不同时期的重要文学思潮、文学现象、文学论争有什么联系，中国当代文学对作为"地方"样本的陕西文学又会产生什么影响，以何种方式产生影响，这些影响是积极的还是消极的，这些都是极有研究价值的课题。

　　基于以上思考，本书尝试以"地方书写"为切入点，以陕西文学作为样本，探讨中国当代文学的地方书写问题，以及陕西文学和中国当代文学所包含的丰富的"地方"元素及其意义，进而探讨陕西文学作为一种地方书写与整体性的中国当代文学之间的关系，两者之间是如何借助"地方"产生互动关联，如何相互影响、相互建构的。为了方便对问题展开阐述，本书主要以陕西当代小说创作为例，希望以小说这一文体为分析线索，展现"地方"对于陕西文学和中国当代文学的意义，以及两者在这一基点上的关联。这样的选择主要是基于两方面的考虑。一方面，陕西文学在 70 多年的发展历程中，在小说、诗歌、散文、纪实文学、文学批评等领域都有丰硕的成果，但其中最具影响力的还是小说创作，说陕西是"小说大省"并不夸张，目前学界对陕西文学的研究也多集中在小说领域。可以说，小说是研究陕西文学最佳的切入点，也是考察陕西文学所包含的丰富"地方"元素的最合适的载体。另一方面，小说这一文体本身具有极强的包容力，其容量使得这一文体可以充分地传达各种文学理念，承载重要的文学论争，呈现文学史流变、重要的文学现象以及文学发展中的新变，当然也更有利于呈现"地方"元素，有利于呈现本书围绕"地方"所阐释的相关问题，对陕西文学和中国当代文学而言都是如此。因此，陕西小说以其成就及在文坛上的影响力，非常适合作为地方书写的载体用于对陕西文学和中国当代文学进行考察。

二、相关概念与研究范围界定

基于研究的需要，要对相关概念进行界定，明确研究范围。本书需要界定的概念有"地方""地域""地方性知识""在地性""地方书写"。

（一）"地方""地域"概念界定

在现代汉语中，"地方"有诸多含义，主要有："①中央下属的各级行政区划的统称（跟'中央'相对）。②军队方面指军地以外的部门、团体等。③本地；当地。④某一区域；空间的一部分；部位。⑤部分。"①事实上，"地方"这一概念在中国古已有之。《韩非子·五蠹》中记载："古者，文王处丰、镐之间，地方百里，行仁义而怀西戎，遂王天下。"②这里的"地方"相当于现代汉语中"地方"的"区域；空间"之义。此外，《晋书·孝怀帝纪》中有"蒲子地方，马生人"的记载，这里的"地方"相当于现代汉语中"地方"的"本地；当地"之义。尽管这一概念在中国古已有之，但不同学科在涉及相关问题时可能会采用与自身学科特点联系更紧密的解释。人文学科在涉及有关"地方"的问题时，采用的往往是"区域；空间""本地；当地"的意义，尤其在引入"地方性知识"③等视点时甚至会有更新的阐释。

"地域"与"地方"是有相关性的概念，二者既有联系，又有区别。《现代汉语词典》对"地域"的解释是："①面积相当大的一块地方。②地方（指本乡本土）。"④这两个词的意义有重叠之处，尤其是从地理空间的角度来说，"地域"和"地方"都指向一定范围的空间。地域作为空间形态，是经由人类

---

① 中国社会科学院语言研究所词典编辑室编：《现代汉语词典》（第 7 版），商务印书馆 2016 年版，第 283 页。

② ［战国］韩非：《韩非子》，陈秉才译注，中华书局 2007 年版，第 265 页。

③ 美国科学哲学家约瑟夫·劳斯是科学实践哲学的创始人，他在其《知识与权力——走向科学的政治哲学》一书中首次使用了"地方性知识"概念。另外较早出现的"地方性知识"概念来自美国人类学家克利福德·吉尔兹，其"地方性知识"与"西方知识""现代性知识"相对照。关于这一概念，下文会做界定。

④ 中国社会科学院语言研究所词典编辑室编：《现代汉语词典》（第 7 版），商务印书馆 2016 年版，第 286 页。

长期的历史演变而发展起来的，既包含自然要素，也包含人文要素，两者相互作用、相互影响，形成一个相对封闭且客观的综合体。事实上，"地域"是一个空间的、文化的概念，因此必须具有相对明确而稳定的空间形态和文化形态，这是理解地域和地域文化的基点；"地域"是一个历史的概念，因而涉及时间和传统；"地域"又是一个比较性的概念，因此必定要有某种可资比较的参照物或参照系；"地域"还是一个立体的概念，自然地理或自然经济地理之类可能是其最外在、最表层的东西，再深一层是风俗习惯、礼仪制度等，而核心的、深层（内在）的则是心理、价值观念。①以上论述涉及了"地域"的种种特征，其相关特征事实上也适用于"地方"。地方本就具有空间的意义，某一空间也存在着表层的自然地理和深层的风俗、价值等元素，因此是立体的；地方有其历史的发展，尤其是空间中的深层元素会形成某种传统，因此"地方"也具有文化的意义。不同地方之间会有差异性。

"地域"概念有其稳定性，但也容易形成一种封闭性。相比之下，"地方"是一个更富有弹性的概念，可大可小，可微观也可宏观，可以实也可以虚。一个地域可以是一个大地方，如作为地方的陕西，抑或在世界视野中作为地方的中国；但小地方如村庄却不能称为地域。某一地方既存在着有久远历史传统、可称为地域性的元素，也存在着某些地域性无法涵盖的异质元素。

本书是从文学层面论及相关概念，文学创作本身是一个复杂的过程，文学现象也包含着复杂的元素，因此，更具弹性的"地方"概念比"地域"概念更能打开丰富的文学空间。

（二）"地方性知识"概念界定

当下中国文学研究领域涌现出的"地方性文学""地方叙事""地方路径"等视点，事实上都多少借鉴了"地方性知识"这一概念。目前学术界讨论的"地方性知识"一般有两个层面的意义：一是科学实践哲学层面的"地方性知识"，一是人类学和阐释学层面的"地方性知识"。

美国科学哲学家约瑟夫·劳斯在其《知识与权力——走向科学的政治哲

---

① 王祥：《试论地域、地域文化与文学》，《社会科学辑刊》，2004 年第 4 期。

学》一书中首次使用了"地方性知识"概念。在该书中，劳斯是从科学实践层面谈论"地方性知识"的。劳斯认为，科学知识"不是通过对普遍规律（在其他地方可以例证化）的概括，而是通过把处于地方性情境的实践应用到新的地方性情境来实现的"①。劳斯的结论是："科学知识是地方性知识"，并且这一地方性知识体现在实践中。②

劳斯所说的"地方性知识"是在科学实践哲学层面提出的重要概念，他认为科学知识本质上是地方性的，科学知识表面上的普遍性实质上只是一种标准化，科学知识从其生产试验阶段到形成传播阶段都离不开具体的地方性情境，因此科学知识只是地方性知识标准化的呈现而已。

在人类学领域，美国人类学家克利福德·吉尔兹也提出了"地方性知识"这一概念。吉尔兹提出这一概念是基于对爪哇、巴厘岛、摩洛哥的田野调查。通过对当地社会和文化形态的研究，吉尔兹认识到当地的本土文化知识和西方的文化认知体系是完全不同的。为了与西方文化体系所形成的普遍性知识相区别，吉尔兹将当地本土文化知识称为"地方性知识"。吉尔兹在其《地方性知识——阐释人类学论文集》一书中强调：

> 我一直在说，法律，与英国上院议长修辞中那种密码式的矫饰有所歧异，乃是一种地方性的知识；这种地方性不仅指地方、时间、阶级与各种问题而言，并且指情调而言——事情发生经过自有地方特性，并与当地人对事物之想象能力相联系。③

吉尔兹这一观点的提出与西方殖民和文化霸权有关，具有后现代意识。"地方性知识的寻求是和后现代意识共生的。随着后工业社会的发达，西方文

①［美］约瑟夫·劳斯：《知识与权力——走向科学的政治哲学》，盛晓明、邱慧、孟强译，北京大学出版社2004年版，第130页。

②［美］约瑟夫·劳斯：《知识与权力——走向科学的政治哲学》，盛晓明、邱慧、孟强译，北京大学出版社2004年版，第113页。

③［美］克利福德·吉尔兹：《地方性知识——阐释人类学论文集》，王海龙、张家瑄译，中央编译出版社2000年版，第273页。

化传播的强势在摧毁着世界文明不同的形态。现代意识的题旨在于统一，在于'全球化'（globalize）。统一固然带来了文明的进步，但从另一角度也毁灭了文明的多样性。意识形态的全球化更给世界文化带来了灾难性的后果。因之，矫正现代化及全球化进程中的弊端，后现代的特征之一就是'地方性'（localize）——求异，不管它的结果是异中趋同，还是异中见异、异中求异。"①吉尔兹所说的"地方性知识"是基于文化相对主义立场，试图用地方的特殊性来对抗全球化的普遍性。

　　人文学科的研究在运用"地方性知识"这一理论时，更多是从吉尔兹的理论出发。文学领域对"地方"的研究相对较多，也多是受到吉尔兹观点的影响，例如近几年中国学术界出现的与"地方"相关的学术话题，如李怡的"地方路径"观点就借鉴了"地方性知识"理论。从相关专栏文章②可以看出，地方路径涉及不同方向、不同时段和不同类型，甚至是一种动态的过程，与中国现代文学发生、发展相关的种种元素都属于地方路径。如叶珣《腹地的光耀——〈四川公报·娱闲录〉的"新文化运动"》③通过对《四川公报》的文艺增刊《娱闲录》的考察，认为其所刊登的作品从内容到形式都呈现出新文化运动的特质，这意味着《娱闲录》作为一种地方性知识也建构起新文学的地方路径。刘大先《族群性、地方性与国家认同——百年中国文学的满人路径》④围绕地方、族群和国家探讨满人文学百年的发展，试图通过相对稳定的地方性来看待在时空上会产生变动的族群。不同面向的地方路径在某种意义上也是地方性知识，甚至比吉尔兹所说的"地方性知识"的视野更为开

---

　　① 王海龙：《导读一：对阐释人类学的阐释》，见［美］克利福德·吉尔兹：《地方性知识——阐释人类学论文集》，王海龙、张家瑄译，中央编译出版社 2000 年版，《导读一》第 19 页。

　　②《当代文坛》从 2020 年第 1 期开始推出了李怡主持的《地方路径与文学中国》专栏。

　　③ 叶珣：《腹地的光耀——〈四川公报·娱闲录〉的"新文化运动"》，《当代文坛》，2020 年第 1 期。

　　④ 刘大先：《族群性、地方性与国家认同——百年中国文学的满人路径》，《当代文坛》，2020 年第 4 期。

阔。在这个意义上，陕西文学创作基于的是作家的种种地方性知识；对于中国当代文学来说，陕西文学创作本身也是一种地方性知识。

（三）"在地性"概念界定

"在地性"是本书论及地方书写相关问题的一个重要角度，同时也与"地方"概念有紧密的关联。"在地性"是近年来被广泛使用的一个概念，最初出现在公共艺术、建筑学等领域。从词本身来解读，"在地性"是指设计师为特定地点设计的公共艺术品，该公共艺术品与其所在的环境有着密不可分的关系。从宽泛的意义上说，"在地性"可用于或多或少与特定地点有关的作品。[①]正因如此，这一概念事实上在尺度范围上弹性很大。"在地性"这一概念被越来越多地应用到更广泛的领域，尤其是文化领域，如在全球化浪潮中，这一概念被用来思考全球化视野下的地方特性。文学也涉及"在地性"这个问题，这也是谈论地方书写无法绕开的一个问题。"在地性"作为汉语词语，最早来自1990年代中国台湾地区学术研究文章中的翻译，相关研究主要针对的是文化领域。当文化领域开始使用"在地性"进行研究时，这一概念被用于文学领域也是顺理成章的。事实上，文学的确也涉及"在地性"问题。文学的"在地性"问题从微观来看，涉及地域、地方、地点等，大到南北文学大区域，小至一个村庄、一条街道。从宏观来看，"在地性"还涉及国家、民族的问题。但无论如何，中国文学应当建构于中国这一大环境之上，这是最基本层面的中国文学"在地性"的需要。近年来，"在地性"成为当代文学研究中的一个学术概念，出现了诸多有关"在地性"的研究，如学者陈晓明关于莫言小说"在地性"的研究[②]。

---

① 王洪义：《公共艺术·在地性·上下文》，《上海艺术评论》，2018年第5期。

② 陈晓明的《"在地性"与越界——莫言小说创作的特质和意义》（《当代作家评论》2013年第1期）一文指出，莫言小说具有典型的"在地性"，具体就是"莫言小说创作最突出的特色，可能就是它始终脚踏实地在他的高密乡——那种乡土中国的生活情状、习性与文化，那种民间戏曲的资源，以及土地上的作物、动物乃至泥土本身散发出来的所有气息……"在《"歪拧"的乡村自然史——从〈木匠和狗〉看中国现代主义的在地性》（《文学评论》2017年第1期）一文中，陈晓明认为莫言的这篇小说融合了十足的乡土味和现代主义的观念和方法，由此表明中国的现代主义具有"在地性"。

事实上，在"在地性"这一概念出现之前，文学层面的"在地性"问题在新文学转型时期就已经出现了。中国文学的现代转型大量使用了西方话语，但仍然面临在地转化的问题。闻一多曾评价郭沫若的《女神》虽具时代性但缺乏地方色彩，他认为中国的新诗不同于中西方固有的诗，尤其应当保存本地的色彩，"诗同一切的艺术应是时代底经线，同地方底纬线所编织成的一匹锦"。①在闻一多看来，中国的新诗创作充斥着太多诸如"德谟克拉西""泰果尔""心弦""洗礼"等西方符号，缺乏本土元素。闻一多认为，当时在提倡世界文学的同时不能不顾文学的地方色彩，真正意义的世界文学，除了具备共同的时代精神之外，还应当充分发展地方色彩。闻一多所谓的"地方色彩"，事实上指的是文学的"中国性"问题，同时也是文学的"在地性"问题。周作人在其《地方与文艺》中也认为，中国新文艺虽然"渐见发达"，但仍存在抽象化、概念化的不足，因此导致文学过于单调，缺乏个性；而要改变这样的情形，就需要"自由地发表那从土里滋长出来的个性"。②周作人针对的是新文艺的概念化倾向，创作从观念出发，缺乏生活基础。他所谓的"从土里滋长出来的个性"也不限于地域性或地方性，更多地指向的是"在地性"问题，即文学创作应该从生活出发。无论是闻一多所说的"地方色彩"，抑或是周作人所谓的"从土里滋长出来的个性"，虽然侧重点不同，但都涉及中国文学的"在地性"问题。

（四）"地方书写"概念界定

在中国历史上，人们对"地方"的观照比较久远，这也是中华民族的文化传统。商周时期就有了对"地方"的最早记载，《周礼·春官》记载外史"掌四方之志"③，"四方之志"就是四方诸侯国的史书。先前时期的《禹贡》

---

① 闻一多：《〈女神〉之地方色彩》，见《闻一多全集》（第2卷），湖北人民出版社1993年版，第118—119页。

② 周作人：《地方与文艺》，见《周作人散文全集》（第3卷），广西师范大学出版社2009年版，第102页。

③ 杨天宇：《周礼译注》，上海古籍出版社2004年版，第383页。

《山海经》也属于中国早期对地方的书写。到秦汉魏晋时期，形成了初具雏形的地方书写，也即方志（或称为地方志）。以秦朝为例，秦朝的方志对某地的记载包含地理、民俗、人口、风物、经济等方面，内容已经较为丰富。"隋大业中，普诏天下诸郡，条其风俗、物产、地图，上于尚书。"①近现代以来，中国"地方"也成为历史学、社会学、文化人类学等学科关注的重点，出现了不同学科、不同形式的地方书写，并有众多著述②。本书需要界定的是文学层面的地方书写。"地方书写"并非一个有准确定义的概念，将之视为一种文学现象可能更为合适。

首先，地方书写是以地理空间为载体，呈现出构成这一空间的诸多元素，既包括自然物质元素，也包括历史人文元素。这些元素在文学文本中的呈现可以是显性的（如作品中浓郁的地方色彩），也可以是隐性的（如作家深层的创作心理构成）。"地方"本身有其历史发展和传统，这一空间内的诸多元素是相对稳定的。考虑到"地方"概念本身所具有的弹性，对大的"地方"的相对明确和稳定的空间形态和文化形态的书写就是地域文学，在这种情况下，文学的地方性也就是地域性。在这个层面，本书提出的"地方书写"涵盖传统的地域文学。同时，"地方"概念较为复杂，一个地方在其相对明确和稳定的元素之外还有很多异质元素，而地域性无法涵盖这些异质元素。如身处某一"地方"的作家在创作中对"地方之外"等元素进行描写时，这些异质元素也会在文学作品中呈现，但已经不是用传统地域文学的研究思路可以阐释的了，而地域文学研究往往也会因这些作品的异质性而将之忽略。陕西文学是本书阐述的重点，从地方书写的角度进入陕西文学，既关注陕西文学的特质，同时也试图挖掘陕西文学创作中存在的异质元素。因此，本书所涉及的

---

① 转引自来新夏：《方志学概论》，福建人民出版社 1983 年版，第 54 页。

② 如：费孝通的《江村经济》既是社会学著作，也可视为对现代中国"地方"尤其是江南"地方"的书写；杜赞奇的《文化、权力与国家》重点书写的是华北的乡村，阐释了在中国现代化进程中，"地方"的政治（政权）与宗教结构的复杂关系；杨念群主编的《空间·记忆·社会转型》则将"地方"视野引入了社会史研究领域。

地方书写既涵盖地域文学，也涵盖陕西文学中那些无法用地域视野加以阐释的更为丰富的文学元素和文学现象。

其次，本书涉及的地方书写借鉴了关于地方性知识的观点。存在于某一地方空间的诸多元素都可以视为地方性知识，由这些元素构成的文学创作也是地方性知识。也即是说，可以从微观和宏观两个层面来理解地方性知识。陕西文学运用了许多微观的地方性知识，如具体的人文景观、民俗、方言等，这些地方性知识建构起宏观、整体的陕西文学。对于整体性的中国文学而言，陕西文学作为一种地方书写，也成为中国当代文学的地方性知识。

再次，本书涉及的地方书写也借鉴了关于地方路径的观点。地方不仅是一种空间形式，也是一种书写形式，更是一种方法、路径和话语表达机制。地方视野可以从宏观角度和微观角度进入中国文学的发生现场和空间关系，地方视野的丰富也就意味着进入文学的路径的丰富。就陕西文学而言，不同的地方性知识通过不同的路径与作家发生关联并进入文学创作。对中国当代文学而言，作为地方书写的陕西文学本身也是一种路径，在种种层面与中国当代文学产生复杂微妙的关联，可以将之作为一种方法来观照当代文学的发展。

最后，本书涉及的地方书写也涉及一些与地方相关的衍生话题，如在地性、地方与中国、跨地域写作、全球化等。这些话题在某种意义上也是地方书写的不同呈现形式及不同角度的辐射。

本书以地方书写为切入点进入陕西文学和中国当代文学，探讨二者是如何在这一交汇点上发生微妙互动的。地方书写之地方视野本身就更为丰富，地方无论是对于陕西文学还是中国当代文学而言，都是一个可以挖掘更为丰富的文学空间的视域。地方书写既涵盖地域文学，也涵盖地域文学之外的文学现象，并可以衍生出诸多与地方相关的话题。地方书写既是一种地方性知识，也是一种地方路径，以此进入陕西文学和中国当代文学，可以开拓更广阔的空间，拓宽陕西文学和中国当代文学研究的视野。

三、国内外相关研究综述

（一）对"地方"相关概念及地方书写的研究

这类研究主要是从"地方"的角度进入文学和文化研究，并涉及对"地方"概念的辨析，以及由此引申的对地方性、地方性写作、地方叙事等现象的论述，既有宏观研究，也有微观研究。需要说明的是，本书是把陕西文学作为一种地方样本来研究中国当代文学中的地方书写，国外并无相关研究成果；但本书在论及地方书写时，借鉴了国外不同学科领域如文化地理学、阐释人类学等关于地方及地方性的研究成果。相关成果并不涉及中国文学，但对本书的研究思路有启发，故这里对国外相关研究也进行简单的梳理。

国外相关研究有的并不涉及人文学科，也不涉及中国文学，但对本书有方法论方面的启发。在文学层面，丹纳提出的"种族、时代、环境"三要素理论和勃兰兑斯所著的《十九世纪文学主流》均涉及地方书写的问题，也最具代表性。①在其他学科领域，美国科学哲学家约瑟夫·劳斯和美国人类学家克利福德·吉尔兹都提出了"地方性知识"②的概念，吉尔兹的观点对人文学科更有借鉴意义。吉尔兹提出"地方性知识"这一概念，目的在于强调人类文化形态的多样性，并且人类应当尊重这种多样性。这一概念对当下的地方性写作、文化及文学研究具有启示意义。此外，在文化地理学领域，英国地理学家迈克·克朗的研究是当代地理学研究中"文化倾向"的代表，其代表作《文化地理学》一书重点研究文化是如何影响日常生活空间的。该书将文化视为现实生活情景中可定位的具体现象，并且重点论述了文学创作与地理的关系，"文学作品中的诗歌、小说、故事和传奇都对空间现象进行了描

---

① 丹纳提出的三要素事实上与"地方"有密切联系，如种族：一个种族具有区别于其他种族的独有特性，这种独有特性往往与该种族所处的环境有关，尤其是地理、气候等自然环境直接与"地方"相关。勃兰兑斯的《十九世纪文学主流》详细论述了德国、英国、法国的文学现象及特点，如果将一个国家视为"地方"的话，其相关论述也是关于地方书写的论述。

② 关于"地方性知识"，前文已有详细的概念界定，此处不再赘述。

述"①。在该书中，迈克·克朗还谈到"地区"的意义，他认为"一个地区并不仅仅是等同于一些事实的集合体，它还有另外的东西"②，这种"另外的东西"也被称为"地方风气"或"地方特色"，"即一个地方特殊的精神"③。这是迈克·克朗对"地方性"的阐释。此外，以上研究无论针对的是否为人文学科，无论专门论述的是否为文学，都涉及对"地方""地方性"的阐释，相关研究思路对文学的地方书写都具有借鉴意义。

以往国内对地方书写的研究更多地集中在地域文学、文学地理学层面。中国古代即有对地域与文学关系的研究，刘勰在其《文心雕龙》中已经论及地域与文学的关系，尤其是地域因素会对文学产生影响："若乃山林皋壤，实文思之奥府，略语则阙，详说则繁。然则屈平所以能洞监《风》《骚》之情者，抑亦江山之助乎？"④清末民初学者刘师培在其《南北文学不同论》中对先秦至清代南北文学的不同有精彩论述："地气不同，则民风有异；民风有异，则文风也迥异。"⑤梁启超在其《中国地理大势论》中也有对地域与文学关系的论述："燕赵多慷慨悲歌之士，吴楚多放诞纤丽之文，自古然矣。"⑥由此可以看出，以上内容均涉及对文学与地理关系的研究，这也是地域文学研究的重要视点。

---

① ［英］迈克·克朗：《文化地理学》，杨淑华、宋慧敏译，南京大学出版社2003年版，第54页。

② ［英］迈克·克朗：《文化地理学》，杨淑华、宋慧敏译，南京大学出版社2003年版，第138页。

③ ［英］迈克·克朗：《文化地理学》，杨淑华、宋慧敏译，南京大学出版社2003年版，第138页。在迈克·克朗看来，"一个地方特殊的精神"即是"人们体验到一个地方那些超出物质的和感官上的特征的东西，并且能够感到对这个地区的精神依恋"。也即是说，地方的意义超出了那些可见的、明显的东西，深入心灵和情感领域。

④ 周振甫：《文心雕龙今译》，中华书局1986年版，第412页。

⑤ 刘师培：《南北文学不同论》，见邬国平、黄霖编著：《中国文论选·近代卷》（下），江苏文艺出版社1996年版，第653页。

⑥ 梁启超：《中国地理大势论》，见《饮冰室合集》（第二册），中华书局1989年版，原《饮冰室文集》第十卷，第86页。该版第二册含原版第四至七册，即原文集第十至十九卷，该书使用旧版页码。

20 世纪 80 年代之后，地域文学研究成为热点，最具代表性的成果是"二十世纪中国文学与区域文化丛书"①。此外，文学地理学也受到关注，相关研究丰富了地域文学研究的内容。曾大兴《文学地理学概论》②相较于以往文学研究的时间维度，着重于文学研究的空间维度，围绕"文学与地理环境的关系"这一核心观点展开论述，涉及文学地理学的研究对象与学科定位、地理环境对文学的影响、文学家的地理分布等问题，视野比较开阔。该书中并未出现对"地方"这一概念的表述，但在论及"地域""区域""空间"等概念时，在思路上仍然是从"地方"入手的。

近年来，从"地方"视角进入文学及文化研究是学术研究的一个热点。在传统地域文学研究模式之外，新兴学科及理论的引入使学术界涌现出一大批与地方书写相关的研究成果。李松睿《书写"我乡我土"——地方性与 20 世纪 40 年代中国小说》③借助地方性视角，对 20 世纪 40 年代小说中地方特征的呈现这一文学史现象进行研究，探讨当时小说创作为何会强调对地方性的描绘，地方性特征在当时的小说中发挥何种功能，呈现地方性特征对于 20 世纪 40 年代中国小说的意义等问题。程美宝《地域文化与国家认同——晚清以来"广东文化"观的形成》④一书探讨地域文化叙述框架在晚清到民国年间形成的历史过程，以广东文化为例，探讨晚清以来中国的地域文化问题，探索时代背景的变迁和权力互动的复杂是如何影响地域文化话语的建立的。

---

① 该丛书由湖南教育出版社于 1995—1997 年陆续出版，包括费振钟的《江南士风与江苏文学》，魏建、贾振勇的《齐鲁文化与山东新文学》，朱晓进的《"山药蛋派"与三晋文化》，逄增玉的《黑土地文化与东北作家群》，吴福辉的《都市漩流中的海派小说》，刘洪涛的《湖南乡土文学与湘楚文化》，李继凯的《秦地小说与"三秦文化"》，李怡的《现代四川文学的巴蜀文化阐释》，马丽华的《雪域文化与西藏文学》，等等。

② 曾大兴：《文学地理学概论》，商务印书馆 2017 年版。

③ 李松睿：《书写"我乡我土"——地方性与 20 世纪 40 年代中国小说》，上海人民出版社 2016 年版。

④ 程美宝：《地域文化与国家认同——晚清以来"广东文化"观的形成》，生活·读书·新知三联书店 2006 年版。

芦坚强《昆明文学的地方性研究》①在人与自然、人与地方、文学与地方性等关系中思考昆明文学的地方性。贺仲明《"地方性文学"的多元探究与价值考量》②对"地方性文学"这一概念进行了辨析，认为地方性文学的兴起不仅展现了地方性的风习和文化精神，还关联着历史、当下以及全球化现状。李怡《成都与中国现代文学发生的地方路径问题》③打破了以往认为新文化运动先是在北京、上海等地展开，然后传播到其他地方的"共识"，通过李劼人等四川作家的创作来梳理新文学流向的地方路径。杨丹丹《"地方性"与北方文学研究》④认为北方文学是地方性生活、地方性知识的文学表征和叙事形态，重点从地方性生活的话语机制、地方性知识的深度阐释和地方性文学的去全球化三个层面对北方文学进行研究。凤媛《作为一种"地方性知识"的地域文化——兼及对江南文化和文学研究的一些思考》⑤运用吉尔兹的"地方性知识"视角对江南文化和文学进行深度阐述。《当代文坛》自 2020 年第4 期推出了由李怡主持的《地方路径与文学中国》专栏，刊登了一系列以"地方路径"为切入点进行中国现当代文学研究的论文，呈现出以"地方路径"进入文学研究所打开的丰富多元的文学空间。以上研究成果的侧重点并不相同，但不论是文学研究还是文化研究，宏观研究还是微观研究，都引入了"地方"视野，相关成果并未涉及陕西文学，但研究思路及方法论对于本书有重要借鉴意义。

此外，近年来不少学术会议和论坛也都针对文学创作、研究中的"地方"问题进行了极有价值的学术探讨。具体情况前文已有相关介绍，此处不再赘

---

① 芦坚强：《昆明文学的地方性研究》，云南大学博士学位论文，2016 年。

② 贺仲明：《"地方性文学"的多元探究与价值考量》，《中山大学学报（社会科学版）》，2021 年第 2 期。

③ 李怡：《成都与中国现代文学发生的地方路径问题》，《文学评论》，2020 年第 4 期。

④ 杨丹丹：《"地方性"与北方文学研究》，《东北师大学报（哲学社会科学版）》，2014 年第 5 期。

⑤ 凤媛：《作为一种"地方性知识"的地域文化——兼及对江南文化和文学研究的一些思考》，《文艺理论研究》，2011 年第 5 期。

述。仅从相关议题来看，围绕"文学生态视野下的地方性写作""中国文学的
地方书写""新时代的地方性叙事""当代文学总体性下的区域文学发展""地
方路径与文学中国""历史记忆与地方书写""区域文学与文化"展开的讨论
虽然侧重点不同，但都与"地方"有关，也都是非常有价值的，所讨论的问
题，诸如地方写作的意义与价值、地方性与世界性、地方性与总体性等，都
契合当下社会历史的变化和文学发展的态势。可以说，"地方"视野确实能给
文学创作和文学研究开拓新的空间，这也印证了笔者前文的观点，文学与地
方的相关话题是历久弥新的。

　　以上谈到的学术热点及相关研究成果，在涉及具体问题时针对的是不同
的文学现象，或者是不同地方的创作，在进行微观分析时，进入问题的方法
和采用的文本也各不相同，但都采用了"地方"视角。虽然在具体表述上有
差别，但其新视野和思维模式具有方法论的意义。这说明在文学研究及创作
中引入"地方"视角是当下文坛及学术界的一个前沿性问题，以后也会持续
产生可供讨论和深入研究的话题。

　　（二）对陕西文学地方书写的研究

　　当以"地方"的视角进入陕西文学尤其是小说创作时，无法绕开文学的
地域性这一问题。目前学界关于陕西小说和相关作家作品的研究成果颇丰，
但多集中在地域性这一视野，以及这一视野带来的更为细微的角度。相关研
究更侧重将地域文化作为切入点，对陕西文学及其独特性进行研究。李继凯
所著的《秦地小说与"三秦文化"》[①]一书首次从秦地文化的视角系统地阐释
陕西新文学，开启了秦地文化与新文学研究的先河。该书以文化为切入点，
以秦地文化演变的轨迹梳理秦地小说，同时也在 20 世纪中国文学的整体格局
这一宏观视野下对秦地小说进行深度透视，视野开阔，尤其是"白杨树派"
的提法颇具创意。冯肖华主编的《陕西地域文学论稿》[②]一书提出了"陕西
地域文学"这一学科构想，梳理出一条自姜炎文化、周秦文化、汉唐文化、

---

① 李继凯：《秦地小说与"三秦文化"》，商务印书馆 2013 年版。
② 冯肖华主编：《陕西地域文学论稿》，陕西人民出版社 2007 年版。

延安文化以来陕西地域文学的文化脉络，围绕文学史观、重要文学思潮现象及作家作品进行了细致分析。其后的《文学气象与民族精神——20世纪陕西地缘文学审美形态》①一书延续了这一研究思路，以地缘特色为基点，从多个层面对陕西文学的审美形态展开详细论述。刘宁《当代陕西作家与秦地传统文化研究——以柳青、陈忠实和贾平凹为中心》②从秦地传统文化的视角来探讨当代陕西文学繁荣的深层文化渊源，以柳青、陈忠实和贾平凹三位作家为例，阐述了陕西作家是如何汲取秦地文化养分进行创作的，以及秦地文化在作品中的具体呈现。苏喜庆《当代关中文学场的生成与建构探源》③在"场域"的框架内论述当代关中文学场的生成与建构，借鉴了布迪厄场域理论中"文化习性"与"文化资本"两个重要概念，以相互联系的场域内的各种文化因素的联系性及具体的联系方式为线索，论述关中文化与文学的互动脉象。梁璐《地理学视角下的文学发展及其影响因素分析——以当代陕西本土文学为例》④以地理学的视角、运用统计分析的方法探讨陕西文学发展在时空方面的特征，为陕西文学和文学地理学研究提供了新的视野。周燕芬《当代陕西长篇小说的代际衍变与艺术贡献》⑤将陕西长篇小说创作作为中国当代文学的典型样本来考察，探讨陕西长篇小说创作对中国当代文学的意义。这些研究成果从自然地理、历史文化传统等方面阐述了地域文化对陕西文学创作的影响。

在传统地域文学研究视域之外，近年来在陕西文学研究领域也涌现出一些以"地方"视角关注陕西文学的成果。赵林《地方知识与文化形构——20

---

① 冯肖华：《文学气象与民族精神——20世纪陕西地缘文学审美形态》，中国社会科学出版社2010年版。

② 刘宁：《当代陕西作家与秦地传统文化研究——以柳青、陈忠实和贾平凹为中心》，陕西师范大学博士学位论文，2011年。

③ 苏喜庆：《当代关中文学场的生成与建构探源》，西北大学博士学位论文，2012年。

④ 梁璐：《地理学视角下的文学发展及其影响因素分析——以当代陕西本土文学为例》，《人文地理》，2007年第6期。

⑤ 周燕芬：《当代陕西长篇小说的代际衍变与艺术贡献》，《华中师范大学学报（人文社会科学版）》，2014年第1期。

世纪陕西文学、区域文化研究的一种思路》①运用吉尔兹的"地方性知识"理论和区域文化研究思路，将三秦文化视为一种地方性知识，将陕西文学视为一种地方性知识的文本符号，一方面挖掘了三秦文化及陕西文学的丰富内涵，另一方面也凸显出当下全球化格局中三秦文化和陕西文学的地方性特色。张艳茜《文学期刊与文学生态——对〈延河〉杂志的历史考察（1956—1966）》②将《延河》视为一种地方性刊物，并探讨该刊物的创办、传播及发展过程与"十七年"文学时期的文学制度和政治生态之间的复杂关系，以及该刊物是如何影响当代文学生态和陕西文学生态的。该文的研究思路也切合李怡"地方路径"的观点。

在中国知网上，以"陕西文学""地域"作为主题进行检索，有 77 条检索结果；而以某个作家、某部作品和"地域"作为关键词进行检索，检索结果非常之多，仅以"贾平凹""地域"作为关键词，就能检索出 400 多条结果。但以"陕西文学""地方"作为主题进行检索，只有 31 条结果；以"陕西文学""地方"作为关键词进行检索，则没有检索记录。以"文学""地域"作为主题进行检索，有 11589 条结果；以"文学""地方"作为主题进行检索，有 25764 条结果。③从上述数据可以看出，仅就陕西文学研究而言，"地方"视角的引入及相关研究还显得比较薄弱，从"地方"进入文学研究还有着更为开阔的空间。

（三）对陕西作家和小说创作的个案研究

这类研究多为对作家群体的整合研究，以及对具体作家、作品的个案研究，也是研究成果最多的，不仅有学术性的专著和论文，还有史料研究类的传记，主要集中在柳青、路遥、陈忠实、贾平凹等具有重要影响力的作家身上。韦建国、李继凯、畅广元合著《陕西当代作家与世界文学》④从世界文

① 赵林：《地方知识与文化形构——20 世纪陕西文学、区域文化研究的一种思路》，《陕西师范大学学报（哲学社会科学版）》，2014 年第 1 期。

② 张艳茜：《文学期刊与文学生态——对〈延河〉杂志的历史考察（1956—1966）》，《人文杂志》，2021 年第 3 期。

③ 相关检索数据截至 2023 年 2 月。

④ 韦建国、李继凯、畅广元：《陕西当代作家与世界文学》，中国社会科学出版社 2004年版。

学视域观照陕西文学，在比较文学的视野下探讨陕西当代著名作家与世界文学的关系，在论及具体作家个案时也涉及本土文化对作家创作的影响。畅广元主编的《神秘黑箱的窥视》①一书独辟蹊径，以作家、评论家、青年学者"三极对话"的方式展开不同维度的思想交锋，深度剖析了陕西作家的创作心态和陕西文学创作的得失。李建军《论陕西文学的代际传承及其他》②从代际传承的角度考察陕西当代文学的整体发展，肯定了陕西文学创作的成就，同时也指出了陕西文学发展中存在的问题。相关研究在对陕西作家群体进行考察时，大都会涉及本土文化对作家创作的影响以及相关创作的地方性特色。

此外，对陕西重要作家和经典作品的个案研究目前是研究成果最多的，不但有作家传记、年谱等史料③，还有针对具体作家、作品的学术专著和论文。作家论类型的研究成果多是关于陕西文学的代表性作家如柳青④、陈忠实⑤、贾平凹⑥、路遥⑦等的，针对经典文本如《创业史》《白鹿原》《平凡的世界》《秦腔》等和其他个案文本的研究成果也非常多，此处不再一一赘述。

① 畅广元主编：《神秘黑箱的窥视》，陕西人民教育出版社 1993 年版。

② 李建军：《论陕西文学的代际传承及其他》，《当代文坛》，2008 年第 2 期。

③ 比较有代表性的有刘可风《柳青传》（人民文学出版社 2016 年版），邢小利、邢之美《柳青年谱》（人民文学出版社 2016 年版），邢小利编《陈忠实画传》（陕西师范大学出版总社有限公司 2012 年版），厚夫《路遥传》（人民文学出版社 2015 年版），孙见喜、孙立盎《贾平凹传》（陕西人民出版社 2017 年版）。

④ 代表性论著有刘建军、蒙万夫、张长仓《论柳青的艺术观》（上海文艺出版社 1981 年版），阎纲《〈创业史〉与小说艺术》（上海文艺出版社 1981 年版），徐文斗、孔范今《柳青创作论》（陕西人民出版社 1983 年版），吴进《柳青新论》（陕西师范大学出版总社有限公司 2013 年版）。

⑤ 代表性论著有畅广元《陈忠实论——从文化角度考察》（人民文学出版社 2003 年版）、李建军《宁静的丰收——陈忠实论》（华夏出版社 2000 年版）、段建军主编《陈忠实研究论集》（西北大学出版社 2018 年版）。

⑥ 代表性论著有费秉勋《贾平凹论》（陕西人民出版社 2018 年版）、苏沙丽《贾平凹论》（作家出版社 2018 年版）。

⑦ 代表性论著有赵学勇《生命从中午消失——路遥的小说世界（增订本）》（陕西师范大学出版总社有限公司 2019 年版）和杨晓帆《路遥论》（作家出版社 2018 年版）。

相关研究在论及作家的成长经历、创作心理构成、艺术观以及作品的艺术特征等方面，均涉及地域文化、地方经验在其中所起的作用，这也是以往地域文学研究的思路。由于本书中研究的地方书写涵盖地域文学，因此相关研究成果也可以说具有一定的"地方"视野。

21 世纪以来，随着文学研究领域引入新学科、新理论，陕西作家作品研究中出现了突破以往地域文学研究的新思路，以及以更为开阔的视野进行研究的成果。这些相关成果并非都是有意识地从"地方"进入问题，但或显或隐、或多或少都有着"地方"视野。贺桂梅《"总体性世界"的文学书写：重读〈创业史〉》①一文论及对村庄与中国的书写，认为《创业史》中的蛤蟆滩是中国农村的总体性化身，柳青通过书写村庄来对中国做总体性的思考。该文对村庄与中国的分析，事实上已经具有"地方"与"中国"的视野。解志熙《一卷难忘唯此书——〈创业史〉第一部叙事的真善美问题》②一文论及梁生宝人格背后传统文化尤其是儒家文化的影响，这也启发了对作品中以往容易被忽略的地方文化（关中文化）因素的挖掘。程光炜《陕西人的地方志和白鹿原——〈白鹿原〉读记》③一文从陈忠实的《寻找属于自己的句子：陈忠实自述》入手，对陈忠实创作中"地方志意识"的产生脉络做了详细梳理，进而探讨"地方志意识"是如何影响陈忠实的思想气质和文学观念的，并结合 20 世纪 90 年代的文学语境，强调了"本地意识"在《白鹿原》创作中所起的作用。樊星《〈白鹿原〉的关中"戏楼风景"研究》④聚焦小说所呈现的关中风景，以戏楼这一典型的关中人文景观为中心，探讨小说对地方性景观的建构，进而以地方性景观为载体建构起小说的叙事。陈思《"新方志"书

---

① 贺桂梅：《"总体性世界"的文学书写：重读〈创业史〉》，《文艺争鸣》，2018 年第 1 期。

② 解志熙：《一卷难忘唯此书——〈创业史〉第一部叙事的真善美问题》，《文艺争鸣》，2018 年第 4 期。

③ 程光炜：《陕西人的地方志和白鹿原——〈白鹿原〉读记》，《文艺研究》，2014 年第 8 期。

④ 樊星：《〈白鹿原〉的关中"戏楼风景"研究》，《新文学评论》，2017 年第 3 期。

写——贾平凹长篇新作〈老生〉论〉①一文对《老生》中的"新方志"做了命名和评价，以《山海经》这一全书的结构枢纽为切入点，挖掘小说中的物质之"名"、"关系"和"乡村经纪"等地方性知识的呈现，以及文本中的"国家—地方"认知结构。王华伟《来自乡土的"呐喊"——兼论贾平凹的中国经验》②一文将乡土视为贾平凹创作的重要空间维度，贾平凹创作中的"小商州—大商州—乡土"的脉络超越了乡土的狭隘空间，观照中国的大环境与大时代，具有彰显中国经验范式的重要意义。吴义勤《作为民族精神与美学的现实主义——论陈彦长篇小说〈主角〉》③一文通过解析小说《主角》，分析了陕西文学的经验是如何建构起具有普遍意义的民族精神与美学的。陈晓明、张晓琴主编的《全球视野下的贾平凹》④将贾平凹的创作置于全球化视域下，关注贾平凹的作品是如何讲述中国故事、传递中国人的情绪，如何以中国人的立场来面对人类共同的问题的。

关于陕西作家和小说创作的个案研究成果颇丰。以往的研究更多采用的是地域文学的研究思路，近年来随着文学地理学、文化人类学等学科的兴起以及"地方性知识""场域"等概念的引入，"地方"视野进入文学研究，也使得对陕西作家、作品的研究有了更广阔的挖掘空间。

（四）中国当代文学整体视野下的陕西小说研究

本书是将陕西文学作为一种地方书写的样本进行研究，进而以此进入中国当代文学，探讨两者在"地方"这一交汇点上发生的微妙互动。此外，本书主要以小说创作为中心进行论证分析，因此必须关注关于陕西小说创作与当代文学思潮、重要文学流派、文学现象、文艺论争之间关联的研究。

---

① 陈思：《"新方志"书写——贾平凹长篇新作〈老生〉论》，《中国现代文学研究丛刊》，2015 年第 6 期。

② 王华伟：《来自乡土的"呐喊"——兼论贾平凹的中国经验》，《当代文坛》，2017 年第 6 期。

③ 吴义勤：《作为民族精神与美学的现实主义——论陈彦长篇小说〈主角〉》，《扬子江评论》，2019 年第 1 期。

④ 陈晓明、张晓琴主编：《全球视野下的贾平凹》，上海交通大学出版社 2019 年版。

这类研究多是从某一个作家、某部作品出发，探讨其与中国当代文学的关联。杨辉《"大文学史"视域下的贾平凹研究》①提出了"大文学史观"，这一论点旨在融通中国文学的"大传统"与"小传统"，以此解决习用多年的"现代性"视域所导致的研究盲点，从中国文学的"大传统"中释放文学的解释资源。该书系统梳理了贾平凹小说与中国古典诗学的承传关系，重新评价贾平凹及中国当代文学，进而关注贾平凹的创作与中国现代文学乃至中国古代文学之间的关联。许子东《寻根文学中的贾平凹和阿城》②聚焦1985年前后出现的"寻根文学"，以贾平凹早期的"商州系列"小说为典型文本，分析贾平凹对商州这一"地方"的书写及其文化实践是如何参与建构寻根文学的。段建军《贾平凹与寻根文学》③一文围绕贾平凹创作中的寻根意识，以贾平凹小说创作的文体试验为切入点，探讨贾平凹小说创作与寻根文学的关联。作者在谈及寻根文学时，并不局限于1980年代，而是将其视为一个历史发展过程，因此，该文事实上关注的是贾平凹的小说创作与寻根文学思潮之后30年来中国当代文学的文化意识之间的关系。黄平《贾平凹与80年代"改革文学"——重读贾平凹"改革三部曲"》④以贾平凹的"改革三部曲"为研究对象，探讨贾平凹与"改革文学"思潮的关系。该文不是以贾平凹的创作为案例来分析"改革文学"的特征，而是讨论地方经验是如何进入贾平凹的创作进而和"改革文学"发生联系的，相应地，"改革文学"作为文坛主潮也影响并"规训"着地方书写。周燕芬《1980年代文学潮流中的路遥与陈忠实》⑤将路遥和陈忠实两位作家放置于1980年代这一共时性文学环境中，以《平凡的世界》和《白鹿原》的创作发生为切入点，对两位作家创作个性的形成与变化进行考察。该文尤其注意到1985年前后中国文坛发生的转型对两位作家

① 杨辉：《"大文学史"视域下的贾平凹研究》，人民出版社2017年版。

② 许子东：《寻根文学中的贾平凹和阿城》，《文艺争鸣》，2014年第11期。

③ 段建军：《贾平凹与寻根文学》，《中国现代文学研究丛刊》，2015年第12期。

④ 黄平：《贾平凹与80年代"改革文学"——重读贾平凹"改革三部曲"》，《渤海大学学报（哲学社会科学版）》，2010年第2期。

⑤ 周燕芬：《1980年代文学潮流中的路遥与陈忠实》，《文艺争鸣》，2020年第2期。

创作产生的影响。杨辉《作为批评和美学文本的〈早晨从中午开始〉——兼论路遥的文学观与 20 世纪 80 年代文学思潮》①一文将路遥的创作随笔《早晨从中午开始》视为路遥阐明自己的创作观、美学观以及对各种批评观点的回应的代表性文本，通过对这一文本的细致分析，论证了路遥创作之于 20 世纪 80 年代文坛的"反潮流"的意义。该文还在更为广阔的"总体性"视域下审视了路遥创作的现实主义精神和美学观念与社会主义文学传统的联系。此外，杨辉《现实主义的广阔道路——论陈彦兼及现实主义赓续的若干问题》②以陈彦的创作为例，探讨其创作是如何赓续柳青以降的革命现实主义传统和中国古典传统的。该文围绕陈彦创作的总体性建构、新世界和新人的塑造、思想和审美资源的多样化等几个方面将陈彦的创作与 1942 年以降的社会主义文学传统乃至中国古典传统关联起来。樊宇婷《"陕军东征"的知识考古》③一文聚焦 1990 年代极具话题性的文学现象"陕军东征"，考察这一现象出现的内部逻辑和外部因素，围绕这一现象的命名、媒体策划、出版运作等过程探究 1990 年代的文学新变及其所关联的文学史问题。

　　以上成果均从作家作品及其在文学史上的评价等角度探讨了陕西当代小说创作与主流文坛之间的互动关联，但相关研究局限于作家作品个案，虽涉及作家创作与主流文坛的关联，也不乏细致入微的分析，但并未有意识地从"地方"角度探讨陕西文学作为"地方经验""地方性知识"与中国当代文学的内在联系，将陕西文学作为"地方路径"进入中国当代文学研究这一可供深入挖掘的研究领域也未获得充分关注。

　　综上所述，近年来随着全球化进程的加快以及文学地理学、文化人类学等学科理论的引入，地方书写成为当下文坛和中国当代文学研究领域的热点，也涌现出一批具有不同的"地方"视野，同时也极有学术价值、突破了以往

---

　　① 杨辉：《作为批评和美学文本的〈早晨从中午开始〉——兼论路遥的文学观与 20 世纪 80 年代文学思潮》，《文学评论》，2020 年第 2 期。

　　② 杨辉：《现实主义的广阔道路——论陈彦兼及现实主义赓续的若干问题》，《中国现代文学研究丛刊》，2018 年第 10 期。

　　③ 樊宇婷：《"陕军东征"的知识考古》，《小说评论》，2015 年第 1 期。

研究模式的成果。但陕西文学研究对这种新的研究模式回应不够，研究视野仍多从地域文学的角度出发，同时，在中国当代文学发展的宏观视域下观照作为地方书写的陕西文学的相关研究也仍显不足。因此，从"地方"而不是"地域"的角度进入陕西文学，有助于从更加多元化的角度发掘陕西文学。同时，借助陕西文学这一"地方路径"也能够更加深入地进行中国当代文学研究。

四、研究思路

本书以地方书写为切入点进入陕西文学和中国当代文学研究，挖掘两者所包含的丰富的"地方"元素以及"地方"之于两者的意义和价值，同时也探讨陕西文学作为一种地方书写与整体性的中国当代文学之间的关系。两者之间是如何借助"地方"发生关联，如何相互影响、相互建构的？陕西文学对于中国当代文学而言，能否构成一种"地方性知识"或"地方路径"？如果能构成，那么这一"地方性知识"或"地方路径"是如何介入具体文学现象和问题的？这种研究思路能否运用到更多与"地方"有关的文学现象上，能否反哺当下的文学创作？这些都是值得思考的问题，也是本书尝试研究的问题。

在研究过程中，首先，需要辨析"地方书写"的内涵，"地方"视角所具有的丰富的阐释空间。在引入"地方性知识""地方性写作""地方路径"等新观点后，"地方"成为一个更富有弹性的概念，可以容纳传统的地域文学研究，深度呈现陕西文学内部的丰富性，也可以将陕西文学作为一种"地方路径"对中国当代文学进行观察。

其次，本书从地方书写切入问题，梳理陕西文学作为一种地方书写的特点，同时梳理中国当代文学格局中的地方书写现象，进而分析地方书写以何种形式与中国当代文学思潮产生关联。两者之间并不单纯是中心与边缘或整体与局部的关系，而是一种流动的关系，相互影响，相互建构。地方经验最终汇集成整体性的中国当代文学，而中国当代文学的经验也会影响地方经验。从整体上梳理陕西文学作为地方书写与中国当代文学的关系后，具体从中国当代文学的重要文学现象和当下文坛比较关注的问题入手，分析陕西文学作为"地方"样本是如何回应并参与其中的，相关研究兼顾宏观把握和细节关注。

最后，本书是以小说创作为案例进行论证分析的。问题的展开需要文本的细读，这也是本书采用的主要方法。同时也需借鉴文学地理学、文化人类学、民俗学等多种学科的理论和方法，以此进行更深入的理论探究。本书的研究主要借重陕西当代小说创作，以最具代表性的作家和最具文坛影响力的作品为依托。陕西当代小说创作成果丰硕，但文学文本之间有着典范性与非典范性的差异，经典作家的经典文本比一般文本更有文坛影响力，能够涵盖更多的历史文化内容，更适合以"地方"视角展开论证。陕西文坛人才济济，作家数量众多，而且存在着代际差异。本书在具体分析问题的过程中会涉及不同代际的陕西作家：在第一代作家中选取柳青、杜鹏程、王汶石为个案；在第二代作家中选取贾平凹、路遥、陈忠实为个案；在第三代、第四代作家中选取高建群、红柯、杨争光、叶广芩、陈彦、周瑄璞、吴文莉等的创作进行分析。同时为了便于研究的展开，本书也会论及当代文坛其他有明显"地方"视野的小说创作。

从"地方"视角进入文学研究，无疑可以打开更广阔的研究空间。对陕西文学而言，这一视角的引入可以发掘以往陕西文学研究中被忽略之处，尤其是一些异质元素，可以阐释用传统地域文学研究思路无法解释的问题，可以发现陕西文学与其他"地方"、与更广阔的世界的联系，有助于突破就"地方"谈"地方"的固化思维模式。陕西文学有其本土性的、相对稳定的地方元素，这些是陕西文学创作一直所倚重的东西。同时，也不断会有本土之外的地方元素进入陕西文学，未来也将如此。这样的情况不仅陕西文学有，其他地方的文学也会面临。对中国当代文学而言，地方书写的丰富意味着当代文学创作的丰富，地方书写会以不同形式、不同路径参与当代文学的发展，提供更加多元的文学研究视角。如果陕西文学是中国当代文学发展的一种"地方路径"或"地方性知识"，那么"山西路径""河南路径""湖南路径""东北路径"会是怎样的？它们通达中国文学又会有哪些差异和共性？甚至于，地方书写对于当下中国是否还有文学之外的意义和价值？笔者希望在这些方面做出努力。以上可视为本书些微的创新之处。

第一章 "地方"视野：
进入文学的一个重要面向

　　"地方"与文学有着紧密的关联。无论对于陕西文学而言，还是对于中国当代文学而言，"地方"都是进入其中的重要视域。由于"地方"概念本身所具有的弹性，"地方"视野可以从多种角度具体细致地进入文学的发生现场和空间关系，为陕西文学和中国当代文学开拓更加广阔的空间。陕西丰富多样的地方性知识建构起陕西文学，其中既有本土地方性知识，也有异质地方性知识，这也导致陕西文学同时具备本土地方性和异质地方性特征。在中国当代文学的版图中，存在着各式各样的"地方"样本。"地方"元素在当代文学的发展流变过程中扮演了重要角色，对当下和未来中国文学的发展都会起到重要作用。同时，"地方"也是考察陕西文学与中国当代文学之间关系的一个重要切入点。相对于整体性的中国当代文学而言，陕西文学是一种地方书写，或者也可以将其看作一种当代文学的"地方"存在形式。当代文学的整体经验是如何影响地方书写的？地方书写又是如何面对和回应当代文学的？两者在"地方"这一交叉点上会发生哪些联系？两者之间是一种单向式的影响还是会相互影响、相互建构？这些无疑都是值得探索且具有学术价值的课题。

第一节 "地方"视域下的陕西文学

由"地方"进入陕西文学，需要梳理的是"地方"如何进入文学，而文学又呈现出什么样的地方特征。文学与"地方"的关系绝非像人们所理解的一般意义上的地域文学那样简单。前文在进行概念界定时论及"地方"和"地域"，两者既有相互重叠的地方，也存在着差异。相较于"地域"概念，"地方"概念更富有弹性，更具有包容性。但是，以"地方"视域进入陕西文学，并不意味着要抛开地域文学及文学的地域性等问题，这些问题仍需要关注，同时，也需要关注地域之外的异质元素是如何进入陕西文学的，以及陕西文学呈现出哪些地域性所无法涵盖的特征。这样的梳理对考察作为一种"地方"样本的陕西文学是必要的。

一、陕西文学与地方性知识

文学与"地方"有着密切联系。文学不是空洞的，而是具体的、特殊的、充满个性细节的。这些个性细节可以是作家的人生经历，可以是某地一处景观，也可以是一种语言。世界上每个地方都有各自不同的生活细节，这些生活细节构成了地方性知识，并以各种方式转化为文学作品。文学只有填充了地方性知识，才会具备肉身和灵魂，才会真实、有温度。在这个意义上，地方性知识构成了文学的根基。这里论及的地方性知识借鉴了吉尔兹的"地方性知识"观点，吉尔兹提出"地方性知识"是以此来对抗全球化及其所建构的一元化文化价值体系。本书在这里引入吉尔兹的"地方性知识"观点，并不是试图以陕西文学的地方性知识去抵抗中国当代文学的普遍性知识，而是借鉴吉尔兹研究的"深度描写"①方式，深入探究构成陕西文学的地方性知

---

① 王海龙：《导读一：对阐释人类学的阐释》，见［美］克利福德·吉尔兹：《地方性知识：阐释人类学论文集》，王海龙、张家瑄译，中央编译出版社2000年版，《导读一》第14页。

识是什么，以及是否有某些地方性知识是以往研究陕西文学时所忽略的。

"地方"是自然与文化要素的综合。一个"地方"首先指向具体的地理空间及属于这一空间的自然环境；其次，"地方"指向具体的社会场域，如历史、制度、习俗、社群、语言等社会构成和生活方式；最后，"地方"指向存在于一个空间之内的文化心理积淀。这诸多元素也就构成了所谓的地方性知识，它们也是构成文学的重要元素。

就构成陕西文学的地方性知识来看，首先是地理空间和自然环境，这也是人类生存必须依托的物质性存在。文学作为人类的一种重要的精神活动与生命的存在方式，与自然环境有着密切的联系。自然万物触动人心，继而成为文学的重要元素。陕西省（古称秦地）位于我国西北地区的东部，地势南北高，中间低，南北地貌、气候差异巨大，相应地导致了境内自然景观的不同。今人据其自然风貌将其分为陕北、关中、陕南三个区域。陕北位于黄土高原地带，沟壑纵横，干旱少雨，植被稀少，虽自然条件恶劣，但别有一种阔大之美；关中为肥沃平坦的平原，渭河蜿蜒于其间，气候温暖湿润，水资源充沛，农业发达，是生产和生活的理想之地；陕南为山地，多山多水，有高大险峻的秦巴山脉和秀丽的汉江、丹江，风景美丽，物产丰富。陕西的地理风貌和自然环境为作家的创作提供了丰富的素材，建构起作家笔下独特的文学地理空间，更是作家"表达主题、塑造人物、组织情节、展开冲突、抒发情感与思想的一个重要凭借，也是文学读者认识世界、思考人生、发挥想象、实现审美再创造的重要凭借"①。路遥笔下的陕北，陈忠实笔下的关中，贾平凹笔下的陕南，这些文学地理空间都是以现实中客观存在的自然地理空间为依托。同时，自然环境也对作家的性格、气质产生了影响，进而影响了他们的文学风格，使他们形成了不同的文风。广袤辽阔的黄土高原孕育了路遥骨子里的苦难意识和奋斗精神，使他的作品彰显出雄浑悲壮的美感；沃野千里的关中平原塑造了陈忠实中正平和、沉稳持重的性格，使他的作品呈现出端庄雅正的风格；陕南秦巴山地南北兼容，风光秀丽，养成了贾平凹内倾

---

① 曾大兴：《文学地理学概论》，商务印书馆 2017 年版，第 46 页。

和柔韧的性格，使他的作品飘逸旷达、灵动秀逸。由此可见，自然地理在文学表达中的重要性是不言而喻的，是文学表达最基本的物质维度。秦地的山川河流是使得文学想象得以展开的丰富土壤，这一切触发了文学家的切身感受和体验，形成了一种独特的"地理感知"①，为文学表达提供了丰富的感性资源，这也正是陕西文学非常重要的地方性知识。

其次，如果说地理空间和自然环境是陕西文学表层的地方性知识，那么人文环境则是陕西文学深层的地方性知识。三秦大地这一"地方"所指向的社会场域，以及存在于这一社会场域中的历史、制度、习俗、社群、宗教、语言等社会构成和生活方式及其所形成的文化传统，同样也是陕西文学重要的地方性知识。秦地历史悠久，炎、黄二帝在陕西的活动昭示着华夏文明五千年的源头，也为陕西赢得了"历史文化高台"之美誉。

秦地有丰富的人文景观。以十三朝古都所在的关中地区为例，"平原上随处可见皇陵宫阙，黄帝陵、始皇陵、云陵，唐十八帝王陵，王公大臣、公主嫔妃的陪葬墓遍布。遗留下的宫室亭台满目皆是"②。贾平凹的《"卧虎"说》即是由霍去病墓侧一块被雕琢的石头触发灵感而写作的。古称长安的西安城中的人文景观更是鳞次栉比，钟鼓楼、东西两市、大雁塔、小雁塔、乐游原等不胜枚举。这些人文景观也多次出现在贾平凹的小说中。这些人文景观绝不是静态的，其内含的文化功能和影响力是巨大的，对陕西文学有极为深刻的影响。

人文景观之外，秦地还遗存着政治制度、哲学思想、民间宗教信仰。相较于地处边缘的陕北、陕南，关中由于政治、经济、文化发达而形成了较为成熟的礼制和哲学思想，尤其是关学，由于没有走出关中，是典型的地方性哲学思想。北宋理学家张载创立关学，重礼重教，对于关中影响深远。陈忠实的小说《四妹子》《蓝袍先生》与其扛鼎之作《白鹿原》均对关学有深入思

---

① "地理感知"这一概念由邹建军提出。"所谓地理感知，主要指的是作家对天地之物，包括地貌、地质、水文、气象、物候、天文等等，人在天地之间所能够看到的、感到的、认识到的一切东西。"邹建军：《文学地理学关键词研究》，《当代文坛》，2018年第5期。

② 刘宁：《当代陕西作家与秦地传统文化研究——以柳青、陈忠实和贾平凹为中心》，陕西师范大学博士学位论文，2011年，第15页。

考。在秦地，宗教信仰也无处不在。以关中为例，关中本以关学为重，关学本是上层精英文化，后经士绅阶层传播而逐渐世俗化。关中人重祭祀，祭祀场所小至家庭的祭坛，大到村里的寺庙，都承载着关中人的精神信仰。关中人的精神信仰具有多重功能，从小处讲能够维系家庭关系，从大处讲可以维持社会关系。关中人时不时还会举办民间公祭活动，以求神灵庇护，获得更多福祉。不同形式的宗教活动逐渐形成了以"庙"与"会"为载体的民间信仰体系。此外还有兴盛于民间的堪舆活动。陕南民间信仰多元，以道教为主要宗教信仰，加之受楚地文化的影响，鬼神信仰浓厚，使陕南宗教信仰具有神秘气息。陕北是农耕文明和游牧文明发生碰撞的地区，多民族、多宗教并存，佛教、道教、天主教、伊斯兰教均有流布，民间的庙会文化极为发达。

秦地丰厚的历史底蕴还孕育了许多瑰丽独特的民俗，它们是千百年来秦地民众在生产和生活中逐渐创造出来的地方性知识系统，往往以口头和行为方式代代传承。秦地民俗内涵丰富，形式多样，涉及秦人生产、生活的方方面面，方言、秦腔、剪纸、泥塑、腰鼓、小吃、民歌、老腔、皮影、社火、面花、刺绣等琳琅满目，不仅构成了秦人的日常生活，也是秦人生命存在的方式。以秦腔为例，秦腔又称"乱弹"，是陕西传统地方戏的一种，流行于中国西北的陕西、甘肃、青海、宁夏、新疆等地，形成于秦地，历经诸多朝代的发展演变，最终蔚为大观。辛亥革命后，西安成立了易俗社，对秦腔进行了锐意改革，吸收了京剧等其他剧种的元素，既保存了秦腔原有的高亢激昂的风格，又融入新的格调，使之趋于柔和清丽。秦腔与文学关系密切，其本身就是戏曲文学，流传至今，有很多经典剧目。秦腔在陕西当代小说中也频频出现，柳青的《创业史》、贾平凹的《秦腔》、陈彦的"舞台三部曲"中均有秦腔出现，秦腔在其中不仅仅是故事情节的点缀，更是贯穿文本的核心。

秦地的人文景观、政治制度、哲学思想、民间宗教信仰、民俗等构成了陕西文学的人文环境，给当代陕西作家的创作提供了丰厚的文化资源，建构起陕西作家赖以创作的文化氛围，更是触发陕西作家生命意识的重要媒介，使陕西作家建立起与秦地的心灵关系，拥有了独属于自己的根据地，拥有了安放自己及读者心灵之所。这一切都是陕西文学重要的地方性知识。

最后，秦地依托地理空间和社会场域，经由数千年发展演变和积淀而成的文化心理则是地方性知识最深层也是最核心的内容，在某种程度上具有"开元基质"①的作用。冯肖华在其主编的《陕西地域文学论稿》及其所著的《文学气象与民族精神——20世纪陕西地缘文学审美形态》中详细梳理了自姜炎文化、周秦文化、汉唐文化、延安文化以来陕西地域文学的文化脉络。这一文化脉络经过数千年的演变，衍生出秦地文化中的重农意识、进取精神、开拓精神、社会责任感、忧患意识、民族意识等文化心理，以及多元的文化视野。在共同的文化心理积淀之外，由于陕西各地自然人文环境不同，不同地方还会形成个性化的文化心理，这些都是陕西文学极其重要的地方性知识。

"地方"所指向的自然环境、人文环境和深层的文化心理，构成了一个由外到内、由浅入深、由整体到局部并且兼具同一性和差异性的地方性知识体系。"每一个地方都有它自身的秩序和特定的集结（ensemble），这使它自身与其他地方区分开来。"②地方性知识同样如此。将陕西视为一个地方，它的地方性知识与山西、河南、山东等其他地方的截然不同。对于陕北、关中、陕南这些小一些的地方而言，地方性知识也具有差异性。但无论是整体性还是局部性的地方性知识，都是陕西这一地方的知识体系，也可以将其称为"本土"地方性知识。

但事实上构成陕西文学的地方性知识并非只有陕西这一地方的，还有陕西之外的其他地方的，这些就是异质地方性知识。"地方性知识并未给知识的构造与辩护框定界限，相反，它为知识的流通、运用和交叉开启了广阔的空间。知识的地方性同时也意味着开放性。"③尽管地方在地理空间的意义上是不变的，但这一空间并不是封闭的，地方与地方之间有连接的通道，是道路、

---

① 冯肖华：《文学气象与民族精神——20世纪陕西地缘文学审美形态》，中国社会科学出版社2010年版，第2页。文中认为陕西作为中华民族和华夏文化的发源地，意味着创世、起源、兴起、生发、扩展等"开元基质"。

② ［加拿大］爱德华·雷尔夫：《地方与无地方》，刘苏、相欣奕译，商务印书馆2021年版，第4页。

③ 盛晓明：《地方性知识的构造》，《哲学研究》，2000年第12期。

河流，还有人。人的流动性改变了人们与地方相连接的方式，人们不必像久远时代的祖辈们终其一生只生活在一个地方或一个很小的区域里。秦岭有子午道、傥骆道、陈仓道、金牛道等多条千年商道连通蜀地；陕甘茶马古道连通西北；长安是陆上丝绸之路的起点，通过这条连接亚欧大陆的古代东西方文明的交汇之路，陕西与其他地方甚至其他国家都有了联系。在现代社会，交通便利，人在一生之中生活在多个地方的情况也变得普遍起来，这一切都给陕西文学提供了更多异地的地方性知识。红柯与西域、叶广芩与北京、杜文娟与西藏、李春平与四川，作家可以进入不同的地方情景中，异地的地方性知识与作家发生碰撞，继而进入陕西文学，构成了陕西文学不可或缺的写作资源。

二、陕西文学的地方性

地方性知识的差异性建构起一个地方的特性，也使一个地方与其他地方区分开来，这种特性可以称为地方性。吉尔兹在谈论"地方性知识"时，将地方性视为一种"情调"，即"事情发生经过自有地方特性，并与当地人对事物之想象能力相联系"[①]。地方性即一种地方特色，与文化传统及思维模式有关。迈克·克朗所理解的地方性是"一个地方特殊的精神"[②]，这种精神超出了可见的、明显的、物质的、感官的层面而深入心灵和情感领域。由于地方性知识有表层、深层、核心之分，其所指向的地方性就不仅是可见的、物质层面的地方色彩，更是精神文化层面的地方色彩。就陕西文学而言，地方性表现在自然环境、风物、方言、文化传统等诸多方面，文学的地方性在某种程度上实现了对"地方"的生产。陕西作家用地方风格讲述地方故事，塑造地方的人，呈现地方的景象，深挖地方文化精神，建构了读者对于陕西的想象，实现了对"地方"的生产。

---

① ［美］克利福德·吉尔兹：《地方性知识：阐释人类学论文集》，王海龙、张家瑄译，中央编译出版社2000年版，第273页。

② ［英］迈克·克朗：《文化地理学》，杨淑华、宋慧敏译，南京大学出版社2003年版，第138页。

谈论陕西文学的地方性问题无法回避文学的地域性问题，前文在辨析"地方"和"地域"概念时提到了两者具有意义重叠的部分。"地方"的概念具有弹性，"地方"可大可小，将陕西作为"地方"，文学作品依托这一"地方"的地方性知识，则陕西文学的地方性也可以称为地域性。"地域性概念的着重点则在强调此一地理空间所体现的历史、人文和文化传统的独特性，与其他地理空间所体现出的传统的独特性之间的差异。"①陕西文学整体上呈现出鲜明的地域特征：大气、厚重、刚健、质朴、深邃、沉郁。这是典型的"秦风秦韵"。不同于京味文学的雍容散淡、海派文学的精致优雅、湖南文学的浪漫奇诡，陕西文学有其独特的美感。这种美感是特定区域的地理环境、历史遗存、社会习俗、传统习惯、生活方式等诸多因素经过漫长历史时期的渗透融合而形成的相对稳定的文化结构，即"一个地方特殊的精神"，它体现在作品的题材风格、作家的创作心态等多方面。

陕西文化是农耕文明孕育出来的，因此其中含有重农意识。这种文化意识对生活在秦地的人们来说是一种集体无意识，也即一种关注农事农人的心理定式，继而衍生出陕西文学重农的文学意识，进一步孕育了陕西作家重农的行为意识、审美趣味和精神趋向，成为陕西作家基本的文化心理结构。路遥认定自己是农民的儿子，陈忠实认为"农民在当代中国依然构成一个庞大的世界。我是从这个世界里滚过来的"②，贾平凹始终宣称"我是农民"，并创作了自传体小说《我是农民》。陕西作家大多执着于书写乡土，纵观陕西作家的整体创作，基本是围绕农业文明、农民生活、农村现状展开的，并取得了相当的成就，陕西文坛的一些经典作品如《创业史》《人生》《平凡的世界》《白鹿原》《秦腔》等都全方位、多角度地呈现了乡土世界。

陕西文化中有进取和开拓的因子，又衍生出历史使命感、社会责任感、忧患意识、民族意识、创业奋斗精神等。陕西作家普遍坚持"文学神圣"的

① 阎嘉：《四川文学与地理空间、地域性和地方性问题》，《大西南文学论坛》，2017年第2辑。

② 陈忠实：《中篇小说集〈四妹子〉后记》，见畅广元主编：《神秘黑箱的窥视》，陕西人民教育出版社1993年版，第323页。

观念，不同代际的作家群体始终怀有文学创作上的使命感、责任感，始终对时代社会发展、对人类的苦难与悲痛有着责任和担当，这使得陕西作家远离了肤浅、游戏式的写作。无论是新中国成立之初百废待兴时期的社会主义探索，还是改革开放时期社会的变迁及文化的转型，抑或是当下全球化时代中国复杂的社会现状，都是陕西作家始终关注的。20世纪五六十年代，柳青的《创业史》和杜鹏程的《保卫延安》都洋溢着进取精神和奋斗精神，呈现出一种积极的民族国家想象。这不是简单地迎合主流意识形态，而是新中国成立前后所历经的艰难和探索，这与秦地文化中的进取精神是一致的。20世纪80年代，《小月前本》中的门门，《人生》中的高加林，《平凡的世界》中的孙少安、孙少平，都在改革开放中积极融入时代、建设新生活。21世纪以来，《西京故事》中的罗天福、《装台》中的刁顺子、《主角》中的忆秦娥作为底层小人物，也在自己的人生中努力向上，以诚实劳动、艰苦创业安身立命。

陕西文化是一种大气厚重的文化。汉唐时代的"以大为美"和"盛唐气象"让当时的文学创作普遍崇尚恢宏气象，这也成为秦地的文学传统，并深植于作家的潜意识之中。具体而言，就是陕西作家的创作总是试图呈现一种史诗风格。史诗风格也即"史诗性"。那么，何谓史诗性呢？洪子诚对史诗性有过比较到位的论述，他认为最适宜呈现史诗性的是长篇小说，一部具有史诗性的作品以揭示历史本质为目标，结构宏大，具有历史纵深感和社会广阔度，描写重大历史事实，着重塑造英雄形象。①洪子诚对史诗性的判断主要是针对"十七年文学"中的长篇小说而言的，这一时期柳青的《创业史》、杜鹏程的《保卫延安》均符合洪子诚的判断。随着时代的发展和文学观念的变迁，具有史诗性的文学作品并不一定要塑造英雄人物和营造英雄主义基调，而是要透视历史的本质呈现历史发展的连续性。路遥的《平凡的世界》、陈忠实的《白鹿原》、贾平凹的《秦腔》、陈彦的《主角》、周瑄璞的《多湾》都是具有史诗性的作品，作家们以一种历史意识从不同角度呈现了乡土历史、民族历史、民间历史、个体奋斗历史。

---

① 洪子诚在其《中国当代文学史》"对历史的叙述"一章中对这一问题有详细论述。

陕西地理风貌具有差异性，陕北、关中、陕南三地的地形地貌、气候条件是完全不同的，这导致三地的物产植被、人们的生产生活方式也不同，进而形成了具有差异性的民风民俗和文化传统，这些差异也影响到文学特色。因此，陕西文学内部地域之间在共性之外还存在着差异性。贾平凹就注意到了此种现象。贾平凹认为文学艺术的产生和形成受到种种因素的影响，其中就有地理环境的影响。陕北是黄土高原，辽阔的空间给人以粗犷、古拙之感，诞生于黄土高原上的陕北民歌舒缓悠远，此种地貌还产生了以路遥为代表的陕北文学。关中为八百里秦川，一马平川，就产生了慷慨激昂的秦腔，进而产生了以陈忠实为代表的关中文学。陕南为山地，崇山峻岭，江水荡漾，陕南民歌委婉含蓄，此种地貌就产生了以王蓬为代表的陕南文学。①贾平凹指出了陕西文学内部的地域差异性，事实也确实如他所说的那样。陕北高原古老贫瘠，条件恶劣，人种与文化上呈现出多民族融合的特征，因此民风尚侠尚勇，张扬生命意识。这里诞生了泼辣大胆、张扬野性的信天游和跌宕磅礴、豪迈壮阔的安塞腰鼓，以路遥为代表的陕北作家的作品都具有雄浑大气的特色。关中平原物产丰富，文化积淀深厚，十三朝古都使这里成为"帝王之乡"，"由此，一种成熟形态的统治意识和体制走向了历史和现实的纵深之处"②。关中地区崇尚耕读传家，由儒学发展而来的关学积淀甚厚，因此关中文化追求"端庄雅正"③。以陈忠实为代表的关中作家多稳定持重，创作有大气魄、大气度，又兼具理性意识。陕南为秦巴山区，民风民俗、文化积淀融合了秦文化、楚文化和巴蜀文化的特点。以贾平凹为代表的陕南作家的创作清秀俊逸，具有空灵之美。在这个意义上，陕西内部地域之间的差异性恰恰构成了不同作家文学创作具有差异性的地方路径。

陕西文学从整体而言，有着区别于其他地方的地方性（或称地域性），同时其内部还有着基于不同地理环境和人文环境而形成的具有差异的地方性。

---

① 贾平凹：《王蓬论》，见《平凹文论集》，青海人民出版社 1985 年版，第 133—134 页。

② 李继凯：《秦地小说与"三秦文化"》，商务印书馆 2013 年版，第 106 页。

③ 莫伸、毋燕：《地域特色对陕西文学的托载》，《小说评论》，2011 年第 6 期。

前文论及陕西文学并不只是基于陕西本土的地方性知识，还吸收了异地的地方性知识。这些吸收了异地地方性知识的文学作品呈现出来的特质已不是文学的地域性所能涵盖的，而是一种别样的地方性。以作家红柯为例，红柯出生于陕西，但与陕西其他作家创作依赖地方性知识系统不同，红柯具有更为独特、广阔的文化视野。红柯大学毕业后远走新疆 10 年，有别于中原地区的大漠雄风、马背上的民族神奇的文化和英雄史诗让红柯了解了汉文明之外另一个瑰丽的空间。新疆及其有别于中原的一切给红柯的人生留下了无法抹去的烙印，《跃马天山》《西去的骑手》《生命树》等小说都是关于新疆的。漫游天山 10 年之后，红柯回到陕西工作生活，但他的灵魂依然朝向新疆。他不仅在现实中数次返回新疆，还试图用文学打通陕西与西域，连接起关中与天山，在这两个地方之间促成一场深度的对话，《喀拉布风暴》《少女萨吾尔登》《太阳深处的火焰》即是这种尝试的成果。红柯的作品可以说呈现出"异地"的地方性或"多地"的地方性。

关注陕西文学之地方性的要义，一方面需要关注陕西文学不同于其他地方的独特性和差异性，陕西文学是如何挖掘三秦大地的深厚历史、文化传统的独特性的，以及这些独特性在文学作品的内容、题材、风格、文化内涵等方面的具体表征。另一方面，也需要关注陕西文学中的异质地方性元素，这些异质地方性元素为何以及是以何种形式出现在陕西文学当中的，它们对于陕西文学有何种价值和意义。同时，思考陕西文学的地方性时，政治经济学视野上的"全球性—地方性"逻辑框架是否有值得借鉴之处。对地方性多角度的深入思考有利于对陕西文学进行有意义的"深描"，也有助于挖掘陕西文学更为丰富的空间。

第二节 "地方"视域下的中国当代文学

以"地方"视野关注陕西文学，会看到陕西文学内部空间的开阔。同样，以"地方"视野关注中国当代文学，也能看到中国当代文学的多元性，并从中发现中国当代文学的发展脉络和未来走向。中国当代文学的发展过程中一直存在着地方书写，正因为有不同的地方书写，才有了中国当代文学的差异性和多元性，它们充实了中国当代文学的基础，并发展出中国当代文学繁茂的枝叶，最终形成了中国当代文学的整体性和盛大性。同时，在中国当代文学的发展过程中，地方书写是中国当代文学观念表征的"地方路径"，提供中国当代文学发展需要使用的不同的地方性知识。在全球化时代，中国当代文学的地方书写在全球视野下对于建构中国的主体形象、讲述中国故事、呈现中国经验有重要意义，也仍然会是未来中国文学发展必须倚重的资源和途径。

一、地方书写对中国当代文学多元性的建构

地方书写对中国当代文学具有重要意义，不同的地方性知识构成不同的地方书写，不同的地方书写都融入中国当代文学的版图中，中国当代文学的繁荣丰富在一定程度上是基于地方书写的存在。即便国家的扩展和现代化进程的加速导致了地方的萎缩，作为虚构和想象的产物的文学也绝不会像现实中民族国家共同体那样成为一个具有同一性的文学共同体，正因为如此，才有了中国当代文学的多元性。"如果文学知识或者主要风格是雷同的，文学就毁灭了。"[1]文学需要多样性，如果文学都是同质性的，也就不会有文学的存在和发展了。"中国文学是由无数的具有地方性、民族性特征的写作融汇、混合、结合共同完成的"[2]，地方书写的存在丰富了中国当代文学的版图。中国当代文学中地方书写的存在形式是多种多样的。基于"地方"在大小、宏观微观方面的弹性，地方书写可以是宏观的地域性、区域性的"文学区"[3]

---

① ［美］赫姆林·加兰：《破碎的偶像》，见《美国作家论文学》，刘保端等译，生活·读书·新知三联书店 1984 年版，第 85 页。

② 刘小波：《地方路径与文学中国——"2020 中国文艺理论前沿峰会暨'四川青年作家研讨会'"会议综述》，《当代文坛》，2021 年第 1 期。

③ 曾大兴：《文学地理学概论》，商务印书馆 2017 年版。这一概念借鉴了美国人类学家奥蒂斯·梅森创立的"文化区"概念。所谓文学区，就是根据不同地区呈现的文学特征的差异而划分的一种空间单位，又可称为"文学区域""文学地域"或"文学圈"。

或作家群，可以是某种具有整体性风格的文学现象，也可以是具体、微观的文本形式的存在。

从宏观方面看，以"文学区"的相关概念命名的地方书写有"西部文学"①、"粤港澳大湾区文学"②等，以及以行政区划作为地域文学命名的陕西文学、山西文学、湖南文学、四川文学等。此外还有地域性、区域性作家群的存在，比较为人们所熟知的有陕西作家群、山西作家群、湖南作家群、中原作家群、里下河作家群等，这些作家群往往也被冠以"陕军""湘军""豫军"等称号。此外，当代文坛还有以某种整体性风格命名的文学现象，如"京味小说""津味小说""汉味小说"等。近几年来，文坛上也不断涌现指向某个"地方"的新的文学现象，如"东北文艺复兴"③、"新南方写作"④等。事实上，无论是"文学区"、作家群还是某种风格的文学类型、文学流派，都指向地方书写。即便是"陕西""湖南""四川"这些行政区划名称，也不仅仅是行政区划意义上的地理空间，而是具有丰富多样的地方性知识的自然和人文空间。地方书写无论是以何种方式命名，都是基于地方所具有的独特的地方性知识。

---

① "西部文学"概念的提出，最早是在 1985 年前后，甘肃刊物《当代文艺思潮》发表了一组文章，针对文坛的创作实际，特别是有关西部作家（主要是指西北作家）的创作进行了专门讨论，使"西部文学"正式出现在文坛上。

② "粤港澳大湾区文学"是 2018 年 11 月 4 日在暨南大学召开的首届粤港澳大湾区文学研讨会上提出的概念，相关城市都属于岭南文化圈。

③ 音乐人董宝石 2019 年在网络综艺节目《吐槽大会》上提及这一话题。此后"东北文艺复兴"现象被自媒体广泛关注，逐渐成为社会热点并进入学术界，成为学术界较为关注的一个问题，并产生了一批研究成果。

④ "新南方写作"这一现象在 2018 年之后开始被学术界关注，陈培浩、杨庆祥、曾攀等青年学者对这一现象均有深入的讨论。这一概念最早出现在陈培浩《新南方写作的可能性——陈崇正的小说之旅》（《文艺报》2018 年 11 月 9 日）一文。随着讨论的深入，"新南方写作"逐渐从一个临时的批评提法变成一个自觉的学术概念。杨庆祥在其《新南方写作：主体、版图与汉语书写的主权》（《南方文坛》2021 年第 3 期）一文中对这一概念做了详细阐释。所谓的"新南方"，涵盖中国的广东、广西、海南、福建、港澳台地区，以及马来西亚、新加坡、泰国等东南亚国家。

从微观方面看，地方书写是以具体的文本形式存在的，是作品里所呈现的文学化的地方和种种地方性知识，是贾平凹笔下的商州、莫言笔下的高密东北乡、汪曾祺笔下的高邮、苏童笔下的香椿树街、韩少功笔下的马桥、王安忆笔下的上海……21世纪以来，中国当代文学中的地方书写蔚为大观。仅就小说而言，阿来《机村史诗》、迟子建《额尔古纳河右岸》、孙惠芬《上塘书》、贾平凹《山本》、金宇澄《繁花》、周恺《苔》等作品都致力于书写一个地方的民俗生活和文化历史。尤其是作家霍香结的小说《地方性知识》，直接以"地方性知识"命名，描述了中国南方一个叫汤错的山村，使用方志的体例，从疆域、语言、风俗、虞衡、列传、艺文等多个层面深入挖掘了这个村庄的方方面面。

由以上分析可以看到，地方书写无论以何种形式存在，都是中国当代文学不可或缺的。完全脱离地方书写的文学几乎是不存在的，正因为如此，中国当代文学才是丰富多彩的。纵观中国当代文学70多年的发展历史，地方书写在不同时期都扮演着重要角色，以或隐或显的方式参与中国当代文学多元性的建构。

在谈及中国当代文学的多元性问题时，一般都不会把"十七年文学"列入其中，因为那是突出一元化而非多元化的时代。洪子诚用"一体化"来描述"十七年文学"的特征，他所指的一体化包含文学的演化过程、组织方式、生产方式和形态等几个方面。本书这里主要关注的是文学形态的一体化，具体而言就是作品的题材、主题、艺术风格、创作手法上出现的趋同化倾向。一体化与多元化是相对立的，并不追求文学的多样性与差异性，因此，多元性的地方书写并不是"十七年文学"所追求的。但这并不意味着地方书写在"十七年文学"当中不存在，文学创作是无法脱离地方性知识的。小说方面，地方书写主要体现在农村题材的小说当中，周立波的《山乡巨变》中湖南山村清秀俊美的山光水色和特有的民俗风情使得小说具有浓郁的地方色彩，当地独有的饮食、服饰、居所、婚丧嫁娶风俗、节庆娱乐活动、精神信仰、歌舞艺术、民俗语言让小说成为"充满浓郁乡土气息的民俗画、民俗志、风俗史"①。梁斌的《红旗谱》被誉为极具"民族气魄"的小说，其"民族气魄"的表达在很大程度上是由其地方书写传递出来的。"作者特别着力写了冀中平原的地方色彩和人民的风俗习惯"②，小说中冀中平原的风光景物、民俗民风、方言土语以及体现着"燕赵风骨"的人民，使得小说极具"民族气魄"元素，这些事实上也是地方性知识。诗歌方面，以闻捷的诗歌为代表的新边塞诗也有丰富的地方书写，闻捷的《天山牧歌》中天山南北的自然风光、新疆少数民族的文化风俗给读者呈现出有别于中原地区的边地之美。散文方面，诸如《香山红叶》《长江三日》《社稷坛抒情》《天山景物记》《在柴达木盆地》等大量的写景游记散文也呈现出祖国各地独具特色的自然和人文景观。"十七年文学"时期的地方书写整体上是融入一体化的文学规范当中的，充当民族形式和主流意识形态规约下的文学观念的地方资源，它无法从本质上改变"十七年文学"一体化的性质，却使一体化的文学内部呈现出有限度的多元化，在一定程度上保留了文学作品的艺术性。

中国进入新时期之后，随着思想解放运动、文学观念转型和中西文化交流的重启，中国当代文学真正进入了多元化时期。在中国当代文学整体性繁荣的带动下，地方书写也蔚为大观，区域、地域文学得到充分发展，各具特色的作家群体纷纷涌现。在一些重要的文学思潮当中，地方书写也起到重要作用。"伤痕""反思""改革""寻根"等文学思潮中都有地方书写的参与，如《芙蓉镇》寓政治风云于湖南山镇的民俗民情中，《绿化树》中的西部风景让主人公对自我命运的思考更为凝重、深邃，《小月前本》借商州的民风民情透视时代巨变和社会转型。尤其是"寻根文学"思潮，更是由不同的地方书写建构起来的，秦汉文化、楚文化、吴越文化等独具特色的地方文化都是作家思考文学之根问题的根基。21世纪以来，伴随着全球化进程，地方书写成为重要的文学创作潮流，甚至有越来越多的"地方"涌入文坛，如毕飞宇笔下

---

① 张永健：《江南山乡民俗风情的抒情诗》，《文艺报》，2014年12月22日，第8版。
② 徐文斗、任孚先：《漫谈〈红旗谱〉的民族风格》，《山东大学学报（中文版）》，1960年Z1期。

的王家庄、铁凝笔下的笨花村、刘醒龙笔下的天门口、阿来笔下的机村、鲁敏笔下的东坝等。不同的"地方"浮出文坛，不仅彰显出文学的差异性，在某种程度上还参与着中国主体形象和中国文学总体性的建构。

无论是在中国当代文学一体化还是多元化的时代，地方书写都以种种形式参与其中，中国当代文学之丰富也得益于此。

二、中国当代文学对地方性知识的使用

"地方"与文学有着紧密的关联，因此文学中含有地方性知识是不争的事实。在某些时候，文学会有意识地使用地方性知识来解决某些文学难题。纵观 20 世纪以来中国文学的发展，使用地方性知识是文学发展的一种传统。早在 20 世纪 20 年代就有北大歌谣研究会的歌谣征集活动，那是一次典型的中国文学使用地方性知识的活动，当时征集了不同地方相当数量的歌谣。地方歌谣以某一地方的地方性知识为基础，同时地方歌谣本身即是一种地方性知识。那次歌谣征集活动是"新生的知识界出于自身立足和发展之需所引出的价值转向：发现'民间'，识别'民众'"①，是新文学在大众化方面的一种诉求，也是新文学实现"现代"的一次探索实践。在中国当代文学的发展历史上，也有对地方性知识的使用，最典型的即是民族形式这一文学诉求。

民族形式问题是研究中国当代文学一个绕不开的问题，围绕这一问题文坛上有过多次论争，也有过不同形式的文学实践。从文艺论争和具体的文学实践中可以看出，"地方"是研究这一问题的重要切入点。民族形式的问题是抗日战争时期提出的，1939 年至 1942 年关于这一问题还发生过一场持续时间长、参与度广的文艺论争。在这个论争过程中，当代文学构型的雏形开始呈现，这是一种有别于五四新文艺的新的文学构型。同时，民族形式问题不仅关系到当代文学的基本构型，也关系到 1940 至 1970 年代中国的政治文化

---

① 徐新建：《民歌与国学——民国时期"歌谣运动"的兴起与演变》，四川大学博士学位论文，2002 年，第 18 页。

实践，并且是一个关键性的环节。关于民族形式问题论争的一个焦点是民族形式的来源问题，也就是如何建构民族形式的问题。关于这一问题的论争基本围绕"旧形式、民间形式、地方形式与方言土语"①四个范畴展开。除"旧形式"外，其他三个范畴都与"地方"有关系。在当时的论争中，"民间形式"被认为是民族形式的重要来源。"民间"指涉甚多，城市当中也有"民间"，但这里的"民间"特别指涉乡村和底层，在抗日战争的背景下，更多指向内陆农村地区。不同地区具有差异性，那么不同地区的"民间形式"也就具有地方性。"地方形式"也是民族形式的重要来源，往往指的是那些在特定地域环境下形成的文艺形式，那些文艺形式有着与"全国性"相对的"地方性"，这是"地方形式"最核心的东西。此外，民族形式的重要来源还有"方言土语"。所谓"方言土语"，本质上就是一种"地方性"的口头语言。"民间形式""地方形式""方言土语"三个范畴意义有所不同，但恰恰在"地方"这一层面发生重叠，这也意味着民族形式的建构需要使用地方性知识。在关于民族形式的论争中，有相当多的论者关注"地方"是如何参与建构民族形式的这一问题。"民族形式应注意地方形式：应该好好研究各地方的歌、剧、舞及一切文学作品的地方形式之特性。"②各地方的歌、剧、舞是地方性知识所表征的文艺形式，同时它们本身也是地方性知识。柯仲平在谈及秦腔现代戏《查路条》时，认为该剧"采用了秦腔和郿鄠的一部分曲调，这不但不使人觉得陈旧，反而觉得很有些新鲜"③。在柯仲平看来，秦腔和郿鄠属于旧剧，但不可否认的是，它们同时也是具有地方特色的传统戏剧，是可以使用的地方性知识。1942 年，毛泽东《在延安文艺座谈会上的讲话》发表之后，关于民族形式的论争告一段落，落地为具体的文艺实践。在具体的实践过程

---

① 贺桂梅：《书写"中国气派"：当代文学与民族形式建构》，北京大学出版社 2020 年版，第 27 页。

② 陈伯达：《关于文艺的民族形式问题杂记》，见徐迺翔编：《文学的"民族形式"讨论资料》，知识产权出版社 2010 年版，第 7 页。

③ 柯仲平：《介绍〈查路条〉并论创造新的民族歌剧》，见徐迺翔编：《文学的"民族形式"讨论资料》，知识产权出版社 2010 年版，第 32 页。

中,地方性知识被大量使用。以陕西为例,陕北的民间文艺如说书、民歌、剪纸、秧歌、腰鼓、木刻版画等被激活、发掘与利用。这些民间文艺既是"民间形式",同时也是"地方形式",即一种地方性知识。

民族形式问题关系到中国当代文学的构型和具体的文学实践,这就意味着中国当代文学对地方性知识的使用是一种必然。"十七年文学"时期,很多文学作品的民族性表述均是由地方性内容呈现的。以《红旗谱》为例,小说中的民族气魄和地方性知识是分不开的,这里的地方性知识具体而言就是地域文化,"地域文化的出场,构成了民族形式建构的关键所在"①。在《红旗谱》中,处处可以看到冀中平原一带的风俗习惯和生活方式,可以嗅到冀中平原浓烈的乡土气息,如运涛出生时在窗帘上挂红布、除夕"踩岁"以及看瓜、捕鸟等风俗。地方性知识的核心是地方的深层文化心理,在小说中可概括为"燕赵风骨",这在朱老巩、朱老忠父子身上体现得最为鲜明。朱老巩为四十八村农民的利益抗争而亡,朱老忠继承了父辈的反抗性格和侠义精神,他们的性格和行为即是典型的"燕赵风骨"的体现,勇武任侠,慷慨悲歌。在小说中,虽然朱老忠等人在接受无产阶级革命思想教育之后,其反抗精神已经带有阶级性,但不可否认的是,"燕赵风骨"仍是朱老忠等反抗者的精神底色。

20世纪50年代中后期的"新民歌运动"也是一次中国当代文学对地方性知识的大规模使用。本书这里对"新民歌运动"的得与失不做评价,只是将其作为中国当代文学使用地方性知识的实践。事实上,"新民歌运动"本质上仍是对民族形式问题的一次探索。1958年,毛泽东在成都会议上提出"中国诗的出路恐怕是两条:第一条是民歌,第二条是古典"②。民歌属于民间艺术,同时也具有地方色彩,不同地区的民歌在题材、风格、曲调等方面都有差异。陕北的信天游,甘肃、青海的花儿,湘西苗族的山歌,都是可资借鉴

---

① 贺桂梅:《书写"中国气派":当代文学与民族形式建构》,北京大学出版社2020年版,第148页。

② 毛泽东:《建国以来毛泽东文稿》(第七册),中央文献出版社1992年版,第124页。

的地方性文化资源。在"新民歌运动"时期，各地独具特色的民歌被大量发掘。同样发生在 20 世纪 50 年代的对少数民族诗歌的搜集整理也可以视为中国当代文学对地方性知识的使用，当时搜集整理的具有代表性的少数民族诗歌有彝族撒尼人的叙事长诗《阿诗玛》、蒙古族民间叙事诗《嘎达梅林》、藏族史诗《格萨尔王传》、纳西族史诗《创世纪》等。对这些少数民族诗歌的搜集发掘引发了对在"地方"视域下看待族群的意义的思考，族群的历史文化传承同样是一种地方性知识。

进入新时期之后，中国当代文学又一次开始了对地方性知识大规模的使用。最初是 20 世纪 80 年代初期的民俗风情小说，不同的"地方"由此开始浮出文坛，如汪曾祺笔下的高邮、邓友梅笔下的北京、冯骥才笔下的天津、陆文夫笔下的苏州等，可以说这个时期文学回归和复兴在很大程度上依靠的也是这些"地方"。直至 1985 年，中国当代文学对地方性知识的使用蔚为大观，主要涉及"寻根文学"和"先锋文学"。"1985 年前后的文学中国处于一个文学地理大发现的时代。仅仅从吴亮和程德培当年选编的《新小说在 1985 年》就能够感到当年作家地理发现的狂潮：《爸爸爸》《秋千架》《西藏，隐秘的岁月》《冈底斯的诱惑》《黄泥小屋》《天狗》《炸坟》《狗头金》《五个女子和一根绳子》，如果加上避免和其他选本重复而没有选入的《小鲍庄》和《透明的红萝卜》，半数以上的小说叙述着'地方'。"①这样的情况一直延续至今。当下文坛也浮现出越来越多的"地方"，这也意味着使用地方性知识是中国当代文学发展过程中必然要采用的一种路径。

三、地方书写与全球化时代的中国和世界

地方书写构成了中国当代文学丰富多元的版图，提供了中国当代文学发展所需的地方性知识。同时，在当下的全球化时代，地方书写对于建构中国的主体形象、讲述中国故事、呈现中国经验乃至于与世界对话也具有重要

---

① 何平：《被劫持和征用的地方——近三十年中国文学如何叙述地方》，《上海文学》，2010 年第 1 期。

意义。"很大程度上可以说,保证当代文学的自我连续性的,其实不是'当代',而是'中国'。"①贺桂梅的这一观点极有见地。中国社会的主导意识形态在 1970 至 1980 年代之交的历史转型之际就发生了变化,革命话语不再是统合性的意识形态,中国当代文学的内涵也发生了巨大的变化,但中国本身这一存在使得中国当代文学仍可以被视为一个连续体。这一观点是具有合理性的,这也意味着中国这一存在会继续统摄 1980 年代之后乃至当下的中国文学。尤其在全球化时代,文学对中国的呈现变得更为迫切。在全球格局中,中国也是一个"地方",中国文学也是一种地方书写或者说是一种地方性知识。如果说吉尔兹所谓的"地方性知识"是用以对抗全球性的普遍知识的,那么中国文学也需要警惕全球化所导致的文学的同质性,同时凸显中国的主体形象,这是 21 世纪以来中国以及中国文学的一个重要议题。这一议题本质上是"何谓中国"的问题,即如何在一个复杂多变的时代重新认识、理解与阐释中国以及中国文学。这一议题的出现既受外部地缘政治和经济发展形势的影响,也与全球化时代民族主义浪潮的兴起有关,更是中国文学自身内部和外部语境的变化所带来的文学研究疆域的拓展。"何谓中国"的问题具体到文学层面的一个重要面向即是"中国形象"的建构。在全球化时代,中国的存在与发展是新的世界秩序中不可忽视的客观存在,中国形象因此也成为新的世界体系中的一个新命题。当下的文学也是如此。

文学呈现中国形象,需要的是"中国视角",而不是"他者眼光"。如果是以西方的普遍性知识来看待中国,所呈现的就不是真正意义上的中国形象。中国形象的主体建构的重要资源即是本土经验。与西方的普世经验相比,本土经验指向的是一种独特的东方经验,即蕴含着中国人自己的历史、现实和生存体验的经验。事实上,本土经验包含着地方经验,因为中国的本土经验不可能是一种同质性的、囊括所有的经验。文学尤其如此。前文曾论及文学与"地方"不可分割的关系,这也意味着文学天然地含有地方经验,不同地

---

① 贺桂梅:《书写"中国气派":当代文学与民族形式建构》,北京大学出版社 2020 年版,第 516 页。

方经验的凝聚交融构成了文学的中国经验。地方书写立足于地方经验，同时又作为一种地方经验形式构成文学的中国经验，进而参与文学对中国主体形象的建构。

在全球化语境下，通过地方书写彰显文学的中国形象具有重要意义，其实质是彰显文化自信和中国主体形象。如果说 20 世纪 80 年代风行的中国文学与世界文学接轨的潮流带有一丝依附西方的"殖民式"心态，那么 21 世纪文学"正越来越明显地体现出中国的自主性、汉语文学的自主性"①。这一问题甚至可以视为民族形式问题在全球化时代的延续，这在很大程度上需要地方书写的参与。"地方性写作不能仅仅停留在地方经验的止步不前上，不能只写静态的、风化的、死去的风景。地方性写作是现代意识、民族气质、地方经验的结合。"②地方书写只有蕴含民族气质和现代意识，才能真正起到建构文学的中国形象进而与世界对话的作用。

以 21 世纪以来的长篇小说为例，刘庆的《唇典》展现了中苏边界乌拉雅人百年的生活和历史，小说对东北地域文化的挖掘非常充分，其中的白瓦镇虽然是虚构的，但这个地方的风物、民俗、景观和宗教信仰都是东北地区独特地域文化的呈现。在这个意义上，这部小说可谓是一部典型的东北地方志。小说尽管书写的是东北百年来的历史变迁，但这又何尝不是中国的历史变迁？小说既是在讲述东北的故事，也是在讲述中国的故事。王安忆的《天香》以江南"顾绣"的源流为线索，虚构演绎出晚明时期上海乃至中国民间生活、社会文化的面貌。小说可谓是晚明时期上海的地方志，独具地方特色的亭台楼阁和小巷里弄，婚丧嫁娶的风俗，归有光、徐光启等上海名人的故事，以及民间的野史、掌故、传说等，让晚明时期的上海像一幅画卷徐徐铺展于读者面前。尤其是小说对"顾绣"技艺的发展流变的文学呈现，让人感叹中华文化的灿烂。徐则臣的《北上》中小波罗一行人沿京杭大运河北上，不同地

---

① 张未民：《新世纪文学的发展特征》，《作家》，2006 年第 7 期。

② 金莹：《地方性写作：不仅仅是文化怀旧》，《文学报》，2012 年 5 月 10 日，第 3 版。

方的风物都得以呈现，淮海戏、彩绘、雕版印刷技艺、宣德炉制作技艺、杨柳青年画、汝瓷烧制技艺等非物质文化遗产，漕运总督府、漕运博物馆、淮安船闸、板闸遗址、大闸口、镇淮楼、文通塔、清江浦楼、河下古镇等名胜古迹，展现了运河文化的丰富多彩。小说通过对京杭大运河的历史书写，发掘了中国深厚的文化精神气质，也以此建构起中国形象。陈彦的《主角》借秦腔名伶忆秦娥修习秦腔的过程，再现了秦腔这一剧种以及秦腔艺人人生的跌宕起伏，触及了秦腔"戏曲之道"中蕴含的恒常价值。秦腔中蕴含的恒常价值在当下"对社会进步、文明传播、道义认知、价值建构"[1]有着重要意义，更是建构当下中国主体形象的要义所在。一个族群、一条河流、一种技艺都含有地方经验，这些小说对地方的书写并不止于地方，同时也是对中国的书写，可以说是一种关于"何谓中国"的问答的美学政治实践[2]。中国的形象就是在这些地方经验中浮现出来的，地方经验充当了全球化时代安放"中国"的重要器皿。

在全球化时代，当地方书写关注"中国"问题时，不管是有意的还是无意的，都已经在与"世界"对话，文学建构中国形象并不仅仅是为了给自己看，也是为了给外面的世界看。这也带给我们另一种思考：通过地方书写能否传递一种普遍性经验？能否呈现全球化背景下人类所面临的一些普遍性问题？能否实现中国地方性与世界文学的对话？阿来的《云中记》是一曲为古老文明书写的挽歌，小说中涉及藏区的独特文化，尤其是祭师阿巴在祭仪中展现了藏区独特的地方性知识。但阿来的写作并没有囿于地方性知识，小说不只写了一个藏区小村庄的故事，其真正的意义在于通过阿巴偏执地重建死亡祭仪这一行为，揭示出当下日益祛魅的现代社会中人们精神世界的荒芜和无所寄托。小说中阿巴的行为指向一个现代性问题，即"以个人艰巨的努力去直面现代社会死亡文化匮乏所导致的巨大精神焦虑和皈

---

① 陈彦主编：《戏剧评论文选》，陕西人民出版社 2008 年版，代序第 9 页。

② 王金胜：《故事、小说与中国经验书写——由〈喜剧〉〈主角〉论陈彦小说的文化政治意涵》，《中国当代文学研究》，2021 年第 4 期。

依性难题"①。在全球化时代，地方书写的真正意义不是关闭和躲藏，而是敞开，是通过"地方"书写"中国"，并与"世界"对话。

第三节　自上而下：从"整体"看"地方"

整体性的中国当代文学包含不同的地方书写，也即是说中国当代文学的发展变化必然会在"地方"这一层面留下痕迹。作为一种"地方"样本，陕西文学是当代文学版图中不可缺少的一部分，这也意味着中国当代文学的发展变化会对陕西文学产生影响，整体性的文学经验也会影响地方书写。事实上，这种影响可能会呈现不同方面、不同路径的复杂性，因此本节需要探析的是整体性的中国当代文学自上而下会对作为"地方"样本的陕西文学产生哪些影响，通过何种途径产生影响。

一、文学"地方"的发现

文学创作需要使用"地方"是一个不争的事实，但现实中的地方与文学中的地方不能完全等同。地方性知识是客观存在的，但其进入文学创作需要一个契机。尤其对于一个作家来说，营造属于自己的文学"地方"不可能只是一种自在的行为，更多的是一种自觉行为。文学"地方"之所以被发现、被建构，在很大程度上是受到了整体性文学思潮的影响。"从文化人类学的角度看，在地理大发现之前是没有所谓'地方性'的，因为所有的'地方性'都是一种自然状态，对生活于该地区的人而言，这一地方就是全部世界，并无'地方'之外的另一种他性存在。所以说'地方性'是一个现代的建构……"②这

---

① 陈培浩：《游牧于地方性与总体性之间——文学与地域三题》，《青年作家》，2019 年第 11 期。

②《南方文坛》编辑部：《新时代的地方性叙事——第十届"今日批评家"论坛纪要》，《南方文坛》，2020 年第 2 期。引文为杨庆祥的发言。

一观点不无道理。文学层面的"地方"并非自足之物，一个"地方"是在和外部世界的互动中才得以成为一个"地方"的。从这一角度关注陕西文学，便会看到无论是陕西文学进入中国文学的现代化进程，还是作家个体建构自己的文学"地方"，都有外界力量的介入，这一外界力量恰恰是中国当代文学。在这个意义上，作为整体的中国当代文学也具有某种对"地方"的生产能力。日本学者柄谷行人在其《日本现代文学的起源》一书中提到，日本的现代文学"是特定历史阶段的产物，即 19 世纪中期以来起源于西欧而逐渐扩散到世界各地的'现代性'文学的一种'装置'（制度）"①，日本的现代文学是被某种"现代性"装置生产出来的。这一观点同样可以说明文学"地方"的发现问题，也就是说文学"地方"在某种意义上也是被生产出来的，这一生产装置即是中国当代文学。②

历史上的陕西文学曾经非常繁荣，汉唐时期的秦地文学成就辉煌。但在 20 世纪初中国文学现代化的进程中，陕西文学的发展是比较滞后的，并未太多回应并参与新文化运动、文学革命、左翼文学运动等文学现代化进程。陕西文学发展滞后的现状与 20 世纪上半叶以来西北地区的落后有关："20 世纪上半期中国的西北地区仍然是一幅穷山恶水的景象，生存条件极为恶劣。辛亥革命以来，哥老会、皖系军阀相继控制了陕西，陕西成为军阀混战之地。民众的教育和思想文化水平也极其落后。中国文化的现代化进程对这里的影

---

① ［日］柄谷行人：《日本现代文学的起源》，赵京华译，生活·读书·新知三联书店 2019 年版，中文新译本前言第 6 页。

② 这里涉及中国当代文学的溯源问题，即中国当代文学的起点问题。学术界目前存在多个关于中国当代文学时间起点的观点，罗长青《"中国当代文学"时间起点争议问题考察》（《海南大学学报（人文社会科学版）》2015 年第 6 期）一文中有详细说明。本书在这一问题上认同将中国当代文学的开端追溯至延安文艺时代的观点，这并不是否认从社会政治史的角度将 1949 年作为中国当代文学开端的合理性，只是文学的发展与社会政治史未必完全吻合。孟繁华、程光炜的《中国当代文学发展史》和陈晓明的《中国当代文学主潮》都是以毛泽东《在延安文艺座谈会上的讲话》作为中国当代文学的起点。洪子诚在其《"当代文学"的概念》（《文学评论》1998 年第 6 期）一文中也持这一观点，认为应把延安文艺作为当代文学的直接渊源，考察当代文学的生成也应从这一时期开始。

响极其有限。"①有学者还认为陕西文学只有当代史而没有现代史②，这也意味着作为文学地方的陕西在现代文学时期是沉于历史地表之下的。陕西文学真正介入中国文学的现代化进程始于延安文艺③，延安文艺客观上促成了陕西文学介入中国文学的现代化进程，促成了延安作为文学"地方"的被发现，因此可以将延安文艺时代视为陕西文学当代史的开端。陕西文学被纳入文学现代化进程并不是自然而然发生的，更进一步讲，延安文艺的产生也不是自然而然的，而是一种被建构的过程，按照柄谷行人的观点来说就是被"生产"出来的，其生产装置就是当时中国整体性的文学潮流。

事实上，考察中国当代文学是如何被"生产"出来的这一问题时，一个不可忽略的重要生产要素就是中国文学整体环境的变化。中国文学的现代化实践一直是以北京、上海等大城市为基地的，也即是一种中心城市发展路径。但当时环境的变化导致这种发展路径中断，不得不开始进行地域性转移④，转移的结果就是当代文学的产生。这种地域性转移是当时的战争大形势所导致的，使中国文学的整体环境发生了变化，具有重要意义，是促成当代文学发生的重要原因。长征胜利结束之后，延安作为抗日根据地以及中共中央所在地，对众多进步的知识分子产生了巨大的召唤作用，大量知识分子的到来使

① 毕海：《中国现代文学论争与文化政治——"民族形式"文艺争论及相关问题》，中国社会科学出版社 2017 年版，第 209—210 页。

② 李建军：《论陕西文学的代际传承及其他》，《当代文坛》，2008 年第 2 期。作者认为由于远离五四新文化运动的中心，加之经济的落后和文化上的封闭，陕西文学的"现代"阶段几乎是一片空白：既没有成立有影响力的文学社团，也没有创办有影响力的文学杂志，更没有产生有影响力的文学家。

③ 延安文艺虽然以地域命名，但事实上已经超越了地方书写，是具有全国意义的一种"超地域文学"。参见王俊虎：《延安文学经验的当代承传——以陕西文学为中心》，人民出版社 2020 年版，第 1 页。

④ 具体而言就是中国文学现代化实践的重心原本主要依赖的是东南沿海、沿江地区的现代都市，比如上海，后来这种实践路径中断，只能转移到西北、华北、西南等内陆乡村地区。

延安成为 20 世纪中国文学的又一个"中心"①。同时，关于民族形式的论争及对旧形式、民间形式、地方形式及方言土语的讨论，又使得陕北的民间文化资源大量进入文艺创作。正是由于抗战大形势的变化、文学创作中心的转移，才有了延安作为文学"地方"的被发现和陕北地方性知识的被使用，也才有了陕西文学当代史的开端。这一切正如柄谷行人所说的，是整体性的文学大潮对"地方"的生产。

陕西文学浮出历史地表，进入当代史这一过程，是中国当代文学对"地方"的生产。对于陕西作家而言，他们开始有意识地建构属于自己的文学"地方"在某种程度上也是中国当代文学大潮推动和促成的，这在贾平凹和陈忠实身上表现得尤为明显。贾平凹 1978 年凭借获首届全国优秀短篇小说奖的《满月儿》被文坛关注，但其真正蜚声文坛是因创作了商州系列小说。早期的《满月儿》虽清新自然、极富生活气息，但辨识度不高，也无明显的地方色彩，直到商州系列小说问世，贾平凹才建构起属于自己的文学"地方"——商州。商州系列小说的创作缘起是 1982 年贾平凹的《二月杏》《好了歌》《晚唱》等小说受到批评。1982 年，陕西的文学批评家群体"笔耕"文学评论小组在西北大学召开了"贾平凹近作讨论会"。当时针对贾平凹的小说，有评论者认为："一个诗人气质的作家，甚至在阴云蔽日的年代就唱着明快的赞歌，现在在一扫阴霾的晴空丽日下，怎么倒唱起了忧郁之歌？"②"他这时期相当一部分作品在认识、评价、把握生活上不够准确，表现的思想比较消极。"③在评论者看来，《二月杏》等作品色调过于灰暗，在"伤痕文学"退潮之后反而走了"回头路"。"这种'僭越'是当时的'主流文学'所不能容忍的。"④这次会议对贾平凹触动很大，他的写作开始转向。"怎样去写？去写什么？我

---

① 赵学勇、孟绍勇：《"文学中心"的转移与当代文学"新方向"的确立》，《山西大学学报（哲学社会科学版）》，2006 年第 1 期。

②《延河》记者：《记"笔耕"组贾平凹近作讨论会》，《延河》，1982 年第 8 期。

③ 陈深：《把生活的井掘得更深——贾平凹小说创作直观录》，《延河》，1982 年第 8 期。

④ 黄平：《贾平凹与 80 年代"改革文学"——重读贾平凹"改革三部曲"》，《渤海大学学报（哲学社会科学版）》，2010 年第 2 期。

认真总结了以往的经验教训，分析自己的优势和劣势，针对自己生活阅历的不足和认识生活的能力不强之短处，我只能到商州去丰富自己，用当时的话说：'再去投胎！'"① 1983 年，贾平凹在给《十月》编辑侯琪的信中写道："在我苦恼的时候，你们给以关心和鼓励，令我十分感激。我明天就要下乡去。我想，在西安待着，还不如到农村去好好深入生活，今年我在那里已待过三四个月了。陕南山区很有意思，山好水好，老老实实再写些东西吧！"② 尽管贾平凹早有建立自己的"创作基地"的打算，但这次受挫无疑直接促成了他深入商州体验生活。这次商州之行使《商州初录》《小月前本》诞生，后来贾平凹又写出了一系列商州题材的作品——这次商州之行最大的意义就是贾平凹建构起自己的艺术空间"商州"。历史的吊诡之处在于，主流文坛对贾平凹的批评及规训反而促成了贾平凹对"商州"的发现，或者说成就了贾平凹。

陈忠实发现"关中"的过程与贾平凹有所不同，但在某种意义上也是当代文学主潮促成的。关中是陈忠实在创作中所钟情的地方，陈忠实在其早期小说如《信任》《无畏》《初夏》等中都关注关中乡村，但多注目于乡村现实生活的变化，关注新的农业政策在乡村世界引发的种种变化，也即是关注表层的关中，与同时期其他乡村题材的小说相比并无突出之处。陈忠实的创作转型始于 1985 年创作的《蓝袍先生》，这也是陈忠实寻找艺术突破的尝试之作。与陈忠实以往的小说不同的是，《蓝袍先生》关注人的心理和命运，尤其深度挖掘关中文化："我的笔刚刚触及他生存的古老的南原，尤其是当笔尖撞开徐家镂刻着'耕读传家'的青砖门楼下的两扇黑漆木门的时候，我的心里瞬间发生了一阵惊悚的战栗，那是一方幽深难透的宅第。也就在这一瞬，我的生活记忆的门板也同时打开，连自己都惊讶有这样丰厚的尚未触摸过的库存。"③

---

① 贾平凹：《答〈文学家〉编辑部问》，见《五十大话》，人民文学出版社 2008 年版，第 112 页。

② 孙见喜、孙立盎：《贾平凹传》，陕西人民出版社 2017 年版，第 42 页。

③ 陈忠实：《寻找属于自己的句子：陈忠实自述》，北京大学出版社 2019 年版，第 1、3 页（第 2 页为插图）。

这篇小说意味着陈忠实的创作开始关注深层的关中，关中作为一个"地方"真正被发现。《蓝袍先生》的突破源于"剥离"，陈忠实曾用"剥离"一词表述其在 20 世纪 80 年代的精神和心灵体验，而"剥离"的发生无疑与 1985 年文学观念的变革有关。当时整体文学创作氛围非常活跃，现代派文学成为文坛关注的焦点，这些都给陈忠实带来一种冲击，使其产生了一种自觉意识。20 世纪 80 年代中期的文坛，主义、流派、方法异彩纷呈，其中"文化——心理结构"①的创作理论使陈忠实茅塞顿开，有了创作《白鹿原》的冲动。同时，在这样一种开放活跃的文化氛围中，陈忠实有机会阅读很多西方名作，对卡彭铁尔《人间王国》和马尔克斯《百年孤独》的阅读更是让他坚定了专注关中这片土地，专注这片有着悠久文明和历史的土地的昨天和今天的信念。如果没有 1985 年前后文坛各种流派新潮的涌动，陈忠实的创作转型未必不会发生，但时间也许会更晚。由此而知，陈忠实的文学地方"关中"的发现也是中国当代文学主潮促成的。

事实上，无论是陕西文学浮出历史地表，参与到中国文学的现代化进程中，还是贾平凹、陈忠实建构起独属于自己的文学"地方"，都与中国当代文学这一"装置"对"地方"的"生产"与发现有关。

二、被规训的地方书写

延安作为文学"地方"被发现，陕西文学开始进入中国文学的现代化进程，以及如贾平凹、陈忠实等作家建立独属于自己的文学"地方"，都是中国当代文学对地方书写的积极影响。与此同时，中国当代文学对地方书写也会造成规训，这种规训的突出表现即是文学创作的地方色彩、地方性是淡化的，这种现象往往发生在文学高度一体化的时代。在中国当代文学发展史上，"十七年文学"时期文学高度一体化。在这一时期，地方书写受到某种规训：

---

① 李泽厚在《中国社会科学》1980 年第 2 期发表了《孔子再评价》一文，首次提出"文化——心理结构"概念。这一概念渗透在李泽厚的美学、哲学、思想史当中，并且与李泽厚的"主体性"研究有重要关联。

尽管这一时期的文学创作中仍存在地方书写，但是有限度的，"地方"更多的是作为民族形式的有效资源出现，主流文坛更多的是从"民族性"这一角度来解读"地方"。柳青的《创业史》就是解读这一现象的典型文本。

将柳青的《创业史》与周立波的《山乡巨变》相比，会发现《山乡巨变》的地域性更强，对地方风物及地方文化的描写更充分。但《山乡巨变》这种风格化的书写在当时虽也被肯定，但同时也被评论界认为导致作品的"思想性和时代性不够充分"①；反而是《创业史》受到的肯定更多、评价更好，被认为是描写农业合作化运动的典范性作品。这说明文学创作"去地域化"更符合当时主流意识形态对文学的要求，其背后实质上暗示着当代文学主潮对地方书写的规训。

可以将柳青的《创业史》与其早期的小说进行比较。《种谷记》《铜墙铁壁》等早期小说中对陕北的地理地貌、季节气候、衣食住行、婚丧嫁娶、信仰禁忌、宗教、家庭等都有细致的描写，其中方言俗语使用得也较多。以《种谷记》开篇的一段描写为例：

> 晌午一过，受苦人放下饭碗，松一松腰带，不管变工的不变工的，吃上一两锅烟，都上地去了；婆姨们洗完家什，有的到纺织组长那里去比赛，别的便在自己窑里坐下来纺线子。无论谁都似乎无牵无挂，一心一意做着自己的活。王家沟村里一片嗡嗡的纺车声，布架吱吱呀呀地叫唤，再加上小学校的学生娃们尽嗓子高声念书，把一个偏僻的山村喧嚷得生气勃勃。但从外表看来却依然寂寞，耕了一上午地的毛驴吃过草料，精疲力竭地在拴它的阳场子里丢盹，狗伸展了脖子和四条腿，在暖烘烘的太阳底下睡觉……②

这段描写极富陕北日常生活气息，且大量用到陕北方言，如"晌午""受

---

① 贺桂梅：《书写"中国气派"：当代文学与民族形式建构》，北京大学出版社 2020 年版，第 206 页。

② 柳青：《种谷记》，见《柳青文集》（第一卷），人民文学出版社 2005 年版，第 3 页。

苦人""婆姨""丢盹"等词都是地道的陕北方言。除此之外,《种谷记》里还有很多陕北俗语,如"背锅睡在坟堆上,不知自家的脚手高低"(得意忘形)、"好话说了几毛口袋"(言其多)、"怀娃娃婆姨赶集,人里面看不出人"(人心难测)等。但这类语言在《创业史》里并不多见,原因是柳青在写作《创业史》第二稿时去掉了方言:"这一稿还有一个明显的变化,方言土语少了。第一稿中不仅有只流行在关中地区的方言,个别章节还使用了陕北的方言。"①事实上,不仅方言土语减少,地域文化的相关内容在《创业史》中也不多。虽然西安作为十三朝古都有着极为深厚的历史文化积淀,但这些丰富的地方性知识并没有被柳青大量使用。小说开头郭世富盖房上梁的场景,书中人物偶尔唱出的几句秦腔,第二十四章写到 1953 年春天时出现的"唐冢""汉陵""灞桥""咸阳古渡""长安古道"等字眼,大概是书中为数不多的几次涉及民俗、地域文化的描写。相较于周立波的《山乡巨变》,《创业史》的地方书写是淡化的。

这一现象无疑与柳青所秉承的社会主义现实主义的创作理念有关。作为一种创作方法,社会主义现实主义自 20 世纪 30 年代从苏联传入中国,就对中国文艺的发展产生了深远的影响,在 50 年代至 70 年代更是成为文艺的指导性理论。这一创作方法进入中国之后,毛泽东、周扬、冯雪峰、胡风等理论家对之做了程度不同的推进和发挥,并于 1953 年 9 月至 10 月第二次全国文代会上将其作为中国文学创作和批评的"最高原则"②。这一原则相较于《在延安文艺座谈会上的讲话》,对文学的要求更强调一种"普遍性的内容"。柳青从 1954 年开始构思《创业史》,在第一稿完成之后又多次修改,直到 1959 年才最终完成。柳青写作《创业史》的时期恰恰是中国文学全面"苏联化"的时期,这一时期的文学更强调社会主义的普遍性,而不是民族性,文学创作在具体实践层面就是要尝试用世界性的社会主义理论语言来描述中国的社会主义实践过程,这是当时文学创作的主流观念。柳青的创作无疑是符合这

① 刘可风:《柳青传》,人民文学出版社 2016 年版,第 169 页。

② 朱寨主编:《中国当代文学思潮史》,人民文学出版社 1987 年版,第 106 页。

样的要求的。因此，用普遍性的社会主义理论语言来描写中国的农业合作化运动的《创业史》要比同一时期更多借重地方性知识的《山乡巨变》处在更高的文学等级上，《创业史》也被当时的文坛认为是成功实践了社会主义现实主义创作方法的典范性作品。

柳青是一个具有世界视野①的作家，他不仅将中国农业合作化运动视为中国的一次革命，而且将其视为 20 世纪世界范围内社会主义实践史的一个缩影，因此，《创业史》的写作"应视为在世界性的总体问题意识和问题框架下的一种中国化的具体实践方案"②。柳青写作《创业史》的最终目的也不仅仅是给文坛留下一部记录农业合作化运动发展过程的作品，"真正的进步作家，在每个时代里，都是为推动社会前进而拿起笔来的。……他们光荣的任务是努力通过尽可能生动、尽可能美好、尽可能感人的形象，把他经过社会实践获得的知识和理想传达给人民，帮助人民和祖国达到更高的境界"③。文学创作在柳青看来并非只是现代专业分工体制中的一种工作，而是具有改造世界的功能。因此，柳青希望《创业史》所提供的社会主义实践经验更具有普遍意义，他在写作时删除方言也就可以理解了。在柳青看来，他笔下的蛤蟆滩是具体的，但也蕴含着普遍的理论内涵，因此他在写作过程中抹去了这一地方的地域性文化特点，而将其建构为一个具有总体性的世界。

在写作《创业史》的过程中，柳青秉承社会主义现实主义的创作理念，力图通过对蛤蟆滩农业合作化运动具体过程的书写传递出中国社会主义实践的普遍性经验，因此地方性知识并未在小说中被大量使用，在某种程度上甚

---

① 在刘可风《柳青传》最后所附的柳青和其女儿的谈话记录就可以看出，柳青对英语文学、俄苏文学比较了解，也经常把中国的发展问题放在世界范围内进行分析，比如他在改变陕北土地经营方针问题的思考上，就参考了西欧和北美的经济发展实例及英国 18 世纪工业革命改变经济结构的例子。

② 贺桂梅：《书写"中国气派"：当代文学与民族形式建构》，北京大学出版社 2020 年版，第 283 页。

③ 柳青：《关于理想人物及其他》，见蒙万夫等编：《柳青写作生涯》，百花文艺出版社 1985 年版，第 98 页。

至是被规避的，这也使得地方色彩在小说中是淡化的。这可以说是主流文学思潮对地方书写的一种规训。但这种规训在柳青这里却又不是简单的、被迫的行为，或者说，这种规训在柳青这里实现了某种创造性的转化。在柳青眼中，社会主义不仅是一种既定的政策或理念，而且是一种社会理想，这一社会理想必须通过实践过程才有可能实现。因此，秉承社会主义现实主义创作理念而写作的《创业史》淡化地域性而凸显普遍性经验和作品的世界性面向以及建构总体性世界的尝试在今天看来具有重要意义，因为其"保存了一种可以延伸至现实中的可能性世界的样态"①，对于当下中国的发展无疑具有启示意义。

第四节　自下而上：从"地方"看"整体"

中国当代文学的整体经验和发展态势会形成一种影响，作用于地方。就陕西文学而言，这种影响一方面会促成文学"地方"的被发现，推动地方书写的发展，陕西之所以成为文学重镇，在一定程度上也得益于此。同时，在文学一体化时代，中国当代文学的整体经验和发展态势又有可能对地方书写造成一种规训，造成文学地方色彩的淡化（这并非单纯的负面影响）。但地方只是被动地接受这种影响吗？它会以何种方式应对这种影响？是呼应还是抗拒？事实上中国当代文学会向下作用于"地方"，但"地方"也会向上作用于中国当代文学，这同样是微妙复杂的。陕西文学作为"地方"样本，如何向上应对中国当代文学的发展，如何与"整体"对话，无疑也是值得探究的。

一、地方书写对文学潮流的回应

如果考察陕西文学的"地方"经验是如何向上作用于中国当代文学的，

---

① 贺桂梅：《书写"中国气派"：当代文学与民族形式建构》，北京大学出版社 2020 年版，第 355 页。

那么将之置于当代文学潮流中无疑是一个很好的视角。陕西作家一向不热衷于追赶潮流，但这并不意味着陕西文坛对中国当代文学潮流是无动于衷的，相反，陕西文学对中国当代文学潮流是有所回应的。这种回应既不是迎合，也不是抗拒，更不是要以地方经验反向影响中国当代文学，而是面对文学大潮时一种微妙的应对——这也可以看作地方书写对中国当代文学向上的回应。这一部分重点以 1980 年代的中国文学为例，探讨地方书写是如何回应中国当代文学潮流的：一则是因为 1980 年代的中国文坛主义、流派异彩纷呈，波动起伏明显；二则是因为 1980 年代也是地方书写得到充分发展，陕西文学具备集团优势，陕西优秀作家作品大量涌现的时期，以这一时期的文学现象来探究地方对文学潮流的回应更具典型性。这一部分主要以贾平凹、陈忠实、路遥的创作为例进行分析，这三位作家代表了陕西文学内部的地域差异性；他们回应文坛潮流的方式也不尽相同，这更显现出地方对文坛主潮的差异性应对。

在 1980 年代的中国文坛，贾平凹的名字是出现得比较频繁的，很多文学流派中都有贾平凹的身影，如"改革文学"和"寻根文学"。以文学史为例，洪子诚的《中国当代文学史》在论及"改革文学"时，提到贾平凹的一些小说，是将它们归入"改革文学"这一类型的；在论及"寻根文学"时，也重点分析了贾平凹的作品。陈思和主编的《中国当代文学史教程》中，在"感应着时代的大变动"一章中将贾平凹的《腊月·正月》视为"改革文学"的代表作，在"文化寻根意识的实验"一章中专节分析了贾平凹的《商州初录》。朱栋霖等主编的《中国现代文学史（1915—2018）》中，在谈及 20 世纪 80 年代的"改革文学"和"寻根文学"时，将贾平凹这一时期的小说也归入这两大类。这三部文学史是有关当代文学历史的众多著作中最具代表性、权威性和影响力的，从它们对贾平凹的描述可以看出文学史中对贾平凹的定位基本已达成共识。这往往会让人认为贾平凹的创作"是最为靠近主流文学观念的创作"①，认为贾平凹是一个紧贴潮流进行创作的作家。这其实是对贾平凹

---

① 周燕芬：《贾平凹与三十年当代文学的构成关系》，《当代作家评论》，2009 年第 5 期。

的误读。纵观贾平凹这一时期的小说，会发现无论是被归入"改革文学"的《小月前本》《鸡窝洼人家》《腊月·正月》，还是被归入"寻根文学"的《商州初录》等作品，都是商州题材的小说。同时这些作品的发表时间比较集中（《小月前本》《商州初录》发表于 1983 年，《鸡窝洼人家》《腊月·正月》《商州》《商州又录》发表于 1984 年），甚至被归入"寻根文学"的《商州初录》发表时间还早于被归入"改革文学"的《鸡窝洼人家》《腊月·正月》，这说明贾平凹当时的创作绝不是紧贴潮流，否则他不会在"寻根文学"大潮还未兴起时便写出了《商州初录》。更何况，这些作品中的"改革"和"寻根"元素真的是界限分明的吗？前文提到贾平凹的创作转向源于 1982 年评论界对其的批评，贾平凹受挫之后产生了去商州体验生活、丰富自己的念头。1983 年春，贾平凹奔商洛而去，在商南县湘河镇丹江渡口看到了撑排的水手，还乘坐了柴排，在丹江南岸的白浪镇目睹了此处人们的生活在新时期发生的变化，还和一个有 8 个女婿的老汉聊天。根据这些素材，贾平凹创作了《小月前本》。①同样是在 1982 年，贾平凹写作了《"卧虎"说》，他在这篇短文中已经流露出对文学的一些新思考："'卧虎'，重精神，重情感，重整体，重气韵，具体而单一，抽象而丰富，正是我求之而苦不能的啊！"②由此可见，这些作品均是贾平凹深入商州，受到商州的一草一木、历史文化、商州人的生活触动并融汇了自己对文学的新思考而作的，而非紧贴文学潮流。客观来讲，这些作品确实在一定程度上呼应了"改革文学"和"寻根文学"的浪潮，否则也不会被视为这两个文学思潮的代表性作品，但认真考量相关作品便会发现，"他笔下的商州风土人情和时代变化图景，更多意象渲染，更多承载作家的灵性精神，他并没有刻意赋予作品'文化批判'意识，也没有像'问题小说'那样直逼社会改革问题"③。尽管贾平凹的作品不断被指认和归类，

---

① 这段经历参见孙见喜、孙立盎《贾平凹传》中的记载。孙见喜、孙立盎：《贾平凹传》，陕西人民出版社 2017 年版，第 42—44 页。

② 贾平凹：《"卧虎"说》，见《平凹说小说》，陕西师范大学出版总社有限公司 2018 年版，第 163 页。

③ 周燕芬：《贾平凹与三十年当代文学的构成关系》，《当代作家评论》，2009 年第 5 期。

但商州对于他而言只是承载其文学想象和个体情感的"地方"而已。在这个意义上，贾平凹小说的写作思路与沈从文、汪曾祺相似，只不过相较于沈从文、汪曾祺不太关注社会政治之"变"而专注于人生之"常"的写作，贾平凹并不抗拒表现社会之"变"，他笔下的商州始终是一个交织着古老与现代、"常"与"变"的独特艺术世界。1980 年代的贾平凹并未追赶潮流，其创作却往往命中潮流，他看似与时代同步，但又不是有意跟随社会与文学的发展方向，这恰恰体现了贾平凹的艺术创造精神，这是由陕南地域文化浸润出的较为开放的文化心态以及独特的思维方式和审美视野造就的。从贾平凹 1990 年代及至 21 世纪以来的文学创作来看，他总是不断给文坛提供新鲜的话题，不断尝试新的小说写作范式。对于当代文坛来说，贾平凹似乎总是超前的。

如果说贾平凹是无意中命中潮流的，陈忠实对文学潮流则更为审慎。陈忠实创作的转型和对关中的重新发现无疑有文学潮流的推动，但这一过程值得进行更深入的分析。陈忠实的创作转型得益于 1980 年代以来文学观念的巨变和种种文学新思潮带来的艺术手法的冲击，但对文学新思潮，陈忠实始终采取审慎的态度，不拒绝了解，也不轻易跟风。陈忠实曾经把长篇小说写作视为一件比较遥远的事情，认为至少需要写作 10 部中篇小说以练就一定的写作基本功才可能去尝试。在准备创作《白鹿原》之前，陈忠实进行了阅读补缺，阅读了大量中外小说，由此可以看出他对待文学创作的审慎态度。陈忠实当时也阅读了现代派的文学作品，他自己也承认不会转型成为一个现代派作家，但在创作中会借鉴现代派的一些创作手法。在具体创作过程中，陈忠实仍然坚持现实主义写作，但也开始试探现实主义写作的更多路径。陈忠实认为现实主义是一种传统的写作手法，但面对文学环境的变化和文学观念的革新，现实主义写作手法必须实现自我丰富和更新，才更具包容度也更鲜活。对当时文坛上一些模仿西方现代派的作品，陈忠实并未不顾自己的实际情况去机械地模仿，对新的文学思潮、观念，他总是认真去了解，找到其与自己的创作观念相契合的部分。陈忠实接受"文化——心理结构"说之后，将其与柳青的"人物角度"①写法融合。卡彭铁尔的《人间王国》和马尔克斯的《百年孤独》都对陈忠实有影响，但这种影响并不体现在魔幻现实主义的创作手法上，而是促使陈忠实关注关中这块土地进而产生独特的生命体验。对新思潮，陈忠实始终坚持了解、选择、接纳、试验、吸收的态度。陈忠实对新思潮的审慎态度，无疑也与其文化心理有关。陈忠实的文化心态是稳健持重的，这并非古板固执，他并不抗拒变化，只是要在稳健的前提下进行自我调适，寻求逐步变化。这种沉稳凝重的创作心态是由关中文化的理性主义特征造成的，这使陈忠实面对文学新思潮时采取的是一种理性主义态度。如果说贾平凹是超前于文学大潮的，陈忠实则是相隔一段距离的远观，有选择地接纳新质，这导致其创作"滞后"于文学思潮。《白鹿原》出版后，众多评论也将其视为"文化寻根"之作，但彼时"寻根文学"的大潮已然退去。但也正是陈忠实将新观念真正沉淀并融入自己的艺术世界，才有了经典名作《白鹿原》。如果当初陈忠实匆忙追风模仿新潮作品，也许当代文坛就会失去一部经典作品了。

相较于贾平凹的敢于求新、陈忠实的稳中求变，路遥的创作是坚守自我。贾平凹的作品往往无意中命中潮流，文坛也乐于对其作品进行指认和归类；陈忠实的《白鹿原》也尚能从"寻根"和"新历史"的角度解读；路遥的创作却很难被归类，这在某种程度上说明了路遥的创作具有反潮流的一面。路遥早期的小说《惊心动魄的一幕》即体现出这一点。这篇小说完成于1978年，却直到1980年才在《当代》上发表。这篇小说的发表过程充满了坎坷，原因就在于小说背离了当时以"伤痕文学"和"反思文学"为主的文学潮流，塑造了一个在"文革"中虽犯过错误，但在派系斗争中却舍生取义的老干部形象，小说的浪漫主义叙事风格也与文坛主流的写实风格格格不入。1980年，路遥写作了《病危中的柳青》。彼时的中国文坛上各种思潮迭起，旧有的文学

---

① 即柳青"带有人物特定视角的描写"。柳青认为"在人类历史上流传下来的成功作品，写得生动的部分大多是用人物的心理和眼光反映周围世界"，柳青写作《创业史》即是以这种方法刻画人物的。

观念和作家及相关作品纷纷受到质疑，但路遥却在这篇纪念柳青的文章中旗帜鲜明地捍卫柳青的精神和文学。1982 年，《人生》发表。文学史经常将《人生》置于"改革文学"的框架下进行解读，但它绝不是紧贴潮流之作，而是路遥"积淀在内心深处很久的一段感情经历"①经过理性的过滤和思想的观照写出来的。1985 年，路遥开始了《平凡的世界》的写作。当时的中国文坛正发生着巨变，西方现代主义思想对中国文坛造成了猛烈的冲击，以先锋派为代表的现代主义文学潮流统治了文坛，带来了"多样化文学的渴求向着单一的模式的挑战"②的文学新局面。路遥对文学新潮并不是熟视无睹，这促使他思考以何种方式写作《平凡的世界》。当时中国的文学形势与以往相比已经发生了巨大的变化，新思潮、新观念层出不穷，并成为文坛焦点，整个文坛似乎处于一种躁动状态，朝秦暮楚成为常态。不仅作家如此，批评家也是如此。评论界对文坛新变也缺乏理性思辨，几乎都是叫好之声；这反过来又对当时的创作起到了推波助澜的作用，作家们愈发求新求变了。这一现状无疑给路遥带来了巨大的压力，"在当前各种文学思潮文学流派日新月异风起云涌的背景下，是否还能用类似《人生》式的已被宣布为过时的创作手法完成这部作品呢？"③理智告诉他不能轻易跟风，不能任由自己被文学新浪潮裹挟而去。事实上，路遥并不排斥现代派作品，也并非不能用新的艺术手法写作《平凡的世界》，他希望通过作品呈现中国近 10 年来城乡社会的巨变和普通人命运心灵的变迁，最适合这一艺术命题的手法仍是现实主义，同时，现实主义手法也是最易被读者接受的。从更深层面上讲，路遥的选择还暗含着对当时文坛由传统/现代、落后/先进、中国/西方等范畴构成的等级差别的抗辩。如果说陈忠实的创作体现了现实主义之"变"，那么路遥的创作就体现了现实主义之"守"；同时，相较于陈忠实，路遥在文化心态上体现出更为明显的稳定性。陕北的黄土地及延安文艺的"人民性"写作对路遥文化心理的形

---

① 张艳茜：《路遥传》，陕西人民出版社 2017 年版，第 210 页。
② 谢冕：《通往成熟的路》，《文艺报》，1983 年第 5 期。
③ 路遥：《早晨从中午开始》，北京十月文艺出版社 2012 年版，第 13 页。

成有重要影响，这些都构成了路遥在 1980 年代的文学选择。

1980 年代，陕西文学以不同形式回应了当代文坛的潮流，其中还有基于"地方"的差异性所显现的不同的回应方式，这些都显示了陕西文学和中国当代文学内部的丰富性。

二、地方性知识的多元建构功能

前文曾论及地方书写建构起中国当代文学的多元化格局，陕西文学作为地方书写，无疑也具有对中国当代文学的建构意义；陕西文学作为文学区，凭借其地方特色丰富了中国当代文学的版图，这是从宏观层面而言，其他文学区也是如此。这一建构过程也可以从微观层面来看，即具体的地方性知识是如何参与建构文学主题的。从中可以发现一个地方的地方性知识可以参与建构不同的文学主题，或同一种地方性知识在不同时代可以建构不同的文学主题，这体现出地方性知识功能的丰富性，这也是地方书写对于当代文学的一种向上式的作用力。

对这一问题的考察可以从 1980 年代贾平凹作品的命名来进行。前文曾论及贾平凹的创作在 1980 年代不断命中文学潮流，总是被置于"改革文学"和"寻根文学"的框架下进行解读，但事实上，这些作品都是书写商州的，这反而印证了商州这一地方性知识的多元性使其契合了不同的文学潮流。具体可以通过文本细读来看，这些作品中"改革""寻根"的元素是否是截然分明的，被指认为"改革文学"的小说中有没有文化"寻根"之意，被指认为"寻根文学"的小说中有没有"改革"之实。

以《小月前本》为例，这是贾平凹深入商州之后的第一篇小说，一直被归入"改革文学"。作品里确实写到了农村的新人新事，小月和门门是那个时代敢闯敢干的新一代农村青年，他们向往新的生活，也通过自己的努力去开辟通往新生活的道路，他们的故事反映出党的十一届三中全会之后农村发生的历史性巨变。小说里也有大量对商州山水风景、民风民情的描写，只是还未触及商州文化的更深层次。《腊月·正月》则不同，这篇小说虽然也写到了韩玄子和王才分别作为保守派和改革派之间的矛盾，改革大潮给乡村世界带来的变化，但对商州历史文化传统着墨更多，"若仅止于'改革题材文学'解读，有些许买椟还珠之憾"①。小说中对小镇、白沟的类似地方志式的勾勒，对商山四皓墓、商州八景"冬晨雾盖镇"、嫁女"送路"、年俗、灶火等自然人文景观及民俗的描绘，让小说中弥漫着一种古老生活的情调，流淌着丰沛的气韵，并且"巧妙地暗示着一种历史悠久的文化传统，以至于我们流连其中，常常忘了沧桑演变"②。在这样的文化氛围中，小说对韩玄子深层文化心理的剖析已经有了"文化寻根"的意味。韩玄子仿佛是作为传统文化的物质载体而存在的，他并不反对改革，土地包产到户似乎使他潜意识深处的小农思想和农本主义意识复活了，他骨子里甚至希望农村能重新回到小农经济体制时代，并恢复建立在小农经济基础之上的传统乡村社会秩序。韩玄子对王才的反感实质上是因为王才在改革时代凭借经济实力而地位提升，这破坏了韩玄子所沉迷的传统文化之下的社会秩序。小说透过韩玄子对商州文化的深入思考，不仅实现了寻根的目的，更触及了东方文化的精髓，甚至还发现了"中国农村的历史演进和社会变迁以及这个大千世界里的人的生活、情绪、心理结构变化的轨迹"③。《商州初录》是贾平凹的一组笔记体小说（称其为散文体小说也可），被文坛归入"寻根文学"，其中多篇以黑龙口、桃冲、龙驹寨等商州地名作为篇名，带有地方志的书写特点。这组短文从容展开对商州各地地理风貌、民俗野趣、奇人奇事的描绘，涌动着一种古朴淳厚的文化氛围。这组作品在关注商州的诗性美的同时，也写到了处于时代变迁中的商州的变化，如：《黑龙口》写到当地人家家做生意，卖山货土产；《龙驹寨》中形容龙驹寨是全商州最能跟上时代的，寨子里建新街、盖大楼，龙驹寨人总是追赶西安的潮流，穿皮质的胶鞋、用布条仿制的凉鞋，烫头发，等等。小说中只是没有像《腊月·正月》那样设置改革中传统与现代的剧烈冲突。

---

① 袁红涛：《发现商州：一个"地方社会空间"——重读贾平凹的一种方法》，《中国现代文学研究丛刊》，2019 年第 4 期。

② 蔡翔：《行为冲突与观念的演变——读贾平凹的〈腊月·正月〉》，《读书》，1985 年第 4 期。

③ 陈剑晖：《骚动与喧哗——新时期文学思潮一瞥》，《当代作家评论》，1986 年第 6 期。

1983 年贾平凹通过商州之行考察了诸多地方，在湘河镇看到了丹江上的撑排人，听说了撑排的小伙子和村里姑娘的恋爱故事，这一"本事"出现在"寻根文学"作品《商州初录》中的《一对情人》一篇，随后又改头换面出现在"改革文学"作品《小月前本》中。《浮躁》可谓是贾平凹对商州书写得最为成熟的一部作品，在这部作品中，贾平凹"对于商州的表现终于骨肉丰满，时空贯通"①。小说一方面借农村青年金狗的经历，描写了改革开放初期乡村的变化以及由此引发的种种弊病，指向了整个时代社会的浮躁状态和浮躁表面下的空虚；另一方面展现了一幅前现代的商州画卷，古老的州河和当地的文化遗存，带有玄幻色彩的金狗的出生、当地人对"看山狗"的神秘崇拜、不静岗和尚拆字看相、韩文举排古铜钱看天机等都呈现了商州民间信奉巫、鬼、神的神秘文化。小说中"前现代、革命时代与改革时代缠绕、回旋，改变与冲突浓缩在这片土地上"②，建构起一个独特的审美艺术世界。由此可以看出，贾平凹小说中的"改革""寻根"元素往往是交织在一起的，都建构在商州的地方性知识之上，表现农村改革的商州之"变"更契合"改革文学"，表现地域文化的商州之"常"更受"寻根文学"青睐，这反而说明了地方性知识的丰富及其对不同文学主题的适应性。

另一突出的例子是陕西文学中经常出现的秦腔。秦腔是陕西最具代表性的地方戏曲，历史悠久，其慷慨激昂、悲壮激越的特点极其符合秦地的精神气质。陕西人喜爱秦腔，陕西作家也不例外，秦腔经常出现在陕西作家的作品当中，"不仅点染了他们作品的气氛，而且在结构作品、推动情节发展方面起了很大的作用"③。事实上，秦腔在陕西文学中的作用还不止于此，很多

---

① 袁红涛：《发现商州：一个"地方社会空间"——重读贾平凹的一种方法》，《中国现代文学研究丛刊》，2019 年第 4 期。

② 袁红涛：《发现商州：一个"地方社会空间"——重读贾平凹的一种方法》，《中国现代文学研究丛刊》，2019 年第 4 期。

③ 王鹏程：《秦腔对陕西当代小说的影响——以〈创业史〉、〈白鹿原〉、〈秦腔〉为例》，《沈阳师范大学学报（社会科学版）》，2007 年第 6 期。

时候它还参与建构文学的时代主题。以贾平凹的小说《秦腔》为例，秦腔是《秦腔》的精魂，是一种弥漫于整部作品的无处不在的气场、气韵，"它构成小说、小说中的生活、小说中的人物所共有的一种文化和精神的质地"①。更为重要的是，小说中的秦腔寄予了贾平凹对日益加快的现代化、城市化进程中乡土文明的颓败这一问题的思考，现代化、城市化引起了秦腔的衰败，秦腔的衰败又预示着传统文化的衰败和乡土文明的分崩离析。小说中秦腔的命运也是现代化进程中乡土世界的缩影，贾平凹对此是有焦虑感的，传统文化与乡村的消失是刚刚步入 21 世纪的中国不得不面对的问题。时隔 10 多年之后，秦腔在陕西作家陈彦笔下呈现出另一种面貌。《主角》讲述了秦腔名伶忆秦娥近半个世纪起起落落的人生，以及她与秦腔、与大历史之间的复杂关联。忆秦娥唱了大半辈子戏，虽然也懵懵懂懂的，但不管其生命如何大起大落，不管外在环境如何风云变幻，她都能始终如一地秉持戏之精魄，不断奋进。《喜剧》中秦腔老艺人火烧天所秉承的"戏之道"实则蕴含着"人之道"，在当下浮躁喧嚣的时代有涤荡人心之作用。陈彦发掘出秦腔所蕴含的正大之道和恒常价值，并试图以之解决当下时代的现实命题和总体性的精神难题。贾平凹和陈彦虽从不同角度关注秦腔，但都体现了他们对重大时代命题的思考。

陕西文学可资借鉴的地方性知识是丰富多元的，无论是作为"地方"的商州，还是作为一种民俗的秦腔，都参与了中国当代文学不同时代文学主题的建构，这是"地方"对当代文学向上式的作用力。

三、地方书写引领文坛潮流

陕西文学一向不追赶潮流，但 1990 年代的"陕军东征"②应是一个例外。1993 年，几位陕西作家以集群的形式推出了各自的长篇小说并引起文坛关注，

---

① 肖云儒：《〈秦腔〉：贾平凹的新变》，《小说评论》，2005 年第 4 期。
② "陕军东征"一说首见于 1993 年 5 月 25 日《光明日报》记者韩小蕙的报道。很多研究者引用时将该报道的标题写成《"陕军东征"火爆京城》，实则应为《陕军东征》。

这旋即成为当年中国文坛的一个热点现象。这一现象出现在当代文学史上一个特殊的关节点，因此有承前启后的作用。1989年政治风波后的中国文坛事实上处在一个沉寂期，随后的90年代市场经济勃兴，大众文化、消费文化蜂拥而起，大大挤压了严肃文学的生存空间。"陕军东征"让文坛看到了文学创作繁荣的到来，陕西作家执拗认真的创作态度也让文坛看到了市场经济时代经典严肃文学生存的可能性和空间。更为重要的是，"陕军东征"对中国文坛尤其是当代长篇小说创作产生了深远的影响。

1990年代对中国当代文坛而言是一个巨变的时代，文坛经历着"文学的产业化市场化、文学的无主潮、知识分子精神的陷落与危机、大众文化的突起、先锋文学的终结、文学的无经典时代等等"①，将"陕军东征"置于这一文化语境中进行考察，更能凸显其意义。陕西作家于1993年在文坛集体亮相有着现象学层面的意义，在此之前的社会大环境对纯文学而言并不友好，对于作家而言，大概也是一段文学创作的苦旅。陕西作家的成功似乎预示着文学的苦旅结束，文学扬眉吐气的时代到来了。评论家白烨认为"陕军东征"背后有一种"整体的文学精神"②，对于中国文坛有着重要意义。那么，这种"整体的文学精神"究竟是什么？它能为商业时代浮躁的文坛带来什么？"陕军东征"涉及的几部作品都是1993年推出的，这只能说是一种巧合。这些作品都是作家长期准备、呕心沥血之作，几乎每部作品的完成都有作家多年的生活积累和文学准备，这体现了陕西作家文学创作过程中的"隔离机制"和"积淀机制"。陕西作家的创作并不追赶潮流，这些作品事实上并不是写那个时代中国最引人关注的方面，诸如市场经济转型之类的题材，所采用的艺术手法也不是最新、最时髦的。这些作品的成功更得益于用相对成熟的艺术手法写作经过了时间积淀而相对成熟的生活。"生活现实和艺术方法本身的成熟，深深地沉淀到作品中，构成一种和谐、淳厚的成熟之美。富有个性的成

---

① 王艳荣：《1993：文学的转型与突变》，吉林大学博士学位论文，2012年，第2页。
② 白烨：《作为文学、文化现象的"陕军东征"》，《小说评论》，1994年第4期。

熟，常常不是开放交汇的产物，而是隔离发展的结果。"①所谓"隔离机制"和"积淀机制"，实质上是三秦大地文化对作家的一种熏陶。陕西作家耐得住清贫寂寞，从柳青开始，陕西作家身上就传承着一种坚韧顽强的整体文学精神，这种精神"不只是一种高水平高强度艺术劳动应有的、必然会有的从业精神，更是在精神市场的喧闹造成的迷乱中重新强调一个众所周知的老话题，'从生活到艺术'的话题，这是文学创作最重要的内在规律"②。也许正是这种文学精神让 1990 年代的严肃文学在市场经济时代看到了希望。

此外，"陕军东征"也对中国文坛，尤其是当代长篇小说创作产生了深远的影响。1980 年代后半期以来长篇小说的创作情况堪忧，更有时效性的纪实文学和更具娱乐性的电视剧一度成为时代的焦点，"长篇小说在文学中无可替代的地位丧失"③。进入 1990 年代之后，由于商业化大潮席卷文坛，作家"下海"或转向商业化写作成为潮流，文学面临着喧嚣浮躁的时代氛围的冲击。"陕军东征"在文坛、媒体、大众层面都引起了关注，也带动了长篇小说创作的热潮。"1993 年随着陈忠实的《白鹿原》和贾平凹的《废都》的畅销及以'陕军东征'为标志而引发的长篇热至今仍未降温，各大文学刊物和各大出版社纷纷推出了一系列长篇小说。据统计，仅 1994 年全国就出版长篇小说 500余部，相当于 50 至 80 年代之总和，而近两年长篇小说更是达到了年产 800部的水平"④。尽管这些长篇小说质量上并不能等量齐观，但长篇小说创作的活跃对文坛而言仍有积极的意义。同时，"陕军东征"对后来的长篇小说创作有着范式的意义，比如对地域文化的充分发掘，如何在小说的艺术性和可读性之间达到平衡等，都对长篇小说创作有启示意义。以陈忠实的《白鹿原》为例，它的成功无疑具有范式的意义。《白鹿原》在"陕军东征"相关作品中

---

① 肖云儒：《论"陕军东征"》，《人文杂志》，1993 年第 5 期。

② 肖云儒：《论"陕军东征"》，《人文杂志》，1993 年第 5 期。

③ 张志忠：《陕军东征：从哪里来，到哪里去？——〈1993：众语喧哗〉选四（上）》，《文艺评论》，1998 年第 2 期。

④ 吴义勤：《九十年代的小说格局》，《社会科学战线》，1998 年第 6 期。

获得的赞誉更多："《白鹿原》达到了一个时期以来出现的长篇小说所未达到的高度与深度，闯出了一条自己的路子。""《白鹿原》打破了过去小说的人物类型和模式，开拓了民族性格、人物的新疆域。""作者用了一种大文化眼光，写出一种历史文化、地域文化的深厚复杂。"①……众多赞誉无疑说明了《白鹿原》所开启的小说写作范式的重要意义，其对现实主义创作的革新、对民族秘史的挖掘、对文化的反思、对人类生存价值的回答等，都对长篇小说创作具有重要的借鉴意义。

无论对于陕西文学而言，还是对于中国当代文学而言，"地方"都是进入其内的重要视域，能发掘出更加广阔的文学空间。同时，陕西文学和中国当代文学又在"地方"这一点上发生关联，中国当代文学的整体经验会向下影响地方书写，同时地方书写也会以向上的方式回应并参与建构中国当代文学。事实上，两者之间的关系绝不是单向输入，而是双向互动，有交流、对话，甚至会在某些点上发生共振。这不是一种静态的关系，而是一种动态、交互的关系。这种关系的具体呈现也是多样且微妙的，本书将在后面几个章节就具体文学现象及问题进行详细论述。

---

① 《小说评论》编辑部：《一部可以称之为史诗的大作品——北京〈白鹿原〉讨论会纪要》，《小说评论》，1993 年第 5 期。引文分别为冯牧、雷达、何西来对《白鹿原》的评价。

第二章　地方书写与文学的"在地性"①

　　"在地性"是近年来被广泛使用的一个概念，对这一概念的使用从建筑领域逐渐延伸至文化艺术领域，文学领域也不例外。文学的"在地性"问题近年来也成为文坛和学术界关注的问题。文学的"在地性"问题，从微观来看，涉及地域、地方、地点等，大到南北文学大区域，小至一个村庄、一条街道；从宏观来看，还涉及国家、民族的问题。无论如何，"在地性"问题都是中国文学必须面对的一个重要问题。中国文学应当建构于中国这一大环境之上，这是最基本层面的中国文学"在地性"的需要。但文学"在地性"的实现还需要具体的路径，需要更多的细枝末节来填充。中国文学如何实现"在地性"？地方书写能否成为中国文学"在地"的一种方式和路径？文学的"在地性"涉及很多方面，整体性的文学观念必须通过作家的创作呈现出来，作家的创作行为也总是会受"地方"的影响，因此，文学的"在地性"问题必然会与"地方"产生关联。在中国当代文学史上，有很多文学思想观念的传达是需要借助"地方"的：《芙蓉镇》中的"反思"是借由对芙蓉镇这一江南水乡的历史人事变迁的呈现而实现的，"寻根"需要借助对不同地域文化的书写来触及文化之根，"新写实"在池莉、方方笔下是由极富"汉味"的市民的日常生活来呈现的……这些都是抽象的文学观念具象化地"在地"的例子。

---

　　① 本章节的部分内容出自笔者所撰写的《传承与重构：延安文艺经验与陕西当代文学发展》（《延安大学学报（社会科学版）》2021年第1期）一文。

地方书写与"地方"相关，因此其本身也是"在地"的，在这个意义上，地方书写是中国当代文学"在地性"的一个路径。作为一种地方书写，陕西文学和中国当代文学在"在地"这一点上产生联系，陕西文学可以说是中国当代文学"在地性"的地方路径。

第一节　"在地性"与文学的时代感

"在地"可以理解为在一地之上正在发生的一切。文学的"在地性"关涉到文学的时代感或文学的当代性问题，文学就应该积极并敢于书写当下。在现代汉语中，"当代"作为一个词语是指"当前这个时代"①。在英语中，"当代"（contemporary）一词有"belonging to the present time"的意思。中国当代文学之"当代"有着特定且复杂的含义，并不等同于文学的"当代性"。学术界对"当代性"有基于不同视角的不同阐释，但"当代性"最原初的意义是"人们生活于其中的现实的当代性"②。人们生活于其中的现实是不断发展变化的，在这个意义上，文学的当代性也即文学的时代感。因此，中国当代文学"在地性"的一个重要面向即是文学的时代感。书写当下是中国当代文学的一个重要功能，但这并不意味着作品只能反映当下的现实生活，即便是表现过去年代的生活，只要投注了时代精神，依然可以认为是面对当下而作。陕西文学的特点之一就是时代感强，敢于面对当下，这一特点也是建立在地方性知识之上的，这恰恰体现了地方书写与中国当代文学"在地性"的关联。

一、面对当下：文学的时代表达

陕西作家是敢于直面当下的，这在某种程度上源于陕西作家普遍具有的

---

① 中国社会科学院语言研究所词典编辑室编：《现代汉语词典》（第 7 版），商务印书馆 2016 年版，第 259 页。

② 陈晓明：《论文学的"当代性"》，《中国现代文学研究丛刊》，2017 年第 6 期。

忧患意识。这种忧患意识也可以称为"感时忧国"精神，体现在作品中即是"作品所表现的道义上的使命感"①。这种忧患意识既是中国知识分子的传统，也是秦地文人的传统。在历史上，司马迁就是极具忧患意识的文人，"《史记》中史公自言流涕垂涕者各一，言废书而叹者三。像这类由时代冲击而透入于历史中所流的眼泪和叹声，岂仅是个人遭遇所能解释？"②古代文人感时忧国的传统也成为陕西的一种文化传承。当代陕西作家一般都具有强烈的忧患意识，关心家国民族的命运，关注社会历史的变迁，这是不同代际的陕西作家的一种共性。

从以柳青为代表的陕西第一代作家的创作来看，"作家的作品内容总是和时代、民族命运紧紧联系在一起"③，柳青、杜鹏程、王汶石等作家的创作都是极具时代精神的。柳青的《创业史》关注当时中国农村正在进行的农业合作化运动。杜鹏程的《保卫延安》关注的虽然不是当下，但其对延安保卫战的书写所彰显出来的却是新中国成立初期英雄主义的时代精神；他的《工地之夜》《夜走灵官峡》等短篇小说也书写了如火如荼的社会主义建设事业。王汶石的农村题材的短篇小说展现了那个时代农村的新面貌和新一代农村青年的精神状态。新时期以来，中国社会的变迁在陕西作家笔下都有所体现。贾平凹的商州系列小说关注的是新时代的气息对古老商州的冲击；"改革三部曲"关于改革浪潮对农村从生产方式、经济结构到深层文化心理的影响做了细致入微的描写；即便是被视为"寻根文学"的《商州初录》等作品，也带有时代变革的气息；《浮躁》更是准确地把握住了1980年代末的时代氛围，传递出一种时代情绪；《废都》虽然备受争议，但其对1990年代西京文人颓废生活的描写暗合了商业化、世俗化时代人文精神失落的现状。路遥的《人生》《平凡的世界》等作品敏锐地表现了时代变革所催生出来的交叉地带，并

① ［美］夏志清：《现代中国文学感时忧国的精神》，见《中国现代小说史》，丁福祥、潘明燊译，浙江人民出版社2016年版，第517页。

② 徐复观：《两汉思想史》（第三卷），华东师范大学出版社2001年版，第193页。

③ 刘宁：《当代陕西作家与秦地传统文化研究——以柳青、陈忠实和贾平凹为中心》，陕西师范大学博士学位论文，2011年，第49页。

由此引出了路遥对"新时期变化了的城乡关系，以及社会转型期的农村现实与农民命运，尤其是新一代农村青年的人生抉择"①等问题的思考。同时，在路遥笔下，"交叉地带不仅仅是新时期城乡制度变革的结果，更是描述中国社会转型期各种经验层叠的历史寓言"②。路遥的小说不仅仅是在书写当下，甚至具有对历史的反思和对未来的前瞻意义。21 世纪以来，面对中国的巨变，陕西作家依旧对现实敏感，有勇气和胆量书写当下。贾平凹的《高兴》关注农民进城务工的现状，《秦腔》关注现代化进程中土地的消失和乡土文化的没落，《带灯》关注农村基层干部的生存现状，《极花》以妇女拐卖事件透射出乡村世界的日益凋敝；陈彦的《西京故事》《装台》关注城市里底层小人物的挣扎；红柯的《生命树》《喀拉布风暴》等作品关注的是当代的文化与生态问题；吴文莉的《黄金城》与周瑄璞的《日近长安远》关注西安城里外来移民的生存及创业故事……21 世纪以来中国社会变迁中出现的很多现象都为陕西作家所关注。与柳青等老一辈陕西作家相比，更为年轻的陕西作家也许没有那么强烈的感时忧国的文化心理。尽管不同代际的作家们的创作各有不同，他们的作品切入现实的角度也有不同，但对当下的言说却是共同的。

陕西作家勇于直面当下，这一当下虽有地方色彩，但也是中国的当下，或者说是中国的当下在"地方"的投影。这在某种程度上也实现了中国当代文学的"在地化"。书写当下本应是中国当代文学的一种内在要求，但在中国当代文学发展的某些时期不是被诟病就是被无视。文学究竟是否需要言说当下？以往学术界有学者认为文学距离时代太近、时代感太强就意味着过于贴近主流意识形态，意味着文学受到了某种束缚，有可能会牺牲其独立性和审美价值。当然，文学创作是自由的，可以选择是否言说当下，但不能否认的是，尽管每一个时代都会成为历史，文学仍应当承担言说时代的责任，作家也应当有面对当下说话的勇气。陕西作家书写当下时并不是简单地再现时代生活，而是有着对时代的更为深刻的思考。柳青的《创业史》以往被视为文

① 杨晓帆：《路遥论》，作家出版社 2018 年版，第 1 页。

② 杨晓帆：《路遥论》，作家出版社 2018 年版，第 7 页。

学一体化时代的代表性作品，以至于后来学术界在评价这部作品时也有一层政治的滤镜，认为作品在"一体化"规范力量的影响下可能无法实现揭示现实本质的目标。事实真是如此吗？小说所聚焦的农业合作化运动无疑是当时极具关注度和话题性的重大事件，小说事实上也蕴含着柳青对于新世界的思考以及对总体性世界的建构。柳青对时代的书写不是被动的迎合，而是一种主动真诚的呼应，这恰恰说明《创业史》是积极书写当下的。同时，《创业史》对当下的书写具有一种超越性的眼光，这使其具有了超越时代的价值。路遥对交叉地带一以贯之的书写也使其被认为跟不上文坛潮流而被文坛冷待，但无法否认路遥对当时时代变迁和社会转型的敏锐体察，交叉地带这一特殊"地方"所富含的关于社会转型的信息无疑也有超越时代的意义。陈彦的小说关注时代巨变下小人物的命运变迁，《西京故事》《装台》《主角》等小说写出了时代大背景下不同行业的特点和社会性，写出了人与时代的关系，从生活的细微之处表现时代症候，并借此挖掘出普通人日常生活中的恒常价值，尝试解决时代性的难题。陕西作家的创作所具有的时代感，并不仅仅在于文学与时代对话，更有对时代的反思、批判和超越。

陕西作家对当下的关注是持之以恒的，不受外在文学环境变迁的影响，这样的坚持在文学逐渐商业化、世俗化的环境下是难能可贵的。当"浸润在物质崇拜中的'白领文学'，搔首弄姿、宣泄欲望的'美女作家'创作，以及泛滥成灾的各种伪'文化'和伪'生活'散文，使文学沦为了现实的点缀而不是反映者，粉饰者而不是批判者"①的时候，当一些作家面对社会变迁显得力不从心的时候，陕西作家依旧对现实敏感，有勇气和胆量书写当下。这样的坚持也在另一个意义上实现了中国当代文学的"在地化"。

二、"地方"中的时代变迁

当代中国的社会历史变迁必然会在地方产生回响。从严格意义上讲，中

---

① 贺仲明：《意识形态的回归——转型中的新世纪初中国文学思潮》，《山东社会科学》，2006 年第 5 期。

国并不存在完全脱离时代的地方，即便是阿来笔下犹如世外桃源的机村和云中村终究也无法避免现代文明的影响。陕西作家执着于书写当下，这一当下无疑又降落到充满质感的"地方"之上，使得"地方"成为容纳时代变迁的载体。"地方"既可以是宏观意义上的乡土世界，也可以是微观意义上的一个村庄、一座城市甚至一种民俗。无论是何种"地方"，时代变迁的大潮总会在其上掀起一圈圈涟漪。

陕西作家多写乡村题材，当代中国的历史巨变总是含有乡村问题，正因为如此，当代中国发展中的种种问题和现象在陕西不同代际作家笔下有了完整的呈现。柳青的《创业史》描写了新中国成立初期的农业合作化运动，从表层看，小说是极具时代气息的，1950年代初中国的历史状况都可以在小说中看到。除了呈现农业合作化运动的具体展开过程以及对乡村的生产方式、阶级结构、文化心态的影响之外，小说还涉及当时的工业化进程和朝鲜战争，可以说，1953年的中国社会现状都可以通过小说窥见一二。但从深层看，小说对时代的呈现还有更为复杂的一面。如果将从旧中国进入新中国也视为一种转型的话，那么《创业史》就触及了这一转型中小农经济和互助合作这种单纯生产方式变化背后更为复杂的问题，即"革命中国"与"传统中国"①的问题，这是新中国成立之初更深层次的时代问题。自1980年代直到21世纪以来中国的时代变迁尤其是在乡土世界的回响，在贾平凹笔下得到了完整的呈现。贾平凹笔下的商州无疑是显示时代变化的重要载体，透过商州可以看到"中国农村的历史演进和社会变迁以及这个大千世界里的人的生活、情绪、心理结构变化的轨迹"②。贾平凹《商州初录》中的商州更多的还是处

---

① 蔡翔在其《革命/叙述：中国社会主义文学—文化想象（1949—1966）》中提出"革命中国""传统中国"的问题，"革命中国"是指在中国共产党的领导下所展开的整个20世纪的关于共产主义的理论思考、社会革命和文化实践，"传统中国"指的是古代帝国以及在这一帝国内部所生长出来的各种想象的方式和形态。

② 贾平凹：《腊月·正月》，北京十月文艺出版社1985年版，第423页。

于前现代时期，但从中已能看出时代变化的影子。其中的大多数篇章呈现的是商州的诗性美，《黑龙口》《龙驹寨》两篇则更多地呈现了时代之变。从贾平凹后续的"改革三部曲"和《古堡》《浮躁》《秦腔》中，则可以看到商州这一地方越来越浓重的时代变迁的痕迹。这种痕迹从生产方式、价值观逐渐深入到文化层面，给人们带来的是从最初的生活改善的幸福感到后来乡土颓败的痛楚。"改革三部曲"呈现的是改革浪潮对农村人生活的改善，其中的《腊月·正月》虽涉及文化，但对韩玄子所代表的乡土文化的保守沉滞有批判意味。从《古堡》开始，贾平凹作品的基调开始变化，挖矿和摄制组到当地拍电影带来的利益引发了村民之间的钩心斗角，人性的异化开始出现，在物质富裕的同时，乡村朴素的道德观、价值观也日渐被破坏。《浮躁》中商品经济的发展使传统价值观受到了前所未有的挑战，金钱崇拜、利己主义、投机倒把使仙游川的人们不再淳朴，诗意的商州不复存在，金狗的遭遇也带出了种种社会乱象，这些都是那个时代中国社会种种症候的表现。贾平凹创作于21世纪的《秦腔》呈现的是不断加快的城市化进程和商品经济给乡村带来的最大的危机——土地的消失和乡村文明的解体，传统的价值在历史车轮的碾压下土崩瓦解。这不只是乡村的问题，也是时代的难题。在《带灯》中，乡村世界与以往有所不同，这次的故事背景没有明确指出是商州，但可以将之看作《秦腔》中故事的延续。小说中的乡村依然有种种时代弊病，但少了《秦腔》中的悲怆，多了一丝希冀。带灯无疑是小说中的一个亮点，她不惧怕问题，而是敢于直接面对。带灯的努力无疑也是中国尝试解决时代难题的努力，这种努力在随后的乡村振兴战略及其实施效果中可以看出。

　　乡村能体现时代变迁，城市同样可以，当然还有两者之间的交叉地带。路遥是最执着于书写交叉地带的，他对这一"地方"的书写"使当代社会发展中某些重要的动向在作品里得到充分的艺术表述"[1]。在路遥笔下，交叉

---

[1] 路遥：《关于〈人生〉和阎纲的通信》，见《路遥文集》（第二卷），陕西人民出版社1993年版，第399页。

地带是一个有着特殊含义的"地方",是一个"中国改革开放的典型环境"①。
这一典型环境折射出改革开放初期中国的诸多社会问题,比如阶层固化。经
济上的开放可以改善农民的物质生活,但并未打破乡村与城市之间的壁垒,
也不可能为农民提供更多的发展道路,底层百姓进城难,发展难,实现人生
价值与维护尊严更难。这不仅仅是高加林和孙少平的问题,更是那个时代乡
村和城市所有底层青年都面临的问题。更为重要的是,高加林、孙少平的人
生遭遇所暴露出来的城乡差别、社会分化、劳动及知识等方面的价值理念问
题触及了1980年代的结构性危机,这种危机在路遥写作的时代存在,在之后
的时代也并未解除。由于早逝,路遥对交叉地带的探索未能继续下去。当下
中国的城乡差别并未消失,这也意味着交叉地带依然存在,这一"地方"无
疑能为透视中国社会变迁提供别样的视角。贾平凹的《高兴》延续了交叉地
带这一视角,刘高兴虽然到了西安城,但他蜗居的城中村却又是乡村的延续,
他作为一个拾荒者始终游走在城市边缘。对于城市来讲,刘高兴始终是一个
"他者",也没有比高加林走得更远。当从交叉地带进入城市时,会看到文学
中的西安城也呈现出不同的面貌。贾平凹《废都》《白夜》《土门》《暂坐》中
的西安城总是弥漫着"老西安"的气息,而现实中西安城的发展虽不比北上
广等大都市,但也是日新月异的,这反映了作家在潜意识深处对现代城市的
抗拒。但在更年轻的陕西作家笔下,西安城则是另一种景象。吴文莉的"西
安城三部曲"(《叶落长安》《叶落大地》《黄金城》)从外来移民的角度审视西
安城的变化,她笔下的西安城是开放的、充满机遇的,能让外来者在此扎根、
创业并安身立命。周瑄璞的《多湾》《日近长安远》中的西安城已经有了物质
性、消费性和欲望的气息。"80后"陕西作家杨则纬则关注西安城在全球化
时代的巨变,她的作品中融入了大量西安城中的新鲜元素,星巴克、酒吧、
西餐厅等现代都市场景反复出现,老西安的元素只是用来作为全球化的陪衬。
这些作家笔下的西安城也许都不是西安城的全部,但将其作品统一起来看,

---

① 段建军:《路遥对中国当代现实主义文学的贡献》,《文艺报》,2018年12月14日,
第2版。

恰恰构成了一个完整的西安城，古老与现代并存，传统文化与都市文化并存。这个城市有它深厚的文化底蕴，这种底蕴不会消失；这个城市也积极向未来敞开，融入新质：这恰恰也是全球化时代中国的影像。

在陕西作家笔下，乡村、城乡交叉地带、城市都能反映出时代的变迁，地方性知识同样具有这样的载体功能。"地方性知识都经过了非常复杂的孕育、发展、传承、变革等历史过程"①，会受到多种因素的影响，其中必然有时代因素的影响，因此，地方性知识的历史发展过程就蕴含着时代的变迁。以秦腔为例，秦腔是陕西独具特色的地方性知识，也是陕西文学中最常见的元素，在贾平凹和陈彦的小说中大量出现，透过文本中秦腔的历史发展也可以看到当代中国的变化。秦腔在秦地历史悠久，"是秦川的天籁、地籁、人籁的共鸣"②。随着时代的发展，秦腔的文化生态环境也在不断变化。1950 年代的"戏改"曾使大量传统秦腔剧目被禁演，随后的"文革"又造成了秦腔历史发展的一段空白。秦腔的转机出现于新时期。在陈彦的《主角》中，"1978 年农历六月初六那天，剧团院子里，突然晒出了几十箱稀奇古怪的衣裳"③。这一年，中国共产党召开了十一届三中全会，进行大规模拨乱反正，同时也开启了改革开放和社会主义现代化建设的时代。新时代给秦腔带来了复兴，老艺人们开始活跃，秦腔演出红火起来，同时也成就了忆秦娥。但改革开放时期商品经济的发展、时尚文化的冲击也破坏了秦腔生存的文化环境。当秦腔剧团到各地演出却越跑越穷，不得已顺应风潮改成歌舞团，演员们开始忙于下海挣钱而无心演出的时候，秦腔的没落是不可避免的，这种没落从城市蔓延到了乡村。贾平凹的小说《秦腔》呈现了秦腔在 21 世纪之初严峻的生存现状，它在最后的栖息地乡村也难以为继，乡土文明的颓败成了压倒秦腔的最后一根稻草，不断加快的城市化进程使农民抛弃了土地，也抛弃了传统文

---

① 图力古日：《地方性知识研究的历史维度及其内涵》，《云南社会科学》，2017 年第 6 期。

② 贾平凹：《秦腔》，见《贾平凹散文全编·旷世秦腔》，时代文艺出版社 2015 年版，第 27 页。

③ 陈彦：《主角》（上），作家出版社 2018 年版，第 125 页。

明。在小说中，贾平凹写尽了秦腔的悲凉。在贾平凹之后的小说创作中，已很难再见到秦腔的元素了。在《主角》最后，秦腔又坚挺地站了起来。秦腔的再度振兴无疑也得益于近年来党和政府不断加大对非物质文化遗产的保护力度以及全面复兴传统文化的重要国策。当忆秦娥站在百老汇的舞台上向世界展现秦腔的艺术魅力时，秦腔的未来可期。贾平凹、陈彦小说中秦腔的历史变迁无疑也折射出当代中国的历史变迁。

三、历史与当下

文学作品的时代感既可以是现实层面的，即文学作品表现正在进行的社会生活；也可以是表现层面的，这样的作品并不必然取材于当下的生活，"取材于已经过去了的年代的生活的作品，只要投射以鲜明的时代精神，渗透了当代的审美意识和艺术观念，能够对今天的读者产生振奋向上的感染力，也都应当看作具备了当代性"①。这种表现层面的时代感取决于作家的主体意识，"文学作品如何反映时代，实际上已经经过作家主体的认识的加工。我们迄今为止所能认识到的'当代性'，都是文本化的，或者说是以语言的形式表现出来的"②。从这个层面理解，书写历史同样可以具有时代感。对历史的书写往往"都是身处当下的人所意识到的问题，在这一意义上，如克罗齐所言，所有的历史都是当代史"③。如果作者能以时代的眼光去观照历史，实现历史与当下的对话，那么这样的作品依然可以说具有时代性。历史题材也是陕西作家所喜爱的，陕西作家往往也能以时代意识关注历史，因此，陕西的历史题材小说也能呈现出时代性。

杜鹏程的《保卫延安》描写的是 1947 年的延安保卫战，在题材上属于典型的革命历史小说。但这段历史距离新中国成立并不久远，这场战役不仅意味着战争形势的转折，在某种意义上也代表着旧时代迈向新时代的开始，因

---

① 王东明：《关于文学的当代性的思考》，《文学评论》，1984 年第 1 期。
② 陈晓明：《论文学的"当代性"》，《中国现代文学研究丛刊》，2017 年第 6 期。
③ 陈晓明：《论文学的"当代性"》，《中国现代文学研究丛刊》，2017 年第 6 期。

此，这段历史是"过去与未来的现实交结点"①，必然有指向新的历史时期的重要表征。冯雪峰曾评价这部作品具有"我们时代最需要的精神"，这就意味着作品所体现的精神恰恰也是新中国成立之初的时代精神，具体而言就是爱国主义、英雄主义、集体主义、乐观主义等精神，杜鹏程通过对延安保卫战的书写表现了新中国成立之初的时代脉搏。《保卫延安》在当时必然受到了文学"一体化"规范力量的影响（本书在这里不对作品进行得失评价），不可否认的是，《保卫延安》虽然书写的是历史，但确实呈现了新中国成立之初的时代精神，这样的时代精神无疑也是文本所书写的那段历史的时代精神，这恰恰是一种历史与当下的对话。进入新时期之后，随着时代巨变和文学观念的转型，陕西作家对历史的关注无疑也会带有一种时代的眼光。

陈忠实的《白鹿原》可以称为新时期历史题材小说中的扛鼎之作，其创作本身就体现出一种时代变迁的影响。陈忠实的"剥离"得益于新时期的思想解放运动和启蒙文化语境以及文学观念的变化，这也意味着《白鹿原》的问世也是时代风云变幻在文学上的呈现。不同于以往那些受到特定时期政治意识形态影响的历史小说，《白鹿原》在对历史的把握和人物的塑造上也突破了以往"善与恶、进步与反动、革命与反革命的简单二元对立"②。陈忠实曾谈到其创作《白鹿原》受到当时"文化——心理结构"学说的影响，这一学说无疑与当时人道主义思潮与"人"的重新被发现有关，该学说恰恰突破了以往对人的阶级分析，注重从文化层面揭示人的复杂性。小说中的白嘉轩、田小娥无疑能体现这一点：这两个角色无法用传统的二元对立的观念去解读，他们都是处于"中间灰色领域"③的人物，也更具有文化内蕴。同时，《白鹿原》抛弃了以往宏大的历史叙事模式，对革命主题淡化，对宗族文化、民间文化的表现，体现出对以往激进现代性的反思。小说写出了中国农业文明最

---

① 王仲生：《历史，在这里呼唤史诗——重读〈保卫延安〉札记》，《文艺理论与批评》，1989 年第 3 期。

② 张清华：《十年新历史主义文学思潮回顾》，《钟山》，1998 年第 4 期。

③ 王岳川：《重写文学史与新历史精神》，《当代作家评论》，1999 年第 6 期。

后的绝唱，这是作者立足当下对历史的深刻体认。高建群的《统万城》将目光投向了更为久远的历史，以末代匈奴的"童话之城"统万城为立足点，再现了五胡十六国时期波澜壮阔的历史画面。在这一历史时空，匈奴这一北方游牧民族在欧亚大草原上发出绝唱后退出了历史舞台。与此同时，汉传佛教在中原得以确立。①作者是从文化融合的视域来观照这段历史的："每当那以农耕文明为主体的中华文明，走到十字路口，停滞不前，难以为继时⋯⋯游牧民族的马蹄便会越过长城线呼啸而来，从而给这停滞的中华文明以动力和生机。"②高建群的《统万城》完成于 2012 年，2013 年中国提出建设"丝绸之路经济带"和"21 世纪海上丝绸之路"的合作倡议，《统万城》"大地理、大历史、大文化"的视野无疑是契合中国"一带一路"倡议的。"一带一路"倡议将陕西推到发展前沿，带动了陕西对古商道的发掘保护。李春平"盐道三部曲"（《盐道》《盐味》《盐色》）对民国时期川陕古盐道的书写，王海《金花》对清末民初泾阳茯茶是如何通过丝绸之路走向世界的讲述，都彰显出"一带一路"的时代精神。

近年来，全球化影响到中国的方方面面，"对民族文化身份的焦虑和重塑民族辉煌的渴望，使不少作家不约而同地获取了一种全球意识或准全球意识，并由此导致作品发生深刻的嬗变"③。全球意识也导致文学的历史想象不同于以往，中国经验被激活和深化进一步激发了作家们表现和创造本土经验的欲望。这一改变的重要表征就是大量民族志式的作品涌现，如迟子建《额尔古纳河右岸》、范稳"藏地三部曲"、阿来《机村史诗》、刘庆《唇典》等。贾平凹的《老生》《山本》通过对秦岭史志的书写呈现了一种新的历史想象，小说具有极强的"地方性"，对秦岭的山川、风物、民俗都有细致入微的描写；同时，《山海经》、秦岭等亘古的文化和山川蕴含了中华民族的原始形象及其

---

① 参见笔者《论高建群长篇小说〈统万城〉》（《小说评论》2016 年第 3 期）一文。

② 高建群：《统万城》，太白文艺出版社 2013 年版，第 232 页。

③ 费鹏：《新世纪长篇小说的历史想像》，东北师范大学博士学位论文，2019 年，第 49 页。

想象世界的方式，当将这些亘古的存在与中国历史相关联时，便体现出小说创作与中国古典文化传统的融通；此外，小说中渗透着典型的中国哲学思维。这样的历史想象及其呈现方式恰恰也是全球化视域下一种独特的中国经验，是当下对历史的再次激活。

第二节　"在地性"与乡土书写

无论是地方书写之"地"还是"在地性"之"地"，其最有质感的呈现即是"土地"，因此，讨论文学的"在地性"是无法避开乡土书写的。当然，不同题材的文学作品都具备实现文学"在地性"的功能，但乡土书写无疑更适合用来探讨文学的"在地性"。一方面，文学也是"人学"，土地关系着人类的生存繁衍；另一方面，"中国社会是乡土性的"①，土地涉及中国社会的核心本质。20世纪以来的中国是乡土中国，尽管在不断转型，但都无法改变乡土中国的底色。"文学是有根性的，它的根很大程度上与乡土有关。"②乡土文学是感知当代中国的一个重要载体，也是研究中国当代文学的一个极佳的样本，更是中国文学"在地"的一种方式。因此，无论是宏观上从费孝通"乡土中国"的意义来看中国，还是微观上从地理风貌和地域文化积淀来看陕西这一"地方"，都离不开乡土这一层面。陕西作家最擅长写的、成就最高的也是乡土题材的小说（获茅盾文学奖的陕西作品都与乡土有关）。陕西作家关注乡土题材可能会限制其开拓乡土之外的写作空间，但乡土题材的创作无论是从现实层面还是从文学层面都是中国当代文学应当关注的，这也是作为地方书写的陕西文学与中国当代文学"在地性"最紧密的关联所在。

---

① 费孝通：《乡土中国》，华东师范大学出版社2018年版，第1页。
② 王立宪：《乡土与文学的根性》，《中国社会科学报》，2020年12月11日，第12版。

一、"地之子"与乡土书写

中国是历史悠久的农业大国，"日出而作，日落而息"是华夏民族最初的生存方式，在此基础上孕育了深厚的农耕文明传统，浸润其中的中国人都与土地有着难以言说的情缘，文人尤其如此。尽管 20 世纪初的中国经历了从传统向现代的转型，古老的乡土文明受到强烈的冲击，然而文人与土地的情感联系并未被隔断，"中国现代史上的知识分子，往往自觉其有承继自'土地'的精神血脉"①。陕西地处黄河流域，是华夏农耕文明的发源地。陕西的地域文化又使"'农'的行为意识、'农'的审美趣味、'农'的精神取向也相应成为秦地作家基本的文化心理结构"②。就成长经历来看，大部分陕西作家"血管里流着地道的农民的血液，感受着中国农民的文化心理和习俗"③。文化传统浸染和个体经历的双重影响使陕西作家的乡土情结更为浓厚，陕西作家可以称为"地之子"，即乡村、农民之子。即便有些作家后来从乡村走出，也未断开自身与乡村母体的联系。"地之子"是对陕西作家自身精神、文化血缘的一种指认，无数次引发他们关于"我是谁""我从哪里来"的思考。

陕西作家是"地之子"，他们身上都有浓重的乡土情结，他们笔下也塑造了众多不同类型的"地之子"——农民形象，这些农民身上既呈现出乡土文明的优良传统，同时也呈现出某种保守性。路遥《人生》中的德顺老汉可谓是乡土守望者的理想形象，他一辈子无儿无女，却有一颗热爱生活的心。对高加林和刘巧珍在当时看来出格的自由恋爱行为，他是给予理解并支持的。他身上还体现出一种淳朴的乡土哲学，面对高加林抛弃刘巧珍的行为，他劝说道："人常说，浮得高，跌得重！""不管你到了什么时候，咱为人的老根

---

① 赵园：《地之子》，北京大学出版社 2007 年版，自序第 1 页。

② 赵学勇、王贵禄：《守望・追寻・创生：中国西部小说的历史形态与精神重构》，北京大学出版社 2012 年版，第 187—188 页。

③ 李星：《论"农裔城籍"作家的心理世界——陕西作家论之一》，《当代作家评论》，1989 年第 2 期。

本不能丢啊……"①当高加林又回到农村时，他劝说失意的高加林："就是这山，这水，这土地，一代一代养活了我们。没有这土地，世界上就什么也不会有！是的，不会有！只要咱们爱劳动，一切都还会好起来的。"②德顺老汉对土地有深厚的感情，但他也不保守，对新事物持开明的态度，他更多地代表着农耕文明的优秀因子。贾平凹《秦腔》中的夏天义则有了更多悲怆的色彩，他身上体现出农耕文明浸染下的为生存而珍视土地的心理，他对土地的热爱与清风街其他人抛弃土地导致"礼崩乐坏"的行为形成鲜明的对比。他不忍心看着土地荒芜，于是吃力不讨好去租种别人的责任田，试图以一己之力淤平七里沟的土地。但他对土地的热爱终究挡不住现代化进程对土地的吞噬，他也最终因塌方被埋于七里沟下，这对他来说似乎是最好的结局。夏天义作为"地之子"的死亡，无疑暗示着乡土世界无法挽回的悲剧命运。《腊月·正月》中的韩玄子则更为复杂。作为知识分子的他身上同时有着农民的一面，他的身份类似于旧时代的"乡贤"——这一身份本身就是乡土文明的产物。但他又和单纯靠土地谋生的农民不太一样，他身上有潜在的农本主义意识，但从文本中似乎又看不到他对土地有如德顺老汉和夏天义对土地那般的感情，他真正在意的是"自给自足的小农经济体制以及由此而建立的社会秩序"③。德顺老汉、夏天义、韩玄子都可以称为乡土守望者，但他们守望的东西却不尽相同，这更体现出乡土文明的复杂性。

在乡土世界，还有另一类更为复杂的农民，他们虽是农民，生活在乡村世界，但与土地却比较疏离，是乡间的无业游民，在乡土社会往往被称为"二流子"。在一般人的观念中，"二流子"是一个贬义词，在乡土世界，它也有贬义色彩，但人们对这个群体还是给予了一定程度的宽容④。陕西作家笔下

---

① 路遥：《人生》，见《路遥精选集》，北京燕山出版社 2008 年版，第 208 页。

② 路遥：《人生》，见《路遥精选集》，北京燕山出版社 2008 年版，第 231 页。

③ 蔡翔：《行为冲突与观念的演变——读贾平凹的〈腊月·正月〉》，《读书》，1985 年第 4 期。

④ 张柠：《土地的黄昏——中国乡村经验的微观权力分析》，东方出版社 2005 年版，第 250 页。

最早的乡村游民形象是柳青《在故乡》中的七老汉。七老汉是地主的儿子，在家道中落之后生活落魄，曾经分得土地，却又不事生产，最后凄凉死去。在当代陕西文学史上，《创业史》中的白占魁、《平凡的世界》中的王满银都属于乡村游民，他们的身份无疑从另一个侧面反映出乡村的结构性变迁。乡村游民是乡村社会的一个特殊阶层，这个社会阶层的形成往往伴随着大规模的社会动荡和社会群体的流动，如：白占魁成为游民与战争形势有关；王满银离开乡村最初是因为参加"文革"时期的武斗，后期则是因为改革开放使城乡之间的禁锢放松。但他们最终都回归了乡村，白占魁为了政治进步参加了梁生宝的互助组，王满银浪子回头，回到乡村开始踏踏实实生活。这似乎印证了乡村游民骨子里仍然有一种乡土意识，他们只是乡村社会暂时的"脱序者"，并且他们的这一行为并不具有积极的意义。

乡村社会在土地守望者和游民之外，还有新人。《创业史》中的梁生宝可谓是第一代乡村新人，他身上既有老一辈农民忠诚厚道、勤劳俭朴、坚韧不拔的传统美德，又洋溢着时代气息，他目光远大，克己奉公，带领广大农民共同奋斗，走社会主义道路。梁生宝的生活和事业都是围绕着土地，但他与德顺老汉和夏天义的不同在于，他在一定程度上从以血缘和土地为基础的乡村的"文化权力场域（家庭、亲缘、社区等等）"①中解放了出来。梁生宝之后的高加林、门门、孙少平、孙少安、罗甲成、罗甲秀又构成了不同时代的农村新人形象序列，他们敢于寻求土地之外的新的生活方式，这种对新生活的追求具有时代性的积极意义。但他们在精神深处又和土地有着紧密的联系，土地对于他们而言具有家园的意义。更有意味的是，支持他们迈向新生活的往往还是源于土地的勤劳、勇敢、诚信等乡土文化的优秀因子。当然，他们的奋斗也许无法彻底治愈城乡差别、阶层固化等时代病症，但无疑提供了乡土世界迈向新世界的可能性路径。乡土世界及其精神并不会如《秦腔》中所写的那样彻底崩塌，而是会以新的方式在新时代继续存在。

---

① 蔡翔：《革命/叙述：中国社会主义文学—文化想象（1949—1966）》，北京大学出版社 2010 年版，第 58 页。

二、现代性视域下的乡土之变

近现代以来的乡土世界总是被纳入现代性视域进行考察，在这个意义上，乡土文学也是一种现代性的产物。正是由于传统与现代的冲突，古老的乡土世界在迷雾中浮现，"乡土，一个凝固的静态的农业文明的缩影便成为思想家、艺术家关注的焦点"①，乡土文学出现并具有了独特的意义，成为百年来中国的"现代性镜像"②。

在现代性视域下观照乡土世界时，似乎乡土世界被裹挟进现代化进程是一个不言自明的事实。但这样的观点有可能会遮蔽乡土与现代性的其他可能性。吴文莉的《叶落大地》便呈现了一种可能性。小说中，谭守东偶然得到了一台铁织布机，发现其生产效率和经济效益都远超传统的手工织布机。在他的带动下，山东村几乎每户人家都买了铁织布机。久而久之，山东村的经济模式从农耕转变成了工业生产，从而介入了整个中国的现代化进程。小说中这一过程是复杂的，介于主动与被动之间。作为现代性产物的铁织布机出现在山东村有一定的偶然性，这种偶然性背后则是现代性对乡土自上而下的影响这一必然性，但同时山东村生产方式的改变又带有出于生存和经济利益考虑的自下而上的主动性。这是否意味着乡土世界本身具有某种接纳新事物的包容性，并非如人们惯常认为的那样沉滞和古老不变？"这个世界也并非停滞的和丧失了内在活力的，而是处在生机勃勃的力量关系的互动和变化之中。"③小说提供了乡土世界最初与现代性相遇的外来冲击/被动回应模式之外的另一种景象和路径。

《叶落大地》提供的是 20 世纪初乡土世界与现代性相遇的一种别样的路径，这一路径有其独特意义，但只存在于历史的缝隙之中。中国的乡土世界

---

① 丁帆等：《中国乡土小说史》，北京大学出版社 2007 年版，第 1 页。

② 曾攀：《百年中国乡土叙事的现代性镜像》，《黄河》，2021 年第 3 期。

③ 贺桂梅：《书写"中国气派"：当代文学与民族形式建构》，北京大学出版社 2020 年版，第 110 页。

并未朝着这一路径发展，更多的是乡土世界面对现代化进程的种种裂变。"20世纪初，民族危机、社会危机、国家危机的一个重要窗口就是乡村危机。"①陈忠实的《白鹿原》与张浩文的《绝秦书》便呈现了 20 世纪初现代文明给关中平原乡村世界带来的撕裂。这两部小说都写到了当时乡村种植鸦片的情形，这无疑是民族危机造成的乡村危机。《白鹿原》中白嘉轩发家是靠种植鸦片，后来他在朱先生的教诲下放弃种植鸦片。《绝秦书》开篇描写的是周家寨端午节庆祝夏季丰收的社火表演，但这不是为了庆祝粮食丰收，而是为了庆祝大烟丰收。近代陕西种植鸦片成风，政府对此不但不禁止，反而鼓励。虽然小说中白嘉轩、周克文以自己乡贤的身份极力阻止种植鸦片，但也无济于事。关中周原可以说是中国农耕文明的发源地，但在当时漫山遍野种植的都是鸦片，这无疑暗示着西方对东方的胜利。关中周原自古就是礼仪之乡，是中国传统文化积淀最深厚的地方，《白鹿原》中的白嘉轩和《绝秦书》中的周克文都是乡贤式的人物，是乡村的道德表率和精英，他们都崇尚儒家文化，崇尚耕读传家，坚持修身齐家，极力维持文化秩序的稳定，但他们的努力不能解决现代化侵袭下乡村礼崩乐坏、人心涣散的危机。这是现代对传统的胜利。

20 世纪初期，乡村面临着现代性的巨大冲击。这种冲击并未随着民族危机的解除和新中国的成立而消失，革命、改革、市场转型、城市化等不同阶段、不同形式的现代性依然冲击着乡土世界，引发乡土世界的种种变化。

这种变化首先体现在土地和附着在土地之上的乡土秩序及文化形态的改变上。以《创业史》为例，在农业合作化运动之前，乡村采用的依然是小农经济生产模式，新中国成立之前的几次土地革命也未能改变这一模式。农业合作化运动对乡村来讲无疑是具有革命性意义的，土地由私有变成公有，个体劳动变成集体劳动，更为重要的是，乡村改变了以往以血缘、家庭、亲缘为基础的"差序格局"②，从而实现了一次"基层重组"。这从梁生宝的日常生活可以看出——他的日常生活并不是围绕着基于血缘、家庭的人际交往圈

① 魏策策：《中国乡土文学的发生与百年流变》，《文艺理论研究》，2019 年第 6 期。

② 费孝通：《乡土中国》，华东师范大学出版社 2018 年版，第 22 页。

子，而是"基层重组"之后的互助组成员以及后来的社员。新时期的改革开放无疑又打破了《创业史》中那种乡村秩序，土地承包制使农民的温饱问题得以解决，同时耕种土地不再是农民的主要谋生方式，大量副业生产项目涌现，如《平凡的世界》中孙少安办砖瓦窑，金光亮养意大利蜂，田海民挖鱼塘养鱼……农村一度出现欣欣向荣的景象。同时，乡村人际关系并未随着土地再次私有而回到传统的差序格局，由于商品经济的新观念进入乡村，人际关系上出现了一次新的、以对新观念的接受程度和经济利益为标准的"基层重组"，如《小月前本》中小月对门门的亲近，《鸡窝洼人家》中两对夫妻离异又重组，《腊月·正月》中王才逐渐取代韩玄子成为镇上的中心人物，等等。此后，随着商品经济的不断发展和城市化进程的加快，越来越多的农民放弃了土地耕种而选择了其他更能挣钱的生活方式，导致土地大量荒芜；而城市又急速扩张，不断占用乡村的土地。不仅如此，当"有限的土地在极度地发挥了它的潜力后，粮食产量不再提高，而化肥、农药、种子以及各种各样的税费迅速上涨，农村又成了一切社会压力的泄洪池"①。这一切都使附着于土地的乡土结构发生了巨变，这一结构的核心——乡土文明日渐颓败。这些在《秦腔》中有细致的描写。21世纪以来的新农村建设、脱贫攻坚的开展和乡村振兴战略的实施，使乡土世界出现了新的面貌，这得益于中国对西方式现代化路径的反思。陈彦的小说就是对乡村新形态的书写。这表明"乡村社会一直处在变化中而未到达终点，未来的历史阶段无论以何种变形的面目出现，被赋予未来时代特色的乡土文化和乡土精神都会存续，不会戛然而止"②。

其次，这种变化还体现在人与土地的关系上。在传统乡土中国，"人是黏着在土地上的"③，但现代化导致人不再黏着于土地上而发生了流动。古代科举制也会使很多乡村读书人脱离土地，但同时也可以让他们回归土地。中

---

① 贾平凹：《秦腔》，陕西人民出版社2008年版，第480页。

② 魏策策：《中国乡土文学的发生与百年流变》，《文艺理论研究》，2019年第6期。

③ 费孝通：《乡土中国》，华东师范大学出版社2018年版，第3页。

国传统社会在结构上基本上是城乡一体的，传统士人无论身处何地，基本上都不会脱离这种城乡一体的结构空间；而且士人是以耕读为生活常态的，因此可以在城乡之间自由往来。但科举制的废除破坏了城乡一体结构，导致城乡日渐分离，城市开始吸纳乡村精英，乡村精英也无须再回到乡村。与此同时，知识的传播和教育的普及也带来了颠覆乡村的力量，知识传播方式的改变和教育的普及形成了一种对人的重新塑造过程，新的视野、新的趣味、新的教养使知识青年脱离乡村成为一种趋势，这是现代知识与古老乡村的冲突。新中国成立之前，由于教育未在乡村普及，上述情况表现得并不明显；但在20世纪五六十年代，上述情况初见端倪，《创业史》中改霞进城的情节便体现出这一点，这一情节背后隐藏着复杂的意味。小说中对改霞有不少爱情心理描写。她身上有点文艺女青年的气质，这无疑是现代知识所塑造的；如果改霞是一个并未接受现代教育的安分守己的传统农村女性，那么现代化、工业化等概念绝不会进入她的视野。小说写到 1953 年众多乡村女青年考工厂的情形："她们有一部分人，热烈地谈论着前两年住了工厂的女同学所介绍的城市生活：吃的什么、穿的什么、住的什么、用的什么、看的什么……"①还借王亚梅之口说出"大多数闺女家是不安心农村的，不愿嫁给农村青年……"②这无疑体现出当时城市对农村人的诱惑力。这种情况在改革开放时期表现得尤为明显，《人生》中的高加林就是一个典型。随着城市化进程的加快，这种现象愈加普遍，城市召唤着乡下人，如《高兴》中的刘高兴、《极花》中的胡蝶、《日近长安远》中的罗锦衣和甄宝珠、《黄金城》中的毕成功都奔向了城市。城市不仅吸引着农村知识青年，甚至吸引着所有农村人。城市文明对于渴望摆脱物质和精神贫乏的农村人来说无疑是一种诱惑，使他们想极力逃离乡村，似乎只有这样才能获得幸福。乡村大量人口的流失无疑导致了农村的"空心化"，乡村像垂暮的老人一样失去了活力。如果当下的乡村振兴战略能够实现留心留人，这种情况会有所改变的。

---

① 柳青：《创业史》（第一部），中国青年出版社 1960 年版，第 213 页。

② 柳青：《创业史》（第一部），中国青年出版社 1960 年版，第 390 页。

三、农耕文明视域下的乡土之常

现代化进程使原本笼罩着温情和诗意的田园从历史的迷雾中浮现出来，但这是否也意味着乡土的温情和诗意从此会不复存在？无论乡土如何变化，总是会变中有常。人类在土地上繁衍生息，人类的生存与天地万物、四季更替融为一体，这是农耕文明时代最常态的生存方式，也是一种"诗意的栖居"。在这个意义上，乡土就是一种乌托邦。乌托邦存在两个不同的面向，即向前看与向后看两种。"向后看的乌托邦指的是一种倾向，在传统与现代的二元结构中，它认为完美的现代社会并不与传统完全割裂，传统文化中存在着富有生命力的因素。"①乡土乌托邦就属于向后看的类型。中国几千年农业文明的浸染使中国文学中的乌托邦想象大都是以乡土社会图景呈现出来的，如陶渊明的《桃花源记》。在新文学史上，沈从文笔下的边城、汪曾祺笔下的高邮都是典型的乡土乌托邦。现代化进程导致人类社会和人性出现了种种异化，而乡土能给人类提供诗意生存的空间，这使得众多作家在思考如何解决现代社会及现代人的种种弊病时往往从乡土世界找寻答案。近年来，中国文坛上出现了众多关于乡土乌托邦的书写，如：迟子建《额尔古纳河右岸》中的鄂温克族部落有自己独特而神秘的信仰与习俗，他们唱着单纯的歌曲，内心对自然充满敬畏与感激，与驯鹿相依为命；格非《望春风》中的儒里赵村仿佛处在文明的"史前史"时代，是一个氤氲着江南水汽的古典又充满勃勃生机的乡村世界，它不曾被现代文明烛照，虽经历了风雨如晦的动荡年代，却有如桃花源般游离于现实的铁幕之外，有着独特的文化形态②；阿来《云中记》中的云中村位于雪山之上，村民们有自己的信仰，有自己的传说，有自己独特的生活方式，他们对亡灵的尊重和敬

---

① 李雁：《新时期文学中的乌托邦精神研究》，山东师范大学博士学位论文，2011 年，第 41 页。

② 参见笔者《江南乡村志的书写——评格非长篇小说〈望春风〉》（《重庆交通大学学报（社会科学版）》2018 年第 3 期）一文。

畏恰恰说明他们拥有现代社会早已匮乏的死亡文化，如果不是因为地震，云中村也许还将继续这种乌托邦式的生活形式……陕西作家都是"地之子"，他们对土地有更深刻的思考。他们既关注乡土之变，有对现代化进程导致乡土世界颓败的失望与不满，有无法解决现实问题的忧虑，同时又极力从文化传统和大地的生命力中寻求乡土生存的动力。在他们笔下，乡村成为现实和想象的精神家园，他们的乡土小说创作带有一种文化守成倾向，在叙事上体现出乌托邦式的田园牧歌情调。

贾平凹早期在《商州初录》中对商州的描写就颇具乌托邦色彩。在贾平凹笔下，商州山灵水秀，民风淳朴，充溢着一种诗性美，"山之灵光、水之秀气定会使你不知汽车的颠簸。一到那里，你就会失声叫好，真正会感觉到那里的一切似乎是天地自然的有心安排，是如同地下的文物一样而特意要保留下来的胜景"①。商州有着外面的世界所没有的单纯、清净，生活在那里的人们也有着朴素的情感与道德观念。《黑龙口》中的当地人也做生意，也"算得极精"，但并不坑蒙拐骗，旅客们"像亲人一样被招待"，买东西"末了，再抓一把放进去，卖主也不计较"。《桃冲》中摆渡的老汉在河边吟着陶渊明的"采菊东篱下，悠然见南山"，怡然自得，仿佛世外高人一般。贾平凹后期的创作越来越呈现出作家面对现代化进程的焦虑感，但他仍能从被抛入现代化进程的乡村中发现一种诗意美。如《极花》写尽了被现代化抛弃的乡村的凋敝，小说里的圪梁村偏僻落后，但同时又表现出惊人的异质性，村民们有着商品经济时代非常稀缺的道德意识和人性之善，坚守着祖辈流传至今的带有神性色彩的古老的天地观、生命观②。

王妹英的《山川记》也是一部典型的构建乡土乌托邦的作品。故事发生地是一个叫桃花村的小村落，桃花村的名字就明显带有某种隐喻意味。事实上，这个村庄就如同陶渊明笔下的桃花源一样，是一幅充满脉脉温情和至善

---

① 贾平凹：《商州初录》，安徽文艺出版社 2013 年版，第 30 页。
② 参见笔者《当代中国乡村生态的呈现——贾平凹〈极花〉的乡土书写》（《陕西学前师范学院学报》2017 年第 12 期）一文。

至美真情的古典画卷。小说中的桃花村尽管曾经被"文革"的阴霾笼罩，也不可避免地要面对现代化的入侵；但它依然美丽，物质上的富足并没有改变千百年来桃花村人的心地纯良。桃花村有着神奇美丽的自然景观："点点村居，宛若散星，西临苍岩树，东依凤凰翅，地势风貌，疏朗俊逸，山谷随意而驰，有弯便拐。"①这个地方不曾受到外来者或外来思想的侵染，连儒家教义和宗法制等乡土世界常见的传统因素都没有。除了宛如桃花源的环境，桃花村的人也都体现出人性之美，如东明、蓝花、二喜等主要人物身上都有一种向上生长的张力，他们犹如植物一样破土而出、努力绽放——人性之善和人性之韧是整部作品的意蕴和底色。小说"通过乡间具有'正能量'人物形象的塑造，显示了改革时代的变迁和人们精神面貌的变化。……从晚近的山川变迁中显示人物不屈不挠、积极向上的人生追求"②。王妹英对传统乡土文明满怀眷恋，她笔下的桃花村流淌着诗意。桃花村虽然也经历了时代变迁，却有着某种稳定的内在结构，始终充满善意和温暖，它内在的精神文化也没有因为时代变迁而发生变化。

周瑄璞的《多湾》对乡村生活的描写也具有典型的乌托邦色彩。颍河水奔腾不息，滋润了沿途的土地。在这片土地上，人们经历着四季更替、生儿育女、生老病死、春耕秋收、婚丧嫁娶……生命在这片土地上开始，最终又归于土地。《日近长安远》中的北舞渡是罗锦衣、甄宝珠的精神家园，这个地方在少不更事的两个女孩眼中曾是土气的乡村，但当她们在城市里披荆斩棘闯荡各自的生存之路时，北舞渡始终是温暖的港湾，在她们身心俱疲、遍体鳞伤之时接纳她们。她们重返北舞渡时看到，"三十年的时光，并没有给这里带来什么太大的变化，树可能换了几代，还是那般粗细，河水瘦了一点，气息如旧，流动的方向和速度，都与三十年前相同。在她（们）一步步走远的时候，这河水依然日夜流淌，永无尽头"③。

---

① 王妹英：《山川记》，太白文艺出版社 2014 年版，第 2 页。
② 李继凯：《论长篇小说〈山川记〉和〈盐道〉》，《华夏文化论坛》，2015 年第 1 期。
③ 周瑄璞：《日近长安远》，北京十月文艺出版社 2019 年版，第 329 页。

无论是商州、圪梁村、桃花村还是多湾、北舞渡，乡土世界无论是处于现代之外还是参与其中，始终都有乌托邦的特征，那就是建筑在土地之上的一种理想的生活状态。土地孕育着一切，春夏秋冬四季轮回，生命周而复始，这种过程看似是最单调的，但也是最有诗意的。这也引发人们思考农耕文明的核心价值在当下与工业文明、城市文明精神是否可以同时存在。事实上，"传统与现代的剧变是共振的，两者相互牵引，又常常打破二元化的对立，共同作用于百年中国的现代化进程"①。乡村之"常"与"变"在过去是共存的，将来仍会共存，两者如何以一种融合而非对立的方式参与中国的发展无疑是有意义的课题，这同时也印证了现代化之未完成。

第三节　"在地性"与现实主义

文学的"在地性"涉及诸多问题，应该以何种手法呈现"在地性"无疑也是一个重要的问题。文学的"在地性"可以有多种表现手法，浪漫主义和现代主义都可以表现"在地性"，郁达夫的《沉沦》强烈的抒情色彩背后是对身处异国他乡的"零余者"心境的细致刻画，王蒙的《春之声》在人物繁复的意识流动中也折射出转型时代的中国现实。文学源于现实生活，相较于浪漫主义和现代主义对现实生活的主观投射和变形处理，现实主义更直接、更有效，也更易于为读者所接受。纵观中国当代文学的发展历程，"社会主义现实主义""伤痕文学""反思文学""改革文学""新写实小说""现实主义冲击波""底层文学"等众多文学思潮都与现实主义有关。即便在1980年代中期文坛出现革新浪潮，现实主义文学被认为落伍、跟不上潮流之际，仍有作家坚持现实主义文学创作。对于中国当代文学而言，现实主义"不只是一种创作方法，一个理论口号，一面堂皇的招牌，一面宏大的旗帜；更重要的是，

---

① 曾攀：《百年中国乡土叙事的现代性镜像》，《黄河》，2021年第3期。

它是一种精神实质，一种魂灵，是中国当代文学的全部历史内涵"①。

现实主义本身是一个极其复杂的问题，它不仅是一种创作手法，更是一种世界观，即"求实"的世界观，这是现实主义最核心的实质。这种"求实"的世界观与陕西的文化传统一脉相承。秦地文化自周秦汉唐以来始终存在着经世致用、实事求是的传统。在延安文艺时期，这种精神更是被凸显出来，"延安作家在思想作风上趋向务实，将个人的情感意绪淡化，自觉担承起救国救民闹革命的时代重任"②。这使陕西拥有强大的现实主义文学传统，这也是陕西文学的一种地方性特征。事实上，陕西作家最常用的写作手法就是现实主义。陕西作家秉持着现实主义文学精神，以一种更丰富、更深入的方式在不同时期创作出不同类型的当代文学作品，实现了地方书写与中国当代文学"在地性"的结合。

一、现实主义与时代之整体观

著名文学评论家秦兆阳 1956 年在《人民文学》上发表了署名何直的《现实主义——广阔的道路》一文。在文中，秦兆阳指出现实主义是"人们在文学艺术实践中对于客观现实和对于艺术本身的根本的态度和方法"③，现实主义的一个重要标准是"它反映客观现实的时候，它所达到的艺术性和真实性，以及在此基础上所表现的思想性的高度"④。秦兆阳所理解的现实主义不仅是一种创作手法，还是一种"态度"；不仅反映客观现实，还需要达到一定的"高度"。事实上，现实主义是"一种人类在时间中认识世界、社会和个人的基本方式"⑤。正因如此，现实主义是透过纷繁芜杂的社会生活从整体性上把握时代本质的重要工具，因为只有在"把社会生活中的孤立事实作为历史发展的环节并把它们归结为一个总体的情况下，对事实的认识才能成为

---

① 陈晓明：《中国当代文学主潮》，北京大学出版社 2009 年版，第 75 页。
② 李继凯：《秦地小说与"三秦文化"》，商务印书馆 2013 年版，第 198 页。
③ 何直（秦兆阳）：《现实主义——广阔的道路》，《人民文学》，1956 年第 9 期。
④ 何直（秦兆阳）：《现实主义——广阔的道路》，《人民文学》，1956 年第 9 期。
⑤ ［美］华莱士·马丁：《当代叙事学》，伍晓明译，北京大学出版社 1990 年版，第 59 页。

对现实的认识"①。正因为如此，现实主义文学在 20 世纪以来的中国文坛是生命力最持久的文学类型，它虽然在某个时期被冷落、漠视，但它没有像某些文学流派那样如流星般闪亮过后便陷入沉寂。在它的旗帜之下，涌现出众多经典作品。它始终参与着文学的演进过程，"并不时成为某个时段文学讨论的核心话题，其影响至今不绝"②。陕西作家的现实主义不仅是一种创作手法，还包含着一种从整体上把握现实和时代的努力。

当代陕西文学的现实主义创作传统肇始于柳青时代的社会主义现实主义。社会主义现实主义自 20 世纪 30 年代从苏联介绍到中国之后，在相当长的一段时间对中国文学的发展产生了深远影响。这一创作手法本身带有意识形态色彩，甚至会对文学创作产生一种规训作用。这个问题较为复杂，并不单纯是文学内部的问题。学界对这一创作手法的研究和评价往往强调其政治性和二元性，秦兆阳的文章也谈及这一手法在阐释和具体实践中往往会出现教条主义和公式主义的弊病。但事实上，社会主义现实主义的提出本身就包含了马克思主义唯物论和辩证法观点，因此社会主义与现实主义两个维度之间并不必然是分裂的，而有可能在辩证法的意义上达到一种"总体性的统一"，即对时代社会生活的整体性把握。在纷繁芜杂中看到本质，看清社会结构及社会历史发展脉络，这也是现实主义和自然主义最根本的不同。柳青无疑秉承的是社会主义现实主义创作原则，其中既有一体化时代文学创作对作家的要求，也有柳青基于对历史和现实思考的个体选择。社会主义现实主义与传统现实主义的最大不同就在于"社会主义"这一限定——它恰恰是当代中国的本质，也是那个时代文学的共同主题。文学如何呈现这种本质？这不是仅靠再现日常生活现象就可以实现的。以柳青《创业史》对农业合作化运动的呈现为例，作品并不仅仅呈现农业合作化运动的具体情形——尽管当时很多农

---

① ［匈］卢卡奇：《历史与阶级意识——关于马克思主义辩证法的研究》，杜章智、任立、燕宏远译，商务印书馆 1992 年版，第 56 页。

② 李松睿：《吞噬一切的怪兽或劳动者——关于现实主义的思考之一》，《小说评论》，2020 年第 1 期。

村题材的小说都是这样写的——而是从社会主义革命的高度来呈现这一运动，通过对农业合作化运动的书写来表达对"社会主义"的理解。在具体创作过程中，为了呈现社会主义革命的本质性，柳青在处理具体素材时舍弃了地方性内容，在塑造人物时坚持"典型"的处理方式，他认为"典型是真实和理想的结合"[①]，梁生宝在柳青看来就是一个"理想"的人物，这种"理想"具体是指"按作者的世界观来说是理想的，并不是对所有的读者来说都是理想的"[②]。梁生宝这个人物蕴含着柳青对社会主义新人的设想，他不仅指向现实，也指向未来。柳青的《创业史》实践了社会主义现实主义的"总体性的统一"，它所呈现的世界源自现实生活但又高于现实生活，并且这个世界不是分裂的，而是完整的。而读者通过对这个整体性艺术世界的认知，也能形成对现实世界整体性的把握。社会主义现实主义在柳青所处的时代作为一种建构一体化文学的规范，对文学有重要影响，在被阐释和实践的过程中也产生了种种概念主义、公式主义的弊病，但柳青似乎真正把握住了这一观念的精髓，以现实主义手法呈现了社会主义这个整体性的历史进程，建构起"一个有头有尾的、向着一个未来发展的、情节统一的"[③]中国故事。

社会主义现实主义在新时期文学时代退出了文坛和学术界的视野。随着思想解放潮流的发展和文学革新观念的兴起，传统现实主义回归文坛。彼时的现实主义剔除了社会主义现实主义的意识形态内核，呈现出启蒙主义和人文主义的特质；但也正是这种特质使现实主义面向局部问题而放弃了整体问题，当时"伤痕""反思""改革"等现实主义文学思潮的相关作品都没有实现对时代的整体性把握。随着"寻根""先锋"文学思潮的兴起，文学界"去政治化"、告别宏大叙事的倾向愈演愈烈，现实主义文学逐渐被视为过时，跟

---

① 柳青：《艺术论》，见蒙万夫等编：《柳青写作生涯》，百花文艺出版社 1985 年版，第60 页。

② 柳青：《关于理想人物及其他》，见蒙万夫等编：《柳青写作生涯》，百花文艺出版社1985 年版，第 97 页。

③ 李杨：《抗争宿命之路——"社会主义现实主义"（1942—1976）研究》，时代文艺出版社 1993 年版，第 26 页。

不上文学潮流，这导致了 1980 年代现实主义的危机。陕西作家此时依然坚持现实主义创作，尤其是路遥对现实主义创作的坚持体现出作家在整体性视野下把握当代中国问题的重要意义。

《人生》曾给路遥带来极大的荣誉，但在他开始创作《平凡的世界》之时，文坛发生了巨变，他面临着一个问题，就是"是否还能用类似《人生》式的已被宣布为过时的创作手法完成这部作品"①。路遥创作这部作品是希望能"全景式反映中国近十年间城乡社会生活的巨大历史性变迁"②，显然，他需要考虑的是用什么创作方法能更好地实现其创作目的。路遥试图以"整体观"的方式把握一段复杂的历史进程，这是当时的现代派文学所无法完成的，因为在"去政治化"的总体氛围中，以个体的零碎经验很难把握整体的现实，用狭小的内在世界很难统摄宏阔的外在世界。路遥的创作意图天然地与现实主义的精神本质相契合，只有通过现实主义才能完成，这就决定了他必然会采用现实主义创作手法。同时，在路遥看来，"在现有的历史范畴和以后相当长的时代里，现实主义仍然会有蓬勃的生命力"③。当代中国现实主义文学的发展远没有达到足够的高度，也远没有到达顶点，时代仍然需要现实主义文学。事实上，对 1980 年代的现代派文学思潮，学术界有不同的声音，如黄子平就认为它是"伪现代派"④。众多持这一观点的学者认为彼时中国的社会现实尚不具备产生现代派文学的基础，1980 年代中国最重要的问题仍是社会主义中国在转型中所面对的巨大的时代性鸿沟，以及由此出现的种种社会症候。这也意味着现代派文学与彼时中国的社会现实是脱节的，沉入"个体""内心"的现代派文学是游离于社会现实之外的。1980 年代的中国正经历着历史的断裂，左翼和社会主义传统被弃如敝屣。这种断裂不仅出现在社会层面，也出现在文学层面，但路遥的小说反而在弥补这种断裂。路

---

① 路遥：《早晨从中午开始》，北京十月文艺出版社 2012 年版，第 13 页。

② 路遥：《早晨从中午开始》，北京十月文艺出版社 2012 年版，第 12 页。

③ 路遥：《早晨从中午开始》，北京十月文艺出版社 2012 年版，第 16 页。

④ 黄子平：《关于"伪现代派"及其批评》，《北京文学》，1988 年第 2 期。

遥对当时处于转型期的中国的叙述，"始终保持着一种连续而非断裂的历史态度"①，尤其是《人生》《平凡的世界》对交叉地带的书写"蕴含了时间意义上从'革命'到'改革'的历史层叠"②。同时，关于交叉地带的书写更多指向的是农村和城市的二元关系，这在当时的历史语境下，在某种意义上也是"传统—现代"和"中国—世界"的隐喻。这样看来，路遥凭借现实主义实现了在一个整体性破碎、分裂、解体的时代从共时到历时的不同层面的整体性叙述。在这个过程中，路遥的现实主义与柳青时代的社会主义现实主义在整体性层面产生了契合。

柳青和路遥的现实主义创作对 1950 年代和 1980 年代的中国进行了整体性的书写，当下的中国文学依然需要对时代进行整体性关注，这也意味着文学仍然需要以现实主义精神烛照时代。但 1990 年代乃至 21 世纪以来，商品经济发展、大众文化兴起给现实主义文学带来了冲击，尤其是新媒体文学在网络时代已然具有统摄力，娱乐化、表层化、碎片化文学不断侵占传统文学尤其是现实主义文学的生存空间。这些作品中所谓的现实不过是转瞬即逝的热点，这样的时代氛围和文学现状迫切需要重建一种整体性叙述，陈彦的作品便承担了这样的使命。陈彦认为当下的文学创作应该"深切时代脉搏"③，这必然要求作家以现实主义精神透视时代并保持一种整体性视野。从《西京故事》《装台》到《主角》《喜剧》，陈彦总能从小人物身上发掘出深埋于纷繁芜杂时代表象下的潜流，如罗天福、刁顺子以诚实的劳动安身立命，忆秦娥、火烧天等艺人秉承戏之"道"与人之"心"。同时，贯穿于陈彦小说中的秦腔以"时间性/历史性和空间性/超地域性维度"④将大历史和小历史关联起来，融合了世俗日常和情感艺术，建构起一个包含着历史、现实、文化的宏阔世

---

① 杨晓帆：《路遥论》，作家出版社 2018 年版，第 196 页。

② 杨晓帆：《路遥论》，作家出版社 2018 年版，第 196 页。

③ 舒晋瑜：《陈彦：现实主义需要面对日常的残酷》，《中华读书报》，2016 年 7 月 13 日，第 17 版。

④ 吴义勤：《作为民族精神与美学的现实主义——论陈彦长篇小说〈主角〉》，《扬子江评论》，2019 年第 1 期。

界。相较于柳青和路遥，陈彦所建构的整体性视野更具纵深感，这也说明了当下中国现实主义文学蓬勃的生命力及其积极解决时代社会难题的可能性。

二、广阔的生活与现实主义之变

现实主义无疑是从整体性视野把握时代社会历史巨变的更为合适的创作手法，但文学是不断向前发展的，现实主义也不是一成不变的，更何况不同的作家有不同的个性，不同代际的作家所处的历史时代、所面对的现实生活都是不同的，这也意味着作家们在现实主义创作中会表现出不同的特色。秦兆阳在其《现实主义——广阔的道路》一文中指出，现实生活有多么广阔，现实主义文学就可以多么广阔，现实主义文学的局限只有现实本身。①当然，这不是要将现实主义的边界无限扩大，使之成为囊括一切艺术形式的加洛蒂式的"无边的现实主义"②。当代中国 70 多年的历史和现实无疑是非常广阔的，这也给作家们的现实主义创作提供了发挥和创造的空间。陕西作家坚持现实主义创作，他们对柳青的现实主义创作传统既有继承的一面，也不断为其加入新质。

贾平凹无疑是当代陕西文坛最早探索现实主义创作更多可能性的作家。他的创作基本是以现实主义为底色，在此基础上再做"渐变的尝试"③。贾平凹早期的《满月儿》《雪夜静悄悄》等作品中还留有社会主义现实主义的影子，1980 年代初的《山镇夜店》《二月杏》等作品又回到了传统的批判现实主义。贾平凹对现实主义的渐变式探索始于商州系列创作。秦兆阳认为，只有现实主义本身才构成现实主义的局限，现实主义创作的思维模式是重实证、偏理性，这对现实主义来说可谓是一种本源性的局限。这意味着现实

---

① 何直（秦兆阳）：《现实主义——广阔的道路》，《人民文学》，1956 年第 9 期。

② ［法］罗杰·加洛蒂：《论无边的现实主义》，吴岳添译，百花文艺出版社 1998 年版。在该书中，加洛蒂认为现实主义可以在自己所允许的范围内进行"无边"的扩大，一切艺术都能看作是现实主义的，他所研究的画家毕加索、诗人圣·琼佩斯、小说家卡夫卡也称得上是现实主义的艺术家。

③ 苏沙丽：《贾平凹论》，作家出版社 2018 年版，第 14 页。

主义创作会排斥"直觉、灵感、幻觉、潜意识等重要'非理性'因素"①，在某种程度上会有局限性。这一认识不无道理。柳青、路遥的创作更多属于传统现实主义，他们的作品中很少出现这些"非理性"因素。在贾平凹的作品中，这些"非理性"因素是比较多的，这使得贾平凹的小说在现实主义的底色之上还具有超现实的特点。贾平凹最初的商州系列小说中就有很多关于志怪人物和神灵世界的描写。此后，超现实元素在贾平凹的小说中频繁出现，超自然的万物、超常性的人物及超现实的民间文化大量出现在贾平凹的小说中。《古堡》中的九仙树和充满灵性的白麝，《浮躁》中神秘的州河，《高老庄》中的神秘禁地白云湫，《废都》中的四个太阳，都表现了大自然的神秘莫测；《白夜》《暂坐》中的再生人，《秦腔》中的疯子引生，《极花》中通天地的老老爷，《古炉》中能和动物沟通的狗尿苔，都体现了人类身上的"非理性"经验；此外，贾平凹的小说中还有各种各样具有神秘色彩的民间文化和宗教习俗。贾平凹的小说中之所以出现"非理性"因素，最初只是因为陕南本就存在这些地方性知识。这些具有神秘色彩的地方性知识出现在小说中，就使得小说在现实主义底色之上有了一层超现实色彩。贾平凹在创作中有意识地突破传统的现实主义笔法始于《浮躁》。在写作《浮躁》的过程中，贾平凹意识到传统的写实手法对他而言有些不合时宜，且给他的创作带来了束缚，这是因为"中西的文化深层结构都在发生着各自的裂变"②这一极具魅力的现象。这也意味着贾平凹此后是以一种文化视野进行现实主义写作的。但同时需要注意到，贾平凹所谓的文化结构的裂变无疑也是时代巨变引发的，从这个意义上看，贾平凹现实主义写作的新变无疑也是广阔的生活引发的。1980 年代是中国各方面都在经历断裂的时代，路遥的现实主义写作试图从社会学的视角对时代进行"整体观"上的把握。路遥的写作处在一个传统/现代、中/西的大格局中，但这种多元视野最终落脚于社会转型上，这扩大了路遥看待社会转型的视野。贾平凹则不同，社会转型所引发的文化结构

---

① 杨小兰：《现实主义文学在当代》，《文艺争鸣》，2012 年第 4 期。

② 贾平凹：《平凹说小说》，陕西师范大学出版总社有限公司 2018 年版，第 5 页。

的裂变无疑对他更有吸引力，触动了他的自觉的文化意识，也使他此后的现实主义写作总是处于文化视野之下。中国文化中有大量"非理性"因素，这无疑又增添了贾平凹作品的超现实色彩。

贾平凹对现实主义的突破不仅在于上述方面，21世纪以来，他的写作又呈现出现实主义的新变，《秦腔》即是这种新变的标志作品。《秦腔》采用"密实的流年式的叙写"，放弃了"戏剧性和情节"及"有意味的形式"，只因小说"写的是一堆鸡零狗碎的泼烦日子，它只能是这一种写法"①，即小说采用的是一种生活流或细节流式的写法。对《秦腔》的这种创作手法，学术界是有争议的：有学者认为，这种写法缺乏典型性，过于琐碎、芜杂，是一种自然主义式的描写②；也有学者认为这种新写法是法自然的结果③。事实上，传统乡村生活在贾平凹写作《秦腔》的年代几近解体，作家很难从中提炼出某些本质性的东西。这种生活流式的写法在贾平凹之后的《古炉》《带灯》《暂坐》中也有延续，这无疑也是贾平凹对生活之广阔性的一种回应。

陈忠实在创作《白鹿原》时也开始突破传统现实主义的笔法，这无疑也得益于1980年代文学潮流的新变。陈忠实早期的小说基本还是延续传统现实主义的路子，文坛风起云涌的变化触发了他对民族文化和个体生命的思考，他意识到"现实主义原有的模式或范本不应该框死后来的作家，现实主义必须发展，以一种新的叙事形式来展示作家所能意识到的历史内容和现实内容，或者说独特的生命体验"④。他在《白鹿原》中借鉴了很多经典现实主义作品提供的范式，其突破性在于引入了文化视角，从而拓宽了他审视生活、认知世界的视野，使其突破了以往同类题材小说单一的政治视角，实现了"对

---

① 贾平凹：《秦腔》，陕西人民出版社2008年版，第483页。

② 李建军：《是高峰，还是低谷——评长篇小说〈秦腔〉》，《文艺争鸣》，2005年第4期。

③ 陈思和：《论〈秦腔〉的现实主义艺术》，《西部》，2007年第4期。"法自然"在作品中的具体表现是没有主观性很强的内容，没有曲折离奇的情节，人物也不具有鲜明的性格。

④ 陈忠实：《关于〈白鹿原〉的答问》，《小说评论》，1993年第3期。

中国既定现实主义小说艺术的融通、总结和提升"①。小说向文化层面大力掘进，揭示了儒家文化、宗族文化、启蒙文化等不同文化类型的种种特质；对人物文化心理的发掘使人物具备了民族的、宗法的以及人性的不同面向；文化视角的引入也使小说中出现了大量神秘的元素以及具有象征意义的意象，如引起白、鹿两家数十年恩怨纠纷的风水宝地，田小娥死后白鹿村瘟疫横行和鹿三被田小娥的鬼魂附身等怪异事件，雪地上出现的神秘白鹿，等等，都使小说具有了现代主义的特质。可以说，通过《白鹿原》，陈忠实找到了"包容量更大也更鲜活的现实主义"②。

陕西作家所秉持的现实主义不仅是一种手法，更是一种现实主义文学精神，一种源于现实又回到现实的现实主义文学精神。"文艺创作是个性化的劳动，但不能放弃精神担当，不能只关注杯水风波、一己悲欢。"③即便是高建群、红柯等坚持浪漫主义书写的作家，其作品中也都有现实主义精神。高建群《统万城》对不同文明碰撞与融合的书写，是在彰显华夏民族文化活力这一现实意义上展开的。红柯早期的小说浪漫主义色彩浓郁，后期的小说写实成分变得浓重，《喀拉布风暴》《少女萨吾尔登》《太阳深处的火焰》都是在探索如何以异域精神文化打破古老周原的沉滞，荡涤鄙琐的现实和人性的异化，这无疑出于红柯对当下传统文化活力丧失的现实忧虑。将红柯的创作称为诗意的现实主义书写更合适。当代陕西作家以现实主义精神烛照广阔的历史与现实生活，既坚持现实主义传统，同时也从浪漫主义、现代主义等其他维度为现实主义加入新质，实现地方书写与中国当代文学"在地性"的结合。

---

① 陈晓明：《陈忠实：现实主义的完成》，《文艺报》，2016 年 5 月 6 日，第 2 版。

② 陈忠实：《寻找属于自己的句子：陈忠实自述》，北京大学出版社 2019 年版，第 75 页。

③ 徐可：《用现实主义精神观照社会生活》，《人民日报》，2016 年 4 月 26 日，第 23 版。

第四节　"在地性"与底层书写

　　文学是人学，始终以对人的描写为中心。不同的文学创作在类型、风格、题材、表现手法上各有差异，但都无法回避对人的描写。即便是一些动物题材的小说，最终的落脚点仍是对人和人世的反思。文学应该书写什么人？无论是何种阶级、阶层、背景的人都应该纳入文学的视野，那么，什么人最需要被书写？答案无疑是底层群体。作为一个社会学术语，"底层"在某种意义上"具有超时空、超文化、超社会形态性"①。在 20 世纪以来的中国文学史上，劳工大众、无产阶级等底层民众都留下了浓重的印迹。新文学时期，陈独秀在其《文学革命论》中提倡"推倒雕琢的阿谀的贵族文学，建设平易的抒情的国民文学"②，胡适在其《建设的文学革命论》中提倡文学创作选材应关注"今日的贫民社会，如工厂之男女工人、人力车夫、内地农家、各处大负贩及小店铺"③。尽管不同人对"国民""贫民"有不同的阐释，但它们体现了一种真正的底层观。真正具有"在地性"的文学一定会为最需要被书写的群体发声，而这个群体是庞大的，且总是"匍匐在无言的黑暗之中"④，这个群体在文学史上有"国民""贫民""大众""底层"等不同称谓。"底层"概念进入当代文学虽然始于 21 世纪之初的"底层文学"，但可以将以往的"国民""贫民""大众"都纳入"底层"视野来观照。真正的文学应该有对处于低处的生命及其命运的观照，有责任照亮底层群体。同时，中国不同时期的种种社会难题如"三农"问题、打工者问题、工人下岗问题等都与底层群体相关，中国的发展也需要底层群体的积极参与。因此，底层群体对于中国而

---

① 徐茜：《世纪之交中国"底层文学"中的底层形象研究》，武汉大学博士学位论文，2012 年，第 1 页。

② 陈独秀：《文学革命论》，《新青年》，1917 年 2 月号。

③ 胡适：《建设的文学革命论》，《新青年》，1918 年第四卷第四号。

④ 南帆：《五种形象》，复旦大学出版社 2007 年版，第 46 页。

言是具有现实意义和社会意义的存在。陕西作家大都有忧患意识和人文情怀，这无疑会使他们将目光投向底层群体。同时，陕西有重农的传统，陕西作家中很多都是农民子弟，农民本就属于底层群体，这使陕西文学中有一种天然的底层意识。不同代际的陕西作家都能以关怀和同情的态度书写底层民众的生存状态，并以此实现了中国当代文学"在地性"的目标。

一、人民性与底层书写

20世纪以来的中国文学事实上一直是有底层意识的。新文学最初倡导的"人的发现"与"人的解放"中的"人"虽然并不专指底层，但底层却是"人"之大部分，白话文的倡导无疑也是针对底层而言的。事实上，中国所谋求的发展无论在哪个阶段都与底层密切相关，无论是建立现代民族国家还是社会主义实践都需要倚重底层群体。陕西作家作为具有忧患意识和天然底层意识的作家群体，与中国当代文学的底层书写保持着同步，也回应了文学"在地性"的诉求。这首先体现为陕西文学对中国当代文学人民性的坚守。

底层书写本身就具有人民性特征，"假若文学要想持久和永恒，绝对非有人民性不可"①。考察中国当代文学的底层书写，文艺的人民性无疑是一个与底层相关的重要概念，也是20世纪五六十年代至80年代中国当代文学的一个重要范畴。文艺的人民性来自俄苏文论，进入中国后经过延安文艺的中国化改造，对中国当代文学影响深远。在延安时期，毛泽东提出文艺要为人民大众服务，这里的人民大众指的是"占全国人口百分之九十以上的人民，是工人、农民、兵士和城市小资产阶级"②。这里的"人民"虽然有阶级属性的区分，但其中的工人、农民仍是传统意义上的底层群体。事实上，人民文艺所面临的历史语境是乡村中国和农民的问题，这就注定了人民文艺是与底层相关的。在延安文艺时期，底层民众不仅是文艺表现的主体，也是创作

---

① ［俄］别林斯基：《别林斯基论文学》，别列金娜选辑，梁真译，新文艺出版社1958年版，第68页。

② 毛泽东：《在延安文艺座谈会上的讲话》，《毛泽东选集》（第三卷），人民出版社1991年版，第855页。

主体。从毛泽东《在延安文艺座谈会上的讲话》之后，中国文学形成了"以人民为本位"的社会主义美学原则。当然，人民文艺观念也有其历史局限性，在"十七年文学"时期和"文革"期间，由于文学的意识形态色彩日渐浓重，人民文艺的观念也被不断政治化，"人民"不再是一个血肉丰满的概念，它的内涵日渐空泛，它成了一个尴尬的存在。但陕西作家践行人民文艺精神时是真正具有底层意识的，"人民"在陕西作家的创作当中绝不是空泛抽象的概念，而是真正处于底层的有血有肉的人民大众。

柳青是毛泽东《在延安文艺座谈会上的讲话》精神的忠实践行者，他的创作生涯及作品真正体现了人民文艺的精神内核。柳青曾提出作家创作有"三个学校"（即"生活的学校""政治的学校"和"艺术的学校"），其中，"生活的学校"尤为重要，也最能体现柳青创作的底层意识。在柳青这里，"生活"是广大人民群众的日常生活，也就是底层的日常生活。为了写作，柳青多次到基层体验生活。1942 年，柳青到米脂县民丰区三乡深入生活，他在承担乡文书工作期间任劳任怨，参与到当地农村减租减息、生产、文化教育等各方面的工作当中。这段经历使柳青脱胎换骨，使他意识到只有真正站在农民的立场体验生活，才能写出有价值的文学作品。1953 年，柳青辞去长安县县委副书记职务，扎根皇甫村，深入群众生活，参与了农村合作化运动的全过程，并完成了《创业史》。柳青的经历充分体现了他与底层大众的血肉联系。柳青创作《创业史》，是试图通过对农村合作化运动的书写来探索社会主义实践过程并建构一个整体性的世界，同时《创业史》也是为生活在最底层的农民而写的。柳青希望通过《创业史》回答"中国农村为什么发生社会主义革命和这次革命是怎样进行的"①。这既是有关中国社会主义革命的宏观问题，同时也是有关中国底层的具体问题，因为社会主义革命所针对、所依靠的都是处于底层的农民，试图解决的也是农民的生存问题。柳青发自内心地关注农民这一弱势群体：他们是如何看待农业合作化运动的？几千年来已成为集体无意识的小农思想能否转变？农业合作化运动如何让他们走上共同富裕的道路？

---

① 柳青：《提出几个问题来讨论》，《延河》，1963 年第 8 期。

通过《创业史》，柳青表现了蛤蟆滩不同阶层农民的生存状态，写出了他们面对历史巨变时的情感、愿望、思想和诉求。小说塑造了以梁生宝为代表的新人群体，同时也关注着以梁三老汉为代表的农村的芸芸众生，尤其是在梁三老汉的形象中寄寓了深厚的底层意识：这个人物身处新旧历史的转折点，背负着乡村农民几千年来承担的重担，他对土地的深厚感情，对新事物的犹疑、摇摆不定，都是身处底层的农民最真实的写照；他对农业合作化运动的态度的转变，表现出曾经"匍匐在无言的黑暗之中"的底层人民面对新时代纠结复杂的心路历程。作家杜鹏程也表示："我自己的出身和经历，使我和劳动人民有着血肉不可分的关系，他们哺育了我，而我热爱他们，愿意把自己的一切奉献给他们。"[1]《保卫延安》使杜鹏程在文坛享有盛誉，但他为了创作，又走向铁路建设第一线，长期扎根在宝成铁路、成昆铁路等建设工地，关注那些处于基层的新世界的创造者，创作了《工地之夜》《夜走灵官峡》等工人题材的小说。柳青、杜鹏程等陕西作家是真正意义上的"底层作家"，他们长期扎根底层，体验底层生活，感受底层民众的喜怒哀乐。

新时期的文坛发生了巨变，在思想解放运动的推动下，"启蒙""人道主义""主体性"等话语成为文坛主潮。这些都体现了对"人"的叩问，并构成了具有主导性和持续性的话语形态，而这种话语形态无疑又回到了新文学之初所倡导的"人的文学"。同时，在1980年代去政治化的文化语境下，"人"被视为不受阶级关系限定的"绝对的价值主体"[2]。在这种情况下，"人民文艺"往往被视为"人的文学"的对立面，"人民文艺"的传统也被冷落乃至贬低。1980年代的文学仍然是"人的文学"，并表现出"人"的丰富性，但文学中的底层意识却比较淡薄，例如：张贤亮的《绿化树》虽然也呈现了西部底层人民如马缨花、海喜喜等人顽强的生命状态，但作品真正的落脚点是知识

---

① 杜鹏程：《生活与写作》，见《杜鹏程文集》（第三卷），陕西人民出版社1993年版，第313页。

② 贺桂梅：《"新启蒙"知识档案：80年代中国文化研究》（第2版），北京大学出版社2021年版，第63页。

分子章永璘近乎自虐式的个体灵魂改造过程；韩少功的寻根文学作品《爸爸爸》中的鸡头寨村民并不具备底层意义，更多的是民族文化劣根性的象征；《你别无选择》《山上的小屋》等现代派作品表现了现代人的内心世界，似乎看不到底层人物的身影。事实上，1980 年代的文学在对"人"的表现上是有其片面性的，究其原因就在于在去政治化的氛围中，"把'人的文学'看作是一个历史性建构的范畴，却没有同时将'人民文艺'客观化与相对化，仍将其作为固定不变的文学史范畴"①。在现实中，市场经济时代的到来使中国的社会阶层结构发生了巨变，出现了大量底层民众。这一现象往往被视为现代化发展及社会转型的历史必然，以至于底层民众的生活成了一个被想当然地认为已经解决了的问题而被忽略、被漠视，这也导致文学创作中的底层意识日渐淡化。

面对这样的文坛现状，陕西作家仍旧坚持底层写作立场，这固然是因为陕西作家天然地具有底层意识，同时也是缘于他们对"人民文艺"理念的坚守。可以看出，陕西作家对"人民文艺"的理解更多是对其底层意识的坚守，并未因文学大环境的变化而改变。陕西作家创作乡土题材的小说较多，他们勇于站在"历史的现场"关注底层农民的命运变化。路遥的创作在这方面无疑是最具代表性的。路遥曾表示："生活在大地上这亿万平凡而伟大的人们，创造了我们的历史，在很大的程度上也决定着我们的现实生活和未来走向。那种在他们身上专意寻找垢痂的眼光是一种浅薄的眼光。"②"作家永远不能丧失普通劳动者的感觉。如果对于最广大的劳动人民采取冷淡的态度，那么，我们的作品只能变成无根草。"③路遥对底层民众有着强烈的感情，他进行创作就是要使自己成为底层民众中的一员。为了创作《平凡的世界》，路遥奉行柳青式的"深入生活"，相关经历在他的《早晨从中午开始》中有详细记载。

---

① 罗岗：《"人民文艺"的历史构成与现实境遇》，《文学评论》，2018 年第 4 期。

② 路遥：《生活的大树万古长青》，见《路遥文集》（上），陕西人民出版社 1993 年版，第 957 页。

③ 路遥：《关注建筑中的新生活大厦》，见《早晨从中午开始》，北京十月文艺出版社 2012 年版，第 166 页。

在路遥这里，"人民不再是作家代为发言的群体或是深受同情的阶层，而是作家个人及其作品的主体性存在"①。路遥以一个平凡人的身份从事写作这一平凡的劳动，进而写出了平凡的世界。路遥的小说并不是对底层人民生活的简单呈现，而是将底层纳入转型时代所造成的社会结构的分裂中来看。1980 年代的中国处于"革命"与"革命后"时代的复杂交织当中，人民在彼时还保留着最后一丝"主人翁"时代的光环，但在分裂的社会结构中却愈加成为"匍匐在无言的黑暗之中"的一个群体。这个群体在现实当中脱离底层的可能性微乎其微，路遥的小说为他们指出了一种可能性。《在困难的日子里》《人生》《平凡的世界》中马建强、高加林、孙少安、孙少平等人的经历构成了"奋斗改变人生"的主题，这些年轻人身处社会底层，他们生活的时代城乡二元对立的社会结构无法轻易撼动，但他们一直都是奋发向上的，他们尝试用自己的努力改变命运，实现自己的人生价值。路遥的小说"为挣扎在底层的人们指出一条精神的'上出'之路"②，这是对底层人民真正的关怀，表明了路遥创作"对《讲话》所包含的人民伦理及其意义的价值坚守"③。路遥具有强烈的底层意识，这种底层意识同时也是一种人民立场。路遥始终对底层劳动者有一种人文关怀，他忧虑底层民众的命运和前途，表达他们在时代变迁中的愿望和诉求，这是路遥底层写作最有力量之处。同时，真正具有底层意识的文学才是"人民文艺"，这昭示着不同的时代都存在着"人民文艺"，也意味着路遥的写作为新时期的"人民文艺"打开了更为广阔的言说空间。

二、底层书写的不同面向

陕西作家大都具有底层精神，这种精神特质契合了不同时代不同形式的底层写作。柳青、路遥创作中的人民性彰显了"人民文艺"的底层精神。在

---

① 于敏、赵学勇：《"人民性"书写的根基与精神指向——陕西文学七十年的追求与回望》，《小说评论》，2020 年第 5 期。

② 杨辉：《总体性与社会主义文学传统》，《中国现代文学研究丛刊》，2019 年第 10 期。

③ 杨辉：《〈讲话〉传统、人民伦理与现实主义——论路遥的文学观》，《中国当代文学研究》，2019 年第 1 期。

21 世纪以来底层写作成为一种文学现象时，陕西作家依旧以关怀和同情的态度书写底层民众的生存状态。"底层"在世纪之交成为中国的一个热点现象。1990 年代以后，中国经济结构改革的步伐加快，市场经济时代的到来使社会成员之间的距离逐渐拉大，开始出现贫富分化现象。与此同时，社会结构的变化使相当一部分人被边缘化，底层民众大量出现。1990 年代的文学也越发滑向个体感受，无法回应现实的巨变，也漠视那匍匐在黑暗中的底层群体。上述诸种原因催生出"底层文学"。"底层文学"在世纪之交成为一个重要的文学现象，成为自 1993 年"人文精神大讨论"以来极具关注度的公共性话题。早在 1990 年代末期，《人民文学》《当代》《收获》等大型文学刊物就发表了一系列描写底层生活的文学作品。《天涯》2004 年第 6 期刊出了多篇围绕"底层与关于底层的表述"主题的文章，引起了很大的反响。伴随着大量描写底层生活的文学作品的涌现，理论界也展开了热烈讨论。对何为"底层文学"这一问题理论界有不同的看法，但大家对一些基本问题有共性认识。普遍认为"底层文学"是"一种关注底层民众生存尤其弱势群体疾苦的文学叙事"[1]，这些弱势群体包括"留守乡村的耕地农民，在城市艰难求生的进城务工者，甚至城市的失业、无业、低保人群等等"[2]。纵观 21 世纪以来陕西小说的底层书写，作家们无不是以关怀与同情的态度呈现出当下底层民众尤其是社会弱势群体的生存现状。他们并不是刻意迎合"底层文学"热潮，但是契合了"底层文学"的创作理念。

陕西作家主要以乡土题材的小说见长。随着现代化进程的加快，乡村已然成了中国的弱势空间，农民则是典型的弱势群体。在柳青的作品中，乡村虽然处于底层，但不能算是弱势空间，甚至还具有阶级意义上的优势，农民也是光荣的劳动者。在路遥、贾平凹 1980 年代创作的作品中，乡村充分得到经济体制转型带来的红利。尽管如高加林、孙少平等农村青年因为城乡二元结构的限制而上升不顺利，但至少他们在精神层面还有一丝精英气息。而且

---

① 李运抟：《"底层叙事"的道德误区》，《作品》，2007 年第 9 期。

② 王学胜：《"底层文学"批判》，吉林大学博士学位论文，2013 年，第 3 页。

当时的乡村还保留着传统的社群和文化结构，还能成为在外游子们的精神家园。但在 1990 年代以后，随着经济体制改革和城市化进程的加快，乡村成了贾平凹口中的"社会压力的泄洪池"，乡村土地、人口的流失使其成为弱势空间，农民也成了弱势群体。在《秦腔》中，乡村是作为一个整体的弱势空间出现的：清风街的土地被公路、农贸市场占用，大量的年轻农民逃离土地前往城市谋生，留在农村经营农贸市场的农民要面对农产品滞销、各种税费的压力，失去了土地、人口、乡村传统的清风街无疑成了一个"废乡"。《极花》写了一个叫圪梁村的"废乡"，这个地方被现代化远远抛到了角落里：村民世世代代住在窑洞里，村子没有通电，照明只能靠煤油灯；这里缺水，洗脸只用一瓢水，而且是全家人共用；饮食单一，一天三顿都是土豆；村里几乎都是光棍，只能买来女人做老婆……买卖人口无疑是犯罪，但这是由被现代化、被城市无情抛弃的农民的弱势地位造成的，正如小说中黑亮的控诉："现在国家发展城市哩，城市就成了个血盆大口，吸农村的钱，吸农村的物，把农村的姑娘全吸走了。"①这个地方的贫穷、封闭、落后令人触目惊心。《带灯》中写到当地农民去矿区打工，染上矽肺病，甚至死亡，却得不到赔偿补助，又求助无门。在王海的《城市门》中，咸阳五陵原上张旗寨和掌旗寨世代以敲秦汉战鼓为传统，但在城市化进程中，村寨的土地被强行征用，村寨最终被彻底拆迁，小说中暴力拆迁的一幕令人触目惊心。现代化进程的加快使乡村沦为了弱势空间。这些小说写尽了乡村的颓败和作为弱势群体的农民的生存艰难。

在颓败的乡村挣扎求生的农民无疑是弱势群体，而城市里的外来打工者和底层平民也是如此。在现当代文学史上，不乏对农民进城的书写。在现代文学时期，由于中国整体上属于乡土中国，除了上海这样的现代化都市外，大部分城市依然是乡村性的，如《骆驼祥子》中祥子从乡下到北平很快就适应了城里的生活。1949 年以后的中国，虽然城乡二元结构逐渐固化，但如《创业史》中的改霞进入城市的时候，其劳动者的身份也能让她融入城市生

---

① 贾平凹：《极花》，人民文学出版社 2016 年版，第 9—10 页。

活。1980 年代的中国，改革开放的政策红利让农村成了"希望的田野"，部分农民以玩票的性质进入城市打工，虽然高加林、孙少平等农村青年向城市突围的过程异常艰难，但他们无奈之下退守乡村也有生存的保障。而 1990 年代以后的中国，农村在经历了欣欣向荣的短暂时光后发展开始停滞，成了"一切社会压力的泄洪池"，种地已很难让农民维持基本的生存，进城打工成为必然的选择；而此时的城市却对他们露出了狰狞的面目，"艰难的处境、恶劣的生存状态和岌岌可危的精神世界成了笼罩着农民工的挥之不去的阴霾"①。贾平凹的《高兴》呈现了农民在城市拾荒的生活，小说并未刻意凸显拾荒者恶劣的生存环境，行文中还带有一丝幽默调侃的喜剧色彩，但从细节处仍能看出拾荒者艰难的生存状况：他们住着城中村中仅能遮风避雨的逼仄房子，穿着寒酸可怜仅能蔽体的衣服，吃着只能果腹的食物。小说中有一段关于刘高兴和五富吃饭的细节："五富就喜欢从兴隆街回来后忙活做饭，他能一次蒸几十个馍，放在木橛上吊着的篮子里，能熬包谷糁，熬得不稀不稠，用筷子一蘸吊线儿，然后买一个萝卜，用盐腌萝卜丝儿。他知道我最爱吃豆腐乳，专门给我买了一小碟。我们吃饭的时候就坐在楼台上，一口萝卜丝儿一口馍，再喝一阵稀饭。"②主人公似乎十分"享受"这样的饭食，可事实上这样的饭食是十分粗陋的，这样的反差反而让人读来心酸。刘高兴们的收入其实是非常微薄的，在应付衣食住行之外还得攒钱，他们必须也只能过窘迫的日子。五富生了病却为了省钱而不医治，最后落得客死异乡的结局。在贾平凹看来，"城市人对他们（农民工）漠不关心，虽然也和他们接触过，比如把破烂卖给他们，但从来不考虑这些人。看着这些人在街道上走来走去，就像刮过一阵风或者走过一条狗，看一眼之后心里不留任何痕迹。我估计百分之百的城里人对他们都是这种感觉"③。这番话无疑道出了农民工在城市的生存现状。

---

① 徐茜：《世纪之交中国"底层文学"中的底层形象研究》，武汉大学博士学位论文，2012 年，第 29 页。

② 贾平凹：《高兴》，译林出版社 2012 年版，第 12 页。

③ 张英：《从"废乡"到"废人"——专访贾平凹》，《南方周末》，2007 年 10 月 25 日，第 21 版。

陈彦《西京故事》中的罗天福因凑不够两个孩子上大学的费用只能到西京城打工，住在城中村一个几百口人聚居的大杂院内，住的房子"湿气、霉气扑鼻而来"，"不仅房小，而且窗户也小得出奇，几乎钻不进一个人的身子，就是一个透气孔而已。后边带着的那个储藏室，更是又矮又黑又潮"①，但现实处境让他只能接受这比乡下牛圈都不如的房子。罗天福每天起早贪黑地打饼，甚至为了多卖几个饼在一个工地上被当作贼打伤。除了生存的艰难，他一家还要面对城里人的歧视和敌意，房东郑阳娇丢了拖鞋都要对罗天福再三盘问，女儿罗甲秀被房东的儿子揩油，儿子罗甲成出于义愤打了对方，罗天福就被讹诈了数万元赔偿费。他想不明白，"自己不偷、不抢、不贪、不占，万事谦恭、仁厚、礼让、吃亏为先，不信还能招惹祸患，没想到，还就真给招惹下了"②。但为了生存，他只能默默承受这一切。《装台》中的刁顺子有城里人的身份，有自己的房子，有自己的装台队伍，似乎比刘高兴、罗天福境遇要好，但他也只是城里的草根阶层，"身为西京这么个大都会的老门户，却蹬了三轮，给人家唱戏的拾了鞋带，混得还不如一些进城的农民工，自然就不被村里人待见了"③。对刁顺子来说，装台"算最苦的一行了。基本上没明没黑，人都活成鬼了"④。下苦也就罢了，还得忍受诸如剧务、导演家常便饭一样的辱骂，讨薪时得卑躬屈膝说好话，即便这样还经常面临工钱被克扣、被骗的悲催事情。一次，在寺院装台时下属墩子犯了错误，刁顺子代为受过，顶着四斤重的香炉跪了一夜。刁顺子活得甚至比刘高兴、罗天福还卑微，"这么多年来，他就是用自己的低下、可怜，甚至装孙子，化解了很多矛盾，解决了一个又一个不好解决的问题"⑤。

在现实中，乡村农民、城市农民工和城市草根无疑都属于底层，而社会

① 陈彦：《西京故事》，太白文艺出版社 2023 年版，第 9 页。
② 陈彦：《西京故事》，太白文艺出版社 2023 年版，第 128 页。
③ 陈彦：《装台》，作家出版社 2015 年版，第 76 页。
④ 陈彦：《装台》，作家出版社 2015 年版，第 5 页。
⑤ 陈彦：《装台》，作家出版社 2015 年版，第 259 页。

阶层固化及政治、经济、文化、权力等资源的分配不公又会形成另一种非传统意义上的底层，因为底层不仅指向生存境遇层面，也指向社会结构中的关系，在一种结构关系中就存在着上层与底层之分。在具有实质性的社会关系中，一些城市里的工人以及其他行业的一般工薪阶层都属于底层。以《西京故事》为例，小说中罗甲秀和罗甲成姐弟的身份是大学生，也可以说是知识分子阶层了，以往大学生绝对是众人眼里的天之骄子，他们实现了高加林、孙少平没能实现的目标，但这并不意味着他们脱离了底层。小说中姐弟两在大学里吃穿用度都是比较寒酸的，罗甲秀走进校园时"就感到了自己与这个世界的差距"，"一个从社会最底层奋斗上来的弱女子，在这里所经受的物质与精神的双重历练是怎样的惊心动魄啊"，"她一下就懂得了生命的层级与差距"。①罗甲秀靠在大学里捡垃圾卖钱挣得生活费，课余时间奔波在多个地方做家教，就是为了减轻父母的负担。罗甲成的条件在同宿舍里是最差的，高考成绩全班第一也无法改变同宿舍人对他的隐隐的排挤以及高高在上的优越感。罗甲秀和罗甲成姐弟事实上是当下的"新底层阶层"，这一阶层"包括失地农民、被拆迁的城市居民以及不能充分就业的大学生群体，还有因为高房价坠落的'城市中产'、未被利益集团吸纳的知识分子"②，他们连同传统意义的底层构成了当下中国庞大而复杂的底层社会。

关于"底层文学"的讨论不可避免会涉及"底层文学"的不足这个问题，其中一点是很多作品流于表层的浮泛，囿于对底层苦难生活的描述而缺乏更深层次的挖掘，即"对底层的想象仅止于'苦'：苦难的人物、苦痛的事件、苦涩的生活"③。但陕西作家的底层书写往往能挖掘出底层人物身上的温暖与光亮，以及他们凭此超克生存困境的可能性。《高兴》中的刘高兴虽然是进

---

① 陈彦：《西京故事》，太白文艺出版社 2023 年版，第 46 页。

② 王小鲁：《警惕权利缺失形成"新底层社会"危险的贫富差距》，爱思想网，2010 年 5 月 16 日，https://www.aisixiang.com/data/33690.html。

③ 王贵禄：《谁的写作：重估"底层文学"中的意识形态话语》，《文艺理论与批评》，2010 年第 3 期。

城的拾荒者，但与周围人相比，刘高兴有着不同流俗的精神追求，这种精神追求在一定程度上甚至实现了对物质、现实世界的超越。虽然在很多人看来，刘高兴的精神追求只不过是阿 Q 式的精神胜利法，是对现实的逃避，但不得不承认，这也使刘高兴在一种物质贫困、逼仄有限的空间里保留了一丝精神的超越和个体性，让他的生活富有一种诗意。《西京故事》《装台》中的罗天福、刁顺子虽生活艰难，但绝不自轻自贱，他们坚持以诚实的劳动安身立命，"不因自己生命渺小，而放弃对其他生命的温暖、托举与责任，尤其是放弃自身生命演进的真诚、韧性与耐力"[1]。他们身处的环境无时无刻不在对他们施加强大的压力，但对生存的执着又促使他们不断前行，生存的压力和动力之间形成了一种巨大的张力，卑微的生存就显得崇高而伟大。事实上，对于底层人物而言，重要的是为其生存赋予一种意义，而不是做哀其不幸、怒其不争的简单批判，这一点尤为重要。罗天福、刁顺子不管遭遇何种人生困难都能继续前行也是因为如此，这也是当下底层人民超克自身生存困境的要义所在。

陕西作家源自本土文化传统的底层意识和忧患意识，使他们总能以关怀和同情的态度书写底层民众的生存状态。陕西作家对底层的关注是一以贯之的，并不会因外在文学大环境的变化而改变，因此，陕西文学也参与了中国当代文学不同时期的底层书写，这也是中国当代文学在地化的实现路径。

---

① 陈彦：《装台》，作家出版社 2015 年版，第 433 页。

第三章　地方书写与中国传统文化

　　文学与文化本是一体的：文学既是文化的组成部分，同时又是文化的载体；文化既是文学的表达内容，又赋予文学审美特质。从某种意义上说，文学与文化具有天然的联系。在中国文学发展史中，文学与文化始终是交融在一起的，文化意识始终流淌在文学当中，"这是中国文学与文化之关系的自然状态"。①在中国文学与文化的交融历史中，虽然也不断有外来文化融入，但只有源自本土的文化自始至终参与了这一过程——当然这一参与过程是微妙复杂的，而中国文学与文化的天然联系指向的也是传统文化。中国当代文学在 70 多年的发展历史中始终与传统文化交织在一起，即便是在 1950 年代至1970 年代政治氛围造成的文学一体化时代，传统文化也以隐匿的形式出现在当时的文学作品中。新时期以来，文化意识在中国得以发展，从 1980 年代的"文化热"、1990 年代的"人文精神大讨论"和大众文化兴起，到 21 世纪以来全球化时代传统文化的复兴，当代中国不同时期的文学创作总是受到传统文化的影响，同时在一定意义上也会呼应文化潮流。

　　前文在界定"地方"的概念时指出，"地方"具有空间意义，某一空间也存在表层的自然地理和深层的风俗、价值等元素，这些深层元素就是文化。同时，地方也有其历史的发展，尤其是空间中的深层元素会形成某种传统，也即文化传统，因此"地方"有其明确而稳定的文化形态，这也是地方性知

---

　　① 熊修雨：《中国当代寻根文学思潮论》，中国人民大学出版社 2020 年版，第 2 页。

识中最核心的内容。地方书写是建立在地方性知识之上的，因此地方书写与地方文化也形成了一种自然的关系。陕西文学建立在自己的地方性知识之上，也就天然地蕴含着地方文化，同时，地方文化是经历长时间历史积淀而成，其本身也是传统文化。陕西文学作为一种地方书写，是中国当代文学版图中的重要部分。事实上，陕西文学也参与了当代中国不同时期文学与传统文化的交融。地方书写尤其是地方文化与中国当代文学发展历史中传统文化流变之间的互动关联，无疑是值得深入研究的课题。

第一节 《创业史》：文学一体化时代隐匿的文化书写①

洪子诚将 1950 年代至 1970 年代视为中国当代文学的一体化时代。这一时期，政治社会进程与文学进程是直接联系在一起的，社会政治性质成为评价文学的唯一标准，同时，"文学写作的题材、主题、风格等，形成了应予遵循的体系性'规范'"②。受政治化社会氛围的影响，中国当代文学与传统文化之间原本自然的联系被割断，出现了所谓"文化断裂带"。③尽管很多学者认为在 1950 年代至 1970 年代的文学中传统文化是缺失的，但这一时期的文学由于民族形式的诉求，也需要动用传统文化资源。因此，传统文化往往会借助民族形式以一种隐匿的形式呈现在文本中。柳青的《创业史》为了建构总体性世界而一度淡化地域色彩，但因为农村题材的特殊性，柳青在书写乡土中国的变迁时必然无法完全脱离传统文化，小说在社会主义革命的主题之下还有隐匿的传统文化书写。同时，小说中隐匿的传统文化是建立在农耕文

---

① 本节部分内容已刊发在《"革命"话语下被隐匿的"传统"——柳青〈创业史〉再解读》（《西安建筑科技大学学报（社会科学版）》2022 年第 2 期）一文。

② 洪子诚：《中国当代文学史》，北京大学出版社 1999 年版，第 3 页。

③ 这个观点是郑义提出来的，详情参见郑义发表于《文艺报》（1985 年 7 月 13 日）上的《跨越文化断裂带》一文。郑义在该文中认为"五四"时期对传统文化的批判造成了文化断裂带。

明之上的，这恰恰也是秦地这块华夏民族农耕文明发源地的传统。小说通过书写蛤蟆滩这一"地方"的农业合作化运动，以隐匿的方式呈现了传统与现代的对话。

一、革命在地化与乡土社会传统

1950 年代的农业合作化运动是一场现代意义的革命，与 20 世纪二三十年代的土地革命是不同的。如果说土地革命在某种意义上是对乡土中国理想状态的回归，那么农业合作化运动必然会与乡土社会传统产生矛盾。但对这一矛盾不能予以简单的理解。一场现代意义的革命发生在古老的乡土中国之上，革命不得不面对传统，这场革命只有真正"在地"，才有可能获得传统的支持；单纯地依靠行政命令自上而下强制推行，势必会引发很多问题。"十七年文学"时期的农业合作化题材的小说都会涉及革命与乡土社会传统的关系，从相关作品也可以看出，农业合作化运动的顺利推行必然需要依靠传统的支持，需要找到革命诉求与传统相契合的部分。周立波的《山乡巨变》"以家为单位书写乡村，也就带出了另一种人与人关系的组织形态，特别是建立在亲属关系基础上的乡村社会人际关系网路"[1]，这对于农业合作化运动的推行无疑有重要意义。赵树理的《三里湾》对乡村的书写，体现出村庄"以自身的传统为基点消化、包容乃至重构了现代国家的理想"[2]。与同题材的《山乡巨变》和《三里湾》相比，《创业史》被认为更契合主流意识形态要求，这给人一种印象，即《创业史》的"阶级话语"或"革命话语"更为凸显。但事实上，《创业史》中并不缺乏对传统的书写，农业合作化运动在蛤蟆滩逐渐推进的过程也是革命逐渐找到与传统有效对接的路径的过程，具体而言，就是找到与民间伦理秩序相契合的部分，这恰恰体现出文本中隐匿的传统文化。

小说中农业合作化成功的一个重要表现是梁三老汉对互助组的接受，这

---

[1] 贺桂梅：《书写"中国气派"：当代文学与民族形式建构》，北京大学出版社 2020 年版，第 243 页。

[2] 贺桂梅：《书写"中国气派"：当代文学与民族形式建构》，北京大学出版社 2020 年版，第 129 页。

在某种意义上体现出家庭在革命在地化中的作用。在小说中，梁生宝是坚持互助合作道路的代表人物，而梁三老汉则是坚持个人发家道路的代表人物，因此这对父子之间的问题实则关联着革命如何"在地"、如何与传统对话的问题，在此之间家庭伦理起到桥梁的作用。小说中梁三老汉和梁生宝被柳青设置为继父与养子的关系。关于这样的设置，柳青并未说明原因。有论者认为，"'生身父亲'在主人公成长道路上的缺席，能使养父对主人公的影响降低到最低的限度"，"这样的设置使梁生宝能迅速摆脱与养父及其通过养父与传统建立的有限联系"。①但实际上，梁生宝与梁三老汉之间没有血缘关系并不意味着他们之间也没有家庭伦理的羁绊。对于"天生地具有一种新农民的本质"②的梁生宝而言，与梁三老汉是否有血缘关系都不构成其走上合作化道路的障碍；相反，继父与养子关系的设置使得这个家庭更为特殊，家庭成员之间的关系更为微妙复杂。"梁生宝的出身境遇非但不能使他'彻底摆脱传统伦理关系的缠绕'，反而使他处在复杂微妙的家庭环境中"③，在这样的环境中，梁三老汉的转变就受到了家庭亲情的影响。在小说中，梁生宝和梁三老汉之间存在着非血缘的父子情，有论者称之为"拟亲情"或"准亲情"④。梁生宝内心始终感激梁三老汉对他的养育之恩，他理解父亲抗拒新事物的心态，也处处维护父亲。当梁三老汉因不支持互助组而被樊乡长视为"忘恩负义，没良心"时，梁生宝激动地替父亲辩护："土地证往墙上一钉，就跪下给毛主席像磕头，这是没良心吗？樊乡长以为不是我亲爹，我听了他的话也许高兴。实际，我听了难受得很哩。他太把俺爹不当人了！俺爹是好农民。"⑤梁三老汉对梁生宝也是真心疼爱，当他和生宝母亲组成家庭时，"梁三的一个树根一般粗糙的大巴掌，亲昵地抚摸着宝娃细长的脖子上的小脑袋。他亲爹似的喜欢宝

---

① 李杨：《50—70 年代中国文学经典再解读》，北京大学出版社 2018 年版，第 139 页。

② 李杨：《50—70 年代中国文学经典再解读》，北京大学出版社 2018 年版，第 139 页。

③ 刘纳：《写得怎样：关于作品的文学评价——重读〈创业史〉并以其为例》，《文学评论》，2005 年第 4 期。

④ 阎浩岗：《〈创业史〉的艺术魅力》，《文艺报》，2014 年 2 月 21 日，第 6 版。

⑤ 柳青：《创业史》（第一部），中国青年出版社 1960 年版，第 243 页。

娃"①。梁生宝被抓壮丁时，"梁三老汉坚定地卖了大黄牛，赎他回来"②。农业合作化运动开始之后，尽管在互助组的问题上两人之间存在矛盾，但梁三老汉仍事事替儿子操心。也正是因为梁三老汉与梁生宝之间的父子情，他一直关注着儿子所做的一切，相比郭振山、郭世富，看似反对互助组的"局外人"梁三老汉反而比其他人更关注、更清楚互助组的一切。小说中有一幕是他向卢明昌支书揭露梁生宝互助组里种种潜在的矛盾，他对梁大老汉和梁生禄、王瞎子、郭锁儿等对互助组"不实心"的人，"中间派"冯有义，支持者冯有万、欢喜、任老四等不同庄稼户在互助组的情况一清二楚。只有真正关注互助组的一切，才有可能接纳这一新事物。梁三老汉把互助组的发展、挫折、成功都看在眼里，最终也接受了这一新事物，他对梁生宝的亲情无疑在其中起到了重要作用。这也印证了家庭伦理以一种隐匿的形式为革命在地化提供了内在支撑。

　　从梁三老汉的转变可以看出传统家庭伦理在革命在地化过程中的作用，但农业合作化运动的目的是让更多农民走到共同富裕这一道路上来，家庭这一平台就远不够用了，需要联合更多人参与。农业合作化运动是具有现代意义的社会主义革命，它试图通过实现共同富裕建构起一个新世界，需要打破农村旧有的小农经济模式，也需要破除人们头脑中的私有观念，因此必然要触动传统。这也意味着基于传统的血缘、地缘所形成的社群会给这一革命进程造成某种障碍。但农业合作化运动的成功又需要将人们团结为一个群体，这个群体需要超越血缘和地缘关系，同时也需要符合传统伦理的认知，否则不利于革命的"在地"。什么非血缘和地缘因素能构成这样的群体呢？在这一意义上，"相互扶助之同情心"就尤为重要，也就是柄谷行人所说的"根植于如家族和部族那样的共同体所具有的相互扶助之同情心（sympathy）"③，它有助于建立一种超越血缘、地缘关系的共同体。柳青早期的小说《种谷记》

---

① 柳青：《创业史》（第一部），中国青年出版社 1960 年版，第 5 页。

② 柳青：《创业史》（第一部），中国青年出版社 1960 年版，第 15 页。

③ ［日］柄谷行人：《日本现代文学的起源》，赵京华译，生活·读书·新知三联书店 2019 年版，第 207 页。

中就涉及这一内容。小说中农会主任王加扶的妻子不仅迷信，而且不支持丈夫为集体的事情操心。她的转变意味深长：进步的妇女主任郭香兰带着挂面去看望她生病的孩子之后，她的思想就有了变化，"她早已接受了郭香兰的意见给三拴吃了药，三拴的痊愈不仅打消了积压在她心上的忧虑，而且似乎对自己的汉和新社会都有了进一步的认识。……三拴的病好了之后，她才完全相信公家是可靠的，对'工作'的观念也似乎约略有些改变"①。王加扶妻子的转变缘于郭香兰对她的"相互扶助之同情心"，郭香兰对她的关心、对她生病的孩子的关心无疑从情感深处打动了她，孩子的痊愈让她这个落后的妇女对新社会产生了情感上的认可。回到《创业史》，梁生宝和他的互助组成员之间也有这种"相互扶助之同情心"。在梁生宝还是小青年的时候，为人正直仗义的他就赢得了乡亲们的信任，任老三死前还将独子欢喜托付给他。在互助合作上，作为带头人的梁生宝在生活和生产上对他们多有照顾。即便是对栓栓这样不够坚定的人，梁生宝仍然给予无私的帮助。进山割竹时，栓栓受伤了，梁生宝慷慨地说："你不能上岭的这些日子，我割的算你的！"而高增福、任老四、冯有万、欢喜也都坚定地支持梁生宝的工作。这种"相互扶助之同情心"在其他小说中也能看到。在梁斌的《红旗谱》中，朱家和严家三代人之间并无血缘关系，但两家人的相互扶助令人动容：朱老忠刚返回家乡时，严志和积极地帮他安家；严家经济困难，朱老忠便资助运涛、江涛上学，更在运涛入狱时，一路步行至济南探监……相互扶助使两家人的情感联结非常牢固，而帮助更多受苦的老百姓的想法也促使朱老忠等人走上了革命道路。事实上，无论是梁生宝和其互助组成员，还是朱老忠、严志和两家人，他们同为"受苦人"，"受苦人"之间需要相互扶助，这也使他们建构起"情感共同体"。在《创业史》中，相互扶助体现了传统中国的乡土理想，也使得农业合作化运动获得了伦理上的合法性支持。

从梁三老汉的转变到互助组的成功，都可以看出革命是如何依靠传统中国的乡土理想得以实现在地化的。事实上，农业合作化运动要达到的共同富

---

① 柳青：《种谷记》，见《柳青文集》（第一卷），人民文学出版社 2005 年版，第 187 页。

裕与传统中国以"天下为公"为主要内容的社会理想也是一致的，这一理想
最具代表性的就是关于"大同社会"的想象，即儒家经典《礼记》中的"使
老有所终，壮有所用，幼有所长，矜寡孤独废疾者，皆有所养"。柳青通过
《创业史》所建构起来的关于新世界的想象无疑是包含这一点的，这一想象在
其早期的《种谷记》中已有酝酿。在《种谷记》中，在王家沟解决了所有变
工种谷的难题之后，有一段以教员赵德铭的视角进行的景色描写："受苦人肩
上掮的锄，新磨光的锄片闪着光，雾已经被鲜红的太阳压进山谷里去，一股
一股像炊烟一样渐次消失了。……碧蓝的苍穹，鲜红的太阳，黄褐的山头，
以及深绿的树丛，互相辉映得五光十色。太阳照得大地冒着热气，好像用手
抓来一块便可以吃的蒸糕一样……"①这段景色描写无疑是王家沟实现了变
工互助后的理想生活的隐喻。这样的场景也出现在《三里湾》中画家老梁所
画的关于三里湾的三幅画中。这些带有乌托邦色彩的场景都关联着古代"大
同社会"的想象。

综上所述，1950 年代至 1970 年代中国的社会主义想象"并没有完全'去
传统化'，反而出现了某种对传统的'召回'现象"②，《创业史》中对传统
文化的描写即属于此种现象。但由于当时政治化时代氛围的影响以及柳青建
构整体性世界的艺术诉求，小说中关于传统文化的书写是以一种隐匿的形式
存在的。

二、社会主义新人之传统面向

《创业史》中隐匿的传统文化书写不仅体现在农业合作化运动这一具有现
代意义的革命依靠传统话语实现在地化的过程中，也体现在梁生宝这个社会
主义新人形象的塑造上。新人形象塑造是 1950 年代至 1970 年代中国文学的
一项根本任务，这一时期的文坛上存在着林道静（《青春之歌》中的人物）、

---

① 柳青：《种谷记》，见《柳青文集》（第一卷），人民文学出版社 2005 年版，第 224 页。
② 蔡翔：《革命/叙述：中国社会主义文学—文化想象（1949—1966）》，北京大学出版
社 2010 年版，第 70 页。

李双双（《李双双小传》中的人物）、王玉生（《三里湾》中的人物）、刘雨生（《山乡巨变》中的人物）、萧长春（《艳阳天》中的人物）、秦德贵（《百炼成钢》中的人物）等各种各样的新人形象。其中，梁生宝是最具代表性的。对梁生宝这个新人形象，当时的评论界存在着争议。严家炎认为，这个人物的塑造上虽存在着"三多三不足"的艺术瑕疵，但他"是近几年长篇小说中出现的有显著成就的社会主义新农民形象"。①文坛对新人的塑造和评论界对新人形象的评价往往更集中在"新"这一点上，一方面是因为当时的社会主义实践在各方面都需要具有新质的人，另一方面则是因为新人有着社会主义想象中理想人物所应具备的特质。前文谈及革命的在地化需要借用传统资源，尤其是农业合作化运动这场发生在乡土中国之上的革命在一定程度上需要体现传统中国的乡土理想才能成功，那么作为农业合作化运动带头人的农村社会主义新人也需要满足这一点。孟悦在分析《白毛女》时认为歌剧《白毛女》的生产过程中存在着"以一个民间日常伦理秩序的道德逻辑作为情节的结构原则"②，具体而言：黄世仁强抢喜儿的恶行本就为民间伦理所不容；大春和八路军对喜儿的拯救是符合民间伦理道德逻辑的；抛开黄世仁政治层面的反动，在民间伦理层面他也是恶的代表；喜儿被拯救则说明八路军在政治层面的正义之外，更是民间伦理的支持者。故事中正邪两个阵营的对立不仅符合政治意识形态，也符合民间伦理认知，甚至政治意识形态的表述只有建立在民间伦理认知的基础上才能成立。这一分析也完全适用于关于农业合作化运动的小说：这类小说中往往有一个带头人式的角色，这样的人物就是农村的社会主义新人，他同时也符合传统伦理对好人的要求。

如果要对梁生宝进行定位的话，"好人"这个表述可能更符合乡土理想对人的认知，因为"好人"具备成长为新人的更多可能性。在乡村世界，也只有具有高尚道德品质的人才有可能具有号召力，才有可能成为农业合作化运动的带头人，带领广大贫雇农走上共同富裕的道路。梁生宝作为农业合作化

---

① 严家炎：《梁生宝形象和新英雄人物创造问题》，《文学评论》，1964 年第 4 期。

② 孟悦：《〈白毛女〉演变的启示——兼论延安文艺的历史多质性》，见贺桂梅编：《"50—70 年代文学"研究读本》，上海书店出版社 2018 年版，第 123 页。

运动的带头人，也是传统伦理认可的"好人"，"学好——是梁生宝品质中永恒不变的一点。蛤蟆滩所有的庄稼人，都看出这一点"。小说中写到梁生宝11岁时给富农看桃园，主人交代他如遇到有人摘桃就骂人，而他真遇到了摘桃的人却不骂人，只是恭敬地告诉对方不要摘；有一次梁生宝出于同情心将桃卖给过路的病人，他把卖桃得来的铜板埋在地下，待主人回来后把铜板交给主人并说明缘由，"富农主家被这个穷娃的光辉品格，惊得脸色发了黄"。① 梁生宝其实是"旧式的好人"和"新式的好人"的综合体。以往人们更多关注其"新式的好人"一面，这与时代呼唤社会主义新人的潮流是一致的，但对其"旧式的好人"一面有所忽视。"这两个方面其实是紧密相关的——前者正是后者的基础，后者则是前者的发展。……这基础其实来源于渗透到乡村农家的中国传统文化尤其是儒家人文主义的良好影响。这影响不分阶级而普遍传播，贫雇农的优秀子弟也会深受濡染。"② 梁生宝从小就"学好"，显然是传统文化中的积极因素在起作用。这是存在于乡村世界的一种历史悠久且极其强大的伦理意识，它渗透在农人的生活世界中，进而形成一种"德性传统"。这种传统也使很多农人建构起对自我的期许，起到一种塑造人格的作用。如果没有"旧式的好人"梁生宝，也绝不会有"新式的好人"梁生宝。渗透于民间伦理中的精神传统，也是社会主义新思想的一部分，在革命的"在地"过程中也起到了重要作用。

梁生宝人格特征的形成，与深受儒家文化浸染的关中文化传统有关。这首先体现在梁生宝身上的仁义精神。梁生宝是一个怜贫惜弱、救危扶困、为人仗义的人，这从他在任老三死前答应好好关照欢喜就可以看出来。解放后，梁生宝家里分到土地，父子二人都是劳动好手，如果他和梁三老汉一心建设

---

① 柳青：《创业史》（第一部），中国青年出版社 1960 年版，第 456 页。这一情节在1972 年的第二版中被删除。这可能是因为梁生宝给富农看桃园不利于表现社会主义新人的无产阶级党性，毕竟在作品的写作时代富农不是被团结的阶层，小说中的富农姚世杰甚至是农业合作化运动的破坏分子。

② 解志熙：《一卷难忘唯此书——〈创业史〉第一部叙事的真善美问题》，《文艺争鸣》2018 年第 4 期。

自己的小家，也许很快就能实现"创业梦"。在小说中，1953 年农村的形势很严峻，当时蛤蟆滩互助组发展得并不顺利，甚至有解体的危险，土地产权的确立使富裕中农和富农们不再担心自己的土地被侵占，并且他们有足够的生产资料自己发展，就不愿与贫雇农互助合作，更不愿参与活跃借贷。小说中，本应该关心互助组发展的郭振山忙着自己发家致富，互助组原来的组长梁生禄对工作也不热心，梁生宝在这样的情况下承担起互助组的工作，究其原因，是"他胸怀里跳动着这样一颗纯良而富于同情的心"，"眼看见那些困难户要挨饿，心里头刀绞哩！"①互助组成员进山割竹时，栓栓受伤了，梁生宝安慰他说："你不能上岭的这些日子，我割的算你的！"②梁生宝的仁义精神让他周围的贫雇农信服他，衷心拥护他，连并不贫困的中农冯有义也因为梁生宝的为人而加入了他的互助组，"这个四十多岁的厚敦敦的庄稼人，是个完全可以自己耕作的普通中农。他入这个互助组，只是喜爱生宝这个人。他把入生宝互助组，当作一种对新事物的有意义的试验。要是失败了，他也不后悔"③。关中受儒学影响深远，梁生宝身上就体现出儒家的"仁义"精神：孔子所说的"仁"有亲亲、爱人之义，是人之为人的本质，更是对人性和天道的联结；孔子所说的"义"是指君子行事应恪守的道义原则。正是由于梁生宝身上的仁义精神，他的为人处世有一种明显的利他主义色彩，具体而言就是大公无私的品质，正如小说中所说的"在这艰苦奋斗中，他也没有一丝一毫个人目的。他既不想从集体的事业里捞点高于别人的利益，也不希望别人把他当作领袖来恭敬"④，这从梁生宝自己垫钱买稻种，途中处处省钱，分稻种时先人后己等行为都可以看出来。这些行为往往被认为是梁生宝作为新人所具有的新质的体现，但事实上也有传统文化作为基础，儒家的"仁义"本身就有利他主义色彩。

其次，梁生宝身上还体现出一种务实精神。务实精神是中国文化的悠久

① 柳青：《创业史》（第一部），中国青年出版社 1960 年版，第 147—148 页。
② 柳青：《创业史》（第一部），中国青年出版社 1960 年版，第 366 页。
③ 柳青：《创业史》（第一部），中国青年出版社 1960 年版，第 366 页。
④ 柳青：《创业史》（第一部），中国青年出版社 1960 年版，第 356 页。

传统，也是建构于农耕文明之上的中国文化的重要特点，"在浓重的农业文化气息的氤氲中，熏陶出了中国人那种凝重求实的风格"①。农人们清楚地知道只有在土地上辛勤劳作才会有收获，才能生存下去，很少把希望寄托在虚无缥缈的彼岸世界。儒家学说也强调务实，孔子的学生子贡评价老师："夫子之文章，可得而闻也；夫子之言性与天道，不可得而闻也。"②孔子的务实精神也影响了孔子之后的儒家，成为儒学及中国人的性格特征，被李泽厚称为一种"实用理性"态度——这是儒学的核心内容，同时也是华夏民族整体文化心理的重要特征。陕西有悠久的农耕文明传统，尤其是关中地区受儒学浸染日久，关中人自然也崇尚务实精神。此外，三秦大地历史发展中的数次崛起也与务实精神相关。关中包括古都西安（长安），在历史上有过三次大的崛起③，"伴随着这些朝代的崛起和文化的显赫，曾经有过多少脚踏实地的艰苦卓绝的奋斗"④。儒家文化的熏陶和地域文化的传承使关中人崇尚务实精神。梁生宝作为互助组的带头人，在带领贫雇农进行互助合作发展生产的过程中充分体现出务实精神，"在整个《创业史》中，梁生宝是互助组这一新生事物最忠诚的追随者，但他始终没有豪言壮语，也从不夸夸其谈，甚至很少说话，只有无言的行动"⑤。为了丰产，梁生宝只身冒雨到郭县买稻种；为了解决贫雇农的春荒问题，他组织大家到终南山割竹；面对互助组的种种难题，面对周围人尤其是父亲的质疑，他始终坚持用实际行动说服众人……也正是带头人梁生宝身上的务实精神，让互助组解决了一个个难题，最终获得了粮食大丰收。

作为社会主义新人代表的梁生宝，他身上的新质无疑是那个时代所呼唤

---

① 崔永东：《试论中国传统文化的务实风格》，《清华大学学报（哲学社会科学版）》，1990 年第 2 期。

② 杨伯峻：《论语译注》，中华书局 2012 年版，第 65 页。

③ 可详参王大华著《崛起与衰落》，陕西人民出版社 1987 年版。

④ 李继凯：《秦地小说与"三秦文化"》，商务印书馆 2013 年版，第 196 页。

⑤ 任现品：《当代小说中传统伦理的隐与显——从梁生宝到白嘉轩的伦理观分析》，《烟台大学学报（哲学社会科学版）》，2009 年第 3 期。

的。但需要注意的是，梁生宝的某些性格特质是植根于乡土文化的土壤之中的，是在传统文化的熏陶下积淀的，这也是革命在地化的基础，也呈现出"十七年文学"时期农村题材小说隐含的传统文化因子。

第二节 "文化热"视域下的陕西文学

在文学一体化时代，政治话语对文化话语造成的压制使文化只能以民族形式或更为隐匿的方式存在。新时期的到来使这种压制被打破，作为一种新的意识形态的"现代化"话语也促使文化话语从隐匿状态成为时代主流话语①。1980年代的"文化热"即是一个突出的表征，文化成为这一时期中国的"显学"，"作为一个统摄性的核心范畴，参与到关于'现代化'的知识构建和文化想象当中"。②"文化热"作为1980年代不同学科领域共享的命题，包含不同的思想动向和知识谱系③。正是在这种文化思潮的影响下，对中国传统文化的发掘、审视、反思成为一个重要的面向和当时文学创作的诉求。1980年代是陕西文学的繁荣期，文化反思也成为这一时期陕西文学的重要主题，这就形成了地方书写与中国文坛传统文化书写的呼应。

---

① 甘阳指出，文化问题是伴随着中国现代化的历史进展才凸显出来的，在十年动乱结束以后，中国人分三步走到文化问题上来：第一步是实行对外开放，引进发达国家的先进技术；第二步是加强民主法治及经济体制改革；第三步就是关注文化问题。详参甘阳：《八十年代文化讨论的几个问题》，见甘阳主编：《八十年代文化意识》，上海人民出版社2006年版，第3—33页。

② 贺桂梅：《"新启蒙"知识档案：80年代中国文化研究》（第2版），北京大学出版社2021年版，第273页。

③ "文化热"基本包含三种不同的思想动向：以金观涛等为代表的"走向未来"丛书编委会提倡科学主义；以甘阳等为代表的"文化：中国与世界"编委会提倡全方位引入西方学术文化，文化取向上偏于西方文化，带有反传统色彩；以汤一介、乐黛云、李泽厚等为代表的中国文化书院提倡弘扬固有的优秀文化传统，坚持中国文化的现代化必然植根于传统思想的再发展。详参陈来：《思想出路的三动向》，见甘阳主编：《八十年代文化意识》，上海人民出版社2006年版，第541—547页。

一、贾平凹的文化意识与"寻根"

"文化热"作为 1980 年代的共享性命题，经历了从西方文化到东方文化、从外来文化到本土文化的发展演变过程。西方文化的引入最初无疑是作为印证现代化进程合法性的重要依据，但西方的现代话语进入中国后面临着在地化的难题，中国的文化土壤在容纳西方文化时往往会出现水土不服的现象。因此，传统文化的再发展也许会成为中国式现代化的可能性路径，这种对文化问题的思考无疑也促成了"寻根文学"的出现，进而形成一种关于文化民族主义的话语表述系统。贾平凹无疑是与"寻根文学"关系紧密的作家，但这种紧密关系却又有微妙之处。早在"寻根文学"兴起之前，贾平凹的创作就已经流露出文化意识，他还以商州为根据地创作了一系列充满文化意味的小说。在"寻根文学"兴起之后，贾平凹因创作中文化意识浓厚，契合了"寻根文学"对传统文化的再发现，而被认为是"寻根文学"的代表作家。而在"寻根文学"落潮之后，贾平凹依然在创作上持续进行对文化的追问。贾平凹的创作无论是有意还是无意间与"寻根文学"发生了联系，都是解读"寻根文学"对中国传统文化思考的重要个案。

贺桂梅将"寻根文学"视为文化民族主义的表现形态，这一认识极有见地，也是考察"寻根文学"对传统文化再思考的重要切入点。1950 年代至 1970 年代的中国文学也有民族主义话语，但是建立在批判资本主义现代性的维度上的。"寻根文学"则不同，它将民族主义话语建立在"文化"这一维度上，既接纳当时新启蒙思潮对传统文化的批判，又尝试去发现传统文化中的非主流元素，并在此基础上建构起民族主体性。贾平凹的创作就充分体现出这一特点。

民族主体性对文化的认同并不表现在对传统文化是批判还是弘扬的具体态度上，而是表现为将自身植根于传统文化之上，文学的民族主体性建构的重要表征就是对传统文化的重视。贾平凹在创作中很早就萌生出自觉的文化意识，《"卧虎"说》就体现出这一点："这竟不是一个仰天长啸的虎，竟不是一个扑、剪、掀、翻的虎……卧着，内向而不呆滞，寂静而有力量，平波水面，狂澜深藏，它卧了个恰好，是东方的味，是我们民族的味。""以中国传统的美的表现方法，真实地表达现代中国人的生活和情绪，这是我创作追求的东西。"①这篇小文是贾平凹由霍去病墓前一块状如卧虎的石头引发的感触，也往往被认为是贾平凹"寻根"的宣言："这篇发表于 1982 年的'创作谈'，虽然没有引起人们的注意，但它却最早流露出一代青年作家返身历史文化寻根的动因。"②此后贾平凹和蔡翔的通信可以说明贾平凹对此的思考更加成熟："中国的文学是有中国文化的根的，如果走拉美文学的道路，那会'欲速则不达'。我不是反对对外来文学的吸收，反过来则强调大量的无拘无束的吸收，压根用不着担心和惊慌，这叫中国文化的自信。这种自信，或许也有人称之为惰性。无论如何讲，都说明一个问题：中国文化是源远流长、根深蒂固的。"③具体到贾平凹的创作，就是对商州作为文学地理的认同。商州对贾平凹而言有着重要意义，在贾平凹眼里，商州的过去和现在与民族传统文化及历史有着紧密的联系。商州在贾平凹眼里是个神奇的地方，"它属陕西，却是长江流域，是黄河流域向长江流域过渡的交错地带，更是黄土文化与楚文化的交汇地带，有秦之雄和楚之秀，是雄而有韵，秀而有骨"④。商州对贾平凹而言，是有待被挖掘的文化力量，儒释道文化在其小说中均有体现。贾平凹早年迷恋商州，奔赴西安之后充分感受到秦汉文化的魅力，当他以此反观商州时，便发现了商州的另一面，《小月前本》《鸡窝洼人家》《腊月·正月》《浮躁》⑤等小说"竭力凸现农耕文明下儒家文化'持中贵和'的人生理

---

① 贾平凹：《"卧虎"说》，见《平凹说小说》，陕西师范大学出版总社有限公司 2018 年版，第 163—164 页。

② 陈剑晖：《骚动与喧哗——新时期文学思潮一瞥》，《当代作家评论》，1986 年第 6 期。

③ 贾平凹：《四月二十七日寄友人书》，见程光炜主编：《寻根文学研究资料》，百花洲文艺出版社 2017 年版，第 100 页。

④ 贾平凹：《与穆涛七日谈》，见《访谈》，生活·读书·新知三联书店 2015 年版，第 354 页。

⑤ 这些小说在文坛上并没有被认为是"寻根"小说，《小月前本》《鸡窝洼人家》《腊月·正月》被称为"改革三部曲"，《浮躁》创作时"寻根文学"已经落潮，但贾平凹的商州题材小说本身并无"改革""寻根"的区分，这只是评论者依据不同文学思潮的特点对贾平凹小说所做的分类。贾平凹的商州题材小说都有对文化的书写，都可以置于"寻根"的视域下进行考察。

想，展现秦汉文化环境下秦人乐守天年、豪爽大气但又封闭保守的生活，表现大苦大乐民众既高昂又负重的精神风范"①。此外，贾平凹的小说还呈现出道家文化的特征。商州本就是灵秀之地，浸润其中的商州人也都有些仙风道骨，《瘪家沟》中的老贯对生死很淡然："我琢磨透了，生也没高兴的，死也没痛苦的。"②《故里》中玄虎山道观里的道士潜心修炼，延续着千余年来的生活方式，玄虎山上的玄虎洞仿佛是道家仙境。《古堡》中的道士熟知天文地理，精通经义，村民们每有重要事情必向其问卦占卜。在儒家、道家文化之外，贾平凹的小说也吸收了佛家文化元素，如《天狗》中天狗看到蝎子时就想起师傅这一细节便体现了佛家的轮回观念，《龙卷风》中写到死而还魂的牛也体现了轮回观念。贾平凹的商州题材小说沉淀了传统文化的精髓，"既能得儒之质朴、浑厚，又采道之清秀、俊雅，亦获佛之神秘、虚无"③。

　　"寻根文学"建构民族主体性的另一面是挖掘主流文化之外的"非规范"民族文化传统。李杭育在《理一理我们的"根"》一文中谈道："我以为我们民族文化之精华，更多地保留在中原规范之外。"④这体现出"寻根文学"重构中国这一"想象的共同体"的路径。"中国的民族属性被构造为一种由中华帝国延伸至现代民族国家的文化共同体，而此一文化共同体由'正统文化'之外的少数民族文化、地域文化或民间文化所构成。"⑤这反映出"寻根文学"的"去中心化"倾向。贾平凹的商州书写恰恰也契合"寻根文学"的这一特征。商州处于黄土文化与楚文化的交汇地带，相较而言，楚文化对此地的影响更为浓厚，这体现为商州题材小说中大量的巫鬼文化书写。"家乡以前偏僻封闭，巫的氛围特别浓，楚文化的那种浪漫诡秘的感觉很强烈"，"我的作品和陕西大部分作家写法不一样，里面有楚文化的影响，风格灵秀一些，巫的

---

① 刘宁：《论贾平凹地域小说中的文化意蕴》，《小说评论》，2004 年第 5 期。

② 贾平凹：《妊娠》，作家出版社 1988 年版，第 204 页。

③ 刘宁：《论贾平凹地域小说中的文化意蕴》，《小说评论》，2004 年第 5 期。

④ 李杭育：《理一理我们的"根"》，《作家》，1985 年第 9 期。

⑤ 贺桂梅：《"新启蒙"知识档案：80 年代中国文化研究》（第 2 版），北京大学出版社 2021 年版，第 208—209 页。

成分多一些，水的成分多"。①贾平凹的商州题材小说充满对巫神鬼怪的描述，《美穴地》写风水师柳子言为财主家选择墓地，《太白山记》写到老支书和老村长死后成鬼，在坟头上吵架……这些情节让小说具有浓郁的神秘色彩。不同于韩少功《爸爸爸》中的巫鬼书写所呈现的原始落后，楚文化让贾平凹的小说呈现出民间的魅与美，甚至暗含着关于民族文化成长或衰败的历史寓言。贾平凹笔下的商州作为"非规范"之根被纳入"寻根文学"之"文化共同体"的建构当中。

事实上，贾平凹这一时期小说创作中的文化意识不仅体现在内容上，还体现在文体上。许子东认为贾平凹的"寻根"文体意义大于思想意义。②这是极有见地的观点。以《商州初录》为例，这组短文既似散文又似小说，说是采风笔记亦可，可以称为散文体小说或笔记体小说，下面以一段文字为例：

> 　　就在更多的人被这个地方吸引的时候，自然又会听到各种各样对商州的议论了。有人说那里是天下最贫困的地方，山是青石，水是湍急，屋沿沟傍河而筑，地分挂山坡，耕犁牛不能打转。但有人又说那里是绝好的国家自然公园，土里长树，石上也长树，山有多高，水就有多高。有山洼，就有人家，白云在村头停驻，山鸡和家鸡同群。屋后是扶疏的青竹，门前是妖妖的山桃，再是木桩篱笆，再是青石碾盘，拾级而下，便有溪有流，遇石翻雪浪，无石抖绿绸。水中又有鱼，大不足斤半，小可许二指，鲢、鲫、鲤、鲇，不用垂钓，用盆儿往外泼水，便可收获。有人说那里苦焦，人一年到头吃不上一顿白麦馍馍，红白喜事，席面上红萝卜上，白萝卜下，逢着

---

① 别鸣：《专访作家贾平凹："我的血液里有楚文化的基因"》，搜狐网，2016 年 4 月 25 日，https://www.sohu.com/a/71554641_119861。

② 许子东：《寻根文学中的贾平凹和阿城》，见程光炜主编：《寻根文学研究资料》，百花洲文艺出版社 2017 年版，第 279 页。

大年，家家乐得蒸馍，却还是一斗白麦细粉，五升白包谷粗面，掺
和而蒸，以谁家馍炸裂甚者为佳。一年四季，五谷为六，瓜菜为四，
尤其到了冬日，各家以八斗大瓮窝一瓮浆水酸菜，窖一窑红薯，苫
一棚白菜，一个冬天也便过去了。……①

这段描写商州的文字轻盈洒脱，充溢着诗性的灵动之美，颇似沈从文、
汪曾祺的文风。此后的《商州再录》《商州三录》《太白山记》延续了这种文
体，"可以视为将中国古代文人笔记体散文与文人笔记小说两相兼容的文体和
叙述形式"②。这些作品无论是写人还是写事，都重写意，重氛围的营造，还
带有亦真亦幻的色彩，语言文白夹杂，且有大量方言土语，显示出民间与古
典资源的融合转化。

综上所述，贾平凹商州题材小说对儒释道文化的呈现，对极具地域性的
"非规范"文化的书写，以及融合民间与古典资源的文体试验，都满足"寻根
文学"通过文化建构民族主体性的诉求。在某种意义上，贾平凹对文化的思
考远比"寻根文学"走得更远，他的小说作为个案成为 1980 年代"文化热"
大潮中对传统文化多方位思考的重要表征。

二、陈忠实与儒学

1980 年代"文化热"大潮中对中国传统文化的发掘、审视、反思成为一
个重要的面向，对儒家传统及其在当代社会和文化生活中的前景的讨论是其
中一个重要方面。儒家文化一直被认为是中国传统文化系统的主体和核心，
对传统文化的重新审视无疑无法绕开对儒家文化的审视。早在 1970 年代末
的思想解放大潮中就已经出现了对儒学的重新评价，当时的研究已基本摆
脱了以往对儒学的教条主义理解。庞朴在 1978 年发表了《孔子思想的再评

---

① 贾平凹：《商州初录》，见《贾平凹中篇小说选》，上海社会科学院出版社 2004 年版，
第 5—6 页。

② 刘艳：《当代文学经典重读：贾平凹的 "商州系列"》，《粤港澳大湾区文学评论》，
2021 年第 4 期。

价》①一文，对孔子做了一分为二的评价。在"文化热"大潮不同的思想动向中，以中国文化书院为代表的群体偏重对中国传统文化的研究，其研究的一个重要方面是"从宏观的视角考察、分析以儒家为主流的中国文化及其与现代文化接轨的可能性"②，他们坚信传统儒家学说如天人合一、以德治国等理念是探索建立一种超越现代的、别样的社会文化构造的重要思想资源。此外，杜维明等学者将港台地区新儒家的"儒学第三期发展"带入内地学术界，又契合了当时儒家文化讨论的相关命题。"文化热"的出现是新时期以来中国的现代化发展必然要面对文化问题这一现实情况促成的，对所有文化问题的讨论都必然联系着"现代化"这一支配当时中国各个领域的新的话语，对儒家文化的再次审视也是如此："孔儒之学能够成为中国现代文化系统的主干和核心吗？今日中国文化还能沿着'儒道互补'的路数走下去吗？20世纪以后中国文化的'传统'还能以儒家文化为象征和代表吗？"③这些对儒家文化的思考与20世纪20到30年代以熊十力、梁漱溟、冯友兰等为代表的新儒家的思想有某种联系，尤其是二者的出现都是对中西文化碰撞的一种文化上的回应，都面临着儒学与现代性的问题。对这些问题的思考无疑影响了当时的文学创作，与当时"寻根文学"的某些诉求也不谋而合。

陈忠实的创作转型开始于1980年代中期，这种转型得益于文坛创作观念的变革，不同文学流派的涌动、碰撞让陈忠实开始了与以往创作观念的"剥离"，卡彭铁尔和马尔克斯的启发以及对李泽厚"文化——心理结构"理论的接受让陈忠实开始以一种文化视角关注脚下的关中大地。在这个意义上，陈忠实的创作转型可以说是"文化热"大潮促成的。当陈忠实以文化视角关注关中的时候，儒家文化自然而然地进入了他的创作视野。关中以关学为重，关学是北宋儒家学者张载创立的一个理学学派，是儒学发展中的一个重要学派，因张载是关中人，故称"关学"。张载之后，关中相继出现了冯从吾、吕

---

① 庞朴：《孔子思想的再评价》，《光明日报》，1978年8月12日，第2版。

② 郭齐勇、廖晓炜：《改革开放四十年儒学研究》，《孔学堂》，2018年第3期。

③ 甘阳：《八十年代文化讨论的几个问题》，见甘阳主编：《八十年代文化意识》，上海人民出版社2006年版，第29页。

大钧、李因笃、李颙、贺瑞麟、刘光蕡、牛兆濂等大儒。关学历时 800 余年，经过众多学者的传承和探索，形成了独特的关学气象和关学精神，对陕西人的思维方式、价值观念、人格精神乃至中华民族整体思想文化的传承都有重要而深远的影响。陈忠实转型之后在创作中对关中儒家文化尤其是关学有深入的思考。他并不是新儒学的追随者，在创作上对文坛主潮也保持着一种审慎、理性的态度，但其对关中文化的思考不可避免地与当时儒学研究热潮中的重要观点有相合之处。

陈忠实的创作转型开始于《蓝袍先生》，这也是陈忠实第一次通过作品审视关中文化尤其是关学。小说对关学在世俗生活层面的呈现有细致的描写。当地崇尚耕读传家，农民们十分注重修饰门楼，解放前门楼题匾的内容几乎都是"耕读传家"四字，即便是有耕无读、目不识丁的庄稼人也是如此，"作为立家宣言，自然主要是照亮后世，无读书人的缺憾，必当由后辈人来弥补"①。村里设有私塾，"启蒙生从'一二三四五'开始识字，然后学《百家姓》，中年级学《七言杂志》，大约三年时间"②。可以看出，当地的教育仍旧是传统的儒家教育。陈忠实在小说中主要是批判关中文化的保守。儒家教育教化了百姓，但也禁锢了百姓，这从主人公徐慎行的经历就可以看出。徐慎行的家族是典型的"耕读传家"，祖上有严格的"三要三不要"家训。徐慎行从小就被当作读书的继承人培养，过着古板枯燥的生活。他总被教育要"为人师表"，当他穿上蓝袍到私塾坐馆执教后越发不苟言笑、庄严肃穆了。他的一生都被套上了种种枷锁。为了戒色，家里给他娶了丑妻。为了戒心，他时时刻刻坚持"慎独"的戒律。解放后徐慎行到师范学院进修，接触了新事物，脱去了长袍、礼帽，换上了列宁服，排演歌剧《白毛女》，并爱上了田芳，但他最终摆脱不掉心灵的禁锢。陈忠实之后创作的《四妹子》通过陕北的四妹子嫁到关中一事展开了关中文化与陕北文化的对比。陕北游牧文化熏陶出来的四妹子自由、不受拘束，这样的个性让她在家庭规矩礼数繁

---

① 陈忠实：《蓝袍先生》，见《陈忠实自选集》，海南出版社 2008 年版，第 246 页。
② 陈忠实：《蓝袍先生》，见《陈忠实自选集》，海南出版社 2008 年版，第 256 页。

多的吕家受到种种禁锢。《蓝袍先生》和《四妹子》都对关中文化的保守进行了批判，但对关中文化做更深度透视和思考的是《白鹿原》。

《白鹿原》于 1992 年发表后，在文坛上引起轰动效应，并获得了茅盾文学奖。有评论者认为这部小说文化意味浓厚，既承接了 1980 年代"寻根文学"的余响，又回应了 1990 年代"儒学热"的潮流，通过家族宗法制的变迁揭示了民族文化的奥秘。事实上，陈忠实对儒家文化的再思考在 1980 年代就已经开始，其中也有"文化热"的影响，而且《白鹿原》的酝酿和主要写作过程也都是在 1980 年代，小说的创作与当时的"文化热"有着内在的呼应关系，因此，将《白鹿原》放置于 1980 年代的文化语境中解读更为合适，尤其是小说与当时思想界对儒学的再发现和反思这一文化现象之间的关联值得关注。评论家陈晓明认为《白鹿原》"标举一种文化价值而试图重新阐释中国现代性历史"[1]。小说标举的文化价值正是儒家文化，小说中中国所处的历史阶段也正是从乡土中国向现代化转型的阶段。无论有意还是无意，小说都触及了儒家文化与现代性的问题——这恰恰是 1980 年代关于儒家文化的讨论的核心问题。同时，由于小说的历史背景与 20 世纪 20 到 30 年代新儒学思想的兴起有重叠之处，小说也可以作为一个样本来考察新儒学面对现代性所产生的种种问题。

1980 年代儒学再度引起关注和 20 世纪 20 到 30 年代新儒学思想的兴起有一个共同之处，就是儒学和现代性的问题。无论是建立现代民族国家还是改革开放，都是近代以来中国现代化进程的一个阶段，都面临着"现代化"这一西方强势话语反传统所造成的本土文化缺失以及民族的命运问题。那么，面对时代历史的巨变，儒家文化该做出什么回应？它能为民族的未来做些什么？它能否适应时代巨变并解决现代性的难题？近代以来，中国被迫打开国门，面对欧风美雨和帝国主义的坚船利炮，无奈之下走上了现代化进程，这

---

① 参见新闻《〈钟山〉评 30 年最好长篇小说〈白鹿原〉高票第一》，中国新闻网，2010 年 3 月 31 日，https://www.chinanews.com.cn/cul/news/2010/03-31/2200490.shtml。

样的民族危机让众多仁人志士思考民族的命运这一无法逃避的问题。引进先进技术似乎很少引起质疑，但"传统文化与民族的兴衰存亡隐含了种种矛盾和悖论"①。从五四时代"打倒孔家店"开始，中国要摆脱民族危机，走现代化自强之路，就需要彻底割裂与旧的传统的联系，但全盘西化是否会导致另一种民族危机？传统文化面对民族的兴衰存亡会怎样？20世纪20到30年代的新儒家是持乐观态度的，比如梁漱溟就认为西方文化和社会主义运动因不合乎中国国情而无法解决中国的问题，中国应该走以儒家大同思想为根基的乡治之路。但现实情况是复杂的。陈忠实在《白鹿原》中对儒家文化所做的思考无疑也关涉到这些问题，这里通过三个人物进行分析。

《白鹿原》中的朱先生是陈忠实以关中大儒牛兆濂为原型塑造的一个儒家知识分子形象，是儒家文化精华的体现者，他的人生就是儒家文化遭遇现代化的隐喻和象征。朱先生虽身居乡野，却是精神上的贵族，是当地的名士贤达、仁人君子，他为白家题写"耕读传家"的匾额，劝白嘉轩查禁鸦片，凭一己之力劝退了清兵，制定《乡约》并协助白嘉轩教民礼义以正世风。朱先生不是那种闭门不闻窗外事只知谈经论道的儒生，他关注着白鹿原上的一切，他有着"治国平天下"的理想，他是一个奉行"天下兴亡，匹夫有责""穷则独善其身，达则兼济天下"的儒者，饥馑之年他给灾民发放舍饭，日寇来侵时他毅然决然地上战场保家卫国，他对放足、剪发的积极支持使他身上还带有一丝现代意味。朱先生在为人方面可谓做到了极致，但面对时代巨变却力不从心。白鹿书院的学生纷纷进入新式学堂，他无奈之下只能去修县志。他试图亲赴战场抗日，却在渭河渡口被劝回，他的抗日宣言最终成了一纸空文，这样的儒生到了战场又有何用？在小说中还可以看到"朱先生一步一步地从情节之中撤出，成为游离分子"②，这个巨变时代已经断了传统儒家知识分子经世致用之路。

---

① 南帆：《文化的尴尬——重读〈白鹿原〉》，《文艺理论研究》，2005年第2期。
② 南帆：《文化的尴尬——重读〈白鹿原〉》，《文艺理论研究》，2005年第2期。

如果说朱先生是儒家"平天下"理念的践行者，那么白嘉轩就是"修身齐家"的践行者。关学一派的大儒都精通儒学，但在关中，关学也呈现出世俗化的特征。作为族长，白嘉轩可以说是儒家精神在世俗生活中的代言人，他身上也体现出儒家文化的矛盾性。作为仁义白鹿村的族长，他的行为充分体现了仁义：他对待长工鹿三从无尊卑主仆之分，视对方为手足兄弟；他急公好义、济贫扶弱，资助黑娃上学，后来被黑娃打断了腰后还能以德报怨，在黑娃要被处死时四处奔走帮忙；他为了乡民敢于抗苛政，为了祈雨愿意自残其身；他以身作则，积极推行《乡约》，使白鹿村"从此偷鸡摸狗摘桃掐瓜之类的事顿然绝迹，摸牌九搓麻将抹花花掷骰子等等赌博营生全踢了摊子，打架斗殴扯街骂巷的争斗事件再不发生，白鹿村人一个个都变得和颜可掬文质彬彬，连说话的声音都柔和纤细了"①。但他身上也有不仁义的一面，如设圈套骗得鹿家的风水宝地，为了利益种植鸦片，以封建宗法礼教对待黑娃和田小娥的爱情。白嘉轩身上体现了儒家文化正面、负面两种不同的特质。但和朱先生一样，他也无法应对时代巨变，只能勉强坚持"修己身"。严酷的族规毁灭了白孝文的羞耻心，对白嘉轩而言，"齐家"是失败了。尤其是他极力推行和维持的《乡约》面对时代巨变失去了赖以存在的基础，"以鹿子霖为代表的商业文化的冲击""以黑娃、小娥为代表的出于本性的背叛""以白孝文为代表的乡约组织的内部分化""共产主义的颠覆"②，最终使《乡约》被破坏。这说明了儒家文化在现代化的冲击下日益受到挑战和质疑。

黑娃的人生则体现了对儒家文化从背叛到回归的另一条路。黑娃从小对四书五经的教育毫无兴趣，看不惯白嘉轩"挺直的腰"，与田小娥的爱情让他冲破封建枷锁，成了儒家文化的叛逆者，后来又受鹿兆鹏的影响参与农协、斗乡约、砸祠堂、毁仁义石碑，彻底走上了反叛之路。但他在结束土匪生涯

---

① 陈忠实：《白鹿原》，人民文学出版社 1993 年版，第 93—94 页。

② 刘宁：《当代陕西作家与秦地传统文化研究——以柳青、陈忠实和贾平凹为中心》，陕西师范大学博士学位论文，2011 年，第 124—127 页。

后，却拜入朱先生门下"学为好人"。脱胎换骨的黑娃成了一个白嘉轩式的好人，但最终死于投机分子白孝文之手。黑娃的命运说明儒家文化面对投机主义和功利主义只能落得破灭的下场。

从朱先生、白嘉轩、黑娃的故事可以看出，儒家文化在那个时代似乎只有"修身"的功用了，至少小说印证了"无视儒家传统训诫的人不可能修成正果，鸡鸣狗盗之徒怎么也成不了大器"①。但这种"修身"无法参与到现代化进程中，也无法实现"齐家治国平天下"。这说明了儒家文化无法有效融入现代化进程，更谈不上解决民族命运的问题，更说明了梁漱溟等学者的新儒学思想也无法解决现实问题。陈忠实在《白鹿原》中对儒家文化的态度是复杂的，既有认可，也有些不自信。1980 年代的历史语境让儒家文化再度面临《白鹿原》中儒家文化所遭遇的问题：如何面对现代化？儒家文化能否与现代化共存，能否引领中国走向未来？可能性并不是没有，如果如甘阳所说把儒家文化"带入一个新的更大的文化系统中"，"不能再把儒家文化继续当成'中国文化的基本精神'"，而要"使儒家文化下降为仅仅是这个系统中的一个次要的、从属的成分"，"唯有这样才能真正克服儒家文化曾经起过的消极的甚至反动的作用"。②这或许是儒家文化真正融入现代化的有效路径。

第三节　文化保守主义时代的地方书写

1980 年代是一个狂飙突进的时代，各种思想文化新潮迭起，现代性话语成为这个时期的"显学"，并且成为思想文化界的共识。然而进入 1990 年代，中国社会发生了巨大变化，文化激进主义受到批评。与此同时，现代性的诸

---

① 南帆：《文化的尴尬——重读〈白鹿原〉》，《文艺理论研究》，2005 年第 2 期。

② 甘阳：《八十年代文化讨论的几个问题》，见甘阳主编：《八十年代文化意识》，上海人民出版社 2006 年版，第 30 页。

多症候开始显现，西方模式及其在中国的在地化过程出现了种种问题，负面因素日益显露，商品经济发展导致人文信仰无所依归。此外，冷战结束后的世界格局使意识形态对抗让位于文化对抗，人们的民族意识空前高涨。在这样的大环境下，1990 年代的中国初步形成了"一套广有市场的保守主义话语系统"①。这套话语系统自然涵盖文化层面，它取代了 1980 年代的激进文化话语并产生了越来越大的影响，这种影响不只局限在知识分子阶层，而且渗入到社会大众的心理和无意识当中。如果说在 1980 年代的"文化热"中传统文化被重新发掘只是当时多元文化思潮中的一元，文化保守主义思想还无法动摇"现代"思想的霸主地位，那么到了 1990 年代，文化保守主义已然超越了"现代"话语，在社会生活的各个领域产生了越来越大的影响②。在文化保守主义的氛围中，地方书写也扮演着重要角色，张炜、张承志、苏童、叶兆言、王安忆等作家的创作就流露出明显的文化保守主义倾向。

陕西文学因其文化积淀，天然地具有一种文化保守主义特质。评论家王春林认为，"从最早的周到后来的汉唐，可以说古代的社会中心、政治中心、中国文明的中心……都在长安，它天然有一种'王者之气'，那个王气特别盛。这样一种王气鼎盛的情况，导致在陕西文坛你可以发现它从思想形态来说，盛行一种'文化保守主义'的观念"③。贾平凹 1990 年代的小说创作呈现出典型的文化保守主义色彩，可以作为样本来分析陕西文学的文化

---

① 甘阳认为这套话语系统"一方面有一个保守主义理论话语为基础或核心，另一方面则又表现为更具体的保守主义历史话语、保守主义文化话语、保守主义政治话语以及保守主义经济话语"。甘阳：《反民主的自由主义还是民主的自由主义？》，爱思想网，2008 年 6 月 9 日，https://www.aisixiang.com/data/12757.html。

② 文化保守主义涉及很广，在不同的文化领域有不同的表现形式。在大众文化领域，它表现为诸如《我爱我家》《编辑部的故事》等本土肥皂剧的流行，对传统伦理和价值的"回返"。在精英文化领域，它表现为先锋文学的衰落及新写实文学的崛起。在学术领域，它表现为一种"后国学"潮流的崛起。详参张颐武：《新保守精神：价值转型的表征》，《中国文化研究》，1994 年第 2 期。

③ 王春林：《陕西、山西、山东、河南四省作家比较，逐鹿中原谁最强？》，搜狐网，2020 年 11 月 10 日，https://www.sohu.com/a/430618091_475768。

保守主义观念与时代文化思潮之间的关联。①

一、怀旧的西京城

1990 年代，文化保守主义思想在社会各个领域都掀起了一股怀旧潮流。比如在社会生活领域，"怀旧"成为一个热点词，它可以与其他词语搭配，衍生出不同类型的怀旧产品，如"怀旧歌曲""怀旧电影""怀旧旅游"等。甚至在绘画、服饰、餐饮、收藏等领域都充斥着怀旧气息。不可否认，这种现象背后有商业营销的存在，但这种怀旧是文化保守主义的心理基础。贾平凹这一时期的城市小说恰恰也营造了怀旧的氛围，这体现在小说中西京城古旧的城市氛围及与此相关的文化、艺术、民俗等方面。《废都》《白夜》写的都是西安，但小说里却将西安称为"西京"，这"直接影射其作为许多朝代都城的历史"②。小说里的西京城已经成为一种城市意象，也就是"老西安"，"贾平凹构筑了一个具有城市之形，却充满了拟古之风与东方奇观的'老西安'"③。贾平凹曾评价西安城说："当世界上的新型城市愈来愈变成了一堆水泥，我该怎样来叙说西安这座城呢？是的，没必要夸耀曾经是十三个王朝国都的历史，也不自得八水环绕的地理风水，承认中国的政治、经济、文化的中心已不在这里了，对于显赫的汉唐，它只能称为'废都'。但可爱的是，时至今日，气派不倒的，风范依存的，在全世界的范围内最具古城魅力的，也只有西安了。"④贾平凹笔下的西安城绝不是现代都市，当然，这并不意味着

---

① 需要说明的是，陈忠实的《白鹿原》往往也被认为是 1990 年代文化保守主义思想的代表作。小说在 1990 年代初出版并引起轰动，成为当时文坛的热点话题，其对儒家文化的书写与思考确实也与这一时期的文化思想契合。但小说创作动因的产生、创作酝酿过程均发生在 1980 年代，受这一时期的思想文化影响很大，只不过具体写作过程是在 1980 年代末到 1990 年代初，属于一种文学创作"滞后"现象。因此本书将之置于 1980 年代的文化语境中进行解读。

② 王一燕：《细读〈废都〉：世纪末的文化空间符号学》，《南方文坛》，2017 年第 4 期。

③ 王亚丽：《"老西安"、"古典"传统与"招魂"写作——论贾平凹的西安城市书写》，《文学评论》，2015 年第 1 期。

④ 贾平凹：《西安这座城》，见《贾平凹散文全编·太白山魂》，时代文艺出版社 2015 年版，第 189 页。

这座城市没有现代的一面，只是古旧才是这座城市的灵魂所在。正因为如此，西安城在贾平凹笔下成为"传统"的载体，"它区别于别的城市的，是无言的上帝把中国文化的大印放置在西安，西安永远是中国文化魂魄的所在地了"①。城市人文景观、名胜古迹以及人们日常生活的点点滴滴都氤氲在西安城的传统气息中。

西安城的古旧气息首先体现在那些镌刻着历史文化记忆的人文景观中，如城楼、角楼、墓石、碑林、大雁塔、曲江池、四合院，还有"贡院门，书院门，竹笆市，琉璃市，教场门，端履门，炭市街，麦苋街，车巷，油巷……"②等数千个独具特色的街巷。如贾平凹笔下多次出现对城墙的描写，"这座城市在中国之所以著名，是它有完整的一圈城墙"③。《废都》中写到周敏总是到城墙上吹埙，庄之蝶百无聊赖时也会到城墙上散心。《白夜》中写到夜郎到城墙上给父亲烧纸，还和虞白、丁琳、宽哥在城墙上弹古琴。城墙对于西安城而言无疑有重要意义，"它绕城一圈，将曾经的长安城固定在一个历史的方形圈子里，城郭的概念，在西安就显得非常鲜明"④。城墙不仅是一座建筑物，而且是连接过去厚重历史的所在，传递出一种意境、一种氛围。除了城墙，贾平凹笔下还出现了西京城的众多古迹、名胜、街巷、风物等地理人文景观⑤，如《废都》中对四府街赵京五住所门楼的描写：

> 门楼确是十分讲究，上边有滚道瓦槽、琉璃兽脊，两边高起的
> 楼壁头砖刻了山水人物，只是门框上的一块挡板掉了；双扇大门黑

---

① 贾平凹：《西安这座城》，见《贾平凹散文全编·太白山魂》，时代文艺出版社 2015 年版，第 191 页。

② 贾平凹：《西安这座城》，见《贾平凹散文全编·太白山魂》，时代文艺出版社 2015 年版，第 189 页。

③ 贾平凹：《梅花》，见《贾平凹文集》（第 17 卷），陕西人民出版社 2004 年版，第 397 页。

④ 陈富强：《后岸书》，长江文艺出版社 2016 年版，第 63 页。

⑤ 魏华莹：《〈废都〉的寓言："双城"故事与文学考证》，中国社会科学出版社 2016 年版，第 31—59 页。该书对《废都》中涉及的地理有详细考证。

漆剥落，泡钉少了六个，而门墩特大，青石凿成，各浮雕一对麒麟；旁边的砖墙上嵌着铁环，下边卧一长条紫色长石。①

再如《白夜》中对民俗馆的详细描绘：

民俗馆是清末民初的建筑，门楼系水磨青砖拼贴镶嵌而成的，下以单坡板瓦顶的花岗石做了石库门框。夜郎首先看到砖额上"天锡纯嘏"四字，不知其意。虞白说取自古语"天锡公纯嘏"，意思就是天赐大福吧。门楼的上枋、中枋、下枋，均饰有砖雕，上有阳刻线条、阴刻平面，以及浮雕、圆雕、透雕着的灵芝、牡丹、石榴、佛手、菊花、祥云等。……②

这是对民俗馆门楼的描写。这一部分内容对民俗馆的庭院、前楼、主楼也有极为细致的描写。

西安城的这些地理人文景观等公共空间彰显出文化韵味，西安城的私人空间也是如此，最典型的就是私人居所。《废都》中双仁府牛家旧宅"是几间入深挺大的旧屋，柱子和两边隔墙的板面都是上好的红松木料，虽浮雕的人虫花鸟驳脱了许多，毕竟能看出当年的繁华"③。文联大院庄之蝶的家里，客厅中虽然也有意大利沙发、音响柜、电视机等现代物品，但墙上挂着的手书、雕花屏风、黑木桌、耀州瓷瓶等物件仍透出扑面而来的传统气息。尤其是庄之蝶的书房，可谓是一个小型的民俗古董库：

这间房子并不大，除了窗子和门外，凡是有墙的地方都是顶了天花板高的书架。上两层摆满了高高低低粗粗细细的古董。柳月只认得西汉的瓦罐，东汉的陶粮仓、陶灶、陶茧壶，唐代的三彩马、彩俑。别的只看着是古瓶古碗佛头铜盘，不知是哪代古物。下七层

---

① 贾平凹：《废都》，作家出版社 2009 年版，第 37—38 页。
② 贾平凹：《白夜》，华夏出版社 2017 年版，第 91—92 页。
③ 贾平凹：《废都》，作家出版社 2009 年版，第 32 页。

全是书，没有玻璃暗扣扇门，书也一本未包装皮子，花花绿绿反倒好看。每一层书架板突出四寸空地，又一件一件摆了各类瓦当、石斧、各色奇形怪状的石头、木雕、泥塑、面塑、竹编、玉器、皮影、剪纸、核桃木刻就的十二生肖玩物，还有一双草鞋。窗帘严拉，窗前是特大的一张书桌，桌中间有一尊主人的铜头雕像，两边高高堆起书籍纸张。靠门边的书架下是一方桌，上边堆满了笔墨纸砚，桌下是一只青花大瓷缸，里边插实了长短书画卷轴。屋子中间，也即那沙发前面，却是一张民间小炕桌，木料尚好，工艺考究，桌上是一块粗糙的城砖，砖上是一只厚重的青铜大香炉。炉旁立一尊唐代侍女，云髻高耸，面容红润，凤目蛾眉，体态丰满，穿红窄短衫，淡紫披巾，双手交于腹前，一张俊脸上欲笑未笑，未笑含笑。①

庄之蝶的家中氤氲着古典氛围，他周围的那些西京文人所在的环境也多是如此，赵京五的家就是传统风格的建筑，家里珍藏着各种各样的字画、瓷器、雕刻、拓片等，令人目不暇接，俨然一座博物馆。事实上，传统不仅弥漫在西京文人的居所中，还存在于他们之间的交往中，小说中文人聚会的话题总绕不开书画、古玩、算卦占卜、长生修身之道等。庄之蝶和他周围的西京文人"都被特意置于传统文化的深处，尽可能和当下社会现实拉开距离"②，这当然也是他们的生财之道，但不可否认这些恰恰是中国传统文人的行为、趣味。

贾平凹笔下的西京城从地理人文景观、个体生活空间、人际交往以及"西京"这一名称的使用等各方面呈现了西安城的古旧气息，从整体上营造出一种古都历史文化氛围，但在这氛围背后还有一种挽歌般的悲凉，"叙述者不厌其烦地引领读者穿越满目沧桑的文化古迹：破败的庙宇、城墙、钟楼、皇陵、护城河及各家老字号的饭馆，其中还不时萦绕陶埙的哀伤旋律，更强调了古

---

① 贾平凹：《废都》，作家出版社 2009 年版，第 81—82 页。
② 王一燕：《细读〈废都〉：世纪末的文化空间符号学》，《南方文坛》，2017 年第 4 期。

时在现时中的驻留不去"①。这种书写方式背后实则暗含着"前现代"与"现代"之间的紧张关系，这无疑是 1990 年代文化保守主义的典型表征。

二、旧式文人画像

李泽厚曾认为"九十年代学术风尚的特征之一是'思想家淡出，学问家凸显'。鲁迅、胡适、陈独秀等退居二线，王国维、陈寅恪、吴宓等则被抬上了天"②，这反映出当时学术界王国维之类持保守主义思想的知识分子开始被热捧。如果说 1980 年代的学者热衷于"五四"话语，那么 1990 年代的学者则热衷于"晚清民国"话语。贾平凹就是一个具有传统士大夫情怀的知识分子，他笔下的知识分子也充满旧文人情调，可以说，贾平凹及其笔下的知识分子都有文化保守主义的心态，这也是 1990 年代文化保守主义思想影响下的知识分子心态。尽管"人文精神大讨论"试图重建知识分子的价值系统，"但 20 世纪启蒙运动所确立的新文人形态正处困境已成定局，贾平凹所代表的旧文人理想复活成了世纪末的文化的一个具有代表性的潮流"③。如果说古旧的西京城是贾平凹营造的怀旧想象的物质空间，那么生活在这座城中的文人就是怀旧想象的精神内核。贾平凹笔下的西京文人都是旧式文人，但他们并不是儒家传统所推崇的具有"修身齐家治国平天下"抱负的文人，而是另一种类型的文人。可以将同样呈现出文化保守主义倾向的《白鹿原》和《废都》进行对比，如果说《白鹿原》中的朱先生和白嘉轩是儒家文化在理想状态下的人格呈现，那么《废都》中的庄之蝶就是"在历史转折、文化失范之际，放浪形骸，纵情女色，逃避现实，精神自戕，却也仍然是对中国传统文化的支脉，从魏晋的放诞名士到明清的无行文人的有意识的效仿"④。

1990 年代同样处在历史转折时期，同样出现了文化失范的情形，贾平凹

---

① 王一燕：《细读〈废都〉：世纪末的文化空间符号学》，《南方文坛》，2017 年第 4 期。

② 李泽厚：《李泽厚答问》，《原道》，1994 年第 1 辑。

③ 兰爱国：《世纪末文学：文化保守主义思潮》，《文艺争鸣》，1994 年第 6 期。

④ 沉风、志忠：《跨世纪之交：文学的困惑与选择》，《文学评论》，1994 年第 6 期。

笔下的西京文人在这样的时代走上了另一条复古之路，一种魏晋文人和明清文人的重叠。魏晋时期，以儒家学说为根基的大一统思想开始衰落，儒家文化的道德伦理开始崩塌，文人中开始流行"谈吐玄虚，举止疏放，逍遥洒脱，率直任诞，特立独行，放任自然"①。明末清初，资本主义萌芽出现，当时文人的人生观、生活态度和生活方式都受此影响，"修齐治平"的信念开始动摇，文人在个人趣味上附庸风雅，在生活方式上放浪形骸、及时行乐，并流露出一种陈腐的气息。贾平凹笔下的西京文人就是兼具魏晋、明清时代特征的旧式文人。

《废都》中的西京文人均是附庸风雅之流：四大名人中的汪希眠擅长绘画；龚靖元擅长书法，西京城的招牌题字多出自他手；阮知非擅长秦腔，后开办歌舞团，火遍西京；庄之蝶则擅长写书，是知名作家。虽然他们皆将自己所擅长的当成生财之道，但不得不承认书、画、乐是与中国文化密切相关的，也让他们身上有了旧式文人的气息。小说中除庄之蝶之外，着墨较多的是孟云房和赵京五。孟云房本是文史馆研究员，但热衷于佛教、道教、长生之道，对《梅花易数》《大六壬》《奇门遁甲》等古籍极为痴迷，对文物鉴赏也颇有心得。赵京五祖上是清朝的刑部尚书、名震朝野的大书法家，他热衷于收集古玩，对收集砚台最为热衷。这些西京文人的日常交往也颇为风雅，"酒桌上，宾主或联诗作对，或谈禅说易"，"为消遣时光，他们会吟诗作赋，相互赠和"，"文人之间互赠的礼物……必得是古玩、书画之类高品味的艺术品"。②这些文人的日常相交构成了一种"传统"式的文化生态，庄之蝶在其中"结交达官，掺和政事，诗酒酬唱，访僧问卜，寻香猎艳，开设书肆，等等"③。小说中周敏第一次宴请庄之蝶，席间众人谈论的都是文化话题，如以下对话：

①　张雨：《魏晋文人的放荡与庄学的关系》，《佳木斯大学社会科学学报》，2019 年第 2 期。

②　王一燕：《细读〈废都〉：世纪末的文化空间符号学》，《南方文坛》，2017 年第 4 期。

③　李敬泽：《庄之蝶论》，《当代作家评论》，2009 年第 5 期。

夏捷说："他不行，云苫雾罩的，开口是中国古典舞蹈如何，西洋现代舞蹈又如何，动不动就自己导演起来……"……庄之蝶说："你看过潼关陈存才的花鼓戏《挂画》吗？"唐宛儿说："陈老艺人的戏我看过，六十岁的人了，穿那么小个鞋，能一下子跳到椅背上……潼关人说：宁看存才《挂画》，不坐民国天下。"①

孟云房说："这你就不懂了，不在局中，不知局情。练气功不戒酒肉葱蒜，气感就不上身；有了功能，吃酒肉葱蒜又不舒服。"庄之蝶说："修炼修炼，世上真正的高人都是修出来的，只有徒子徒孙才整日练的。"②

《白夜》中有夜郎、宽哥、虞白等人在城墙上操琴的情节，宽哥、虞白对古琴颇有研究，他们有以下对话：

夜郎说："琴有这般讲究，什么是散声、按声、泛声？"宽哥说："泛声应徽取音，不加按抑，法'天'之音，声音清朗。散声以律吕应于地，弦以律调次第，是法'地'之音，声音浑厚。按声抑扬于人，而人声清浊兼有，所以按声为人之音，声音既清朗又浑厚。"……

……

……虞白说："弹琴要运动闲和，气度温润，才能探高山流水之音于曲中。……古人讲过的，'乐'用七音而二变，与宫徵联用，其声淫而悦耳，琴用五音变化极少，又少联用他词，音虽雅正，却难为人乐趣哩。"③

---

① 贾平凹：《废都》，作家出版社 2009 年版，第 24 页。
② 贾平凹：《废都》，作家出版社 2009 年版，第 25 页。
③ 贾平凹：《白夜》，华夏出版社 2017 年版，第 110—111 页。

贾平凹笔下的西京文人多有较高的传统文化造诣，精于琴棋书画，谈吐玄虚，举止疏放，逍遥洒脱，但同时这些人身上还有旧式文人放浪形骸、纵情声色、无行的一面，相似于魏晋的放诞名士和明清的无行文人。周敏有些小才气，为了成名也会杜撰庄之蝶与景雪荫的恋爱故事，且不经当事人许可就私自发表，把他人的隐私当作自己成名的敲门砖。孟云房热衷于佛道等宗教，但也不是真正信仰，而是为了从中获益。他拜孕璜寺的高僧为师修行，也不是想修习心性，而是想修得长生之术。但他为人处世还有一定的良知。赵京五热衷于收藏，对藏品如数家珍，但藏品在他眼中只不过是商品，赚钱是他唯一的目的。至于小说中的西京四大名人也是如此。汪希眠擅长国画，也是仿制高手，靠出售赝本发了财，而且好美色，身边美女如云，后因出售赝本被警察通缉追捕。龚靖元是书法家，西京城的饭店商铺都争相悬挂他的手书匾额。他还精通美食，只有他认可的厨师才能在西京城立足。他深谙市场运作法则，很会炒作自己的书法。他也不是守法公民，嗜好美色、赌博让他频繁出入公安局，最后他因儿子败家而自杀身亡。阮知非本是秦腔演员，在市场经济时代到来时抓住了机遇，开办歌舞团巡回演出，赚了大钱，但乐极生悲，奢靡的生活让他遭人妒忌，被人绑架，打伤了眼睛。以上这些西京文人身上都有无行的一面，庄之蝶也不例外。庄之蝶虽然在孟云房口中是"活得清清静静"，是"不大缺钱又不大爱钱的主儿，只在家写他的文章图受活"①，但事实并不是如此。庄之蝶身上有狡黠之处，他看上了龚靖元手里一幅毛泽东的字，和赵京五通过控制龚小乙吸大烟最终得到了那幅字，在龚靖元因赌博入狱时又趁机低价收购了龚靖元的书法，间接害得龚靖元自杀。庄之蝶也纵情声色，他和众多女性都存在情爱关系，而这种情爱关系是建立在肉欲之上而不是情感交融的，从小说中看不到他与这些女性之间存在情感的交流与碰撞。沉溺于酒色的庄之蝶有着旧式文人放浪形骸的表象，却缺乏一种精神内核。"中古文人的酒色都是激进/自由主义的，它充满对制度文化和文化制度的批判与嘲弄。从而，中古文人的酒色不纯粹是酒色，它最消极

---

① 贾平凹：《废都》，作家出版社 2009 年版，第 12 页。

的层面上也有道禅之气作内蕴。但在贾平凹的笔下，酒色从激进/自由主义层面退却了，甚至从道禅精神层面退却了，没有思想，只有本能。"①贾平凹笔下的旧式文人在一定程度上复活了传统文化景观和传统文人理想，但仅仅是一部分，而非全部。贾平凹抽去了旧式文人理想性的一面，只留下了狂禅末流的一面，使得那些旧式文人身上的文化味道又掺杂着陈腐之气。这种陈腐之气与当时社会的商业化、世俗化、物欲至上的观念相互缠绕，营造出一种世纪末的颓败之气。这是一种传统的过去时交织着物化的现在时所营造的颓败之气，也是"废都"之"废"的根源。从这一点来看，这种旧式文人的书写既带有某种象征意味，更带有一种批判性。虽然贾平凹"将陕西作为中国文化精髓的初衷并未改变，但是市场经济对传统文化的冲击，对知识分子身份的颠覆和瓦解，带来了贾平凹对己、对人、对社会、对文化、对政治等等的疑虑和重新思考"②。王岳川曾给文化保守主义下过这样的定义："文化保守主义主要以一种反现代性的、反美学的和文化民族主义的方式出现，是20世纪世界范围内反现代化思潮中的主潮。"③如此看来，贾平凹笔下的旧式西京文人既复活了传统，又显示了对现代性的批判，恰恰契合了1990年代文化保守主义思想的特质。

第四节　地方书写与全球化时代的中国文化

对于21世纪的人类世界而言，全球化无疑是一个重要问题，它犹如一股狂潮，以不可逆转之势席卷了整个世界，成为比现代性更为强劲的话语形式。对于中国而言，全球化涵盖中国的政治、经济、科技、文化等各个领域，在给各个领域带来机遇的同时，也带来了挑战。如果说经济全球化有利于中国

① 兰爱国：《世纪末文学：文化保守主义思潮》，《文艺争鸣》，1994年第6期。

② 王一燕：《细读〈废都〉：世纪末的文化空间符号学》，《南方文坛》，2017年第4期。

③ 王岳川：《当代文化研究中的激进与保守之维》，《文艺理论研究》，1999年第4期。

在一个开放的体系中发展经济，那么在文化上，全球化带来的同质化效应也给中国带来了挑战，尤其是"全球化本身在许多方面正是美国的经济和文化霸权的另一种表达方式，因而实际上充当了向全世界输出美国的经济、政治和文化实践的借口"①。面对这样的态势，新一轮的全球民族主义浪潮兴起，具体到文化层面是本土文化被关注。"如果全球化出现，并且文化同一化的影响变得显而易见，那么辩证地看，本土文化的异质性将会更受重视。"②本土文化在某种意义上也就是吉尔兹提出的地方性知识，因为全球化的同质效应会导致各国本土文化独特性因素的淡化，这反过来又带来了各国本土文化的自我认同问题，证明了全球化对本土文化认同也有推动作用。在 21 世纪的中国，经济的腾飞和综合国力的提升极大地增强了中华民族的自信心，向世界展现源远流长的中国文化成为一种必然，这进一步推动了 21 世纪以来中国传统文化的复兴。本土文化在某种意义上就是传统文化，"所谓'本土化'，它当然必须在传统的价值准则和审美要求的意义上才被指认"③。2017 年春节前夕，中共中央办公厅、国务院办公厅印发《关于实施中华优秀传统文化传承发展工程的意见》，这意味着传统文化复兴成为基本国策。作为文化载体的文学也必然受此影响。21 世纪以来的中国作家似乎开始摆脱西方话语所导致的"影响的焦虑"，转而发掘本土的魅力，开始"探寻如何仿效西方来'创'中国文学之'新'，努力勘探独属于本土的文学世界"④，文学的"本土性"问题便凸显出来。文学的"本土性"问题涉及多个方面和多种路径，其中一个重要指向即是地方书写，因此在文学如何推动传统文化复兴这一问题上，地方书写无疑具有重要意义。地方书写以及地方文化的呈现关联着民族文学、民族文化等问题，文学对地方文化的呈现体现出强烈的文化主体色彩，在某

① ［美］阿里夫·德里克：《反历史的文化？寻找东亚认同的"西方"》，王宁译，《文艺研究》，2000 年第 2 期。

② 王宁、薛晓源主编：《全球化与后殖民批评》，中央编译出版社 1998 年版，第 55 页。

③ 陈晓明：《文学超越》，中国发展出版社 1999 年版，第 210 页。

④ 方奕：《新世纪长篇小说的"本土化"趋向》，《中国现代文学研究丛刊》，2015 年第 7 期。

种程度上是对自我文化的确认，也即文学的"本土性"问题。陕西文学的地方色彩也构成了21世纪中国当代文学本土化的重要一维，参与了全球化时代中国的文化复兴。

一、地方性知识的多样呈现

21世纪以来，小说创作在文学创作本土化的大潮下呈现出越来越丰富的地方性知识，如刘庆《唇典》、迟子建《额尔古纳河右岸》、王安忆《天香》、徐则臣《北上》、阿来《云中记》、金宇澄《繁花》、格非"江南三部曲"等小说都呈现了不同的地方性知识，这些小说的地方性知识中蕴含着极具东方色彩的本土文化，共同建构着本土化的文学景观。作为文学重镇的陕西，其21世纪以来的小说创作在地方性知识的挖掘和呈现上也是丰富多彩的。

陕西文学本身是建构于地方性知识之上的，陕西文学对地方性文化的呈现由来已久。前文已论述过中国当代文学不同时期的陕西文学是如何回应文化潮流的，柳青、贾平凹、陈忠实等作家的小说都是立足本土文化，同时在不同程度上都有对世界性的回应。①21世纪以来陕西的小说创作延续了以往的传统，尤其是乡土题材小说对地方性文化的呈现，同时在全球化所带来的开放性视野下对一些以往被忽略的地方性文化进行了再发现。

21世纪陕西的小说创作仍以乡土题材为重。中国的乡村自21世纪以来与全球化有着密不可分的关系，全球化的诸多影响均能从乡村找到印迹。以陕西民间艺术秦腔为例，贾平凹的《秦腔》、陈彦的《主角》从不同侧面呈现了秦腔在当代中国的沉浮，而小说中秦腔的命运又与中国的全球化进程密不可分。无论是贾平凹笔下的秦腔在经济全球化影响之下的式微，还是陈彦笔下的秦腔走出国门在百老汇舞台上大放异彩，秦腔的命运总是无法脱离全球化进程的影响。王海的《新姨》横跨半个多世纪，书写了陕西咸阳茂陵一个

---

① 柳青写作《创业史》时，中国正处于东西方冷战时期，但《创业史》的写作在某种意义上是对国际社会主义运动中国化的呈现。贾平凹、陈忠实的创作与1980年代至1990年代由现代性问题引发的本土文化热有关。

民间剪纸艺术大师命途多舛的一生，小说中民间剪纸、茂陵石刻以及不断穿插的霍去病的历史故事让人感受到历史的厚重。在城市题材方面，王妹英的《得城记》用古典写意的笔法，以细腻的文字讲述了从乡间梨花村来到省城旧都的凌霄、九米、艳红三个女性的人生经历。事实上，小说的另一个主角是西安城。小说中的西安城充溢着古典气息，又不同于贾平凹笔下西安城的颓败之气，更多的是一种悠远的味道，穿过历史的时光在字里行间浮现出来。小说的行文语言又给小说增添了古典气息，极具文化氛围的西安城在贾平凹之后又一次被呈现出来。

这些小说创作在对地方民俗和城市古老文化的呈现上更多的是继承以往小说创作的传统。21世纪以来陕西的小说创作在地方性知识上也发掘出更多的新质，这些新质首先体现在对"物"的书写上。以往陕西小说中也有对"物"的书写，乡土小说呈现民俗抑或城市小说呈现自然人文景观时均有对"物"的书写，如贾平凹《废都》中对庄之蝶书房的描写以及《白夜》中对民俗馆的描写都是典型的对"物"的书写。但这种书写只是片段式的，用以衬托人物的背景，是构成作品主题的一种元素。21世纪以来，在文学创作本土化的趋势下，对"物"的书写越来越多，在文本中的比重也越来越大。以王安忆的《天香》为例，小说以天香园绣为中心，对各种器物进行了细致的描写，对"物"的书写已经远远超过了对人的书写，甚至阻断了故事情节的发展。这样的写作方式表现出极强的文化意味，因为小说中的"物"浸染了太多的文化属性，类似这样的"物"小说未必是刻意迎合全球化时代本土文化凸显的趋势，但无疑为文学创作的本土化提供了助力。贾平凹的《山本》也可以归入这类"物"小说，因为正如书名"山本"传递出来的信息，小说要传达的不是人物观，而是事物观。贾平凹在小说后记中说"山本，山的本来，写山的一本书"①，如此命名似乎意味着秦岭这座山才是小说真正的主角。小说并非没有写人，但人事似乎只是山的附着物而已，在这一点上，《山本》比《天香》走得更远。《山本》在某种程度上是一部博物志，这一点的重要体现

---

① 贾平凹：《山本》，作家出版社2018年版，第522页。

是小说中麻县长写的《秦岭志草木部》《秦岭志禽兽部》。《秦岭志草木部》中均是如"大叶碎米荠，叶椭圆形或卵状披针形，边缘有整齐的锯齿。……种子椭圆形，褐色"①的记载。不仅如此，文中的动植物还起着连接自然与人事、承接经典的作用，"百科全书式的动植物描写单纯、客观，秦岭中的鸟兽草木自在而动，不会因人世间的纷纷扰扰改变分毫，《山本》中显现的是一个永恒、博大的自然意象"②。小说中对"物"的描写最终实现了"完全着中国文化的表演"③的功能。此外，马玉琛的《金石记》以国之重器昭陵二骏的流失与回归、小克鼎的失落与回归将长安城的现实与历史联系在一起。小说中对西周的青铜器、唐代的石刻、宋代的绘画、元代的青花瓷、清代的赏瓶等都有细致的描写，每件古董都有自己的个性，并折射出不同的人性。这些纯粹的中国物件展现了中国传统文化的魅力和精髓。

21世纪陕西小说创作在地方性知识的发掘上还呈现了本土文化的开放性。在全球化时代强调本土文化是一种必然，但不能因此过分执着于本土文化而抗拒全球化。偏执于一种封闭的本土文化系统不仅不能自我发展，还会变得故步自封、裹足不前，这无疑不利于在全球化时代发出自己的声音、彰显自己的价值，而无法发声的文化系统反而可能会被全球化浪潮淹没。所以，真正意义的本土化应该具有开放性和包容性，它不会将自己与外在世界隔离，不拒绝与外在世界对话，会包容不同于自己的异质存在，这是一种现代意义上的本土化。在全球化时代，本土化不应该与现代性对立，而应该与现代性充分互动、融合，既有坚守，也敢于面对外在变化，这是全球化时代本土化的生存之道。因此，在凸显本土文化的同时，也应当做到视野开阔。陕西文化继承汉唐遗风，而汉唐本就是开放多元的时代，多元文化的交流与碰撞造就了汉唐文化的磅礴大气，这也意味着陕西地方性知识中必然有开放多元的因子。发掘此种地方性知识，在全球化时代无疑既能彰显文化的本土性，同

---

① 贾平凹：《山本》，作家出版社2018年版，第298页。
② 王菊：《论〈山本〉的动植物描写及其文学意义》，《小说评论》，2018年第6期。
③ 贾平凹：《山本》，作家出版社2018年版，第523页。

时也带来了开阔的视野，可以实现"本土文化不断向当代文化转化的可能性，保持着自己始终如一的主体性地位"①。在这方面，21世纪陕西涌现出一批商业题材的小说，挖掘出地方性知识的开放性。这里的商业不是指现代商业，而是指古代商业。历史上陕西有很多古商道，如盐道、茶道等，在"一带一路"建设大潮的推动下，对这些古商道的发掘和研究也成为热点。商业文化本身就具有开放性，"一带一路"倡议提倡开放、包容、普惠、平衡、共赢的发展方向，既能彰显本土文化，又能推动全球化朝着更健康的方向发展，发掘此种地方性知识无疑对当下有积极作用。李春平的"盐道三部曲"（《盐道》《盐味》《盐色》）聚焦鄂、渝、陕三省市交界处的巴山古盐道，呈现了从清末民初到抗日战争期间巴山盐背子家族的生活日常。小说重点呈现了极具人气、豪气、义气、正气的盐道文化，而这正是传统商业文化中的核心价值，凭借这些，古盐道连接了川陕两地的经济活动。王海的《金花》则关注茶文化，以泾阳茯茶为线索，展现了古茶道的光辉历史。为了打开茶叶新销路，茶商们远走西域，以及俄罗斯、罗马等十几个国家和地区，开创了泾阳茯茶的辉煌时代。这些小说还引出了早已淡出人们视线的陕商及陕商文化。陕西是中华民族的发祥地，也是中国优秀商业文化的发祥地，陕商在历史上曾被称为"国商"，又因财雄势宏被尊为"西秦大贾"或"关陕商人"，在明代甚至位居十大商帮之首，还曾是开拓和经营丝绸之路的主要力量。陕商的核心价值观是"厚重质直，忠义仁勇"，秦人曾经以顽强和诚信开创了商业的辉煌时代。任升的《蹚古道》《丝路商贾》《拓北庭》以及黄天顺的《三秦儒商》《大引茶商》《慷慨悲歌》等陕商题材的小说，从不同侧面呈现了陕商的历史及文化。对陕商文化的发掘无疑也有"一带一路"倡议及全球化大潮的推动。陕商文化兼具地方性和开放性，陕西小说对陕商文化的书写既体现了本土文化的主体性，又显示了本土文化在全球化时代所具有的现代性、开放性。

---

① 邱正伦：《设计，必须旗帜鲜明地走中国路线》，《创意与设计》，2008年第1期。

二、传统文化的裂变与传承

前文论及了全球化对本土文化的双重效应，即全球化既会对本土文化造成蚕食，同时也会给本土文化的复兴带来契机。21 世纪以来，面对全球化，中国传统文化经历了从焦虑到复兴的过程，这种复杂纠结的过程可以在地方书写中呈现出来。秦腔既是陕西的地方文化，也是中国传统文化的代表，贾平凹和陈彦在 21 世纪的小说创作中都曾围绕秦腔探讨了本土文化面对全球化时的遭遇，从中可以看到以秦腔为代表的本土文化从面临影响的焦虑到重拾自信的过程。

贾平凹在 21 世纪之初开始了《秦腔》的写作，彼时正是全球化向中国逼近的时候。小说中秦腔的日渐颓败无疑有全球化的影响，这种影响在经济和文化层面给传统文化带来了沉重的压力。中国于 2001 年正式加入世界贸易组织，这意味着中国开始融入经济全球化。经济全球化在中国的一个重要表征就是城市化。"城市化从概念上看很简单，只有一个指标，即城市人口占总人口的比重。而在中国，城市化变复杂了，变成了一个……现代化'造城运动'。"①无论从简单层面还是复杂层面来看，中国的城市化发展都是以抽取乡村资源为代价的。中国城市人口的增加在很大程度上是因为吸纳了乡村人口，主要是进城打工的农民，这使很多立足于乡村的传统文化在传承上出现了危机。在《秦腔》中，清风街越来越多的年轻人进城打工去了，乡村人口严重流失，留在乡村的也无多少人关注秦腔。小说中虽然还有夏天智、白雪、上善这些热爱秦腔的人，但也阻挡不了秦腔观众的日益流失。省城剧团四处演出却观者寥寥，曾经的名旦白雪只能在红白喜事上演出；曾经唱《拾玉镯》的名角王老师录一盘磁带也要到处求人，作为知识分子的夏风对秦腔不屑一顾，拒绝帮助她；陈星唱流行歌曲轻易地就将在夏天智葬礼上听戏的人吸引走了……类似的情况在阿来的《云中记》中也有。即便云中村没有因为地震

---

① 温铁军：《经济全球化与中国城市化进程》，见王忠明等主编：《中外名家系列讲座集萃 5》，中国青年出版社 2005 年版，第 116—117 页。

和滑坡而消失，云中村的祭师传统也只有阿巴一个继承人，而这还是在当地极力进行非物质文化遗产保护的情况下。造城运动需要乡村的土地，城市扩张大量占用乡村土地，如清风街的土地被用来修公路、盖市场，这导致秦腔赖以生存的乡村空间日益受到挤压，秦腔失去根基。秦腔的颓败还缘于强势文化的挤压。在全球化时代，"属于不同文明的国家和集团之间的关系不仅不会是紧密的，反而常常会是对抗性的。但是，某些文明之间的关系比其他文明更具有产生冲突的倾向。在微观层面上，最强烈的断层线是在伊斯兰国家与东正教、印度、非洲和西方基督教邻国之间。在宏观层面上，最主要的分裂是西方和非西方之间"①，这一切导致中国及其他第三世界国家的传统文化受到压抑。在《秦腔》中，秦腔受到流行文化的挤压，陈星的流行歌曲压倒了秦腔。小说中虽然并未出现太多西方文化元素，但在现实中，全球化时代越来越多的西方文化元素进入中国，改变了中国人的生活方式，如麦当劳、星巴克、好莱坞大片以及在年轻人中流行的西方节日，这样的文化氛围无疑不利于中国传统文化的发展。

贾平凹写作《秦腔》的时代，全球化正如洪水般席卷全世界。全球化的强势推进使本土文化的生存空间日渐受到挤压，但挑战也意味着机遇，"他者所造成的映像和焦虑""很重要，甚至可以成为挑战，成为动力"②，这也意味着，全球化越发展，"我们越是承认我们的特性，我们越想紧紧依靠我们的语言，越想紧紧抓住我们的根和文化"③。正是在全球化的推动下，21 世纪以来中国的经济实力得到极大提升，从而扩大了中国在国际上的影响力，增强了中国人民的民族自信心，而民族自信心的增强又为传统文化的复兴提供了机会。2008 年北京奥运会的成功举办极大地增强了中国人民的民族自信心，向全世界展现了灿烂的中华文化，中国开始在全球文化平台上发出自己的声

---

① ［美］塞缪尔·亨廷顿：《文明的冲突》，周琪译，新华出版社 2013 年版，第 161 页。

② 张未民：《新世纪文学的发展特征》，《作家》，2006 年第 7 期。

③ ［英］安东尼·吉登斯：《现代性与自我认同——晚期现代中的自我与社会》，赵旭东、方文译，生活·读书·新知三联书店 1998 年版，第 40 页。

音。从 2008 年开始，清明节、端午节、中秋节成为法定节假日，此外国家还在其他各个层面大力弘扬传统文化，如加强对民俗等非物质文化遗产的保护等。进入 21 世纪的第二个十年，全面复兴传统文化成为重大国策。从中国当代文学中也能敏锐地感受到这种变化。可以说是外来压力唤起了中国当代文学的自尊。当然，压力依然存在，不同国家的本土文化以及社会现实层面如世界观、道德观、心理、审美、语言等方面依旧受到全球化的冲击，但也有了面对冲击的勇气。"中国文学满怀复杂的心情持守本土，力图既依恃民族化又超越民族化，以全球视界下的本土立场来置换原先的较为狭窄的意识形态内涵，并寻求着二者之间的价值平衡。"①陈彦笔下的秦腔就体现了本土文化的复兴。

陈彦在文艺团体工作多年，也在传统文化中浸淫了多年，在他看来，"中国几千年来传统文化的承接没有断裂，一定有代际传承的关系在里面"②，他的小说创作就是试图打捞这些传统文化，并梳理出其中对于历史、现在、未来的价值所在。在《主角》中，秦腔曾面临和贾平凹《秦腔》中相似的生存困境，1980 年代改革开放带来的经济繁荣以及西方文化的冲击使秦腔遭遇生存危机，龚丽丽在一趟广州之行后就彻底告别了秦腔，"姐这次去了一趟广州才知道，咱们还在这儿争啥子李慧娘呢，人家都在争着挣大钱哩"③。此后，很多戏曲团体都开始搞歌舞团、音乐团，省秦剧团也组建了"西北风"轻音乐团，时髦艺术的血盆大口将秦腔吞食得只剩下一点末梢神经，戏曲界也出现了"戏曲消亡论""戏曲夕阳论"。但秦腔最终还是走出了困境，甚至出现在百老汇的舞台上，仅胡彩香的几句伴唱就震撼了全场。秦腔的复兴一方面缘于忆秦娥的"初心"，不论外面的世界如何变化，哪怕秦腔已不能抵挡"急雨射苍壁，漫窍若注壶"的逼渗，她也始终坚守着戏曲之道，"在相对封闭的

---

① 雷达、任东华：《新世纪文学初论——新世纪以来中国文学的走向》，《文艺争鸣》，2005 年第 3 期。

② 舒晋瑜：《陈彦：我希望写出文化传承和发展的根脉》，《中华读书报》，2018 年 4 月 25 日，第 11 版。

③ 陈彦：《主角》（上），作家出版社 2018 年版，第 385 页。

环境中，每日穿着色调单一的练功服；走着与时代渐行渐远的'手眼身法步'；演唱着日益孤立无援的古老腔调"①。秦腔的复兴更是缘于戏曲本身所蕴含的生命力，"秦腔最重要的品质就是具有生命的活性与率性，高亢激越处，从不注重外在的矫饰，只完整着生命呐喊的状态"②，将中华文化生生不息的进取精神发挥到了极致。传统文化复兴并不是要回到过去，而是要在新的时代走上创新转化之路。当秦腔在百老汇舞台上大放异彩的时候，中国传统文化向世界展现了自己的魅力，焕发出内在的光辉，这无疑也是传统文化面对全球化的一种创造转化。

---

① 陈彦：《主角》（下），作家出版社 2018 年版，第 892 页。
② 陈彦：《说秦腔》，上海文艺出版社 2017 年版，第 22 页。

第四章　变动的"地方"与跨地书写

　　关注文学的地方书写，需要警惕将"地方"窄化、封闭起来进行讨论的思维模式。地方书写往往建构于地方性知识之上，而地方性知识的形成需要一个积淀过程，它"不是与时俱进的产物，因此，它在大多情况下会与保守、本土、传统等概念联系在一起"①，因此，地方书写的一个重要特点就是就"地方"而言"地方"，事实上，这也是地方书写的底色。如果失去了这种底色，地方书写也就不能称为地方书写了，地域文学也就不存在了。但地方书写在这方面有更多的可能性，"'地方'不应狭隘地理解为作家出生、成长的那片土地，而应看作是与生活体验、文学活动相关的一切地域空间"②。因此，地方书写中的"地方"不是唯一的，可以融汇作家的跨地域体验，"就单个作家的创作来看，也往往包含了多地经验的交错、叠加"③。同时，"地方"也是一个富有弹性的概念，不同的"地方"之间存在叠加、对话、整合的关系。文学当中的跨地书写便是基于此，这也是中国当代文学的多元性所在。中国当代文学的多元性不仅来自不同的地方书写所带来的差异性，还因为一个作家或一部作品也能提供不同的地方经验以及地方经验之间的碰撞交流。很多

---

　　① 贺仲明：《"地方性文学"的多元探究与价值考量》，《中山大学学报（社会科学版）》，2021 年第 2 期。

　　② 李永东：《中国现代文学研究的地方路径》，《当代文坛》，2020 年第 3 期。

　　③ 李永东：《中国现代文学研究的地方路径》，《当代文坛》，2020 年第 3 期。

作家都有跨地生活体验，因而他们有关于两地或多地的书写，如老舍笔下的北平与伦敦，张爱玲笔下的上海与香港，白先勇笔下的上海、台北与纽约，还有近年来颇受关注的《北上》《三城记》等小说。这些作家及作品都给读者提供了多样的地方经验。

陕西作家多写本乡本土，他们的创作长期依靠地方性。这有助于确立自己的独特性，但也会带来凝固封闭的危险。当下是一个开放的时代，不同"地方"之间的联系更多也更便捷，这为作家书写不同的地方经验提供了条件。事实上，陕西作家已经意识到这一点，并且有了超越地方性的尝试，开始对"地方之外"进行书写。陕西当代小说不乏跨地书写，其呈现形式也是多样的。

第一节　行走："地方"的游移

跨地书写的一种呈现方式是在小说文本中借人物的行走带出"地方之外"的书写，人物在不同"地方"之间的游走迁移也就带来了不同的地方体验。这种类型的作品在中西方都有，旅行文学和游记文学即带有这种性质，因此出现了旅行叙事。在小说领域，游历小说或旅行小说是最为典型的，它们往往会虚构一个处于游走迁移中的人物，并且以人物的游走迁移为结构线索，描述人物的所见、所闻、所感。西方文艺复兴时期的流浪汉小说借由主人公的游历带出对不同地方的书写。中国古代小说中也有很多是关于旅行书写的，如《镜花缘》，小说中唐敖一行历经30多个奇邦异国，不同国家的风土人情极不相同。《镜花缘》之后又出现了《老残游记》《孽海花》等旅行小说。在中国现代文学史上，钱钟书的《围城》也带有旅行小说的色彩，方鸿渐一行人从上海到三闾大学，路途覆盖了南方很多区域，因此呈现了战时中国的不同场景。近年来中国当代文坛上也涌现出一批具有旅行小说特质的作品，如徐则臣的《北上》和张柠的《三城记》。陕西文学重视写本乡本土，严格来讲缺少真正意义上的旅行小说；但陕西小说中不乏行走的人物，他们行走更多是为了进城、创业、进行商业往来，也为"地方之外"的书写提供了内容。

一、路遥小说中的"地方"与"地方之外"

陕西作家在文学创作中并非只写一个地方，如贾平凹写了商州之后又写西京，陈忠实的《四妹子》中有陕北文化与关中文化的比较。但这些其实只是写了陕西地域内不同"地方"的差异性，严格来讲还是没有脱离本乡本土。路遥是较早书写"地方之外"的陕西作家。

路遥小说中关于"地方之外"的书写几乎都是通过人物的行走带动的，而要使人物行走无疑需要特殊的环境。这种环境绝对不是封闭稳定的空间，时代社会越是发生巨变，越能推动人的行走。同时，变动的环境中往往会有大量"地方之外"的知识召唤着人们，促使人们走向"地方之外"。以晚清的旅行小说为例，主人公的游历不仅仅涉及境内，更延伸至境外。晚清以来"西学东渐"，中国的国门被打开，中国面临着内忧外患，这促使国人开始开眼看世界。当时有一些学生留洋国外，异域见闻无疑成为很多旅行小说的素材。此外，20 世纪 40 年代中国文坛上也涌现出大量旅行叙事作品，这无疑与当时的战争形势打破了很多人的安稳生活有关，《围城》中方鸿渐一行人从上海到三闾大学无疑就与此有关。路遥的小说关注改革开放时期城乡交叉地带的人们，这个时代无疑给人们的行走提供了契机：一方面，大量的"现代"知识对乡村的人们产生了巨大的召唤作用；另一方面，改革开放给人们提供了走出"地方"的可能性。路遥是一个密切关注时代巨变的作家，对城乡交叉地带的关注促使他在把目光投向陕北故乡的同时，也必然会将目光投向更为广阔的世界，而城乡交叉地带的出现就是乡土之外的"地方"与乡土世界产生碰撞的结果。

《人生》可以说是路遥的小说创作中出现"地方之外"书写的开始。《人生》的故事背景是改革开放之初，这样一个带来巨变的时代所呈现的景观在路遥眼中宛如北京的立体交叉桥般复杂，"随着城市和农村本身的变化发展，城市生活对农村生活的冲击，农村生活城市化的追求意识，现代生活方式和古朴生活方式的冲突，文明与落后，资产阶级意识与传统美德的冲突，等等，构成了现代生活的重要内容"①。这巨大的冲突本质上就是"地方之外"对"地方"的冲击。"地方之外"隐喻着现代，这一存在对高加林产生了巨大的召唤作用，推动了他以进城为目的的行走，在这个过程中就呈现了有别于乡村的地方景观。高加林的行走只是从高家村到县城，严格来讲，他并未真正走到"地方之外"，但小说中的县城是典型的城乡交叉地带，充斥着种种"地方之外"的气息，因此，高加林的行走足迹尽管没有离开陕北，但这个过程依然给读者带来了不同的地方经验和感受。小说中高加林到县城卖馍这一情节便呈现了"地方之外"的景观："县城在他的眼里就是大城市，就是别一番天地。……他对自己和社会的深入认识，对未来生活的无数梦想，都是在这里开始的。学校、街道、电影院、商店、浴池、体育场……生活是多么的丰富多彩！"②对于高加林而言，县城不仅仅是县城，县城里的种种事物在某种意义上是"地方之外"的隐喻，给他提供了乡土生活之外的另一种空间，这种空间甚至可以让他想象更远的"地方"。在县城，最具有"地方之外"气息的是县文化馆阅览室，阅览室里有《人民日报》《光明日报》《中国青年报》《参考消息》以及本省的报纸，高加林如饥似渴地阅读这些报纸直到下午饭时光。阅读这些报纸事实上让高加林拥有了本省—中国—国际这种"地方"范围不断扩大的体验，虽然这种体验只是由信息所引发的，但仍可以视为一种"地方之外"的书写。

类似形式的"地方之外"的书写还出现在高加林和黄亚萍的日常交谈中。由于他们都是知识分子，他们日常所谈的往往都是极为"现代"的话题，如以下交谈：

> 他们在一张椅子上坐下来，马上东拉西扯地又谈起了国际问题。这方面加林比较擅长，从波兰"团结"工会说到霍梅尼和巴

---

① 路遥：《致〈中篇小说选刊〉》，见《早晨从中午开始》，北京十月文艺出版社2012年版，第118页。

② 路遥：《人生》，见《路遥精选集》，北京燕山出版社2008年版，第118页。

在法国政治避难的伊朗前总统巴尼萨德尔；然后又谈到里根决定美国本土生产和储存中子弹在欧洲和苏联引起的反响。最后，还详细地给亚萍讲了一条并不为一般公众所关注的国际消息：关于美国机场塔台工作人员罢工的情况，以及美国政府对这次罢工的强硬态度和欧洲、欧洲以外一些国家机场塔台工作人员支持美国同行的行动……①

从这段交谈可以看出，高加林和黄亚萍所关注的都是代表着"现代"气息的国际新闻。这样的交谈与高加林和刘巧珍之间关于乡村生活日常的交谈形成了鲜明的对比，尤其体现出"地方之外"对"地方"的冲击。无论是高加林阅读的报纸，还是他和黄亚萍之间的交谈，"地方之外"都是以信息的形式存在的，并不指向具体的"地方"，却传递出关于新世界的气息。

小说中真正能称为"地方之外"的应该是南京，如果高加林走后门事件不被揭发，那么他将有可能来到这个"地方之外"的城市。但这样的可能在小说中并没有发生，因此，南京只能是想象的南京。小说中关于南京的书写化为白居易的《忆江南》："她眼里似乎闪动着泪水，喃喃地念道：'江南好，风景旧曾谙：日出江花红胜火，春来江水绿如蓝。能不忆江南！'……加林忍不住接着她念道：'江南忆，最忆是杭州：山寺月中寻桂子，郡亭枕上看潮头。何日更重游？'……"②诗中的江南充满古典气息和浪漫主义色彩，甚至带有一丝乌托邦的感觉。江南是古典、文艺的，与陕北的黄土地所散发的乡土气息是截然不同的，这恰恰符合作为知识青年的高加林对黄土地之外的世界的憧憬。在小说中，无论是"现代"的事物信息还是带有朦胧古典色彩的江南，都传递出一种有别于黄土地的"地方之外"的经验，甚至构成一种权威话语力量，并对高加林产生巨大的召唤作用。

由于篇幅原因，加之高加林最终又回到了乡村，《人生》对"地方之外"

---

① 路遥：《人生》，见《路遥精选集》，北京燕山出版社 2008 年版，第 189 页。
② 路遥：《人生》，见《路遥精选集》，北京燕山出版社 2008 年版，第 197 页。

的书写并未展开，黄土地之外的世界终究是带着一丝想象性的。但在更大规模的《平凡的世界》中，众多人物完成了高加林没有实现的目标，真的走到了黄土地之外，小说因此也比《人生》有了更多"地方之外"的书写。对路遥来说，《平凡的世界》是一部规模很大的书，小说试图以一种全景式的视角勾勒出中国近十年间城乡社会生活的巨变，如此规模之下就不能只看到黄土高原，必然会涉及黄土高原之外的世界，因为"要全景式反映当代生活，'蹲'在一个地方就不可能达到目的，必须纵横交织地去全面体察生活"①。路遥事实上也是这样做的，不能实际去体察的生活则靠大量阅读来弥补。小说对黄土高原之外的"地方"的书写很多仍是由人物的行走带动的，而他们不再如《人生》中的高加林单纯是为了实现梦想而行走，他们是为了创业，或出于生活、职业的需要，或是因为流浪。小说中孙少安第一次走出黄土地是到山西柳林娶媳妇。小说中并未对山西有太多描写，唯一彰显地方特色的是提到了贺秀莲家擅长酿制陈醋。小说之后又写到孙少安为了扩大砖厂到河南巩县买制砖机，中原的景观在作品中开始呈现：

> 最使他惊讶不已的是，眼前竟连一座山也看不见了。啊啊，世界上还有看不见山的地方？
>
> 列车喧吼着驶过辽阔的中部平原，在闻名天下的三门峡跨过铁路大桥，进入河南省。这里的黄河已经很宽阔了。②

小说通过孙少安的成家立业之路展开了对中部平原地区的书写，其中金波的经历则带出了对遥远的边地的书写。金波在青海当兵的时候经历了一段刻骨铭心的爱情，以至于回到故乡的他眼前仍不时浮现"绿色的草地，奔腾的马群"③。当他向孙少平讲述这段爱情故事时，遥远的边地空间便浮现出来：

---

① 路遥：《早晨从中午开始》，见《早晨从中午开始》，北京十月文艺出版社 2012 年版，第 27 页。

② 路遥：《平凡的世界》（第三部），北京十月文艺出版社 2017 年版，第 929 页。

③ 路遥：《平凡的世界》（第二部），北京十月文艺出版社 2017 年版，第 676 页。

……几十间简易房子孤零零地立在一望无际的大草原上。旁边有一个小小的湖泊,湖边上围着一圈白花花的盐碱。远方的地平线上,是一列绵延不断的山峦,峰巅之上终年戴着雪冠。……

……日出的时候,出牧的马群像一团团彩云向茫茫的草原上奔去;日落的时候,又从地平线那边涌涌地漫过来。……

…………

不知是哪一天,从那远方归牧的马群中,突然传来一个女孩子的歌唱声。那是用藏语在歌唱。虽然听不懂歌词,但我知道唱的是那首有名的西部民歌《在那遥远的地方》。……①

在金波的描述中,西部有着不同于黄土高原和中部平原的广阔之美,洋溢着生命的激情,有动人的民歌。但金波和藏族女孩无疾而终的爱情又让西部蒙上了一种悲怆的色彩。

小说中带来最时尚的南方体验的是王满银,他从不满足于农村老婆孩子热炕头的生活,跑到上海、广州做生意。小说中有个情节是写他在乡村出售廉价的香港产的塑料芯的玩具手表,这个情节让人嗅到一丝南方的商业气息。王满银后来又跑到上海做生意,经由他的行走,上海这座"东方明珠"呈现在读者面前:

入夜的南京路和外滩成了灯火的世界。灯火是变幻莫测的,正如这个城市的生活一样。

…………

外滩现在成了情侣们的世界。外地人在伟大的上海面前,各方面都由不得自惭形秽;但也有值得骄傲之处——比如,男女青年谈恋爱的地方总要比上海宽敞。瞧,包括那个巴掌大的黄浦公园在内,双双对对的情侣们拥挤得像煮饺子似的稠密。能在马路边占一席之

① 路遥:《平凡的世界》(第二部),北京十月文艺出版社2017年版,第678页。

地绝非易事。尽管人挨人，但亚当夏娃们拥抱亲吻旁若无人。远处，江海相汇的浩瀚水面上，轮船的声声汽笛在向甜蜜的外滩祝福。①

这段文字展现了上海的开放、繁华和时尚，更映衬出王满银的失败和落魄，反而激发了他对故乡的认同。也正是在上海的一个小旅馆中，王满银认清了自己，也承认了自己流荡在外的失败，最终踏上了回乡之路。

在路遥的小说中，不同人物出于不同目的的行走，给读者呈现了黄土高原之外的中原、西部边地、南方的不同景观。尽管这些人物最终都回到了本乡本土，路遥对"地方之外"的书写也是点到即止，却体现了陕西作家在创作上超越地方性的尝试。

二、盐道与茶道：行走在古商道上

陕西作为十三朝古都所在地，素来有发达的道路交通网络，与周边地区也有频繁的贸易往来，并因此开辟了众多商道。明清时期商品流通加速，使得商帮极为活跃，陕西商帮就是其中之一。陕西商帮是"以泾阳、三原为中心，以陕甘川黔蒙藏等为势力范围，输茶于陇青、贩盐于川黔、鬻布于苏湖、销烟于江浙的名著全国的商业资本集团"②，陕西的商人行走在古商道上，连接起不同的"地方"，也带来了无数传奇故事。21世纪陕西文坛上涌现出一批关于陕西古商道及陕商传奇故事的作品。在这些作品中，陕西人在不同的"地方"之间往来，在带动商业贸易繁荣的同时，也呈现出不同的地方经验。

在陕西与周边地区进行贸易往来所开辟的商道中，盐道是极具特色的。清代之前，陕西商人主要与两淮盐场开展盐业贸易。自清代开始，陕西与四川之间的盐业贸易后来居上，其贸易线路就包括隐藏在秦巴山脉中的秦巴古盐道。2011年12月，国家文物局公布这条古盐道为"第三次全国文物普查

---

① 路遥：《平凡的世界》（第三部），北京十月文艺出版社2017年版，第1195页。

② 李刚：《陕西商帮史》，西北大学出版社1997年版，第3页。

百大新发现"之一，使得这条早已被人们淡忘的古盐道再次从历史长河中浮现出来。秦巴古盐道始于今重庆市巫溪县大宁厂，经陕南镇坪县盐道干线分流后交织于整个秦巴地区。巫溪和镇坪是这条古盐道上最重要的两个地方，两者之间也是秦巴古盐道最惊险、最核心的路段。李春平的"盐道三部曲"（《盐道》《盐味》《盐色》）便是聚焦发生在古盐道上的民间故事和历史传说，以镇坪古盐道为线索，描述了从清末民初到抗日战争时期活跃在秦巴古盐道上的盐背子群体的生活。盐背子是川陕盐业贸易中最底层、最默默无闻的一个群体，但又是活跃在盐道上的主体，史书上对他们却没有任何记载。小说"复活"了这个群体，同时借他们的行走呈现了川陕两地的风俗民情，展示了秦巴地区的地域文化。

"盐道三部曲"中的盐背子无数次往返于巫溪与镇坪之间，两地的民俗世相如画卷一样徐徐展开。同时，背盐这一特殊行业也衍生出独特的盐道文化。小说《盐道》开篇即写道："巴山的山民对每一个季节的到来都充满敬畏，立春吃啥，立夏吃啥，都有讲究。这个'立'就是开端，要把它们当成节气过。"①短短两句话即带出了当地文化中"天人合一"的传统。盐背子上路需要准备盐背子饭，"盐背子饭就是背盐人的干粮，是巴山盐道上最为特殊的一种饭食。它必须具有干爽、存放长久不变质、耐得住饥饿、便于携带等特点。盐背子饭用包谷面做成，先用蒸笼蒸熟，然后加上佐料，用铁锅炒干。炒好的饭色泽金黄，酥软可口"②。盐背子饭可以说代表了陕南因为盐道而衍生出的独特的饮食文化。背盐路途遥远，穿着上也有特殊要求：不能穿"幺裤儿"（内裤），必须穿大腰裤。盐道上有专门供盐背子住宿休息的客栈"幺店子"，"幺店子一般建在深涧河谷，旁边是悠悠盐道，前面是潺潺流水，后面是磅礴大山，四周是翠绿掩映的树丛、竹林或叫不上名字的蔓藤。即使四周没有树丛或竹林，那也是一片片疯狂茂盛的野草，无拘无束、肆无忌惮地张扬着它们的生命力。幺店子就匍匐在这样杂乱无章的环境中，灰头土脸地露

① 李春平：《盐道》，作家出版社 2014 年版，第 1 页。
② 李春平：《盐道》，作家出版社 2014 年版，第 8 页。

出半截身子来,同时也露出它们的欲望与期待"①。幺店子里的床铺也极为特别,尤其是"磨盘床":"屋中央有一根大圆柱子,柱子周围垫着厚实松软的草荐,看上去是个大圆圈。睡觉时,每个人的脚都朝着柱子,头向外,整个形状像一把打开的巨伞,人的四肢就是伞骨。"②

小说中着墨最多的还是巫溪产盐地大宁厂,尤其是当地的巫术文化。巫溪是《山海经》中记载的以盐立国的巫咸古国所在地,"在这漫长的岁月中,食盐成了巫国最强大的垄断商品。也正是这种垄断,使得巫民在原始的物质贸易和优越的生活中创造出灿烂的巫文化。直到今天,巫文化现象在秦巴地区的流传仍十分广泛"③。《盐道》对巫溪的巫文化有细致的描写。小说中崔小岭决定到大宁厂学端公那一晚,"大宁厂在大雪中进入了一个凄迷的夜晚。崔家父子第一次看到这种新鲜而古怪的景致。……天空是模糊的,大地是模糊的,铺子是模糊的,每个行人的脸上都让黑夜盖上了一层薄雾的面纱,朦胧成了夜晚的主调"④。这段雪夜景色让大宁厂笼罩着一层神秘的色彩,隐喻着当地巫文化迷蒙混沌的特质。从崔小岭到李兆祥家拜师的一幕可以看到李兆祥家中的神秘气息:"屋里有一种烧香的香味和火纸的香味,氤氲弥漫。堂屋的正中挂着祖师爷巫咸的图像,图像上,既像人又像鬼,既不像人又不像鬼,……堂屋两侧的墙上还有两幅他根本看不懂的符号,像文字又不是文字,说不是文字又像文字。两幅图案阴森而玄妙,让崔小岭有种说不出的感觉,他想,这种感觉可能就是巫气吧。"⑤小说中还具体写到了崔小岭学成后跳端公的情形,如何念咒语,如何跳舞,这套跳端公的仪式让崔小岭救了王国江的老婆,也惩罚了堵塞卤水道的郑拐子。对于巫术,作者写道:"这种类似于宗教的仪式,在巴蜀一带已经盛行千年。你说它是封建迷信也好,腐朽

---

① 李春平:《盐道》,作家出版社 2014 年版,第 90 页。
② 李春平:《盐道》,作家出版社 2014 年版,第 16 页。
③ 邹卫鹏:《秦巴古盐道》,陕西师范大学出版总社有限公司 2017 年版,第 14 页。
④ 李春平:《盐道》,作家出版社 2014 年版,第 38 页。
⑤ 李春平:《盐道》,作家出版社 2014 年版,第 92—93 页。

文化也好，文化遗产也好，民间就是这样的。灵验与否并不重要，重要的是老百姓就是看重这种形式。"①

除此之外，当地的其他民俗也散见于《盐道》这部作品中，如春天做神仙豆腐的习俗、联络亲情友情的"打三朝"、田间地头"打儿窝"的游戏等。因为盐道贯穿于巫溪和镇坪，所以两地之间的民俗文化在很大程度上是相互融合的，尤其是盐背子身上那种仁义为本、坚忍不拔的精神在两地民众身上都体现出来，这也是盐道绵延千年所衍生出来的最核心的精神。小说借一条盐道展现了川陕两地的民风民情，让读者体验到不同的地方经验，也看到了盐道上的行走所带来的文化融合。

陕西的古商道除了盐道还有茶道。明清以来，陕西茶商几乎垄断了中国西部的边茶贸易。茶叶贸易离不开茶道，与陕西边茶贸易联系最为紧密的是北线陕甘茶马古道和南线安化茶马古道。陕甘茶马古道从泾阳出发，经天水、兰州、武威、张掖、嘉峪关、敦煌入青海，甚至经丝绸之路到了更远的西域和欧洲。安化茶马古道则经秦岭、丹江、赊旗（社旗）、汉水、洞庭入安化。在这两条茶道上，最亮眼的是泾阳茯茶，被誉为"丝绸之路上的黑黄金"。泾阳茯茶和古茶道背后也有种种传奇故事，王海的《金花》与黄天顺的《大引茶商》就是以泾阳茯茶为线索，讲述了陕西商人在茶道上的传奇故事。

王海的《金花》是一部泾阳茯茶的传奇史，讲述了清末民初泾阳县王氏家族经营茯茶的历史。主人公金花为了完成亡夫王崇文的遗愿，毅然撑起衰败的王家大院和德盛茶坊，并培养继子德福，重振德盛茶坊，最终使泾阳茯茶远销西域及俄罗斯、罗马等地。小说着重书写了陕西极具代表性的地域文化——茯茶文化。泾阳茯茶独有"金花"，"茯茶中的金花，要在一定的温度、湿度、酸碱度和特定的条件下才能生长。……金花的产生，离开了泾阳的气候不行，离开了泾阳的水也不行，这就是茯茶在泾阳生花的神奇"②。但成就茯茶地位的却不仅仅是泾阳，安化与兰州两地无疑也起到了重要作用，茯茶

---

① 李春平：《盐道》，作家出版社 2014 年版，第 297 页。

② 王海：《金花》，太白文艺出版社 2020 年版，第 3 页。

与这两个地方同样有着密切的联系，小说中的茶商也行走于泾阳、安化和兰州三地之间。茯茶的茶叶产自湖南安化，"要经过二次发酵、挤压、压砖，形成'茶砖'，适宜于千里贩枭的运输和藏区民众的长期保存"①。而茯茶的西部贸易则离不开兰州，兰州自清乾隆年间开始成为西北茶市的中心，形成了"以兰州为中心的茶市网络结构"②，西域客商多在兰州进行贸易，茯茶也经由兰州的商行运往更远的地区。小说对兰州城中鳞次栉比的商行以及浓重的商业文化都有描述。小说中的王氏族人一度走得更远，他们的《茯茶壮志图》就记录了泾阳茯茶经由丝绸之路远销西域及欧洲的历史。可以说，是泾阳、安化、兰州三地的经验成就了茯茶的成功及辉煌历史。在小说结尾处，《茯茶壮志图》中的描述再一次实现了："2014 年 9 月，一支由一百多人、一百三十六匹骆驼组成的大型仿古商队驮着泾阳茯茶，踏上丝绸之路。他们穿越了陕西、甘肃、青海、新疆，以及哈萨克斯坦，然后穿越中亚，前往欧洲，抵达丝绸之路的终点罗马。"③如果深入挖掘茯茶的丝路之旅，也许可以带来更多关于不同地方的书写。

　　黄天顺的《大引茶商》同样关注茯茶商史，且规模更为宏大。小说取材于大引茶商马合盛、安吴寡妇周莹、制茶高手邓监堂、渭北首富蒋怀德等人的传奇故事，演绎了一段陕商在鸦片战争时期至新中国成立初期的历史往事。小说借陕商的贸易往来营造了一个巨大的时空，泾阳、西安、兰州、武威等西部"地方"与丹江、赊旗、资江、安化等南部"地方"共同构成了一个跨越南北的巨大空间，不同地方的山川、河流、古镇、道路等都给人以身临其境的真实感。小说中马合盛在沿丹江南下赴安化采购茶叶的行程中，商州龙驹寨独具特色的船帮会馆、嘉陵江上悲怆的船工号子、河南赊旗店融合南北建筑特色的山陕会馆、资江两岸神奇的自然风光及民间传说、安化黄沙坪茶市等沿途的自然人文景观——呈现出来，如小说中对黄沙坪茶市的描绘：

---

① 李刚：《陕西商帮史》，西北大学出版社 1997 年版，第 303 页。

② 李刚：《陕西商帮史》，西北大学出版社 1997 年版，第 306 页。

③ 王海：《金花》，太白文艺出版社 2020 年版，第 282 页。

　　黄沙坪依山而建，狭窄而修长，如一条青色的长龙卧在江边，高低不同的木屋好像青龙身上起伏多变的龙甲。走进街道，他们发现脚下的青石板街道宽的地方一丈四五，窄的地方不足一丈。街道上分布着牌楼冲、花园冲、斐芙冲、白泡湾、杨家院、叶家院六条小巷。石板街像一条青龙蜿蜒，将小镇连成一幅优美的图画。街道两旁是一色的青石条台阶，屋接屋，檐接檐，既独立成栋，又阶基相连，街道两旁的一些店铺还用天桥相连。①

　　这段文字写出了南方沿江小镇的典雅、别致。而当小说将叙事空间转换到西部时，写到马家驼队行走在西部商道上，河西走廊遍地的沙漠和茫茫的戈壁则展现了有别于南方的悲壮苍凉。

　　盐道和茶道让陕西的商人行走在不同的"地方"之间，也让相关小说在挖掘陕西地方性知识的同时呈现出不同的地方经验，并且以陕西这一"地方"为支点展现了一个更大的空间。

第二节　作家的跨地生活与跨地书写

　　在上述小说中，主人公出于不同目的的行走带来了关于"地方之外"的书写，但对"地方之外"的书写事实上是本土书写的补充。这是因为陕西作家大多并无真正的跨地生活经历，或只有为了写作而做的短暂的异地考察或采风。这在一定程度上限制了陕西作家对其他"地方"的书写。这些小说中有跨地书写的因素，但并没有形成一种两地或多地空间的对照，而真正有跨地生活经历的作家无疑会有更为深入的关于不同"地方"生活的体验。中国作家的跨地书写早有传统，当下时代又给作家提供了拥有不同生

---

① 黄天顺：《大引茶商》，陕西人民出版社 2019 年版，第 87 页。

活场域的可能，这在某种程度上形成了一种"边界写作"①现象，而这种现象已无法再从传统地域文学的视角进行观照。在陕西作家中，叶广芩和红柯无疑是最具代表性的拥有真正意义上的跨地生活经历的作家。原乡与异乡的不同，尤其是作家与不同"地方"之间情感关系的变化，使他们的跨地书写不仅呈现出不同"地方"的差异性，更呈现出不同文化之间的碰撞、交流，继而引出一些具有普遍意义的命题。这样的写作也使得传统的陕西地域文学生发出新的美学特质。

一、叶广芩的京陕书写

叶广芩是一个有着丰富跨地生活经历的作家，她的小说创作总是随着她的人生经历的变化而不断调整，从不拘泥于表现一时一地。她的写作也被称为"行走中的写作"②，内容涉及陕西、北京、日本三地，其中关于陕西、北京的书写分量最重。正因为如此，在陕西作家中叶广芩的创作是极为特别的：她的创作始于陕西，却交织着京味与陕味。她身处陕西时，创作的是充满京腔京味的家族小说；当她书写陕西时，她的创作也有区别于陕西本土作家创作的另一种陕味。对叶广芩而言，北京与陕西同样重要，"前者是故乡，后者是客居之地，但后者所居时间太长，是她成年以后的安身立命所在，看起来虽为异乡，却也具有故乡的生命意义了"③。叶广芩自己也多次强调北京和陕西对于她的重要意义："我是北京人，但我生活和工作更长时间的地方是陕西。我写家族历史，写老北京文化，我也写陕西，写秦地文化，这是我最重要的两个创作策源地。"④正是这样的跨地生活经验和游离于两地之间，反而成就了叶广芩创作的独特性。虽然北京和陕西并未

---

① 赛娜·伊尔斯拜克:《"边界写作"——文化的守望与开拓》,《新疆艺术（汉文）》,2017 年第 1 期。"边界写作"这个概念用来描述一种跨文化、跨族别、跨语言、跨地域的写作现象。按照这个概念，跨地域写作是一种典型的"边界写作"现象。

② 周燕芬、叶广芩:《行走中的写作——叶广芩访谈录》,《小说评论》,2008 年第 5 期。

③ 邢小利:《文人情怀 史家眼光——叶广芩论》,《中国作家》,2010 年第 9 期。

④ 周燕芬、叶广芩:《行走中的写作——叶广芩访谈录》,《小说评论》,2008 年第 5 期。

同时出现在她的某部作品中，但当其关注其中一个"地方"时，在另一个"地方"生活的经验会影响她的写作视野，进而影响她对前一个"地方"的书写。

叶广芩出生于北京一个没落的清朝贵族家庭，祖辈姓叶赫那拉。叶赫那拉家族曾经有过辉煌的历史，"以出皇后而著名……叶赫那拉氏中先后有五位姑奶奶入主过中宫"①，族中还出过清朝著名词人纳兰性德。显赫的家族背景为叶广芩提供了丰厚的精神文化资源。对叶广芩而言，"北京的题材是发自内心，是信手拈来，是骨子里的血脉，是谙熟于心的深藏"②。但这一家族资源在叶广芩的创作生涯中出现得相对较晚，叶广芩早期小说的题材比较驳杂，涉及农村、城市及历史等方面。北京在叶广芩最初走上创作道路时并未进入她的创作视野，原因在于这段生活经历曾是叶广芩不愿触碰的心中创伤："现在人们感兴趣的'贵族出身'，实际上在我是最不堪、最痛苦的记忆。"③叶广芩出生的时候，叶赫那拉家族事实上已经没落了，她的家庭让她体验到的是冷漠、贫穷、苍凉，这导致了童年叶广芩敏感自卑的性格，也是她最初创作时回避提及北京的原因。1990 年代，叶广芩有过一段旅日经历，归国之后，"那种自我封闭的无意识被冲破了，家族生活、个人体验以及老北京的某些文化习俗，就不由自主地进入笔端"④，久远的家族记忆被开启，从而进入叶广芩的创作视野。叶广芩开始进行家族题材的小说创作时，已在陕西生活多年，当其将目光投向北京时，异地生活的体验无疑也影响着她对那段家族历史的书写，"因为我跳出了北京这个框子，远距离地看北京，就多了一些冷静和思考。这就像观看一幅油画作品，离得太近了，看在眼里的尽是些疙疙瘩瘩的色彩和痕迹。只有拉开一段距离，才能品味出它的意

---

① 叶广芩:《采桑子》，北京十月文艺出版社 1999 年版，第 433 页。

② 文学陕军:《专访叶广芩：作为陕军一员我充满骄傲和自豪》，中国作家网，2021 年 1 月 25 日，http://www.chinawriter.com.cn/nl/2021/0125/c405057-32010813.html。

③ 周燕芬、叶广芩:《行走中的写作——叶广芩访谈录》，《小说评论》，2008 年第 5 期。

④ 周燕芬、叶广芩:《行走中的写作——叶广芩访谈录》，《小说评论》，2008 年第 5 期。

象，它的艺术魅力"①。

叶广芩对北京的书写开始于小说《本是同根生》，这也是时隔多年后叶广芩首次开启久远的家族记忆。随后的"京剧系列"②中篇小说、长篇小说《采桑子》和小说集《去年天气旧亭台》将叶广芩关于北京及家族的记忆徐徐展开，作品中北京的自然风物、传统文化及老北京人的种种都表现出叶广芩式的京味。小说集《去年天气旧亭台》记录了叶广芩童年时代的胡同生活，独辟蹊径地以老北京城的 9 个地名作为章节名，太阳宫、月亮门、鬼子坟、后罩楼、扶桑馆等一系列建筑物组成了形状各异的容器，承载了叶广芩难忘的儿时记忆，每一个建筑背后都有一个精彩的故事，都是一个文化符号。如《扶桑馆》中老唐谦恭的礼数："老唐进门先打千儿问候，礼数十分周到，像个世家子弟，谦恭得像是后辈对学长的仰慕和尊敬，让爸的心里十分舒坦。……爸让老唐坐，老唐偏着半个屁股坐在茶几旁边的椅子上，不往八仙桌旁边的太师椅上坐，老唐是个挺懂规矩的人。"③简单一段文字使老北京的气息扑面而来。一座座建筑物、一个个故事向读者展现了一个平民世界，太阳宫的小破庙、俄国人的鬼子坟、雍和宫里打鬼、卖旧货的安定门小市和崇文门的鬼市等充满生活气息的地方，还有很多民间风俗、胡同故事，营造了一种已离我们远去却仍留有余韵的文化氛围，其中既有老一辈人的礼数规矩、文化修养，也有他们的豁达、底蕴、大气与幽默。《去年天气旧亭台》中的故事都是主人公的童年回忆，那时已是新中国成立后的 1950 年代，京味依旧，但更多的是平民式的京味。真正能体现京味精髓的还是叶广芩的"京剧系列"中篇小说和长篇小说《采桑子》。这些小说表现出老北京遭遇现代时最后的余韵，而这种余韵恰恰是通过一个现代人回眸过去所体味到的，叶广芩的家族小说

---

① 王晓阳：《在陕西写作》，《陕西日报》，2001 年 9 月 21 日，第 6 版。

② 这个系列包括《状元媒》《大登殿》《三岔口》《逍遥津》《三击掌》《拾玉镯》《豆汁记》《小放牛》《盗御马》《玉堂春》《凤还巢》几部中篇。2012 年，叶广芩将代序《跳加官》连同这些中篇小说连缀成长篇小说《状元媒》出版。

③ 叶广芩：《扶桑馆》，见《去年天气旧亭台》，北京十月文艺出版社 2016 年版，第191 页。

就体现出这一点。叶广芩的家族小说描写的不是平民，而是所谓的京旗贵胄，即贵族阶层。《采桑子》中金家 14 个子弟都是旗人中的贵族，虽说家族在时代巨变下已呈颓败之势，但这些贵族凭借一技之长在社会上有着极高的知名度，大格格京剧造诣深厚，四格格是建筑师，五哥、七哥擅长绘画且颇有名气。即便是底层人，也曾经和天潢贵胄有着千丝万缕的联系，如莫姜（《豆汁记》）曾是太妃的贴身宫女，张安达（《小放牛》）曾在敬懿太妃跟前当差。叶广芩通过这些人物呈现了旗人独有的贵族文化，这种贵族文化一方面体现在物质层面，如文中涉及的中药、国画、旗袍、古玩、建筑等弥散于金家众人的日常生活当中，他们日常谈论的那些古建筑、书画、小物件等，都带着高雅的气息和贵族气派，都有非同寻常的历史，凝结着厚重的文化；另一方面体现在精神层面，金家众人不是人们惯常认知当中纨绔的八旗子弟，作为真正的贵族，他们有着博学明理、知书达理、律己修身、重情重义的修养和品质。

叶广芩对北京的书写与她生活的西安城有着微妙的关系。西安和北京都曾经是帝都，也都不可避免地经历了由盛转衰。唐末以来社会政治经济等多方面因素的影响导致了长安城的没落，陕西人似乎只能在梦中缅怀昔日帝都的繁华了。清王朝的覆灭让北京城里的八旗贵族走下了历史舞台。这两座城的命运有某种相似性，这让叶广芩身在西安也能获得一种身处北京的感受。同时，叶广芩曾说异地的生活使她跳出了北京的框子，这种游离在外似乎又身在其中的微妙处境反而让叶广芩能以冷静的态度看待过去，这是一种既不绝对靠近也不过于疏离的心态。她在小说中对老北京风貌和旗人贵族生活的展现无疑带有一种缅怀的心态，但又保持着一种冷静的审视和批判，她说："中国几千年建立起来的道德观、价值观，深入到我们每个人的骨髓中，背叛也好，维护也好，修正也好，变革也好，唯不能'堕落'。"①面对时代洪流和历史巨变，《采桑子》中金家人的守旧无疑是不合时宜的，而且自幼秉承"君子矜而不争，群而不党"家训的他们也上演了人性的悲剧：民国时期，老

① 叶广芩：《采桑子》，北京十月文艺出版社 1999 年版，第 435 页。

大和老三同室相煎；"文革"时期，老二、老三和老四互相攻击，导致老二自杀；金家人一向瞧不起商人，老三为此和老二不相往来，但在商品经济时代，老三在进行文物鉴赏时投机耍滑，成了奸商，无欲无求的六格格也开起了公司……金家曾经的贵族精神在时代浪潮中最终消逝了。可以说，北京在叶广芩笔下寄寓着某种文化乡愁，叶广芩对人情冷暖和传统文化的理性思考都融入了她对北京城的书写中。

如果说多年在陕西生活的经历让叶广芩能够以冷静客观的态度审视过往，那么当她将目光投向陕西时，并非出生于本乡本土的她就有了异于陕西本土作家的视野。创作京味小说对叶广芩来说无疑是最顺手的，但她并不囿于此，"我知道在写作上，自己必须有所突破、接续和拓展，破解传统和地域的迷思，与陕西的优势接轨"①。叶广芩于 2000 年到周至县挂职，与秦岭腹地的密切接触让她创作了一系列陕西题材的小说，包括动物小说系列和长篇小说《青木川》。对叶广芩而言，"陕西题材是扎扎实实的捶打填充，我在陕西的生活时间远远多于在北京，在家乡奠下的文化基础在他乡得以提升跨越"②。不同于陕西本土作家的创作，叶广芩陕西题材的小说是独特的，一方面是因为陕西的历史传统和地域文化对叶广芩的创作产生了越来越大的影响，另一方面则是叶广芩的家族背景、人生经历、个性气质决定了她在创作上会异于陕西本土作家。对于这一点，叶广芩是有清醒认识的。同样是写农村，叶广芩笔下的农村和陈忠实、路遥、贾平凹笔下的农村是绝不相同的。陕西的一切对叶广芩来说并不是浸润日久、融入生活并渗透到灵魂深处的创作之源，而是给她提供了更丰富的生活、更多元的创作视野。陕西本土作家是以一种生于斯长于斯的心态看待这里的一切；叶广芩则不然，她面对陕西的一切时有一种"他者"的眼光，正因为如此，陕西的一切在她眼中仿佛是

---

① 文学陕军：《专访叶广芩：作为陕军一员我充满骄傲和自豪》，中国作家网，2021 年 1 月 25 日，http://www.chinawriter.com.cn/nl/2021/0125/c405057-32010813.html。

② 文学陕军：《专访叶广芩：作为陕军一员我充满骄傲和自豪》，中国作家网，2021 年 1 月 25 日，http://www.chinawriter.com.cn/nl/2021/0125/c405057-32010813.html。

一个多棱镜，五光十色，她也能给予新的理解和解释。因此，陕西本土作家的创作与这片土地是浑然一体的，是从身到心的契合，但陕西这片土地在叶广芩看来则有多种解读的可能性。

叶广芩在周至挂职期间，一直关注生态与动物保护，创作了《狗熊淑娟》《熊猫"碎货"》《长虫二颤》《老虎大福》《黑鱼千岁》等一系列动物题材的小说。这些小说体现了一种生态审美观，其中的很多动物都具有一种神性之美，是和人一样平等的生命："能感受到快乐和痛苦的不仅仅是人，动物同样如此，它们的生命是极有灵性的，有它们自己的高贵和庄严。我们应该给予理解和尊重。"①《狗熊淑娟》里的小黑熊被人类救助后，对救助它的地质队员们表现出友善；《老虎大福》中的老虎在被村民射杀之后，依然保持着自己作为动物的尊严；《黑鱼千岁》中的黑鱼更是有着不逊于人类的智慧和意志。但这些充满神性的动物却总是陷入人类带给它们的浩劫：狗熊淑娟的熊掌成了人类的盘中美食，老虎大福被愚昧的村民猎杀，财神岭的猴群几乎全军覆没于村民的围猎……人类膨胀的欲望给动物带来了灭顶之灾。叶广芩的动物小说倡导一种天地万物皆平等的理念，小说中也不乏人与动物和谐相处的画面，"秦岭深处的老县城地域是极少受人侵害而残存下来的幸运土地，人们的生活虽然闭塞，但是与动物相处的和谐自然、平等共存观念绝对是世界超前的"②，这种观念既是一种现代的生态审美意识，也是中国传统文化中"天人合一"的哲学理念。在叶广芩的动物题材系列小说中，秦岭是一个独特的空间，它呈现出一种独特的生态伦理特征，且有自己独特的话语系统，这同样说明了叶广芩是以一种超越地域的、整体性的生态观凝视着秦岭这片土地。

如果说动物题材的小说体现了叶广芩的生态视野，那么长篇小说《青木川》则体现了她的探秘心态。家族、革命、现代、土匪等元素在陕西作家笔下并不鲜见，《青木川》涉及的历史以及魏富堂的传奇人生在陕西作家笔下也

① 叶广芩：《老虎大福》，太白文艺出版社 2004 年版，第 226 页。
② 叶广芩：《老虎大福》，太白文艺出版社 2004 年版，第 226 页。

许会成为一部史诗式的长篇小说，如陈忠实的《白鹿原》对相同题材的处理，但叶广芩通过小说传递出的历史思绪却完全不同。《青木川》绝不是传统意义上的乡土小说，而是一部历史探秘小说。青木川对叶广芩来说并不是"我乡我土"，而是一个可以深入挖掘的宝藏，这个地方有太多故事值得挖掘，有太多谜团需要解开，如冯明与林岚 50 多年前的故事，民国报纸上所载的陕南教育督察主任的夫人程立雪被土匪劫持之后的遭遇，等等。青木川充满了种种历史谜团，其中最大的谜团就是魏富堂。在不同人眼中，魏富堂有不同的形象，他仿佛成了一个碎片式的人。小说的悬念设置令人称道，围绕着众多谜团建构起一个多种话语形式的罗生门结构，"冯明（使用的）是政治思维指导下的红色话语，冯小羽（使用的）是文学思维方式下的文学话语，而钟一山（使用的）是求真证实的历史话语"①。这种罗生门式的结构设置让读者看到，在秦巴山中有青木川这样一个所在，这个所在又承载了一段可供用多种视角进行解读的历史。叶广芩以旁观和探秘的目光注视着青木川，让小说呈现出一种有别于陕西本土作家创作的另一种陕味。

北京和陕西是叶广芩创作中的两个"地方"，它们之间看似没有直接的联系，但实际上通过叶广芩的创作产生了微妙的联系，一个"地方"总是影响着作家看待另一个"地方"的视角，进而影响着另一个"地方"在文本中的呈现。

二、红柯的关中与西部书写

红柯在陕西作家中也是一个特别的存在。与叶广芩不同，红柯是陕西本乡本土人，但当大多数陕西作家都以现实主义精神深挖这片黄土地时，红柯却以浪漫诗意的笔法书写着西部边地。"大漠孤烟直"的边地及其特有的民俗风情，让红柯的小说呈现出有别于其他陕西作家的特有的风情。红柯的创作事实上已无法用传统的陕西地域文学的视角进行观照，这与红柯客居新疆 10 年的生命体验有关。

---

① 邢小利：《文人情怀 史家眼光——叶广芩论》，《中国作家》，2010 年第 9 期。

红柯在走上文学道路之初是希望成为一名诗人的，这说明他是一个充满浪漫情怀的人。一个充满浪漫情怀的人"对生活几乎是远处肯定近处闭眼睛的态度"①。对红柯而言，陕西作为内陆地区并不是一个诗意的世界，这样的生活显然无法满足想成为诗人且有浪漫情怀的红柯。红柯1986年放弃高校院刊编辑的工作到了新疆，进入了另一个世界。异域空间给红柯带来了强烈的冲击和震撼："初到新疆，辽阔的荒野和雄奇的群山以万钧之势一下子压倒了我。"②"不管新疆这个名称的原初意义是什么，对我而言，新疆就是生命的彼岸世界，就是新大陆，代表着一种极其人性化的诗意的生活方式。"③这是一个充满诗意的世界，一个洋溢着生命激情的世界，一个可以容纳红柯无穷想象力的世界。"汉唐那个大时代，西域就是'天'所在，即西天，先民从西边取的经岂止佛经，周秦的祖先就是西戎的马背部落，昆仑神话、《山海经》以及西王母的传说，把我们民族最具想象力的东西全都搁置在那个辽阔的空间里。也只有在中亚度过金色童年的李白能抒写出盛唐之音。"④西部之于红柯最大的意义在于游牧民族非理性文化中的那种生命意识。红柯的西部题材小说始终贯穿着对强悍生命的热情讴歌，对生命最原始状态所迸发的力量的崇敬，西部的山川荒漠、一草一木以及生活在这片土地上的人都充满血性，张扬着一种"万类霜天竞自由"的宏大生命气象。红柯笔下那些生活在这片西部旷野上的人身上都有一种英雄主义色彩，这与善恶无关，只与生命意识有关。《西去的骑手》是一部有关英雄和血性的史诗，马仲英跃马天山，在专制与权谋泛滥的时代，在军阀与政客横行的时代，上演了一幕悲壮的英雄传奇，他身上体现出生命的激情与诗意、死亡的高贵与坚硬。《扎刀令》中的波日季是一个有着英雄气概的人，他骨子里充满了血性，他像一个游侠一

---

① 红柯：《神性之大美——与李敬泽的对话》，见《敬畏苍天》，上海人民出版社2002年版，第335页。

② 红柯：《敬畏苍天》，见《敬畏苍天》，上海人民出版社2002年版，第9页。

③ 红柯：《我与〈西去的骑手〉》，见《敬畏苍天》，上海人民出版社2002年版，第326页。

④ 红柯：《偏远地区的美》，见《敬畏苍天》，上海人民出版社2002年版，第284页。

样居无定所、自由洒脱。他每年都要翻越大力加山。面对荒漠、高原，他会唱出震撼人心的扎刀令。他被竞争对手雇佣的杀手砍掉一只手时也没有叫一声痛，只是怒吼起扎刀令。无论是马仲英还是波日季，都是高扬生命强力的英雄，他们身上都体现了西部人强烈的生命意识。不仅是人，西部的草木、动物身上同样流动着生命的旋律。《金色的阿尔泰》中，蒙古族阿妈将白桦树皮覆盖在身受重伤生命垂危的营长的伤口上，自然的伟力拯救了英雄，一块白桦树皮给予了他新生。《大漠人家》中的土豆被埋进火灰中炙烤的时候，会发出吱吱的声音；熟透的时候会安静地等待，散发出香气。《美丽奴羊》中充满神性光辉的羊感化了屠夫，让他放下了屠刀，草地上的草甚至会主动向羊的嘴里跑。红柯曾说："动植物成了我膜拜的生命景观，牛羊马雄鹰和树构成小说的主题。中亚细亚大地，它们的生命远远高于人类。"①红柯一直认为"中国文学有一种伟大的边疆精神与传统"②，这是一种高贵而美好的东西，但百年以来的中国文学却忽略了这些。红柯笔下西部那些充满生命激情的人、草木、动物使这种伟大的边疆精神复活了。

西部对于红柯来说是异乡，这个异乡对于红柯的创作有重要的价值和意义。但不应忽略的是，原乡关中同样是红柯创作中的重要一维，母体文化在红柯的创作中同样有重要作用。红柯在新疆生活多年，融入了那里，这意味着红柯对异质文化非常理解和认同。但这并不意味着红柯脱离了母体文化。母体文化是与生俱来的，自始至终流淌在红柯的血液当中，已成为他身上不可磨灭的烙印。红柯是关中人，在他远赴新疆之前，关中这片土地是与他的生命经验联系最紧密的空间，关中的一切建构起他的文化心理结构的基础。当他奔赴异乡时，异质文化又给了他滋养，使他的文化心理结构更加丰富。但原乡的经验自始至终存在于他的文化心理结构中，是抹不去的烙印。他自己也承认，"我所有写新疆的小说背后，全是陕西的影子"③。如果说西部在

---

① 红柯：《真正的民间精神》，见《敬畏苍天》，上海人民出版社 2002 年版，第 289 页。

② 红柯：《文学的边疆精神》，见《敬畏苍天》，上海人民出版社 2002 年版，第 279 页。

③ 红柯：《与大地的联系》，《人民文学》，2002 年第 5 期。

红柯笔下呈现了对血性的张扬,那么关中在红柯笔下则承载了对退化的反思。关中周原是周王朝的发源地,是"凤鸣岐山"的地方,曾经也有生命的大气象。历史上的秦地曾经也洋溢着铁血阳刚之气,"秦本身是由西北荒原的羯部落兴起的,得夷狄之力而勇冠群雄"①。汉唐时代的秦地是胡汉文化的交汇地带,在文化形态上处于民族血性的上升阶段,"周秦汉唐的关中以及那座大城长安就是游牧与农业交融的地方,交融处才有生命的大气象"②。但自宋代以降,关中的生命气象逐渐消失,宋王朝"是一个哲学王朝,也是一个没有想象力的王朝,唐人那种激扬的胆略与生命气息,荡然无存"③。在宋代,朱熹、二程等理学家崇尚理性,后来的关学也是如此,理性精神压抑了生命的欲望,秦地原本的血性日渐消失。红柯笔下的关中不再是那个"百鸟朝凤""凤鸣岐山"的生命之地,而是一个生命力匮乏的空间,这缘于中原儒家文化的浸染。在红柯眼中,孔子虽师承老子,但抛弃了老子的"无为"精神,只取"无不为"的一面,以致儒学日趋功利。儒学在宋代经朱熹、二程等大儒改造后,成了纯粹的道学,过于抽象理性,不见丝毫生命的气息。游牧民族文化所鄙弃的软弱、胆小、懒惰、权谋在关中反而被肯定,"中原文化,尤其是陕西,一个庄稼汉都充满帝王的韬略,每根毛发都在算计中"④,一个人的成功凭借的是平庸,而不是勇猛和才干。这些从红柯陕西题材的小说中可以看出。以《好人难做》为例,小说中的人物和小说的题目形成了一种绝妙的反讽效果,小说中没有一个真正的好人:马奋棋本是民间一个小文人,一次偶然的机会编出一部《渭北民间故事集》,从此声名远播,享受到成名带来的种种利益,也开始被名利腐蚀;艺校老师王岐生整日争名逐利,帮人修改剧本就毫不客气地写上自己的名字;官僚知识分子梁局长道貌岸然,老

① 红柯:《马背民族文化》,见《敬畏苍天》,上海人民出版社 2002 年版,第 29 页。

② 红柯:《百鸟朝凤》,上海文艺出版社 2013 年版,序第 1 页。

③ 红柯:《神话世界里的母亲河》,见《敬畏苍天》,上海人民出版社 2002 年版,第 52 页。

④ 红柯:《神性之大美——与李敬泽的对话》,见《敬畏苍天》,上海人民出版社 2002 年版,第 340 页。

奸巨猾，虚伪夸饰；以薛道成为代表的学院知识分子把学术当作争名逐利的幌子。

红柯笔下的关中和西部是遥相呼应的两个"地方"，它们背后是农耕文明和游牧文明，或者说，这两个"地方"都处在红柯的一种生命诗学的视域下，从中可以看出他内心深处纠缠不清的生命情结，他是在以异域生命体现出来的生命意志和血性精神来观照以儒家文化为背景的汉民族文化生命力的退化。从《生命树》开始，在《喀拉布风暴》《少女萨吾尔登》《太阳深处的火焰》等几部小说中，关中和西部被红柯置于同一个时间和空间之下，形成了世俗空间与诗性空间的对照，关中和西部的对话也越来越激烈，构成了一种复调式的叙事。

在红柯笔下，西部与关中呈现出"阳"与"阴"的不同色调，西部是理想的如太阳般的诗性空间，关中则是阴冷的、庸常的世俗空间，"与其他陕西作家对乡土文化的肯定与留恋不同，红柯笔下的关中更多呈现的是它的负面，它是中国异常稳固的家族文化的投射和缩影，是给人带来压抑和伤痛的世俗社会"①。在《生命树》中，西部是神性的空间，小说中洋芋、《劝奶歌》、动物、草木、玉等意象都洋溢着神性的力量，能抚慰人的灵魂。少女马燕红被强暴而身心受创，在一个边地小村庄获得了救赎，在充满生命力的《劝奶歌》中找回了灵魂。她在沙地上种植洋芋，收获了一个个饱满的洋芋，她的生命也在这个过程中充实起来。小说中的洋芋是圣洁、美好的，"嫩白嫩白的，就像熟睡的少女"②。正是代表着神圣、母性、生命的洋芋和《劝奶歌》让马燕红看到了希望，获得了新生。牛禄喜在新疆本来有一个幸福的家庭，他为了给母亲尽孝而与妻子李爱琴离婚，独留李爱琴守着大漠中的家园。当他回到陕西时，幸福生活不复存在。在这个周秦汉唐遗韵深入到普通百姓心灵深处的地方，弟弟牛禄棋夫妇心思千回百转，骗走了牛禄喜的存款，甚至把母

---

① 荀羽琨：《中国现当代西北丝路文学研究》，陕西师范大学博士学位论文，2019 年，第 143 页。

② 红柯：《生命树》，上海文艺出版社 2013 年版，第 16 页。

亲当作夺取财产的工具。世故的关中夺走了牛禄喜的幸福生活,淳朴的西部又拯救了他,他回到新疆才得以重获新生。在《喀拉布风暴》中,主人公张子鱼成长于一个充满权谋的大家族中,张子鱼很清楚地看到"口里跟新疆不一样,口里人的美好生活就是深谋远虑、处心积虑算计出来的"①。张子鱼的祖爷爷是天生的农民政治家,用尽各种计谋和手段使家族发展,临解放时为了散财,策划了儿子被绑架的计谋,"从那时起这个祖爷爷苦心经营的大宅院就弥漫着一种冷酷与豪狠,典型的西北高原的狠"②。在这样讲究权谋的家族环境下成长,张子鱼成了一个丧失了阳刚之气和生命活力的人,他自卑怯弱,尤其在面对爱情的时候,他身上似乎出现了"雄性缺失"的现象,这导致了他和李芸的失之交臂。张子鱼远走新疆,每天穿梭在戈壁沙漠中,大漠的辽阔高远慢慢治愈了他,让他实现了自然本性的释放,获得了爱的力量,也得到了精神的救赎。《少女萨吾尔登》中的关中周原是一个冷漠势利的地方,周志杰和周健叔侄在这个所谓的故乡得不到任何温情,反而一次次受到伤害。周健在家乡一个讲究"以德治厂"的工厂工作,经常被工厂安排学习《弟子规》《朱子家训》,时时处处被笼罩在乡党关系这张大网中,只有融入乡党圈子,他才能获得认可和支持。在这里,一切新思想、新秉性都敌不过千百年来形成的规则。小说中周健的腿因为搅拌机事故致残,那个巨大的、可以吞噬生命的搅拌机无疑影射的是周原古老凝固的文化,它会吞噬掉一切鲜活的生命。叔叔周志杰从新疆回到故乡,成为一名教师,只因不是衣锦还乡就受到亲人们的鄙视与嘲讽;因为没有办成外甥上学的事,他在家人眼里是没有价值的,在姐姐家吃饭吃的是羞辱人的泔水膔子面。通过周志杰,红柯还讽刺了学术圈知识分子群体中的平庸之人,他们都是"被窝猫","哪里暖和就往哪里钻","它们钻被窝的本领天下无敌,在被窝里任何对手都无法与它们抗衡"③。周健和周志杰在故乡深受伤害,是遥远的西部拯救了他们,12

①红柯:《喀拉布风暴》,重庆出版社2013年版,第171页。
②红柯:《喀拉布风暴》,重庆出版社2013年版,第166页。
③红柯:《少女萨吾尔登》,北京十月文艺出版社2015年版,第82页。

支土尔扈特人的《萨吾尔登》舞让他们获得了救赎。周志杰后来的妻子金花是在新疆长大的蒙古族女性，《萨吾尔登》舞就是她的信仰，她对生命的感悟、对爱人的体贴让周志杰感受到了温暖。周健受伤后，女友张海燕用 12 个美妙的夜晚引导周健与她一同跳 12 支《萨吾尔登》舞，治愈了他的心灵之伤。"草原民族自古逐水草而居，天生就有把异乡变故乡的本领"①，对周健和周志杰而言，西部才是他们真正的故乡。在《萨吾尔登》舞中，他们的生命实现了圆融，而"精神日渐逼仄之周原子弟却只会把《朱子治家格言》《菜根谭》《弟子规》奉为经典，并从中发掘所谓的应世的智慧。所取既已狭窄，精神如何问津博大浩渺之境？"②在红柯的《太阳深处的火焰》中，以周猴为代表的皮影界和以徐济云为代表的学术圈都弥漫着鬼气。周猴和皮影十大班主为了自己的地位稳固而不断打压真正有才之人，他们身上似乎只有阴气而无阳刚之气，这说明了他们身上生命力的衰退，没有生命气息就只能用谋略、心智来弥补，但这不是正常的生命形态，而是扭曲异化的。在徐济云所在的渭北大学里，也是平庸者上位，有才者备受打压，学者们躲在"幽静的密林里"谋算，徐济云也是靠为"跳梁小丑"周猴作传获得学术资源的。小说中的皮影研究院和渭北大学弥漫着鬼气，只有西部的太阳能驱散这魑魅魍魉。西部边地有生命之火，"在万物产生之前，整个世界充满了永恒的生命之火"③，这火就是生命之源，如同光芒四射的太阳，是一种阳刚激越、充满光明的文化。在小说中，夸父逐日，老子出函谷关入流沙掘太阳墓地，鲁迅西北行，吴丽梅重返西域的家乡，都是因为生命的召唤。在小说结尾处，被阴柔文化束缚挤压得丧失了生命力和血性的徐济云登上了飞往西部的飞机，在那里，他将重新找到生命的活力。

在红柯笔下，关中和西部不仅是两个"地方"，也代表着两种生命形态，

---

① 红柯：《少女萨吾尔登》，北京十月文艺出版社 2015 年版，第 145 页。

② 杨辉：《向着大地和天空，凡人和诸神——红柯〈少女萨吾尔登〉读札》，《雨花》，2017 年第 12 期。

③ 红柯：《太阳深处的火焰》，北京十月文艺出版社 2018 年版，第 401 页。

更代表着两种文化形态，这两个"地方"之间的碰撞、对话蕴含着红柯对历史和文化的思考。

中国的传统文化若想获得重生，一个途径是寻根，逆流而上，寻找古老文化生命力的源头。周文化既是中华文化的基石，也是中国传统文化的源头，回溯源头意味着返本还原、归根复命、寻找生命之源。另一个途径则是积极容纳异质文化。西部边地文化中的生命气象无疑可以给中原文化注入活力。红柯小说中的跨地书写有着鲜明的文化批判精神和忧患意识，这也是红柯作品之于当下的意义。

第三节　移民小说：地方经验的叠加与融合

在不同时代和不同性质的社会当中，个人以及由个人组成的各类群体，其居留之地并不是一成不变的，人们总会因为种种原因或主动或被迫踏上迁徙之旅，这些人即移民群体。"移民是指迁离了原来的居住地而在其他地方定居或居住了较长时间的人口。"①文学作品中的跨地经验可来自作品中人物的行走和作家的跨地生活经历。事实上，移民群体也提供跨地经验。前文所述路遥小说和商道题材小说中人物出于不同目的的行走只是短暂的人口流动，并不是人口迁移。中华民族有着悠久的人口迁移历史，自先秦时期至当下，人口迁移不断发生，在某种程度上影响着中国文化的历史演进和地域性发展。在中国历史上，人口迁移有不同的类型，有汉族人口从北方迁移到南方、从内地迁移到边疆以及少数民族内迁等，也有近现代以来战争、饥荒导致的国内人口迁移、海外人口迁移以及城镇化移民等。人口迁移不仅仅是空间的转移，因为移民携带着其原住地的地方性知识，所以人口迁移也是地方性知识的迁移。原住地的地方性知识与移居地的地方性知识无疑会发生碰撞，也就带来了地方经验的叠加与融合。

---

① 葛剑雄主编：《中国移民史》（第一卷），福建人民出版社 1997 年版，第 10 页。

中国现当代文学史上的很多文学现象均与移民有关，如江南移民与海派文学①、新移民文学②、城市新移民文学③等。事实上，文学创作中人口迁移所造成的"地方"的变动，也构成了一种跨地书写。历史上陕西是一个移民大省，这片土地上生活着河南人、山东人、四川人、山西人等。无论是天灾人祸导致的移民，还是当下城市化进程带来的"打工潮"移民，都带出了离土和扎根问题，也带出了不同地方经验的叠加、碰撞、融合问题。21世纪以来陕西的小说对此问题多有涉及。

一、当代陕西小说中的移民景观

自明清时期至近现代，陕西有过多次大量移民涌入的现象，比较有代表性的有明清时期湖广移民到陕南④、晚清至民国时期山东移民迁徙到关

---

① 贾伟在其《上海客：20世纪上半叶上海文学中的移民生活与文化认同》（上海师范大学博士学位论文2016年）中对此有详细论述。江南移民带来的江南文化对海派文学有重要影响，如江南青楼文化与上海通俗小说中的娼妓文化、旅沪苏州文人与鸳鸯蝴蝶派之间的密切关系。

② 新移民文学主要是指那些在中国改革开放以后走出国门，在海外用汉语进行文学创作的作家以及他们的作品。这形成了一种文学现象。长期从事世界华文文学研究的饶芃子教授倡导以"海外华文文学"定义之。有关这个概念及其定义的相关代表性研究成果有吴奕锜《寻找身份——论"新移民文学"》（《文学评论》2000年第6期）、刘红林《中国属性与跨国精神——新移民文学浅谈》（《南方文坛》2007年第6期）、洪治纲《中国当代文学视域中的新移民文学》（《中国社会科学》2012年第11期）等。

③ 谢镇泽、郭海军所著《改革开放城市新移民文学书写研究》（人民出版社2018年版）一书中将"新移民"和"新移民文学"定义为"改革开放以来通过就业、生活由一地迁居另一地的外地移民或准移民。这一主体人群创作的文学作品及其文学现象，就是新移民文学"。

④ 历史上的陕南曾属于巴国统辖范围，具有巴蜀文明的特征。明清交替之际的农民起义导致陕南地区受到重创，人口骤减，生产力低下。当时清王朝为了解决陕南人口匮乏和粮食生产问题，采取了"移民垦荒"的举措，将湖广等10余个省的人口迁移到陕南，其中迁来人口最多的是湖北、湖南，这一移民行为是"湖广填四川"的延伸。参见葛剑雄主编《中国移民史》（第六卷），福建人民出版社1997年版，第119—138页。

中①、抗战时期河南难民迁陕②。改革开放以来，在"进城""打工"的热潮中，也有很多外来移民进入陕西（主要是西安）。这些移民现象进入陕西作家的视野，构成了当代陕西小说跨地书写的重要部分，使陕西文学呈现出更多有别于本土的地方性经验。如果追溯当代陕西文学对移民现象的书写，柳青的《创业史》可谓是最早的。《创业史》"题叙"部分开篇即写到了民国十八年（1929 年）大量难民涌入蛤蟆滩的景象："从渭北高原漫下来拖儿带女的饥民，已经充满了下堡村的街道。村里的庙宇、祠堂、碾坊、磨棚，全被那些操着外乡口音的逃难者，不分男女塞满了。"③小说中梁生宝的母亲为富平人氏，富平是关中平原和陕北高原的过渡地带，难民从渭北高原逃难到关中平原，其中的梁生宝母子被梁三收留，从此在蛤蟆滩扎了根。严格来讲，从富平到关中距离并不很远，但在蛤蟆滩本地人眼中，梁生宝母子是"外乡人"，在某种程度上也算是蛤蟆滩的外来移民。《创业史》对移民现象的书写只是点到而已。陕西当代小说中不乏"外乡人"的身影，但他们多是点缀。吴文莉的"西安城"系列小说（《叶落长安》《叶落大地》《黄金城》）和周瑄璞的《多湾》《日近长安远》等小说真正将目光对准了陕西的"外乡人"群体，也是真正意义的移民小说，从不同层面展现了陕西的"异乡"景观。

在陕西生活的外来移民中，有两个群体极为重要，其一就是山东人。晚清至民国时期，有大量山东人迁移至陕西关中地带，在关中逐渐形成了众多移民村落，俗称"山东村"。"渭北地区存在数以百计的山东移民所形成的山东村，它们主要分布在阎良、富平、三原、临潼和蒲城等县区内。山东村内

① 晚清至民国时期关中战乱不断、灾害迭生，导致关中人口锐减，土地荒芜，百业凋零。山东也是天灾人祸交加，导致普通民众极度困苦，饔飧不继，流离失所，迁徙外乡不失为纾困求生之有效途径。同时，山东自清代以来人口剧增，地狭人众的矛盾十分突出，无地或占地少于生存最底线的农民迁徙他乡谋生便成为无奈之下的选择。参见吴玉玲：《晚清民国山东移民迁徙关中的背景》，《兰台世界》，2017 年第 15 期。

② 抗战时期很多河南人因水灾、旱灾、蝗灾等自然原因和日军侵略、赋役沉重等社会原因迁徙陕西，他们中的相当一部分后来定居陕西。

③ 柳青：《创业史》（第一部），中国青年出版社 1960 年版，第 1 页。

的居民还保留着一部分山东人的生活习惯。早年山东村村民的通婚对象，基本限于山东人，与陕西当地人几乎未形成姻亲关系。他们（特别是年轻人）出门在外可以说陕西话或普通话，但在村内和家庭中的交流语言，依然是源自故土的山东话。"①这个特殊群落引起了作家吴文莉的关注，她的《叶落大地》便记录了清末民初以刘冬莲为代表的山东移民在关中的生存历程。陕西关中地区的山东村呈现了独特的"异乡"景观，尤其是这些村落里保留着原乡山东的地方性经验，"到了现在，他们还是群居，在关中人的地盘上形成一个又一个山东村，执拗而温和地把自己和陕西人区分开。……他们保持着自己原本的山东方言和饮食习惯，甚至连婚丧嫁娶也保持着百年前的习俗"②。正因为如此，陕西这个"地方"便叠加了其他"地方"的经验。《叶落大地》中对山东移民迁移至关中的过程以及山东村原乡的地方性经验有细致的描写。小说中以刘冬莲为代表的山东人因大旱造成的饥荒逃难到陕西，这也符合历史上对清末民初山东人迁移至陕西的记载。在历史记载中，晚清时期山东旱灾频繁，几乎每年都会发生，当地的生产受到严重影响，人们的生活难以为继。山东移民主要靠农业谋生，他们积极垦荒，小说中刘冬莲、谭大个子、谭小头、闫老六等移民在高黄村附近买来荒地开垦。小说中对这些移民辛勤开荒种地的情形有细致描绘，尤其描写了没了丈夫带着幼儿的刘冬莲独自开荒的艰辛。山东人也经营手工业，小说后半部分刘冬莲的儿子谭守东将铁织布机引入村子，山东村又出现了家庭作坊形式的纺织业，并发展成为抗战时期陕西市场重要的军用布生产基地。山东作为孔孟之乡，地方文化也被山东移民继承，"山东庄社会是一个由血缘和地缘构建起来的熟人社会，村落治理依靠长老统治和乡规民约约束"③。小说中谭彦章较早来到关中且经济条件较好，因此扮演着山东村大家长的角色，在山东村和高黄村因为收粮问题引

---

① 陕西省考古研究院：《陕西渭北地区"山东村"调查的初步收获及启示》，《三代考古》，2011 年。

② 吴文莉：《叶落大地》，太白文艺出版社 2015 年版，第 428 页。

③ 张洁：《关中山东庄移民百年史迹与生聚现状研究》，西北农林科技大学博士学位论文，2012 年，第 67 页。

发冲突时，以谦和的态度和退守避让的策略化解了矛盾，维护了山东移民的利益。山东人崇尚耕读传家，谭彦章为了解决村里孩子上学的问题专门办了私塾。小说中山东移民无论在日常生活习惯还是行为处事方式上都保留着原乡山东的经验，这些原乡经验传承至今，在陕西这片土地上形成了独特的"异乡"景观。

除山东移民之外，陕西的另一个重要移民群体是河南人，河南移民是陕西外来移民群体中人数最多的。河南人在路遥《平凡的世界》中被描述为"中国的吉卜赛人"，也属于漂泊者。由于陕西、河南两省毗连，陕西成为河南人迁移的一个重要目的地，其中既有天灾（黄河泛滥和大饥荒）的原因，也有改革开放时期外出闯荡创业的原因。陕西当代小说中时常出现河南人的身影，如路遥《平凡的世界》中孙少安砖窑的河南师傅、大牙湾煤矿的王世才一家，以及高建群《大平原》中的顾兰子等。但这些小说对河南人着墨不多，这些河南人只是小说诸多人物中的一部分。吴文莉"西安城"系列小说中的《叶落长安》《黄金城》和周瑄璞的《多湾》《日近长安远》则将河南人作为主角，重点讲述河南人在陕西的生活。与山东移民不同，河南移民在陕西呈现的是另一种"异乡"景观。山东移民入陕是为了填补关中人口的缺失，他们大都开垦荒地，在关中平原形成村落；而河南移民则多是逃难至陕西，并无土地，他们往往集中在陇海铁路沿线的城镇中，尤其是西安城火车道以北的区域（俗称"道北"）。河南移民也习惯聚居，但不是像山东移民那样在当地拥有土地，形成有规模的村落，而往往是在城市一隅形成棚户区，如《叶落长安》中小东门城墙外的锦华巷。由于没有土地，河南移民从事的是城市最底层的行业，《叶落长安》中的白老四就是拉车送货的，其他男人则从事修鞋、打铁、箍瓮、编笼、吹糖人等工作，女人们则大都为工厂洗棉纱。后期的河南移民则往往居住在西安的城中村，所从事的多为小商品批发、餐饮行业等：《叶落长安》中的郝玉兰一家在西安真正扎下根后开饭馆卖河南特色饮食胡辣汤；《黄金城》中的毕成功到西安后睡过城门洞、拉过坡、炸过油条、卖过烤肉，最后又做起了服装生意；《日近长安远》中的甄宝珠夫妇到西安后先是在康复路批发服装，后来也开起了餐馆……不同于山东移民形成家族式的村落，从事农业生产，河南移民散布在西安城的不同角落，所从事的行业多带有生意性质、具有商业气息。

陕西这片土地上生活着众多外来移民，无论是山东人、河南人还是其他地方的移民，当他们从原乡迁移到三秦大地时，也携带了原乡的地方性知识，方言、生活习俗、文化传统等原乡经验也依托三秦大地这一异乡空间而存在，不同的地方经验在同一空间的叠加就建构起另一种形式的跨地书写。

二、离土与扎根：地方经验的融合与说不尽的乡愁

外来移民离土并在另一个地方扎根，带来的不仅仅是地方经验的叠加，更有地方经验的融合。无论是山东人还是河南人，他们在三秦大地上落脚扎根，虽然仍保留着原乡经验，在扎根过程中不免辛酸，但最终也成为这片土地上的一员，并构成了三秦大地现在的风貌。

移民在异乡扎根的过程中免不了土客之争，费孝通在《乡土中国》中指出：“乡土社会在地方性的限制下成了生于斯、死于斯的社会。……这是一个‘熟悉’的社会，没有陌生人的社会。”[1]在这样的乡土社会形态中，迁移是非常态的。移民与原住民毫无血缘和地缘关系，对原住民而言，移民就是陌生人，他们“移民后，更会因资源、风俗习惯不同等原因和当地的土著发生冲突，产生土客之争”[2]。在《叶落大地》中，谭家堡子的山东人和当地高黄村的村民也因利益发生过冲突：谭家堡子的山东人在当地开了很多荒地，荒地开垦三年不缴租税，又碰上渭北平原大丰收，山东人余粮很多，大量卖出，导致当地粮食价格比往年低了很多，高黄村村民的余粮没人来收。最终是谭彦章和高黄村族长协商化解了冲突。此后刘冬莲的儿子谭守东在高黄村的学堂上学时又被本地学生欺负。类似的土客之争只是移民扎根过程中的小插曲，山东移民最终还是融入了关中大地。真正的融合是社会文化和社会心

---

① 费孝通：《乡土中国》，华东师范大学出版社 2018 年版，第 5 页。
② 张洁：《关中山东庄移民百年史迹与生聚现状研究》，西北农林科技大学博士学位论文，2012 年，第 61 页。

理的融合，这往往是移民扎根过程中最艰难的部分，但对山东移民来讲，这个过程相对而言并不艰难。小说中的山东移民对关中文化持积极的认同态度，在处事上遵循谦让互利的原则，积极与原住民建立和谐的关系，如：刘冬莲尽心尽力照顾高黄村的孤老太太，她的勤快善良感动了高黄村人；谭守东学医有成后，对曾经欺负过自己的高黄村的病人也一视同仁，认真医治，在关中平原闹霍乱的时候，还主动给高黄村送药。事实上，山东、陕西的文化习俗虽然存在差异，但不是截然相反的，反而有共通之处。齐鲁大地是儒家、道家和墨家学说的诞生地和传播地，这些学说对齐鲁大地的历史文化产生了重要影响。山东移民深受齐鲁文化的熏陶，他们的迁徙地关中是周文化的发源地，两种文化在历史上就有渊源，也有共通之处，两地人的生活习惯和生产方式也相似，这是两地文化融合的基础。小说中两地人都从事农业生产，在文化传统上都受儒家文化影响很深，崇尚耕读传家，相同的文化背景无疑是山东人扎根关中的基础。此外，山东人能扎根关中最根本的原因在于他们对土地的感情，这是一种最深层的融合，"土地是人的命根子，在这片丰饶的土地上辛苦了十来年，山东人就和关中人一样，渐渐在这平原上立下了脚跟，日子安放在土地里，心就不慌张，谁也不再想着要回故乡了"①。中华民族的文明发展史本就是一部迁徙史，也是不同文化融合的历史，而土地就是支撑着文化融合的根基，无论是原乡还是异乡，土地就是根。

　　河南移民的扎根过程相较于山东移民更加艰辛。山东人移民关中填补了当地的人口空缺，开垦了土地，在某种程度上可以说是被请来的。加之山东为孔孟之乡，人们注重礼仪教化、耕读传家，山东移民聚族而居，多有族规规范着族人行事，因此山东移民被尊称为"山东客"。早期河南移民多是逃荒而来，因为没有土地而流落在城市周边，主要聚居在道北地区，而道北地区历来是声名狼藉之地，因此河南移民被戏称为"河南担"，甚至一度被污名化。在陕西人眼里，河南人往往是这样一个群体：

---

　　① 吴文莉：《叶落大地》，太白文艺出版社 2015 年版，第 117 页。

人们谈到西安市道北的河南人或是自己周围的河南人时，并不
考虑这些河南人是否拥有西安市的户籍，也不考虑他们是否也是在
西安市出生、在西安市长大，或是否也说西安话、跟西安本地人几
乎一样地生活。人们想象中的这些河南人是与陕西人在很多方面
"明显地"不同的人：生活习惯方面，他们饮食"粗野"，不像本地
人那样加工精细，如河南人吃的是"不好吃"的糊涂面条，爱喝
"乱七八糟"的胡辣汤；生活观念也不相同，他们生活品位低、流
光锤，天生能吃苦，吝啬、节俭、不会享受，不重视对孩子的礼数
教育；语言也不同，说着蛮声蛮气的河南话，说话粗鲁，骂人很凶；
外表也不同，蓬头垢面，脏，不讲究；河南人中的男人爱打架，女
人不收拾家；职业上来讲，河南人是那些卖菜的、收废品的、干建
筑的……①

由于文化上的差异，加之河南人所从事的多是下苦力的底层行业，陕西
本地人对河南人多有排斥情绪。《叶落长安》中锦华巷的女人们经常买脏油棉
纱来洗，这个活计极其辛苦，尤其是在初春秋末。西安人称这些女人为"洗
油线"的，这种称呼带着轻蔑。郝玉兰的弟弟金玉找了个本地媳妇，对方父
母骂郝玉兰父母是"河南担"。郝玉兰在菜场卖菜时，尽管任劳任怨，脏活累
活全干了，还是被本地正式工排挤，连拾走剥掉不要的烂白菜叶也被嘲笑。
河南移民尽管与陕西本地人存在着文化差异，甚至被污名化，但他们还是凭
借吃苦耐劳在西安扎下了根。西安城自古以来主体文化强大且稳固，异质生
命、异质文化并不容易融入，但河南移民却是一个动态生存能力很强的群体，
他们有着能在不同地方扎根生存的能力，否则也不会成为"中国的吉卜赛人"。
"在任何地方河南人都能扎下根，韧性的河南人也许是最能代表中国人性格的

---

① 王向然：《污名化与族群关系研究——基于西安地区河南人群的调查》，中央民族大
学博士学位论文，2013年，第33—34页。

群落"①，河南移民从一无所有到发展起来，最终融入西安城的血脉之中，凭借的就是这种韧性。《叶落长安》中的白老四和郝玉兰身上就充分体现出这种韧性，为了一家人的生存，他们无惧于生活的艰辛：白老四每天早出晚归，像骡马一样拼命拉车；郝玉兰冬天忍受着双手红肿溃烂洗油线，三年困难时期，她一个女人去干男人才干的拉坡的活儿。夫妻俩在生活有起色之后开起了饭馆，也坚持货真价实、童叟无欺。《黄金城》中的毕成功初到西安时，睡过城门洞、拉过坡、卖过爆米花、炸过油条，什么辛苦活儿都干过，从不畏惧生活的艰辛，在改革开放的机遇中敢闯敢干，敢于拼搏。《日近长安远》中的甄宝珠夫妇每天早出晚归，从郭杜到康复路批发小商品出售，辛苦劳累几十年，甚至透支了自己的身体。这些小说写出了河南移民因为长期的流动生存而锻打出来的那种过人的活力和智慧，写出了他们既流贯于日常生活之中又渗透到气质深处的吃苦耐劳、乐观自信、急公好义。他们的贫穷让人揪心，他们背水一战、哀兵取胜的坚韧和悲怆让人震撼。

无论是山东移民对土地的感情，还是河南移民吃苦耐劳、敢闯敢干的韧性，这些产生于原乡的地方性经验伴随着他们落在三秦大地之上，让他们在这片土地上扎下了根，最终融入这片土地。这些移民身上体现出强大的生命力，几千年来苦难深重的中国人生生不息地繁衍，依靠的就是这种强大的生命力。他们所经受的，其实是整个中华民族都在经受的；他们用以对抗命运的，也是中华民族共有的力量。

早期的山东移民、河南移民如刘冬莲、郝玉兰等最终融入了三秦大地，这片土地让他们得以安身立命。对他们来讲，陕西也是他们的故乡，落于长安，落于大地，都是落叶归根。但也有众多外来移民始终只将原乡视为精神家园。周瑄璞的《多湾》讲述了一个家族的故事，这个家族的第一代季瓷始终生活在多湾，而家族的二代、三代多在西安扎根。从小说的中段开始，西安就有了取代多湾之势。在小说的后半段，西安成了当之无愧的主场。小说对原乡和异乡的书写极为复杂。小说中家族的后代们虽在西安工作、生活，

① 吴文莉：《叶落长安》，凤凰出版社 2012 年版，第 313 页。

但因为户口问题而无法真正融入这座城市，户口让大家发现了多湾与西安的不同。季瓷的儿媳妇胡爱花进城务工的时候因为没有身份，所以买不到口粮，办不了车票，找不到正式工作，只能像一个偷渡客一样。胡爱花的女儿章西芳到西安的时候，遭遇的不只是制度上的冲击，文化上、生活上的冲击更直接地表现了出来。也许正因为如此，章西芳即便后来有了户口，也始终不能真正融入西安。她一次次返回多湾，一次次寻根，多湾于她而言才是真正的精神家园。而对生在西安、长在西安且很有可能也死在西安的妹妹章西莹而言，多湾却丝毫没有意义。《日近长安远》中的甄宝珠夫妇虽身在西安，但这座城市离他们似乎很远，夫妻俩在西安打拼多年，勤勤恳恳地为西安耕耘着，却始终坚持在老家北舞渡盖房。西安让秋生和宝珠赚得了财富，但他们在赚得财富的过程中失去了对家乡的原汁原味的念想。秋生在病危时，坚持回到北舞渡老家走完人生最后一段路。对很多外来移民来说，对原乡才有抹不去的乡愁。

陕西文学的构成既有本土的地方性知识，也有异质地方性知识，这是因为陕西文学中的"地方"不是一成不变的，"地方之外"越来越多地进入陕西作家的视野，而变动的"地方"也就形成了陕西文学的跨地书写现象，并且呈现出不同的表现形式。无论是何种形式的跨地书写，都为陕西文学打开了更广阔的空间，也呈现出传统地域文学很难涵盖和阐释的新元素。这些新元素进入陕西文学，拓展了陕西文学的不同面向，也为陕西的文学创作提供了有益的借鉴和更多的可能性。同时，地方书写具有的可能性越多、越丰富，中国当代文学也就越丰富多元。

第五章 地方书写与"文学中国"

　　"地方"是一个富有弹性的概念，可大可小，可微观也可宏观，可以实也可以虚。因此，文学书写中的"地方"往往并不局限于所涉及的"地方"本身，尤其在实与虚的层面，它可以成为通往更大"地方"的路径，这个更大的"地方"就是中国——文学中的"地方"往往并不只是指向一个具体的所在，在很大程度上也指向中国。鲁迅笔下的未庄、老舍笔下的猫国、梁鸿笔下的梁庄等虽然呈现的是"地方"景观，但也是"借'地方'言'中国'，'地方'即'中国'的一副面影"①，这表明了由"地方"通达"中国"的可能性。此外，从中国当代文学的格局来看，作为一种区域文学形式的地方书写参与建构了中国当代文学的版图，在这样的文学版图中，"'中国'和'地方'往往是一对相生相对的概念"②，文学的"地方性"中蕴含着"中国性"，文学的"中国性"也需要"地方性"来呈现。"那些超越'地方性'的具有'中国'层面意义的伟大作家与作品，之所以在'中国'得以流传并深具影响，正是因为它们深入到中国文学中的每一个地方、每一个区域或基层的文学生活、文学肌体而产生了影响，正是因为它们在这些'地方'发挥了'中国性'

---

　　① 李永东：《中国现代文学研究的地方路径》，《当代文坛》，2020 年第 3 期。
　　② 张未民：《何谓"中国文学"？——对"中国文学"概念及其相关问题的讨论》，《文艺争鸣》，2009 年第 9 期。

的作用，重组或统领了这些'地方'而趋向'中国'整体的生成。"①事实上，考察中国当代文学，"中国"是一个重要的维度。因此，无论是微观的文学作品中或实或虚的"地方"，还是作为区域文学而存在的地域文学中的"地方"，都是通达"中国"的路径。"'地方'不仅仅是'中国'的局部，它其实就是一个又一个不可替代的'中国'，是'中国'本身。"②这引出了地方书写的超越性这个问题。前文论及的"地方"的变动和跨地书写就体现了地方书写的超越性，而从"地方"抵达"中国"体现了更深层次的地方书写的超越性。

历史上姜炎文化、周秦文化、汉唐文化等中华文化的主流都产生在陕西，这意味着陕西地域文化中本就存在着"民族性"的因子，具备通达"中国"的可能性。因此，陕西文学作为一种地方书写，也具有通达"文学中国"的功能。无论是乡村中蕴含的国族寓言，还是呈现地方性知识时体现出来的民族形式以及总体性建构，陕西文学都在塑造中国形象，呈现中国经验，讲述中国故事，建构起一种认知、理解、阐释中国的地方书写体系。

第一节　村庄：地方书写与国族寓言

在传统中国，"国家"的概念与现代的有所不同，更多地体现为"民族共同体"的概念。民族共同体的经验在历史长河中流向了地方，成为地方经验，地方因此有了中国经验和深刻的民族历史记忆。在现代中国，中国的现代性历史变迁及经验同样会流向地方。陕西作家擅长写乡土题材，乡土本就是中国的底色，乡土世界的变化隐喻着近现代以来中国的变化，可以说近现代以来中国的变革、新旧文化的碰撞、现代化进程中出现的问题和面临的困境都

---

① 张未民：《何谓"中国文学"？——对"中国文学"概念及其相关问题的讨论》，《文艺争鸣》，2009 年第 9 期。

② 李怡：《"地方路径"如何通达"现代中国"——代主持人语》，《当代文坛》，2020 年第 1 期。

呈现在乡土世界。"一个国家的历史只不过是把这个国家乡村的历史经过放大而写成的，自古以来村庄与种族与民族与国与家之间存在着密切的联系"①，在这个意义上，村庄作为乡土世界的基本单位就通达了"中国"，那么中国当代文学中对村庄的书写也就可以视为一种理解中国的路径。

一、白鹿村：从传统中国到现代中国的裂变

陈忠实的《白鹿原》无疑是一个呈现中国现代化转型的典型文本，小说中的白鹿村处在由"民族"到"国家"的转型时期，也就是由传统中国到现代中国的转变阶段，因此，传统的民族经验与现代中国的新变都在白鹿村展现出来。这种转变不是一种平和的过渡，而是一种裂变，即前现代和现代的种种经验混杂在一起，而这恰恰是中国现代化转型初始阶段复杂现状的反映。在这种情况下，白鹿村就成了近现代中国的一个缩影。陈忠实是以一种现代视角来观照白鹿村的，因此白鹿村不是中国古代文学中的理想田园或乱世村落等只有单一指向和意义的村庄，其细致的村庄结构和变化也呈现出来，为通达"中国"提供了更加细微的路径。

白鹿村是中国从传统到现代裂变过程的一个缩影，这个过程最典型的表现是中国传统文化的颓败，具体而言就是传统宗族与家族的解体及其根基儒家文化的颓败。传统中国是典型的宗法制社会，受到革命冲击之前的白鹿村也是如此，村中白、鹿两姓聚族而居，族长白嘉轩是白鹿村的最高权力者，《乡约》和祠堂则是维持白鹿村运行的重要工具，这三者构成了白鹿村的宗法制。这也是传统中国千年传承的族群经验，是传统中国特有的乡村治理模式，它从最基层维系着传统中国的秩序及正常运转。②小说的背景是中国近现代

---

① 韩春燕：《文字里的村庄——当代中国小说的村庄叙事》，上海人民出版社 2010 年版，第 40 页。

② 在封建时代，"行政机构的管理还没有渗透到乡村一级，而宗族特有的势力却一直维护着乡村社会的安定和秩序"，也就是"国权不下县，县下惟宗族"。这种模式自秦代出现，在 2000 多年的封建社会几乎一直在延续。参见吕云涛、李辉：《〈白鹿原〉中乡村治理模式的流变解读及启示》，《农业考古》，2010 年第 6 期。

转型时期，中国面临内忧外患，社会秩序混乱，宗法文化自身的腐朽和落后也导致其无法再维持乡村社会的运转。从小说中可以清晰地看到白鹿村这个宗法制社会逐渐解体的过程，这个过程也代表着传统乡土中国的解体。

白鹿村这个宗法制社会解体最突出的表现是族权权威的丧失。族权的代言人白嘉轩原本在宗族内部有最高的权威，尤其是修祠堂、建学堂、立《乡约》等几件事树立了白嘉轩作为族长的权威，"白嘉轩确切地验证了自己在白鹿村作为族长的权威和号召力，从此更加自信"①。在小说中，白嘉轩作为族长的权威逐渐受到挑战，首先体现在家族内部。白孝文原本是被白嘉轩当作族长继承人培养起来的，他主持了修复祠堂、复原《乡约》后的祭祖仪式，整个过程中，"孝文声音洪亮持重，仪态端庄"②。此后，"白孝文开始替代族长父亲到那些弟兄们闹得不可开交的家庭里去主持分家事宜，到那些为地畔为墙根为猪拱鸡刨打得头破血流的族人家里去调解纠纷。……他比老族长文墨深奥，看事看人更加尖锐，在族人中的威信威望如同刚刚出山的太阳"③。如果不出意外，白孝文将会成为第二个白嘉轩。但白孝文不像白嘉轩那样从精神深处认同传统文化，被田小娥引诱，在祠堂依照族规被惩罚之后，他彻底抛弃了宗法文化。被田小娥引诱让白孝文体验到了被宗法文化压抑的性的愉悦，作为族长接班人的他事实上一直存在着性压抑，这从他在贺家坊听戏一幕就可以看出来，他在理智上极力否定那些有碍观瞻、伤风败俗的酸戏，在本能上却又止不住被那些酸戏撩拨。在祠堂受罚又让他体会到了宗法文化的冷酷无情，此后他身败名裂，卖房卖田，沿街乞讨。这个本是族长接班人的人上人沦落至此，是对宗法制最大的讽刺。白灵是白家的另一个反叛者，不同于白孝文被动的反叛，她的反叛是一种自觉行为，体现出一种新女性的特质。她没有成为白嘉轩"女子无才便是德"认知模式下的旧式女子，也不像田小娥那样局限于情欲层面的反抗，而是有主见，有对女性的自

---

① 陈忠实：《白鹿原》，人民文学出版社1993年版，第85页。

② 陈忠实：《白鹿原》，人民文学出版社1993年版，第237页。

③ 陈忠实：《白鹿原》，人民文学出版社1993年版，第266—267页。

我认知。她拒绝缠脚，拒绝包办婚姻，接受新式教育，接受了"五四"新文化，也接受了共产主义理论，多次公然与父亲对抗，在白嘉轩眼里，她似乎成了"一个与他有生死之仇的敌人"①。儿女的公然对抗使白家无法再继续维持宗族文化下的家庭结构。这种旧式家庭结构的破裂不仅发生在白家，也发生在鹿家，鹿兆鹏、鹿兆海兄弟俩同样走上了与父亲鹿子霖截然不同的道路。宗法文化无法再维系传统的家庭结构，也无力再维系白鹿村的宗法制。黑娃身上则体现了白鹿村底层民众对宗法文化的背叛。他的父亲鹿三认为自己是白家的长工，儿子也应该是，这是"天理"。但黑娃不接受这种认知，他对此甚至是抗拒的。这并不是因为他受到了外部力量的影响，他不像白灵接受过教育，不了解所谓的平等思想，也不曾接受过共产党的"翻身做主人"的教育，他的行为是一种纯粹的本能的反抗。黑娃的这种本能的反抗最初表现为对白嘉轩的腰挺得太硬太直的反感，这实际上体现出他对宗族文化的反抗。后来他和田小娥的爱情也得不到宗族的承认，这使他的反抗越来越彻底，使他敢于烧粮仓、砸祠堂。白鹿村越来越多的反叛者使得宗法制难以为继，而宗法制背后的儒家文化也难以应对日渐复杂多变的现实，如朱先生的白鹿书院因学生选择西学而不得不关闭，朱先生的济世理想也无法应对乱世的巨变，他只能偏居一隅修县志。白鹿村的状况就是那个时代中国的状况，白鹿村宗族制的解体隐喻着古老乡土中国的裂变和解体。

白鹿村宗法制的解体有其内部的颓败瓦解，也有外部事物的侵入，这些外部事物都是现代民族国家的兴起带来的。在这个意义上，小小的白鹿村始终与民族国家发生着联系。现代民族国家兴起所带来的新事物可以统称为"革命"，如被白鹿村人称为"反正"的辛亥革命。在这之前，白鹿村依靠宗族文化维持着稳定安宁的自治状态。革命的到来对白鹿村原本的宗法社会格局产生了冲击，所有人都不可避免地陷入困惑，如白嘉轩关心"没有皇帝了，往后的日子咋样过哩"，鹿子霖关心"皇粮还纳不纳呢"……尽管在帝制已终结

---

① 陈忠实：《白鹿原》，人民文学出版社 1993 年版，第 121 页。

而新的政治力量还未侵入白鹿村时，白嘉轩用朱先生制定的《乡约》暂时维护了白鹿村的稳定。民国的到来并不是白鹿村人所理解的在中国历史上发生过无数次的皇权制度下的改朝换代，这个新的社会形态带来的是现代的政治制度和理念，这是白鹿村人难以理解的。白鹿村原本靠宗族文化维持的自治式的乡村秩序开始动摇，"皇帝在位时的行政机构齐茬儿废除了，县令改为县长；县下设仓，仓下设保障所；仓里的官员称总乡约，保障所的官员叫乡约。……"①这样的现代政治制度打破了旧式的"国权不下县"的状态，国家权力不断下沉，"新的国家政权不断向基层深入，从而改变了宗族在乡村社会的地位，改变了乡村社会的权力空间"②。"国家对于村庄的政治影响并不是一种单纯的权力进入与结构重塑，也不仅限于治理方式的变革，它同时还意味着作为文化意识形态权力的符号转换和现代性的进入。"③比如白鹿原兴办了新学，小说中鹿兆鹏、鹿兆海、白灵都进城上新学了，白灵为了上新学甚至不惜把剪刀架在脖子上威胁白嘉轩，白鹿书院的学生也纷纷离开去上新学了。白鹿原上更年轻的这一代接触到更多的现代性知识，愈发背离传统的宗族文化，这又加速了宗族社会的解体。

现代中国的历史可以说是中国的现代性逐步发展的过程，即从传统中国向现代中国转型的过程。这个过程最典型的表现就是以宗族统治为基础的封建专制的解体，以及现代民族国家的逐步建立，白鹿村近现代以来的历史变迁尤其是其作为宗法制小社会的解体恰恰体现了这个过程。这个过程有其复杂性，前现代和现代的种种混杂在一起，甚至某些时候会出现传统文化的回归，如小说中黑娃对儒家文化的回归，这恰恰又反映出中国由传统到现代的复杂的裂变过程。

---

① 陈忠实：《白鹿原》，人民文学出版社 1993 年版，第 95 页。

② 袁红涛：《宗族村落与民族国家：重读〈白鹿原〉》，《文学评论》，2009 年第 6 期。

③ 吴毅：《村治变迁中的权威与秩序——20 世纪川东双村的表达》，中国社会科学出版社 2002 年版，第 372 页。

二、蛤蟆滩："革命中国"的社会主义想象

《白鹿原》中的白鹿村处于古老乡土中国向现代民族国家转型的夹缝中，现代性以摧枯拉朽之势冲击着传统宗法制社会，在宗法文化在乡村日渐颓败，现代民族国家建立起来之后，乡村又会是怎样一种面貌？中国的现代化进程始终在持续，不同的历史阶段需要应对不同的问题，如柳青的《创业史》便呈现了"革命中国"①时代的社会主义想象图景，小说中的蛤蟆滩因此成了那个时代中国的缩影。"革命中国"时代最重要的任务是社会主义实践。社会主义实践涵盖各个领域，农业合作化运动就是社会主义实践在乡村的一种体现，农业合作化运动所要达到的共同富裕也是"革命中国"规划的共产主义蓝图的一项既定目标，在这个意义上，《创业史》构成了一种村庄和中国同构的叙事模式。柳青对蛤蟆滩不是从村庄的内部视角进行描绘的，而是始终在中国这个宏大视域和社会主义这个理想蓝图中展开书写的。柳青是一个有政治敏感度的作家，他曾经提到政治②是作家的三所学校之一，他对当时中国的各种国家政策和社会时局的理解也都融在了对蛤蟆滩农业合作化运动的描写中，因此可以说《创业史》中蕴含着柳青对"革命中国"的理解。

"革命中国"与现代并不是相悖的，社会主义的最终远景仍是以现代为诉求，但革命与现代之间仍存在着价值差异。如果"现代中国"的目标是建立一个民族国家，那么"革命中国"的目标就是走向阶级国家，这样的差异注定了蛤蟆滩的村庄结构是完全不同于白鹿村的。被革命波及前的白鹿村是典型的宗法制社会，宗族文化（族长、《乡约》、祠堂）维系着村庄的运行，但这样的村庄结构在蛤蟆滩不存在。以村庄内更小的单位家庭来做对比，白鹿村的家庭内部仍是宗族文化起重要作用，以白家为例，白嘉轩作为封建大家

---

　　① 蔡翔在其《革命/叙述：中国社会主义文学—文化想象（1949—1966）》中提出了"革命中国"的问题。"革命中国"是指在中国共产党的领导下所开展的整个 20 世纪的关于共产主义的理论思考、社会革命和文化实践。

　　② 这里的"政治"是指对国家政策、党报社论和时局导向的理解。柳青认为对政治的把握是作家进行创作所不可或缺的。

长，在家庭内部有着绝对的权威；而蛤蟆滩的家庭则带有新式家庭的色彩，尤其是年轻一代受反封建、婚姻自由、妇女解放等新思想影响日久，传统制度下的父权、夫权在相当程度上已不存在。如果说蛤蟆滩还有宗族文化残留，大概是体现在王二直杠的家庭以及素芳的婚姻悲剧上。从家庭之外的更大范围来看蛤蟆滩，不同人物之间更加凸显的是阶级关系，这也符合当时"阶级国家"的现状。传统乡村社会由于地缘、血缘等因素，在结构上具有一种稳定性，但蛤蟆滩作为一个村庄，却不具备稳定的结构，原因在于柳青将蛤蟆滩设置成一个"难民、破产农民的聚集地，所以阶级叙事就成为几乎是自然的人际关系维度"①。小说中梁生宝母子是从渭北高原逃难到蛤蟆滩的，梁三祖上是西梁村的，高增幅、任老四、欢喜等人在土改之前则是破产农民，他们几乎都是被抛出正常乡村秩序的人，他们组成的是绝对不同于白鹿村那种依靠传统伦理和宗族制度维系的村庄，而是一种新的村落形态。在当时，这种新的村落形态的维系依靠的是农业合作化运动。延安时期毛泽东曾针对合作社做过一系列论述，"按照毛泽东的想法，合作社是农户与国家之间的中介。……合作社将在安排本地的经济、社会、政治和军事生活等方面大显神通。农村发展的关键将不再是农户和政府机关，而是合作社"②。毛泽东关于合作社的论述其实包含了"他对未来中国的政治权力结构以及对地方治理方式的某种设想"③，这种设想在蛤蟆滩的农业合作化运动中在一定程度上实现了，蛤蟆滩的村庄结构在这个意义上也是"革命中国"政治权力结构的一种表现。

如果说蛤蟆滩的村庄结构体现了"革命中国"时代国家政治权力结构一种更加微观的景象，农业合作化运动及其目标就是凸显社会主义这个路径，

---

① 贺桂梅：《书写"中国气派"——当代文学与民族形式建构》，北京大学出版社 2020年版，第 314 页。

② ［美］马克·赛尔登：《革命中的中国：延安道路》，魏晓明、冯崇义译，社会科学文献出版社 2002 年版，第 236—237 页。

③ 蔡翔：《革命/叙述：中国社会主义文学—文化想象（1949—1966）》，北京大学出版社 2010 年版，第 40 页。

也就是呈现社会主义建设和社会主义改造的过程。农业合作化运动中一个无法回避的问题是公与私的关系，这个问题能否解决关系到农业合作化运动在中国乡村能否推行，更关系到社会主义目标的实现。小说中梁生宝互助组所面临的种种问题都与此有关，梁三老汉最初出于维护自己小家庭的私心并不支持互助组，郭振山和郭世富出于发家致富的私心而对互助组的事漠不关心，互助组中的贫雇农出现动摇、退组等情况也与他们的私心有关。梁生宝在处理这些问题的时候，始终采用为"公"的方式，如：去买稻种宁愿自己走路也不愿多花钱，分稻种时先人后己，为解决春荒而组织大伙儿进终南山割竹，对互助组成员遇到的问题尽力帮忙解决⋯⋯他正是因为对"公"事热心才惹得父亲不满。互助合作这种不同于私有制小农经济的集体劳动方式，以及梁生宝身上体现出来的为"公"的特质，都是社会主义革命作为一场关于"公"的革命的目标。这不仅是一种经济组织形式，也是一种新民的塑造，即社会主义新人的塑造。农业合作化运动的最终目标是实现共同富裕，这也是社会主义的目标。那么社会主义的中国图景是怎样的？这个图景的直观表现就是农业合作化运动之后乡村的变化。在赵树理的《三里湾》中，画家老梁关于三里湾的三幅画无疑就是社会主义目标逐渐实现的缩影，尽管社会主义时期的三里湾的画面还未完全成为现实，只是一种想象性的呈现。在蛤蟆滩，共同富裕在一定程度上实现了。"梁三老汉曾经梦想过，未来的富裕中农梁生宝他爹要穿一套崭新棉衣上黄堡街上，暖和暖和，体面体面的！梦想的世界破碎了，现实的世界象（像）终南山一般摆在眼前——灯塔农业社主任梁生宝他爹，穿上一套崭新的棉衣，在黄堡街上暖和而又体面。"[1]梁三老汉在旧时代没有实现的梦想，通过农业合作化运动所要达到的共同富裕实现了，"暖和而又体面"就是社会主义在一个普通农民身上最直观的体现。

同时，柳青是将蛤蟆滩放置在"国家"的全景视域下书写的，以蛤蟆滩为基点，小说的世界再向乡、县扩展。小说以不同人物带出关于国家政策、

---

[1] 柳青：《创业史》（第一部），中国青年出版社 1960 年版，第 510 页。

社会现状的描述，如活跃借贷、改霞进城、秀兰的未婚夫在朝鲜战场的前线等情节让蛤蟆滩不断与中国的各个领域产生关联，呈现了"革命中国"更加丰富的图景。但历史的发展往往是极为复杂的，传统文化虽然在处于从传统到现代裂变时期的白鹿村日渐颓败，但它并没有在"革命中国"时代彻底销声匿迹，"革命中国"时代的社会主义革命也依然需要吸纳传统资源。从蛤蟆滩的农业合作化运动过程以及社会主义新人梁生宝身上，都可以看到传统在革命在地化过程中的作用。"这一时期的社会主义想象并没有完全'去传统化'，反而出现了某种对传统的'召回'现象"①，这说明传统中国并未消失，它依然存在于"革命中国"时代，并成为社会主义想象的资源。

三、清风街：全球化时代"城镇中国"的难题

白鹿村和蛤蟆滩都处于中国经历巨变的时代，或者说处于中国现代化进程的不同阶段，但无论怎么变，只要土地还在，乡土中国最本质的东西便"拥有强大的自我修复的内在逻辑和在枯淡生活中循环往复的力量"②，这使得乡土中国在经历种种之后还能在一定程度上得到自我修复。但全球化、城市化、市场化的逼近，使中国又要经历一次千年未有之变，向"城镇中国"转型。关于"城镇中国"时代，有种种不同的说法，诸如"后革命时代""后现代时代""后工业时代""后冷战时代""消费时代"等时髦词语，然而在这样一个时代，中国所面临的一个重大问题仍旧是以农民为中心，这个问题的存在从 20 世纪初持续到了 21 世纪。这次巨变对乡土中国的冲击远远超过了白鹿村和蛤蟆滩受到的冲击。在这样的时代，古老的中华民族该何去何从？中国又将面临什么？这些问题通过贾平凹《秦腔》中的清风街似乎可以得到答案，因为《秦腔》中的中国正经历着从乡土中国到"城镇中国"的转变。如果说路遥笔下的城乡交叉地带正处在这种转变的前奏阶段，那么清风街就处

① 蔡翔：《革命/叙述：中国社会主义文学—文化想象（1949—1966）》，北京大学出版社 2010 年版，第 70 页。

② 曹霞：《梁鸿：土地的黄昏》，《北京日报》，2014 年 8 月 21 日，第 18 版。

在声势浩大、席卷一切的"城镇中国"时代的旋涡中，将当下中国的种种现状一一呈现出来。

贾平凹在《秦腔》的后记中谈道："当国家实行起改革，社会发生转型，首先从农村开始。"①1980年代中国的改革确实给乡村带来了蓬勃生机，这在贾平凹早期的《小月前本》《鸡窝洼人家》等作品中可以看到。但好景不长，1990年代之后，乡村的颓败之象日益显露。"城镇中国"时代的出现无疑是全球化、城市化、市场化所推动的，导致了土地的流失，破坏了乡土中国赖以存在的根基。在贾平凹看来，乡村甚至充当了"城镇中国"时代"一切社会压力的泄洪池"②。白鹿村凭借宗法制、蛤蟆滩依靠农业合作化运动维护村庄结构，虽然方式不同，但都是建立在土地和农业生产基础上的。然而在"城镇中国"时代，村庄日渐消失，或只是一具空壳。在《秦腔》中，312国道从清风街后塬经过，破坏了耕地，"312国道终了仍是贴着清风街北面直直过去，削了半个屹岬岭，毁了四十亩耕地和十多亩苹果林"③；顺应所谓的市场经济而建的农贸市场占用了十八亩上好的农田，但并没有给村镇带来好日子；夏天义想到七里沟淤地，但得不到支持。城市化进程不但使土地资源被占用，更造成了土地的荒芜，城镇经济快速发展，区域落差日趋增大，一系列变革给乡村带来了极大的影响，种子、化肥涨价，粮食却越来越便宜，靠种地致富已不可能，留在乡村的都是贫困户，但仍要面对沉重的农业税费……小说中清风街的"年终风波"事件将这些问题暴露得淋漓尽致。在这样的情况下，越来越多农民选择外出打工，乡村人口严重流失，土地荒芜也越来越严重。土地的流失以及以农业生产谋生的农民的减少使越来越多的村庄难以维持村庄结构，村庄消失便成为必然。全国政协常委冯骥才在2015年3月的全国两会上就提到了中国的村庄正在不断消失这个触目惊心的事实。中国平均每天有几百个村庄消失，《秦腔》中的清风街无疑就是已经消失或正在消失

① 贾平凹：《秦腔》，陕西人民出版社2008年版，第479页。
② 贾平凹：《秦腔》，陕西人民出版社2008年版，第480页。
③ 贾平凹：《秦腔》，陕西人民出版社2008年版，第21页。

的村庄之一。与此同时，大量农民进入城市成为农民工，并成为一个新的社会阶层，但这个阶层在很大程度上仍属于底层，当代中国的诸多社会症候也是通过这个阶层呈现出来的。《秦腔》中清风街的人外出打工，干的是又苦又累的活儿，还要看别人的脸色，经常讨不到工资，时不时发生工伤事故，很多人无奈之下只能乞讨、出卖身体，这就是清风街外出打工者的生存状况。

村庄对于中国的一个重要意义在于它是农耕文明时代留下的遗产，农耕文明中的古老智慧和积淀数千年的历史文化信息都在村庄中。在某种意义上可以说，村庄保留着中华文明最遥远绵长的根，是农耕文明的基层社区单位，人们在其中生产、生活，进而形成物质文化遗产和非物质文化遗产。中国的很多传统村落由于历史悠久，形态各异，形成了多样的文化板块。随着传统村落日渐消失，它们所蕴含的历史文化信息就失去了根基，这也在一定程度上影响了中国传统文化的传承。秦腔曾经是与秦人的生命融为一体的民间戏曲，也是《秦腔》中的清风街最具代表性的村落文化，清风街上的人似乎都与秦腔有某种联系：夏天智是秦腔迷，不但爱听秦腔，还喜欢画秦腔脸谱；清风街最漂亮的女人白雪是秦腔演员；结巴武林和疯子引生也痴迷于秦腔；就连夏天义的狗对秦腔都有反应……在小说中，秦腔建构起一个巨大的空间场域，清风街的人、事、物都在其中，不同形式的生命互动交融，像音乐的和弦般融洽和谐。但随着"城镇中国"时代的到来，社会急剧变化，秦腔日渐衰落，秦腔的吸引力不及流行音乐，秦腔剧团的演出无人捧场，就连从小在秦腔中长大的夏风也因为在省城待久了而变得极为排斥秦腔，视秦腔为过时的文化……归根结底，秦腔的没落缘于它赖以生存的根基——土地的消失。秦腔是秦地孕育出来的，当清风街的土地消失时，秦腔这种地域性戏曲就不可避免地衰亡了。没有了土地，没有了村庄，没有了农人，秦腔如何传承和发展？夏天智死后，在他的葬礼上演奏的秦腔成了清风街上秦腔的绝唱。秦腔的没落是乡土中国在"城镇中国"时代衰竭的反映。事实上，有无数清风街一般的村庄，有无数秦腔一般的传统文化，都将面临衰亡和消失的命运，这也是中国的危机，因为中国最本质的东西就蕴藏在村庄及其背后的乡土世界中。当这一切都失去的时候，"城镇中国"的"中国性"在哪里？

　　乡村的消失和传统文化的衰亡都是"城镇中国"在现代化发展进程中的病象，但病象不止于此，人的异化也是不可避免的，这似乎是现代性发展所带来的一个全球性问题。清风街村民人性的异化体现为乡村伦理道德的崩塌。夏家老一辈兄弟四人以"仁、义、礼、智"命名，暗示了乡土农村的儒家传统伦理观念和价值体系，但这种伦理观念和价值体系在清风街也分崩离析：农村出身的夏风厌恶乡村，婚前迷恋白雪，婚后抱怨白雪死守着秦腔不到县城，甚至抛弃了她和孩子；夏天义有五子，五子却都推卸养老的责任，不愿赡养父母；庆玉与结巴武林的妻子黑娥偷情，还利用家族势力霸占乡邻的妻子；瞎瞎整日不务正业，打架赌博，惹是生非……清风街的人似乎都变得浮躁、唯利是图，甚至亲人之间也毫无亲情可言。人性的异化与道德的沦丧并不是乡村独有的，而是中国在城市化、市场化过程中不可避免会出现的社会通病。

　　《秦腔》通过清风街呈现了"城镇中国"时代的种种病象。学者梁鸿曾说过："村庄，在某种意义上，是一个民族的子宫，它的温暖，它的营养度，它的整体机能的健康，决定着一个孩子将来身体的健康度、情感的丰富度与智慧的高度。如果我们的子宫不健康，也很难培育出健康的孩子和人生。没有故乡，没有根，意味着一个人无家可归。这对于民族发展和人类生存来说，都是非常大的问题。"①清风街的病象无疑是那个时代中国的病象，这也带来了"城镇中国"时代中国最需要思考的问题：如何留住故乡和根，留住"中国性"的东西？

第二节　地方书写：民族形式与中国故事讲述

　　学者贺桂梅曾提出，保证中国当代文学自我连续性的不是"当代"而是

---

　　① 靳晓燕：《归乡，找寻精神家园——〈中国在梁庄〉作者梁鸿访谈》，《光明日报》，2011 年 1 月 18 日，第 13 版。

"中国"，正是中国这一主权国家及其文化认同构成了中国当代文学的连续性。这个问题在 21 世纪以来的中国尤为重要，也带来了对中国文学的再认识。"'中国'作为立场、观点、方法，近些年来已成普遍自觉。"①在文学中，这一自觉现象的出现既是对 1980 年代追求现代、新潮的西方文学话语的反思，也有外在历史条件变化的原因，如地缘政治、经济形势的发展，以及全球民族主义浪潮的兴起。在全球化时代，以地方性知识对抗全球化的同质化、普遍性倾向成为众多第三世界国家的选择，在文学方面也是如此。当代中国知识分子和中国作家必须考虑的问题是"如何在全球化的背景下保持文化的自主性；如何让价值的、伦理的、日常生活世界的连续性按照自身的逻辑展开，而不是又一次被强行纳入一种'世界文明主流'的话语和价值系统中去"②。在 21 世纪，中国当代文学作为"中国"的一个重要表征在于中国故事③观念的提出，"中国故事一方面当然是对于中国的想象和表述，另一方面也是中国的现实本身所呈现的丰富和复杂的情境"④。21 世纪的中国正在经历一个自我重建的过程，正是在这个过程中，中国的核心价值逐渐形成，中国故事就是中国的核心价值在文学层面的呈现。那么，何谓中国故事？文学如何讲述中国故事？地方书写能否支撑中国故事的讲述？这些都是值得探索的问题。

　　文学如何讲述中国故事，已成为 21 世纪以来文学界及理论界的一个热点问题。讲述中国故事逐渐发展成为 21 世纪以来影响颇为深广的文艺思潮和文

---

　　① 李敬泽：《向理想而去——〈如何讲述新的中国故事〉序》，《文学报》，2017 年 11 月 2 日，第 7 版。

　　② 张旭东：《全球化时代的文化认同：西方普遍主义话语的历史批判》，北京大学出版社 2005 年版，代序第 1 页。

　　③ 李云雷在《何谓"中国故事"》（《人民日报》2014 年 1 月 24 日）一文中表示：中国故事是指凝聚了中国人共同经验与情感的故事，在其中可以看到我们这个民族的特性、命运与希望；讲述中国故事并非简单地为讲故事而讲故事，而是在以文学的形式凝聚中国人丰富而独特的经验与情感，描述出中华民族在一个新时代最深刻的记忆，并想象与创造一个新的世界与未来。

　　④ 张颐武：《如何讲好中国故事》，《团结报》，2014 年 1 月 4 日，第 5 版。

艺现象。从更深层次来讲，文学讲述中国故事也涉及在当下时代如何重建民族形式、如何呈现中国的"主体性"问题。讲述中国故事意味着对本土文化资源的挖掘，而地方性知识和地方书写无疑是一种合适的地方路径，因为"地方"中蕴含着"中国"。21 世纪以来陕西的小说创作从不同层面参与了中国当代文学讲述中国故事这一大潮，无论是贾平凹小说的中国传统美学呈现方式还是陈彦作品中戏曲元素的运用，地方经验都转化为民族形式，进而建构起中国故事。

一、贾平凹小说的中国传统美学

讲述中国故事需要一种中国立场和中国方式，支撑这种讲述的内在核心则是中国经验。中国立场、方式、经验事实上就是一种民族形式。在全球化时代，民族形式对于彰显本土文学有着重要意义，这也是讲述中国故事的要义所在。贾平凹近年来的小说创作如《老生》《古炉》《带灯》《山本》《暂坐》愈发融入了传统美学，这无疑也是以民族形式讲述中国故事。中国故事近年来成为颇具影响力的文艺思潮，其讲述重点在于当代中国的历史进程。事实上，中国故事并不局限于当代中国的历史进程，凡能体现中华民族的特性、命运与希望的书写都是在讲述中国故事。贾平凹近年来的小说创作总是以中国传统美学思维统摄全篇，这使得贾平凹的作品具备了民族形式，是在讲述中国故事。

贾平凹的小说中有着民族认同和文化认同，"没有民族特色的文学是站不起的文学"①，这又进而生发出国家认同——这也是贾平凹小说中中国故事的根基。贾平凹的小说与中国古典传统有着密切的联系，"以中国传统的美的表现方法，真实地表达现代中国人的生活和情绪，这是我创作追求的东西"②，

---

① 贾平凹：《读书杂记摘抄》，见《贾平凹文集》（第 12 卷），陕西人民出版社 1998 年版，第 183 页。

② 贾平凹：《"卧虎"说》，见《平凹说小说》，陕西师范大学出版总社有限公司 2018 年版，第 164 页。

这从他 1980 年代的商州题材小说和 1990 年代的《废都》《白夜》中都可以看出来。这种趋势在他的《老生》之后的小说创作中愈加明显，使得贾平凹的小说在全球化时代起到了输出中国形象的作用。同时这也是贾平凹的自觉认识，"我们的文学到了要求展示我们国家形象的时候"①。贾平凹认为中国文学不仅要面对中国，也要面对全人类，因此中国文学要有文化的立场，展现中国人的生存经验和精神理想。出于这种自觉认识，古典传统成为贾平凹小说中中国经验的重要来源。古典传统包含中国人的哲学、中国人的美学、中国人的思维和认识②，借重古典传统是一条"执古之道"③，这也让贾平凹的小说成为全球化时代中国文学以民族形式讲述中国故事的重要表征。事实上，贾平凹早在 1980 年代创作商州题材小说和《浮躁》时就已开始尝试"执古之道"，但那些作品整体上仍属于现实主义。《废都》是贾平凹采用"执古之道"进行文学实践的关键作品，小说通过与明清世情小说传统建立联系，打开了古老的历史空间，历史与当下的交织显示出一种更加宏阔的纵深感。这种"执古之道"在贾平凹近年来的小说创作中成为一种统摄性的创作理念。

"执古之道"在贾平凹的小说中表现为一种"海风山骨"式的美学，《带灯》可谓是这种美学理念的实践之作。这部小说关注的依旧是现实，写出了陈年蜘蛛网般的基层社会问题，涵盖体制、道德、法制、信仰、政治、生态等多个方面。小说有实的一面，同时也充盈着一种气韵，不同于《秦腔》《古炉》密实的流年式写法。可以说，在《带灯》中贾平凹实现了一次转身。"几十年以来，我喜欢着明清以至三十年代的文学语言，它清新，灵动，疏淡，幽默，有韵致。……而到了这般年纪，心性变了，却兴趣了中国西汉时期那种史的文章的风格，它没有那么多的灵动和蕴藉、委婉和华丽，但它沉而不

---

① 贾平凹：《我们的文学需要有中国文化的立场》，见《贾平凹文论集·关于散文》，生活·读书·新知三联书店 2015 年版，第 194 页。

② 贾平凹：《我与传统接受》，《小说评论》，2017 年第 2 期。

③ 杨辉：《执古之道——贾平凹文艺观念发微》，《文艺争鸣》，2018 年第 4 期。

縻，厚而简约，用意直白，下笔肯定，以真准震撼，以尖锐敲击。……我得有意地学学西汉风格了，使自己向海风山骨靠近。"①对"海风山骨"，贾平凹是这样解释的："像海一样的风，吹过来以后说柔也柔，说大也大，就是过来了；这个山，就是山骨，山那种骨架，像骨头一样。一个阔大，一个坚硬。风是温柔的东西，而且无处不在，是流动性的；山是一种坚硬的东西，是固定的。"②就小说《带灯》来说，主人公带灯的生活轨迹和内心世界构成了小说的两种话语体系。带灯的生活轨迹带出了樱镇综治办，而樱镇综治办的种种事务又带出了中国乡村基层的种种问题：城镇化进程导致乡村面临种种难题，引入工厂导致生态环境被破坏，底层农民得了矽肺病后维权艰难，乡村伦理崩塌和乡村暴力事件发生，还有各种各样的上访事件……这些陈年蜘蛛网般的现实无比沉重。这是一种现实的话语体系。带灯的内心世界则由她写给元天亮的 26 封信构成。元天亮是小说中一个缺席的在场者，在小说中并未真正出现，但他却是带灯心里的光。在给元天亮的信中，我们看到了一个诗意的、精神世界无比丰富的带灯。这 26 封信构成了一种诗意、理想的话语体系。带灯的现实生活和精神生活构成的两种话语体系，就对应着贾平凹所谓的"海风山骨"：如果没有写给元天亮的信，整个故事中只有乡村的诸种问题，就会像山一样冷硬；而有了这些信，小说就有了柔软灵动的气韵。两种话语体系让小说既柔软又坚硬，也让小说呈现出虚实两种境界，从而使小说呈现了"海风山骨"的气韵。

《带灯》之后的《老生》和《山本》是关于秦岭的。不同于《带灯》关注当下，这两部小说回到了历史。《老生》用《山海经》统摄全文，《山本》则以中国的龙脉秦岭统摄全文，这两部作品因而有一种古老、阔大、悠远的气韵，这在某种程度上是"海风山骨"的延续。这两部小说与其说是在书写秦岭的故事，不如说是在借秦岭写天、地、人的大境界，这是蕴含着中国式哲

---

① 贾平凹：《带灯》，人民文学出版社 2013 年版，第 361 页。
② 转引自谢有顺、樊娟：《海风山骨的话语分析——关于〈带灯〉》，《当代作家评论》，2013 年第 6 期。

学、美学的一种思维和认知方式。《老生》记录了陕南山村从 20 世纪初到现在的历史，别出心裁地用解读《山海经》的方式来写历史的发展。认识到这一点对于理解小说至关重要，"如何解读《山海经》之于《老生》的意义，是解读《老生》的关键之一"①。在《带灯》的后记中，贾平凹写道："这是一个人到了既喜欢《离骚》，又必须读《山海经》的年纪了，我想要日月平顺，每晚如带灯一样关心着中央电视台的新闻联播和天气预报，咀嚼着天气就是天意的道理，看人间的万千变化。"②这大概是写作《老生》的伏笔。在《老生》的后记中，贾平凹写道：《山海经》是我近几年喜欢读的一本书，它写尽着地理，一座山一座山地写，一条水一条水地写，写各方山水里的飞禽走兽树木花草，却写出了整个中国。"③在贾平凹看来，《山海经》给《老生》提供了非常适宜的叙事模板，或者可以说《老生》就是一部当代的《山海经》。贾平凹认为"现代人……读不进《山海经》，但是读进去以后，中国人的思维、中国人文化的源头都在《山海经》，对外部世界形成的观念也来源于此"④。因此，《老生》中也蕴含着中国人的思维和文化的源头，小说中的一个个村庄、一个个人和一个个时代其实就代表了这个国家及其人民的命运。《老生》讲述了秦岭倒流河旁四个村庄的四个故事，四个故事连接起革命、土改、"大跃进"和"人民公社化"、市场经济四个时代，这四个时代基本涵盖了 20 世纪中国的历史。如《带灯》中樱镇的现实世界一般，《老生》中的百年中国历史是实的一面，《山海经》的引入让小说在现实世界之外还有着更为宏大的空间。《山海经》记录了中国上古时期的众多神话，这意味着《山海经》中有一种神话思维，"阅读《山海经》以及为写作《老生》而做的各

---

① 王尧：《神话，人话，抑或其他——关于〈老生〉的阅读札记》，《当代作家评论》2015 年第 1 期。

② 贾平凹：《带灯》，人民文学出版社 2013 年版，第 361 页。

③ 贾平凹：《老生》，人民文学出版社 2014 年版，第 291 页。

④ 罗旻：《贾平凹：借〈老生〉给自己鼓劲》，《中国青年报》，2014 年 11 月 4 日，第 10 版。

种准备，让贾平凹对神话思维有了新认识，由此激活了他观察和书写历史的热情，并使他转换了写作中的世界观和方法论"①，这使得贾平凹在一种更为宏大宽广的视域下观照中国的百年历史，这段历史以及活在其中的人只不过如《山海经》中的一座山、一条河一般，只是沧海一粟而已，在人世之外还有更加阔大的天和地亘古不灭的世界。这种世界观直指中国传统文化关于世界的认知模式，即传统文化中的"天、地、人"三个维度。其中，"天"是最高级别的，"体现了东方宇宙本体文化模式的终极关怀"②。在这样的认知模式下，《山海经》想象世界的方式成为贾平凹创作《老生》的底色，即《老生》中故事和人物的精神背景，百年中国的风云变幻不过是历史长河中的一瞬，其背后是更深广的天地万物。《老生》之后的《山本》同样如此。"一道龙脉，横亘在那里，提携着黄河长江，统领了北方南方，它是中国最伟大的一座山，当然它更是最中国的一座山。"③小说中涡镇的风云变幻在秦岭面前是渺小的，无论涡镇经历了什么，"秦岭什么也没改变，依然山高水长，苍苍莽莽"④。小说中的秦岭是山之根本，在某种意义上也是中国的根本，是《老生》中《山海经》一般的存在，建构起一个更宏大的历史空间，在"天、地、人"的宏阔视域下显示出历史人事和自然运化之理。

在《暂坐》中，贾平凹再次将笔触放到城市。小说中也有虚和实两种空间：一方面，现实中西京城的自然和人文景观都是实实在在的，围绕在暂坐茶庄周围的人们的日常生活的泼烦琐碎也是实实在在的；另一方面，宗教、器物、民俗、此岸与彼岸、人类与非人类等元素又让小说充斥着一种神秘主义气息，尤其是笼罩在西京城上空的雾霾让小说具有一种"混沌之感"，营造出一种《废都》中一般的"太虚幻境"。西京城似乎只是"太虚幻境"的

① 王尧：《神话，人话，抑或其他——关于〈老生〉的阅读札记》，《当代作家评论》，2015 年第 1 期。

② 胡河清：《贾平凹论》，《当代作家评论》，1993 年第 6 期。

③ 贾平凹：《山本》，作家出版社 2018 年版，第 522 页。

④ 贾平凹：《山本》，作家出版社 2018 年版，第 523 页。

人间投影——这仅仅是"人"的世界，在其之上还有更加广阔的"天"和"地"的世界。①

贾平凹近年来始终用中国传统美学的世界观来建构作品，将中国古典文化精神引入当下文学无疑是其创作呈现民族形式和讲述中国故事的重要表征。同时，贾平凹通过作品也建构起一种中国形象，更确切地说，是一种古典中国形象，这一形象关联着中华民族最古老的历史文化记忆和族群经验，这恰恰是在全球化时代确立中国"主体性"的重要路径。

二、陈彦的小说与民间戏曲

如果说贾平凹是以中国传统美学的思维模式作为其建构民族形式和讲述中国故事的资源，那么陈彦的选择就是民间戏曲。戏曲对于中国有着重要意义。"在中华文化的躯体中，戏曲曾经是主动脉血管之一。许多公理、道义、人伦、价值，都是经由这根血管，输送进千百万生命之神经末梢的。无论儒家、道家、释家，都或隐或显、或多或少地融入了戏曲的精神血脉，既形塑着戏曲人物的人格，也安妥着他们以及观众因现实的逼仄苦焦而躁动不安、无所依傍的灵魂。"②与贾平凹相比，陈彦以民间戏曲统摄其小说创作，事实上更接近民族形式这一范畴最初的内涵。20 世纪 30 至 40 年代，文艺界有过一场关于民族形式的文艺论争，作为论争焦点的民族形式是一种"有意味的形式"，对于形塑作为现代民族国家的中国有重要意义。当时这个论争引入了"旧形式、民间形式、地方形式与方言土语"四个基本范畴。戏曲与"民间""地方"都有紧密的联系：中国戏曲本就源于民间，同时不同地方还有各自的特色剧种。在关于民族形式的论争阶段，民间戏曲和地方戏曲大量进入文学创作中，成为创建民族形式的重要资源，延安文艺时期的戏曲改革就能说明这一点。学者贺桂梅认为可以将民族形式这一范畴视为"1940 至 1970 年代中

① 参见笔者的《现实与超现实：贾平凹的叙事美学——以〈暂坐〉为中心的考察》（《文艺评论》，2020 年第 5 期）一文。

② 陈彦：《主角》（下），作家出版社 2018 年版，第 895—896 页。

国政治与文化实践的关键环节"①。这其实是将民族形式作为中国当代文学贯穿不同时代的重要理论构建，它绝不只是文学层面的问题，更是有关"中国"的问题。由于民族形式问题总是关涉到"中国"，所以可以将民族形式这个范畴进行拓展：它不仅是 1940 至 1970 年代中国政治与文化实践的关键关节，而且贯穿当代中国文化实践的始终；它既指向当下，也指向未来。1980 年代的文学虽然再次使用了西方话语，但这并不意味着民族形式不复存在，"寻根文学"的民族文化认同在某种程度上可以说是民族形式的延续。1990 年代文化保守主义思潮的复归和 21 世纪全球化时代民族主义思潮的兴起，都意味着中国当代文学的民族形式问题始终存在，这个问题又和讲述中国故事息息相关。陈彦以民间戏曲统摄其小说创作，使其创作成为 21 世纪全球化时代中国文学追求民族形式的重要表征。

　　陈彦在戏曲界浸淫多年，其最初走上文学道路就是进行戏曲创作。在创作戏曲之余，陈彦还发表了大量剧论性质的文字。因此当其开始创作小说的时候，戏曲也如影随形，他的第一部长篇小说《西京故事》就改编自他的秦腔现代戏《西京故事》，而后他又推出了"舞台三部曲"（《装台》《主角》《喜剧》）。可以看到，陈彦的小说创作始终离不开戏曲，尤其是"舞台三部曲"系列小说始终将关注点放在戏曲界、戏曲人身上，将戏曲元素融入其中，使得这些作品具备了民族形式。陈彦是一个有着家国情怀的作家，他认为"文学艺术创作，是一个民族的文化主体，养育着一个民族的审美眼光与审美精神"②，一个作家应该"为构建民族新的价值体系和和谐社会有所创造，有所积累"③。陈彦小说中的戏曲元素不仅仅是一种文学元素，还有构建民族新的价值体系的功能，这也使之成为一种"有意味的形式"，成为构建民族形式的重要资源。

---

① 贺桂梅：《书写"中国气派"：当代文学与民族形式建构》，北京大学出版社 2020 年版，第 3 页。

② 陈彦：《民族复兴需要中国精神》，《人民日报》，2014 年 10 月 21 日，第 24 版。

③ 陈彦：《边走边看》，上海文化出版社 2012 年版，第 183 页。

陈彦小说所写的戏曲具体来讲就是秦腔。秦腔源于民间，也是秦地的特色剧种，这使得秦腔成为建构民族形式的重要资源。同时，秦地是华夏民族的起源地之一，产生于秦地的秦腔天然地蕴含着国族经验，具有"中国性"。事实上，秦腔在延安文艺时期就已经参与建构了民族形式。秦腔是一种蕴含着强悍生命力的艺术形式，"截至目前我还没有发现哪一门艺术能如此酣畅淋漓地表达一个人的生命激情，如此热血涌顶地呼喊一个人的生命渴望，如此深入皮肤腠理地宣泄一个人的生命悲苦，那就是秦腔"①。秦腔中蕴含的"生命的呐喊"是一个古老的东方民族的精神象征，在抗战时期，作为现代民族国家的中国需要注入生命力，需要彰显民族气魄，那么中国文学建构民族形式就需要引入秦腔这样的艺术资源。延安时期毛泽东观看过秦腔剧目《五典坡》《二进宫》，他认为这样的艺术形式具有"中国气派"。事实上，"秦腔在抗日烽火连天起和全国解放战争的摧枯拉朽的特殊岁月，起到了唤起斗志，鼓舞人民，打击敌人的'枪炮'作用"②。秦腔所蕴含的"生命的呐喊"可以说是一种恒常价值，也就是一种最具"中国性"的特质。在陈彦眼中，秦腔是一种"将中华文化生生不息的进取精神发挥到了极致"③的艺术。陈彦认为应该"把那些最有价值而又被时尚不断遮蔽、湮没了的东西持续'打捞'上来，让它们在新的生活现场重放光芒"④，他在小说中使用戏曲元素就是一种打捞传统中有价值的东西并赋予其当代意义的实践，这样的实践也关联着"民族"与"中国"的问题。在当下的全球化时代，面对民族主义和本土主义的复兴，中国文学也需要具有"中国气派"的文化资源参与建构民族形式。陈彦在小说创作中融入戏曲元素，使其作品呈现出一种"文化中国"景观。

小说《西京故事》所讲的不是关于戏曲界的故事，但改编自同名秦腔戏。

---

① 陈彦：《生命的呐喊》，见《说秦腔》，上海文艺出版社 2017 年版，第 18 页。

② 陈彦：《毛泽东与秦腔》，见《说秦腔》，上海文艺出版社 2017 年版，第 49 页。

③ 陈彦：《主角》（下），作家出版社 2018 年版，第 897 页。

④ 陈彦：《边走边看》，上海文化出版社 2012 年版，第 166 页。

在小说的结尾部分，罗天福的故事被写进了一出名叫《西京故事》的戏里，那句"不管日子过得顺当还是恓惶，这一股气力从来就没塌过腔"①的唱词慷慨激昂，道出了罗天福的人生。不论面临什么生活难题，罗天福始终坚持将诚实守信作为安身立命之本，他看似卑微，骨子里却有着如秦腔般的强悍生命力。陈彦从《装台》开始的"舞台三部曲"真正将关注点对准了戏曲界和戏曲人，以戏曲建构起一种"文化中国"景观。《装台》聚焦以刁顺子为代表的隐于舞台背后的装台人群体，小说中刁顺子的卑微和逆来顺受总让人有点恨铁不成钢；但刁顺子又是强悍的，"他竟然在一次次理当被世界碾成纸片的时候，一次次晃晃悠悠又站了起来"②。在陈彦看来，刁顺子这群人"不因自己永远处身台下，而对供别人表演的舞台持身不敬，甚或砸场、塌台、使坏；……他们永远不可能上台，但他们在台下的行进姿态，在我看来，是有着某种不容忽视的庄严感的"③。尽管刁顺子不可能上台，但他对舞台的尊重、他的敬业，甚至是他在客串《人面桃花》中的那条狗时滑稽的过分投入，都体现了一种端正的人生态度。刁顺子有他自己的为人处世之道，或者说是属于刁顺子的"戏之道"。"他们的存在或许正是人类社会中最难能可贵的克己守恒和社会稳定的力量。这是奉献的力量，也是善良得宁愿自己忍受，也不敢与强者对抗的力量。为鲁迅所赞扬的'民族的脊梁'，是否也包括这'拼命苦干'的沉默而卑微的人群？"④刁顺子对舞台的态度，对职业的态度，对人生的态度，都体现出民间戏曲最本质的东西，这也是一种最具民族性的东西。《主角》可谓是陈彦借戏曲呈现"文化中国"的大成之作，在这部小说中，秦腔被置于民族文化谱系当中，秦腔名伶忆秦娥近半个世纪的兴衰沉浮，秦腔的起起落落，以及围绕在秦腔周围的各种人物的命运遭际，使这部小说

---

① 陈彦：《西京故事》，太白文艺出版社 2023 年版，第 573 页。

② 李敬泽：《修行在人间——陈彦〈装台〉》，《西部大开发》，2016 年第 8 期。

③ 陈彦：《装台》，作家出版社 2015 年版，第 433 页。

④ 李星：《陈彦〈装台〉：现实主义长篇小说的重要收获》，《文艺报》，2015 年 12 月 25 日，第 5 版。

成为熔铸了照亮吾土吾民的文化精神和生命境界的"大说"，具有了一种文化政治意涵，进而有了形塑"文化中国"主体的功能。忆秦娥11岁开始学戏，最初从她身上看不出她有很高的戏曲天赋，论条件，同剧团的楚嘉禾要优于她，但她有着别人没有的韧劲和下苦的决心，日复一日、年复一年地在练功房练功。正是因为吃得"人下苦"，忆秦娥才练就了"惊天艺"。忆秦娥在艺术生涯中也经历了起起伏伏，甚至数度内外交困、身心俱疲，但她都撑过去了。不论面对何种压力，忆秦娥始终坚持自我精进。正是因为如此，才使得秦腔出现在百老汇的舞台上，才有了秦腔的复兴。在忆秦娥和"存"字辈老艺人身上，可以看到他们对戏曲之"技"与"道"的追求，尤其是"道"对"技"的超越以及对个体的形塑。"传统戏曲中包裹的那份沉甸甸的民族智慧、民族文化精神和强大而朴素的道德意识"①促使忆秦娥经由戏之"道"而顿悟人之"道"，这充分显示出秦腔具有超越时代、地域和文化的普遍主义价值，而这正是中华民族之所以生生不息的精魄所在。在小说中，秦腔不仅仅是一种地域文化载体，更是民族意识和民族智慧的结晶，由此小说实现了民族形式的建构和中国故事的讲述。陈彦的《喜剧》延续了《主角》对"文化中国"的形塑，如果说《主角》中忆秦娥的戏曲生涯是从正面呈现戏曲给予忆秦娥的一种正大力量，此种正大力量有助于秦腔的复兴，那么《喜剧》中贺加贝的喜剧生涯则是从反面呈现了放弃了"技"和"道"的喜剧只能迷失在大众文化泛滥的狂欢时代而成为滑稽的闹剧。同时，贺加贝的父亲火烧天和南大寿这些秉承喜剧真谛的老艺人同忆秦娥一样坚守戏曲之"技"与"道"，才使他们的喜剧人生有了贞下起元、峰回路转之新的可能，再次证明了戏曲之"道"蕴含着超越、振拔的巨大力量——这恰恰是"中国"的特质。

陈彦以戏曲元素统摄小说，还体现了民族形式的另一个重要内涵，即大众性。延安时期毛泽东所认为的民族形式不仅要具有"中国作风和中国气派"，

---

① 吴义勤：《作为民族精神与美学的现实主义——论陈彦长篇小说〈主角〉》，《扬子江评论》，2019 年第 1 期。

还应该是"为中国老百姓所喜闻乐见"的。①茅盾认为民族形式应该是"为中国人民大众所熟悉所亲切的艺术形式"②，即作品表现思想和塑造形象的形式应该是为人民大众所熟悉的。戏曲恰恰是这样的形式。无论是采用民族形式还是讲述中国故事，都涉及文化政治问题。"中国化并不是在既有的政治理念上装饰一种民族化语言或形式，而必须完成人民生活文化逻辑的内部转化，即深入其内在逻辑中重构共同体记忆。"③秦腔来自民间，它的受众大多是底层普通老百姓，秦腔中蕴含的道德、情感也体现了最朴素的民间伦理，"中国传统戏曲的整体价值观，其实就是中华民族几千年来基本的做人处世方式。固然有一定的糟粕，但整体让人向善、向好，具有'高台教化'作用。无论社会怎么变，怎么现代，都得向好、向善的。……戏曲就始终持守着这些最基本的价值秩序，有种杜鹃啼血般的悲怆"④。陈彦小说中的罗天福、刁顺子、忆秦娥、火烧天、潘银莲等普通老百姓所持守的就是这种朴素的民间道德，而这些普通老百姓就是"民族的脊梁"，中国作为现代民族国家的主体事实上正是他们，他们是中国人，他们的故事也就是中国故事。

第三节 地方书写与中国当代文学的总体性建构

当地方书写映射国族经验、呈现民族形式、讲述中国故事的时候，也就意味着"地方"指向了"中国"。这说明地方书写在保有其地方性的同时，也

---

① 毛泽东：《中国共产党在民族战争中的地位（节选）》，见徐迺翔编：《文学的"民族形式"讨论资料》，知识产权出版社 2010 年版，第 2 页。

② 茅盾：《抗战期间中国文艺运动的发展》，转引自翟耀：《大众化·民族化·现代化——茅盾在"民族形式"论争中的理论见解》，《文史哲》，1987 年第 2 期。

③ 贺桂梅：《书写"中国气派"：当代文学与民族形式建构》，北京大学出版社 2020 年版，第 36 页。

④ 朱强：《"我不想硬立布景一样的时代'背景板'"——〈主角〉作者陈彦谈为小人物立传》，《南方周末》，2018 年 1 月 11 日，第 18 版。

肯定和遵循民族国家的整体性，而不是与之背离，也在参与建构中国文学的普遍性主题，这是当下文学重建总体性的路径。当下的中国文学在提倡个性化、差异性写作的同时，也不应忽视总体性，或者说，重建总体性是当下文学所面临的一个难题，也是必须解决的问题。中国当代文学一直有建构总体性的传统。21世纪以来，中国文学所处的环境复杂多变，这是一个后现代文化流行的时代，图像、视频等呈现形式开始侵占文字的生存空间，尤其是新媒体、网络文学的兴起，使人们对外在世界的体验越来越碎片化。这样的时代带来了"历史感的疏离以及内涵和外延、现象与本质、隐性与显性等多种深层解读的缺失"①，从而导致文学总体性的缺失。中国当代文学最本质之处在于"中国"，而碎片化的文化不利于"中国"的呈现，"中国梦""中国故事""中国经验"等诸多关于"中国"的概念的提出，事实上都是在重构一种整体性的"中国"景象。当下的中国文学无疑也需要承担这样的责任。"从'中国'的意义上讲，中国的新世纪文学肯定是一种大规模的文学，是一种13亿人口所创作的文学。这种文学应该是一种总体的文学。我们应该有一种总体的文学观念"②，而"中国"就是建构总体性文学的核心。对作家而言，并不是要完全放弃个体经验表述，而是不能沉溺于此而忽视了广阔的大世界。有责任感和担当意识的作家应该努力以中国经验和中国问题的总体性叙述为目标，因为只有具有总体性的文学才能使身处碎片化时代的中国人对时代社会有深度认识。这种深度认识对于塑造健康的国民性有重要意义，甚至全球化时代民族魂的建构也是基于此的。近年来总体性越来越成为中国当代文学的潮流，无论是老作家如柳青、蒋子龙，还是年轻作家如刘慈欣、石一枫，他们的作品总是被置于"总体性"的概念与框架下解读，这也是建构总体性文学之于"中国"的意义。

当下，地方书写应该积极参与建构中国当代文学的总体性。陕西作家普遍具有文学责任感和社会责任感，在文学创作上以现实主义、历史感见长，

① 郑润良：《以"中国经验"的总体性叙述对抗碎片化》，《青年作家》，2021年第5期。

② 张未民：《对新世纪文学特征的几点认识》，《东岳论丛》，2011年第9期。

这使得陕西文学传统中存在建构总体性文学的因子，如柳青、路遥曾以蛤蟆滩、高家庄、双水村等小地方建构起宏大的世界。同时，陕西的地方性经验中蕴含着"中国性"的恒常价值，这也是建构总体性文学必需的资源。积极健康的地方性经验往往能够反映当下中国社会悬而未决的社会问题，具有展现社会现实的功效，进而作为社会黏合剂而具有社会凝聚力，如戏曲所蕴含的民间艺术之道就体现出地方经验的恒常价值。这是一种地方资源的现代性转化，能够建构中国当代文学的总体性，并通过对共同体精神难题的探索来建构当下社会的总体性。此外，陕西作家为了解决总体性难题，总是努力塑造新人形象，而具有积极意义、充满正能量的个体是当下中国建构总体性及共同体的根本。

一、地方性与总体性

对于 21 世纪的中国而言，民族主义思潮的兴起以及"中国梦""中国故事"等概念的提出，本质上是在建构一种民族国家共同体。这个共同体实质上是国家社会总体性的一种呈现形式。相应地，这个时代的文学也应当具备一种整体性的力量，参与建构民族国家共同体。中国当代文学一直有总体性的传统。1950 年代至 1970 年代的文学本质上是一种具有总体性的文学，试图建构一种社会主义国家的整体景观，尽管这种总体性是与政治和意识形态联系在一起的。到了 1980 年代，文学观念发生了变化，西方现代性话语主导文坛。之后的"重写文学史""再解读"等思潮形成了一种"去政治化""去意识形态化"的文学观，这种文学观对 1950 年代至 1970 年代的文学持全盘否定的态度，认为这一阶段的文学没有价值。这种认识过于偏颇，忽视了1950 年代至 1970 年代文学"背后所依托之思想和现实逻辑之历史合理性"①，这也意味着这一阶段文学的总体性传统被抛弃。同时，文学在"去政治化""去意识形态化"的氛围中看似获得了主体性，事实上却丧失了把握时代社会总体轮廓的能力。如前文所述，当下碎片文化的形成也与总体性的缺失息息

---

① 杨辉：《总体性与社会主义文学传统》，《中国现代文学研究丛刊》，2019 年第 10 期。

相关。正因为如此，重建总体性文学尤为重要。在众多文学形式中，小说尤其是长篇小说无疑最适合用来重建总体性文学。正如卢卡奇所说，"小说创作就是把异质的和离散的一些成分奇特地融合成一种一再被宣布废除的有机关系"①，而长篇小说无疑最具有这种整合异质的和离散的成分之功能。

长篇小说本身大多采用的就是一种总体性叙事模式，"来源于某种伟大的理念和关于世界整体性的思考"②，因此，长篇小说是建构总体性文学最合适的文学形式。当代陕西文学成就最突出的就是长篇小说。陕西作家普遍追求史诗意识，采用现实主义写作手法，这是陕西文学的地方性经验，同时陕西的地方性知识当中也蕴含着国族经验，这都使陕西文学作为一种地方书写具有建构文学总体性的功能。而且，陕西作家也一直都在积极参与中国当代文学总体性的建构。

总体性文学的建构与历史感有关。"无论风俗史还是心灵史，'史'的观念要求一种整体性的力量，意识到生活的变化和流动，意识到这种变化和流动是整个时代图景的一部分，意识到个人的隐秘动机和思绪与这个时代的千丝万缕的联系。"③具有历史感的作家不会"总是从个人的观点来考察社会现象"④，相反，会"把所有局部现象都看作是整体——被理解为思想和历史的统一的辩证过程——的因素"⑤，"只有在这种把社会生活中的孤立事实作为历史发展的环节并把它们归结为一个总体的情况下，对事实的认识才能成为对现实的认识"⑥。柳青在谈及《创业史》时，反复强调他要表现的是社会主义革命，而不仅仅是农业合作化运动，他"写的是社会主义制度的诞

---

① ［匈］卢卡奇：《小说理论》，燕宏远、李怀涛译，商务印书馆 2012 年版，第 75 页。

② 陈福民：《长篇小说和它的历史观问题》，《南方文坛》，2009 年第 5 期。

③ 转引自李蔚超：《李敬泽文学批评论》，《南方文坛》，2017 年第 4 期。

④ ［匈］卢卡奇：《历史与阶级意识——关于马克思主义辩证法的研究》，杜章智、任立、燕宏远译，商务印书馆 1992 年版，第 81 页。

⑤ ［法］阿尔都塞：《保卫马克思》，顾良译，商务印书馆 2010 年版，第 80 页。

⑥ ［匈］卢卡奇：《历史与阶级意识——关于马克思主义辩证法的研究》，杜章智、任立、燕宏远译，商务印书馆 1992 年版，第 56 页。

生"①。这意味着在柳青看来，农业合作化运动不仅仅是一场经济运动、社会运动，更是一场文化运动。柳青在描述农业合作化运动的过程中，非常注重这场运动带给人们的思想和心理层面的影响，他对社会主义制度的思考是将经济、社会和文化层面融合在一起的，从而呈现出这个新制度所带来的新世界的景象。柳青将梁生宝带领蛤蟆滩贫雇农走互助合作、共同富裕道路视为一个创造新世界的过程，小说题叙部分老一辈农民梁三的创业故事则表征着旧时代，新旧时代和世界视野的映衬使《创业史》有一种历史、现实、未来的时间广度。梁生宝和他生活的世界被置于"旧—新"的革新转换之中，这一过程具有重要意涵，"既蕴含着已被历史化的'过去'，也包含着行进中的'现实'，更为重要的是，它还'预设'了历史的希望愿景"②，因此，1953年的蛤蟆滩就被置于1929年至20世纪50年代初的总体性的历史当中。陕西作家的历史感使他们普遍追求史诗性写作，也就是强调对历史总体性的把握。"史诗可以从自身出发去塑造完整生活总体的形态，小说则试图以塑造的方式揭示并建构隐蔽的生活总体"③，柳青的《创业史》即是如此，而只有将《创业史》放到广阔的社会和深远的历史中才能真正发现它的价值。将柳青视为文学教父的路遥也是如此。路遥是在1980年代文学总体性缺席的情况下执着地坚持总体性叙事的，他关于城乡关系的书写是在更加开阔的历史视野下进行的。在路遥笔下，高加林、孙少平式的难题是以"建国后尝试在思想层面克服城乡差别的危机与失败为起点的"④，因此，路遥的城乡书写关联起1950年代至1970年代。同时，路遥的城乡书写实质上也是一种中西之辩，在这个意义上，路遥对城乡交叉地带的判断"隐含了1980年代与'五四'时期逐渐同构的现代化意识"⑤。21世纪以来，陕西的长篇小说创作延

① 柳青：《在陕西省出版局召开的业余作者创作座谈会上的讲话（节录）》，见蒙万夫等编：《柳青写作生涯》，百花文艺出版社1985年版，第106页。

② 杨辉：《总体性与社会主义文学传统》，《中国现代文学研究丛刊》，2019年第10期。

③ ［匈］卢卡奇：《小说理论》，燕宏远、李怀涛译，商务印书馆2012年版，第53页。

④ 杨晓帆：《路遥论》，作家出版社2018年版，第4页。

⑤ 杨晓帆：《路遥论》，作家出版社2018年版，第200页。

续了史诗创作，如陈彦的《主角》呈现了"前现代中国""'文革'中国""改革开放中国""市场经济中国"等不同的历史阶段，这几个历史阶段往往被认为是断裂而非连续的，"但在这时代转换或历史的'断裂'中，作家又重构了历史的连续性和整体性"①，作家使用的黏合剂就是秦腔及其所蕴含的恒常价值。21 世纪以来的中国文学，宏大的史诗已然落幕，但这并不意味着小说无法呈现总体性。《主角》不同于《创业史》那样的宏大史诗，它更关注历史洪流中个体的生存和日常生活，而这些同样能够建构起总体性。21 世纪以来陕西的史诗性小说开始更多地关注日常生活的历史意义，如周瑄璞的《多湾》和吴文莉的"西安城"系列小说均属此种类型。历史是由宏大生活和日常生活共同构成的，个体的日常生活也是历史的黏合剂。历史是有层次的，总体性应当也是有层次的。宏大生活和日常生活各有自己的整体性，忆秦娥、季瓷、刘冬莲、郝玉兰等普通人在历史中的艰难跋涉以及她们顽强的生命力，在另一种意义上也重构了历史的连续性和总体性。②

总体性文学的建构与现实主义有关，文学若想实现总体性地观照时代及个人命运，就必须与现实主义精神和现实主义创作方法相关联，而这种关联在某种程度上是天然的。这里的现实主义不仅指创作手法，更指一种精神，或者可以称之为现实感，即文学介入现实、解决普遍性时代难题的力量。不能面对现实的文学作品不可能具有总体性。1980 年代，文学观念的革新使被视为过时、老旧的现实主义在某种程度上被抛弃。1990 年代，以"新写实"为代表的写实性作品因注重"生活原生态的还原"而放弃了总体性，从而引发了现实主义的危机，在更深层次上也引发了总体性的危机。当下中国面临着种种难题，但这也是总体性的机遇，如李敬泽所认为的，"总体性在危机中才能呈现出来"③。在危机中能把握总体性的是现实主义，因为只有现实主

---

① 王金胜：《现实主义总体性重建与文化中国想象——论陈彦〈主角〉兼及〈白鹿原〉》，《中国当代文学研究》，2019 年第 4 期。

② 参见笔者《陕西新世纪长篇小说的历史叙事》（《小说评论》2020 年第 2 期）一文。

③ 李敬泽：《会饮记》，北京十月文艺出版社 2018 年版，第 165—166 页。

义才能透过那些"非本质的、现象的、浮在表面的东西"①抓住时代社会的本质。而且文学创作的历史感也建立在现实主义之上,"现实主义精神,包含着对人与社会关系的深刻揭示,以及对'现有的历史范畴'的连续性的深刻洞察"②。柳青、路遥、陈彦等作家都关注中国不同时代的现实问题,农业合作化运动、共同富裕、城乡关系、底层、文化复兴等现实问题都是作家在总体性视野下对现实中国的关切。正是因为这些作家具有真正的现实主义精神,能透过现实表象发现时代社会的发展脉络,他们的作品才能在不同的时代呈现出具有总体性的中国图景,蛤蟆滩、双水村、秦腔等不同的"地方"元素总能在作家笔下关联起城与乡、个体与整体、传统与现代、中国与世界等不同维度的关于中国的整体景观。

总体性文学的建构还与文化有关。"总体性的'中国故事'如果可能,必然需要一种从'文化'维度出发的建构"③,这是因为"只有在文化的基础上,不管人们对它可能采取何种态度,一种关于人和事的总体才是可能的"④。那么,何种文化能建构起总体性呢?地方文化无疑具有这样的功能。地方文化属于地方性知识,在这个意义上,地方文化存在着区域局限性;但如果用地方文化解决普遍性问题,地方文化也就有了总体性意义。以阿来的《云中记》为例,小说以汶川地震为背景,写了云中村祭师阿巴为了祭祀在地震中死去的亡灵而回到云中村并与村子一起消失在泥石流中的故事。小说中有丰富的地方性知识,边地风光、祭祀仪式、神话传说等元素使小说具有鲜明的地方独特性。但阿来并没有囿于地方性知识的书写,而是将其置于对共同体精神的求索中,小说中阿巴执拗地祭奠云中村亡灵的行为实际上指向一个普遍性

---

① [匈] 卢卡契:《现实主义辩(1938年)》,见《卢卡契文学论文集》(二),中国社会科学出版社1981年版,第6—7页。存在"卢卡奇""卢卡契"两种译法,正文中均用"卢卡奇",脚注中用原译名。

② 杨辉:《总体性与社会主义文学传统》,《中国现代文学研究丛刊》,2019年第10期。

③ 黄平:《"总体性"难题——以李敬泽〈会饮记〉为中心》,《文学评论》,2019年第2期。

④ [匈] 卢卡奇:《小说理论》,燕宏远、李怀涛译,商务印书馆2012年版,第135页。

问题，即"现代社会死亡文化匮乏导致的巨大精神焦虑和皈依性难题"①。这里且不讨论阿巴凭借一己之力能否解决这个难题，不可否认的是，这个难题具有普遍性，与现代性以及现代人的生存紧密相关。陈彦小说中的秦腔同样是这样。秦腔是一种地方性知识，但陈彦尝试用它来解决总体性的精神难题。秦腔中蕴含着"生命的呐喊"，秦腔作为一种地方戏曲在发展历史中形成了"戏之道"。"戏之道"不仅具有高台教化功能，更具有塑造人性的作用，不论是忆秦娥、火烧天、南大寿等戏曲界的人，还是潘银莲、潘五福这样的草根人物，均深受秦腔的教化。这种教化不是政治性的说教，而是关于美与丑、善与恶、是与非等做人之道的教化。我们通过忆秦娥对唱念做打的精益求精，坚持自我精进，火烧天对喜剧真谛的理解，潘银莲受秦腔熏陶在浮躁的时代坚持对真善美的追求，均能看出秦腔所具有的总体性价值及其塑造人心的作用。

由以上分析可以看到，秦地的文学传统和地方性知识具有连通总体性的功能，是解决当下总体性难题的重要资源，这也意味着地方性中包含着总体性，经由地方性可以通达总体性。

二、新人塑造与总体性建构

陕西文学的传统和地方性知识中含有连通总体性的元素，但宏大的总体性问题的解决总是需要微观的路径，需要落实到更具体的层面。那么，如何建构总体性呢？个体在这当中也有重要意义，共同体的建构需要共同体内的个体的认同。"总体性的问题归根结底是意义问题"②，那么意义由什么来呈现？呈现意义的微观路径无疑是个体。这里的个体并不是那种"封闭在一己

---

① 陈培浩：《游牧于地方性与总体性之间——文学与地域三题》，《青年作家》，2019年第11期。

② 黄平：《"总体性"难题——以李敬泽〈会饮记〉为中心》，《文学评论》，2019年第2期。

之私内的平庸伪饰的个体"①，而是与更为宏阔的生活世界融为一体的个体。正如《云中记》中的阿巴凭一己之力实现了"一个人的总体性"，他最终选择与云中村一起消逝于泥石流中，这一行为带着悲壮决绝的意味。阿巴这样做并不仅仅是为了安顿一己的身心，而是"一种择善而执的阔大胸襟和深厚的人性关怀"②，作为个体的阿巴身上也就有了超越性的精神向度，甚至连通了历史、现实和未来。在陕西文学中，作家对总体性的追求往往也落实在个体之上，这种个体就是新人。这种新人联系着曾经的社会主义新人，同时更多地指向现在和未来，是塑造当下中国的总体性所必需的、时代所呼唤之新人。在陕西作家中，但凡着力于文学总体性建构的作家都注重塑造新人形象，梁生宝、高加林、孙少安、孙少平、带灯、罗甲秀、忆秦娥等形象构成了陕西当代文学的新人谱系。

　　中国当代文学的新人书写要追溯到 1950 年代至 1970 年代文学中的社会主义新人③，这是社会主义文学的题中应有之义，同时与文学的总体性建构有重要联系，"社会主义文学必然秉有形塑具有社会主义的质的规定性的'新世界'和'新人'的双重功能。而具有'新世界'和'新人'想象意义的文学，也必然与基于总体性的宏大叙事有颇多关联"④。具有总体性视野的文学必然有对新世界和新人的想象，两者互为表里，彼此互证。从另一个层面来讲，关于新世界的想象必然要以新人为基础，比如，假如没有小二黑和小琴这样的农村新人，赵树理笔下婚姻观念的变革所带来的新的时代气息就难

---

　　① 黄平：《"总体性"难题——以李敬泽〈会饮记〉为中心》，《文学评论》，2019 年第 2 期。

　　② 王金胜：《一个人的总体性文学想象——论阿来〈云中记〉》，《南方文坛》，2020 年第 3 期。

　　③ "新人"这个说法最早来自车尔尼雪夫斯基的《怎么办？》，它的意思与后来的"社会主义新人"不完全相同。中国当代文学中的社会主义新人是指具有社会主义特质的时代新人，比如具有大公无私、先人后己等特质的人。事实上，新人的雏形在延安文艺时代就已经出现，如赵树理《小二黑结婚》中的小二黑和小琴就属于那个时代的新人。

　　④ 杨辉：《总体性与社会主义文学传统》，《中国现代文学研究丛刊》，2019 年第 10 期。

以呈现。柳青《创业史》中的梁生宝无疑是那个时代社会主义新人的代表，梁生宝这个形象也是柳青建构具有总体性意义的新世界的关键。《创业史》是向着新世界敞开的，小说中发生的故事是建构一个总体性世界所必然要经历的，这个过程中所有的矛盾、所有的难题都体现在梁生宝身上。梁生宝是一个个体，但这个个体蕴含着彼时宏大现实的总体性问题，也寄寓着柳青对总体性问题的理解，因此梁生宝成为 1950 年代的新人。小说中，梁生宝的互助合作事业面临种种难题。在家庭内部，他与父亲梁三老汉在共同富裕和个人致富这两种道路问题上有矛盾——这实际上是历史问题。在村子里，他要面对郭振山、郭世富、姚世杰在或明或暗中带给互助组的种种障碍；在互助组内部，他要面对栓栓等摇摆不定的组员；在个人生活上，他时时陷入与改霞剪不断理还乱的关系所带来的烦恼中：这些都是现实问题。最终，对历史与现实种种问题的解决，展现了他身上的新人特质。梁生宝正是"在对'党'、'国家'这些'想象的共同体'的认同中实现了对日常生活与个人生活的超越"①，也就是说，梁生宝是出于对一个总体性世界的向往而超越了日常生活和个人生活，实现了个体与宏大世界的融合。同时，梁生宝虽然是社会主义新人，但他身上的新质在某种程度上是建立在他的"旧式好人"的特质之上的，没有"旧式好人"梁生宝，就很难有新人梁生宝。由此，梁生宝实则连通了过去、现在和未来，这恰恰体现了这个形象对建构总体性世界的意义。

柳青的新人书写被路遥延续到他在 1980 年代的创作中。彼时是一个个体与总体分裂的时代，尽管在新时期之初文学界仍呼唤社会主义新人②，但随着国家的主要任务转移到经济建设上，主流意识形态退出文学场域，现代派文学主导文坛，总体性开始式微，导致了新人书写黯然退场。但路遥在这一时期仍然坚持新人书写，并试图弥合个体与总体的分裂。不同于柳青，路遥

---

① 李杨：《50—70 年代中国文学经典再解读》，北京大学出版社 2018 年版，第 143 页。

② 1979 年邓小平在第四次文代会上的讲话中提到新时期的社会主义新人这个问题。这次讲话明确了新时期的中心任务，具体到文艺上，是要求"我们的文艺，应当在描写和培养社会主义新人方面付出更大的努力，取得更丰硕的成果"。

突破了此前文学界在新人塑造上的成规，因为 1980 年代是一个复杂多元的时代，中国面临着城与乡、传统与现代、中与西等不同维度的矛盾冲突，梁生宝式的略显单一的人物已很难呈现出这个时代的复杂性。高加林的故事本质上是路遥进行的一种个人主义新人塑造的尝试，高加林与梁生宝式的具有集体主义特质的新人不同，是契合 1980 年代社会历史文化语境的新人。但这种新人却无法解决中国城乡现状所导致的结构性难题——这个难题实质上是新机遇的召唤和现实制度不对等的问题。高加林希望像城市青年一样实现自我发展，这表明那个时代很多人尤其是年轻人已不再满足于物质的富足，同时也追求精神的富足，渴望改变命运。但城乡二元结构无法满足这些人的诉求，高加林最终又无奈地回到乡村。他回到乡村后还会葆有实现自我、改造社会的理想吗？如果他被残酷的现实折磨后丧失了理想主义情怀而变成刘巧珍式的地道的农民，他还是一个新人吗？高加林作为新人的困境在之后的《平凡的世界》中似乎得到了理想的解决：孙家兄妹不同于高加林，他们都在自己所认定的人生道路上砥砺前行并终有所得。但他们的人生和命运相较于高加林而言似乎少了一些复杂性，这其实是《平凡的世界》对现实所做的理想化的处理，因为路遥要在积极的意义上重建总体性，肯定底层人的奋斗，所以只能对原本可能复杂的人物命运做简单化的处理。这种处理方式确实简单化和理想化，但未必不是一种有效的方式，尤其是《平凡的世界》成为"现实主义常销书"就证明了这一点。孙家兄妹的人生和命运故事传递出一种光明乐观的力量，他们通过不屈不挠的奋斗获得了成功和幸福，他们的故事成为当时众多人的"黄金信仰"，这种"黄金信仰"在总体性匮乏且存在道德危机的时代，在社会结构性鸿沟难以跨越的时代，给诸多底层青年带来了慰藉，这也正是《平凡的世界》中的新人之于总体性的意义所在。

从柳青到路遥，可以看到新人在 20 世纪 50 至 80 年代文学史中的发展，这也体现出中国当代文学对总体性的追求。21 世纪以来的文学并未放弃总体性这一文学诉求，尤其是在凸显"中国性"这个层面更需要一种总体性的文学。这也意味着 21 世纪以来的中国文学仍然要面对新人这个问题。近年来的文学创作中也出现了不少新人形象，如关仁山《麦河》《金谷银山》中的曹双羊、范少山，赵德发《经山海》中的吴小蒿，甚至刘慈欣科幻小说《三体》中的罗辑也被纳入新人这一行列。21世纪的中国已不同于以往，文学塑造的新人形象也不可能是梁生宝和孙少平、孙少安的翻版，而应该随着时代的变化不断丰富自己的内涵，体现不同时代的历史想象和现实难题。同时，"这个新人不是某种固有的属性，而是在历史实践的过程中建构起来的实体和主体。这个新人在寻找属于自己的新世界的途中成了新人"①。贾平凹的《带灯》塑造了21世纪的一个带有社会主义新人特质的人物，在某种意义上也是贾平凹对其1980年代的作品中农村新人塑造的延续。小说中的带灯是一个有社会责任感和担当意识的乡村女干部，在众多虚无、轻飘的人物里，她是鲜明的、正面的、理想的，她的身上甚至还有梁生宝的影子，因此，这个人物也被认为"重建了社会主义新人这个漫长的政治/美学想象的谱系"②。尽管带灯个人力量的微弱使她难以凭借一己之力改变樱镇的现状，时代境遇的改变也使她不可能如梁生宝一样引领新的时代潮流，但我们不能否认带灯这一形象对于当下时代重建总体性的价值，因为她身上体现了总体性意义在个体层面的实现。与贾平凹不同，陈彦是从另一个路径重塑新人形象的，他将目光转向底层，放弃了以往文学史中总是被纳入关于新世界的想象的大人物，而转向了小人物。那么，小人物能否成为新人？日常生活能否产生新人？在陈彦看来，"更多的普通老百姓就是这样生活的，他们的生活难道就没有价值了吗？"③陈彦正是从小人物、从底层、从日常生活中挖掘塑造新人的可能性。在《西京故事》中，按照惯常的理解，以罗甲成、罗甲秀为代表的青年人群体似乎应该属于新人，但小说中似乎只有罗甲秀、童薇薇具有新人的特质，无论她们出身如何，她们身上都体现出积极的意义。罗甲成、罗甲成的室友、金锁等年轻人并无新人的特质：罗甲成虽有雄心壮志，但从乡村到城

① 张旭东：《试谈人民共和国的根基——写在国庆六十周年前夕》，见《文化政治与中国道路》，上海人民出版社2015年版，第15页。

② 陈晓明：《萤火虫、幽灵化或如佛一样——评贾平凹新作〈带灯〉》，《当代作家评论》，2013年第3期。

③ 陈彦：《边走边看》，上海文化出版社2012年版，第371页。

市的巨大落差使他在巨大的自卑感和自尊心的纠缠下迷失了自我；罗甲成的室友中不乏精致的利己主义者；金锁则根本就是一个纨绔的富二代。小说中真正具有新人特质的是传统的罗天福。既然新人不具备"某种固有的属性"，就意味着"新"与"旧"之间有转换的可能性，如《创业史》中一直被视为"中间人物"的梁三老汉，当他接受并认可互助组的时候，他身上就产生了某种新质。罗天福坚持以诚实劳动安身立命，这是农耕文明时代的优良传统，但在市场经济时代，在一切向钱看的时代，它被视为是过时的；然而恰恰是这种"过时"的传统具有塑造人心的作用。这也意味着某些"旧的"在当下时代反而是"新的"，因为它们使个体获得了意义，个体的意义则能抵达总体性。什么样的人是当下时代的新人？新人"依旧处在传统内部的断裂和连续的历史韵律之中，包含着传统中国文化的种种元素，并以自身现实中的活动为中介，把这些文化因素转化为一种崭新的价值和精神力量"①。《装台》中的刁顺子、《主角》中的忆秦娥、《喜剧》中的贺火炬在这个意义上都是新人：刁顺子虽身处底层，但他有自己的生存意义，有属于底层的价值和尊严；忆秦娥不论境遇如何，始终坚持自我精进，以积极的态度面对未来新的可能；贺火炬在迷失之后，在偶然的机缘下幡然悔悟、悬崖勒马，重拾其父火烧天的喜剧之道，从而有了人生贞下起元、峰回路转之新的可能。在陈彦笔下，由于时代的变化，新人的特质及新人面对的历史难题都与以往不同，但也体现出某种共性，即这些新人"不可能在一个历史空白或价值空白中开始自我构造，而是在既有的历史条件和文化条件下，在一个现实的政治和伦理的空间中去寻找新的自我"②。他们所具有的新人的特质往往来自传统，但又不是传统的简单集合，而是在新的时代被外在世界碰撞磨砺后，经由个体之意义产生的一种新的东西。这种新质是面向新的世界的，而这正是当下时代重建总体性的关键所在。

---

① 张旭东：《试谈人民共和国的根基——写在国庆六十周年前夕》，见《文化政治与中国道路》，上海人民出版社 2015 年版，第 15 页。

② 张旭东：《试谈人民共和国的根基——写在国庆六十周年前夕》，见《文化政治与中国道路》，上海人民出版社 2015 年版，第 15 页。

结　语

　　以"地方"视角进行文学研究是一种传统，同时也是当下学术研究的一个热点，这个热点又衍生出"地方性文学""地方叙事""地方路径"等不同的地方话语。本书谈及的地方书写事实上融合了以上论点的研究思路。这一研究思路之所以能成立是因为"地方"本身的丰富性，"地方"不仅是一种地理空间、书写形式，也是一种知识、方法、路径和话语表达机制，这意味着从"地方"进入文学研究有着更加开阔的空间。本书尝试将陕西文学作为一种"地方"样本考察中国当代文学的地方书写，"地方"无论是对微观的地方文学还是对宏观的整体性的中国当代文学而言都是极为重要的研究视角。对作为样本的陕西文学而言，以地方书写的视角来观察，与传统地域文学研究的思路相比，能开拓出陕西文学更加广阔的空间，尤其是当下陕西文学呈现了越来越多无法用传统地域性来解读的文学现象，这些文学现象更适合用富有弹性的"地方"来解读。同时，以"地方"视角进入中国当代文学，探讨中国当代文学中"地方"的意义和价值，无疑也是值得深入研究的课题，尤其是在当下的全球化时代，"地方"的意义更加凸显，它与国族、传统、现代等诸多有关"中国性"的问题联系在一起。地方书写搭建起连接陕西文学和中国当代文学的平台：在以"地方"视角观察陕西文学时，其实也是在观察中国当代文学，因为陕西文学是中国当代文学的一种地方样本和地方路径；以"地方"视角观察中国当代文学，也有助于对陕西文学的深入研究，因为中国当代文学不同时期的重要文学思潮、文学现象、文学论争的发生总会有地方痕迹，甚至在很大程度上是由地方书写承担的。

本书的研究首先关注作为"地方"样本的陕西文学，聚焦陕西文学的内部空间：陕西文学创作所依赖的地方性知识是什么？有什么地方性特征？具体到文本层面如何呈现地方性？陕西文学创作在本土的地方性知识之外是否还有非本土的异质地方性知识？对这些问题的思考有助于深描陕西文学，拓宽研究视野。其次，本书将陕西文学作为样本，作为研究中国当代文学的一种地方性的方法和路径，考察中国当代文学的地方书写现象：中国当代文学有哪些不同的地方书写形式？中国当代文学的发展与"地方"有何关系？地方书写如何承担中国当代文学不同时期的"中国性"问题？具体而言是聚焦于陕西文学和中国当代文学作为一种地方/整体视域中的两种文学维度如何围绕"地方"这一概念产生碰撞和对话，以及这种碰撞和对话在不同层面是如何显现的。对相关问题的研究在诸多层面都有重要意义：

第一，重新厘清陕西文学作为地方书写（局部）与中国当代文学（整体）的关系。中国当代文学整体景观的形成无疑离不开地方书写，两者之间虽有整体与局部的差异，但并不是中心与边缘的关系，而是一种双向互动的关系。如果将中国当代文学经验视为一种大传统，将陕西文学经验视为一种地方传统，那么真实的情况是，大传统的形成与地方传统的不断生成密切相关，同时大传统又会影响并作用于地方传统，两者之间是一种相关生产、相关建构的关系。就作为整体的中国当代文学而言，陕西文学属于地方或局部，整体是由局部构成的，并且整体所具有的丰富性也是源于不同地方的差异性，此外，中国当代文学不同时期文学思潮的在地化过程必然需要地方书写元素的支撑。而作为地方或局部的陕西文学也必然会受到中国当代文学的影响，比如陕西文学所具有的影响力从某种意义上说也是由整体建构或生产出来的。两者之间始终是一种相互影响与建构、对话与交融的关系，将来这样的关系仍会存在，并有利于两者的共同发展。

第二，以"地方"视角进入陕西文学，有助于挖掘陕西文学更加广阔的空间。以往更注重对地域文学的研究，这种研究思路能对陕西文学的历史、积淀及其不同于其他地域文学的特质进行深入挖掘，在以往取得了丰硕的成果。但随着时代的发展，文学现场及环境的改变，传统的地域文学研究的维度已不能涵盖陕西文学的全部，对这些无法用地域文学来解读的文学现象，如红柯和叶广芩的跨地写作、陕西文学中的"异乡人"和"异地景观"、年轻作家创作的"去地域性"等，以"地方"视角进行研究更合适，尤其是能看到陕西文学内部的异质元素以及不同"地方"之间的对话，这对陕西文学研究而言具有重要意义。这样的研究思路也适用于其他地方的文学研究。

第三，重视地方书写与"文学中国"的关系，这是地方书写避免就"地方"言"地方"从而超越地方性的关键所在。如果说保证中国当代文学自我连续性的不是"当代"而是"中国"，是中国这个主权国家及其文化认同本身构成了中国当代文学的连续性，那么中国当代文学的一个核心命题就是文学的"中国性"问题，这也意味着地方书写始终不能脱离"中国"这个更大的视域。尤其在当下的全球化时代，这个问题不仅有文学意义，更有现实意义。仅就"地方"言"地方"的视域无疑是狭窄的。陕西历史传承中本就包含国族经验，因此陕西文学始终积极参与当代文学"中国性"的诸多问题，陕西文学中的历史感、现实精神、底层意识和乡土特质从不同层面回应了不同时代文学的"中国性"问题，当代中国不同时期的文学难题、文化思潮、现实症候都在陕西文学中有所呈现，在这个意义上，陕西文学有着呈现中国经验的自觉意识。陕西文学有其独特的地方性，但并不是自给自足的封闭的个体，也没有与外在的社会现实割断联系，而是始终关注自身与整个民族国家的联系，也不缺乏与其他"地方"的文学、文化的互动。这是当下的地方书写应该秉持的态度。

第四，重视地方书写与全球化的关系，这同样关涉到"文学中国"的问题。地方书写本身要用到地方性知识，如果将中国当代文学视为一个整体，那么陕西文学就是中国当代文学的一种地方性知识，在另一个意义上，中国文学对于世界文学而言也是一种地方性知识。地方性知识与全球化无疑是当下这个时代无法回避的问题，厘清两者之间的关系是非常重要的。吉尔兹提出地方性知识是用来对抗全球化时代的同质化趋势的，是一种本土化策略，是为了保护地方性知识不被全球化湮没，这本身无可厚非。但全球化是大势所趋，它既给地方性知识带来了冲击，同时也给地方性知识带来了机遇。在这样的情形下，中国文学面对全球化应当保持理性，而不是一味对抗。这并不意味着放弃中国文学的独特性，中国文学在全球化时代依然需要彰显其"中国性"的一面，同时也要充分利用全球化时代带来的机遇，积极向外输出中国经验，讲述中国故事。更为重要的是，要思考以何种形式更好、更有效率地向世界输出本民族文化传统中的优质元素，以及本民族的优质文化元素是否有成为普遍性经验的可能。这也意味着中国文化、文学在全球化时代既要保持自己的"中国性"特质，也要具备一种全球化视野，关注当下的普世性问题。陕西文学作为中国当代文学的一种地方性知识，应尽量挖掘自身地方性知识中的普遍性经验，也就是"中国性"经验，并以一种有效的方式向外输出，使之不仅体现为"陕西的"特质，同时也体现出"中国的"特质。在这方面，贾平凹、陈彦的创作对于当下的文学创作无疑有重要的借鉴意义。近年来贾平凹的小说如《老生》《带灯》《山本》等回归中国传统美学，陈彦的"舞台三部曲"大量借鉴、融入传统戏曲，都是这方面较为成功的尝试。无论是贾平凹以中国传统美学呈现秦岭，还是陈彦以戏曲统摄小说全文，他们都没有囿于秦岭、秦腔等地方性知识，而是在地方书写中注入丰富的国族经验，因此在"地方"的基础上积极呈现出"中国性"的内容，也有助于全球化时代中国文化的传播以及中国形象的彰显。

地方书写的特质，地方书写的功能，如其对不同层面、形式的"地方"的呈现，对中国当代文学的建构，对当代中国不同时期社会症候的反映，以及在全球化时代对中国形象的彰显，都赋予地方书写合理性及重要意义。这也意味着地方书写在当下及未来仍有充分挖掘的空间，仍是需要重视的。但对地方书写也需持理性审慎的态度。陕西文学在未来的发展中应当注意以下问题：

第一，陕西文学依然要重视文学创作的地方特征。21 世纪以来，陕西文坛上出现了"去地域性"的创作倾向。陕西文学的地域性往往联系着乡土性，一些作家开始重视都市题材的小说，从而导致乡土性淡化，乡土性的淡化又带来了地域性的淡化，这在一定程度上是对以往陕西文学太过重视地域特性而可能引发的集约和趋同现象的反拨。这些小说创作"在淡化和隐去地域性标识时，也正努力走向更为壮阔的对世界和人类命运的关怀"①，这对于陕西文学无疑是有积极意义的。但一个"地方"内在本质的东西是绝对不能抛弃的，文学创作不能抛弃地方性，否则会导致作为整体的中国当代文学的趋同化，导致文学差异性的消失，这无疑不利于文学的发展。陕西文学应当把握好地域性和"去地域性"的度，在坚守地域性的同时也要有开阔的视野，使陕西文学在具有"地方"特色的同时更加丰富多元。

第二，作为地方书写，陕西文学应该避免封闭化和极端化倾向。封闭化就是将文学的地方性视为自足的主体，并且有意保持这种自足的状态而忽视文学与外部世界、与发展中的社会历史以及与民族国家的关系。极端化则是过于推崇地方性，甚至持"一种无原则的肯定与理解态度"②。这两种倾向都不利于陕西文学的发展。陕西作家一向具有忧患意识，也积极介入时代社会的发展，而且陕西文学传统中本就包含着国族经验，陕西文学在未来的发展中应当继承这些优良传统。同时，陕西文学创作在呈现地方性知识如使用方言时，应当注意方式方法，使之能够在更广阔的范围内传播和被接受。

第三，陕西文学创作应当坚持民族国家的整体性和现代性原则。陕西文学在坚持地方性的同时，不能背离民族国家的整体性，"一方面，地方是构成整体的基础，强调置于民族国家整体之上的具体地方情感，不会损害民族国家情感，反而会使民族国家情感更为具体化和深切化。另一方面，在中华民族的整体意识上认识地方文化，视野能够更开阔和深远"③。陕西文学在这方面有优良的传统，应当继承发扬。同时，地方性知识和地方书写也不要拒绝现代性，应当做批判性的反思。陕西文学重视乡土题材，陕西作家的乡土

---

① 周燕芬：《"去地域性"与"去史诗化"——新世纪陕西长篇小说创作群体观察》，《光明日报》，2013 年 2 月 26 日，第 14 版。

② 王邵励：《"地方性知识"何以可能——对格尔茨阐释人类学之认识论的分析》，《思想战线》，2008 年第 1 期。

③ 贺仲明：《"地方性文学"的多元探究与价值考量》，《中山大学学报（社会科学版）》，2021 年第 2 期。

情感可能会使其抗拒现代性，但现代性是不可抗拒的潮流，现代性也不必然导致本土性和传统的消逝，陕西作家要尝试在当下发展的世界中建立并维持陕西文学的地方性。其他区域的地方书写同样应当如此。

地方书写在当下是一种重要的文学现象：它既指向过去，联结着中国文学的传统和华夏民族的国族经验，又指向当下和未来——文学如何在现代化、全球化时代展示中国形象和建构中国的主体性；它一方面有利于文学的差异性研究，能够为地方性文学打开更广阔的空间——本书用来分析陕西文学的思路应该也能够用于其他地域文学和地方性写作的研究上，另一方面也有利于文学的整体性研究。地方书写是进入中国当代文学的一种方法和路径，地方书写如何呈现整体性的文学问题，以何种方式嵌入整体性的文学版图之中，在未来如何向全球展示中国形象，如何作为"地方"呈现"中国性"并进而指向人类的终极性问题，无疑都是有待深入思考的问题。对这些问题的思考不仅在文学研究层面有重要意义，同时也有助于反哺文学创作，在理论和实践层面对中国当代文学都有重要意义。

参考文献

一、作品

[1] 柳青. 创业史［M］. 北京：中国青年出版社，1960.

[2] 柳青. 柳青文集［M］. 北京：人民文学出版社，2005.

[3] 杜鹏程. 杜鹏程文集［M］. 西安：陕西人民出版社，1993.

[4] 王汶石. 新结识的伙伴［M］. 郑州：河南文艺出版社，2019.

[5] 路遥. 路遥全集［M］. 北京：北京十月文艺出版社，2019.

[6] 路遥. 平凡的世界［M］. 北京：北京十月文艺出版社，2017.

[7] 路遥. 早晨从中午开始［M］. 北京：北京十月文艺出版社，2012.

[8] 路遥. 路遥精选集［M］. 北京：北京燕山出版社，2008.

[9] 路遥. 路遥中短篇小说·随笔卷［M］. 西安：陕西人民出版社，1993.

[10] 陈忠实. 陈忠实文集［M］. 广州：广州出版社，2004.

[11] 陈忠实. 陈忠实自选集［M］. 海口：海南出版社，2008.

[12] 陈忠实. 寻找属于自己的句子：陈忠实自述［M］. 北京：北京大学出版社，2019.

[13] 陈忠实. 白鹿原纪事［M］. 成都：四川文艺出版社，2015.

[14] 陈忠实. 白鹿原［M］. 北京：人民文学出版社，1993.

[15] 贾平凹. 贾平凹作品：1—20卷［M］. 南京：译林出版社，2012.

[16] 贾平凹. 贾平凹小说精粹·中篇卷［M］. 北京：人民文学出版社，2006.

[17] 贾平凹. 五十大话［M］. 北京：人民文学出版社，2008.

[18] 贾平凹. 平凹说小说［M］. 西安：陕西师范大学出版总社有限公司，2018.

[19] 贾平凹. 访谈［M］. 北京：生活·读书·新知三联书店，2015.

[20] 贾平凹. 贾平凹散文全编·旷世秦腔［M］. 长春：时代文艺出版社，2015.

［21］贾平凹. 贾平凹散文全编·太白山魂［M］. 长春：时代文艺出版社，2015.

［22］贾平凹. 商州初录［M］. 合肥：安徽文艺出版社，2013.

［23］贾平凹. 腊月·正月［M］. 北京：北京十月文艺出版社，1985.

［24］贾平凹. 白夜［M］. 北京：华夏出版社，2017.

［25］贾平凹. 废都［M］. 北京：作家出版社，2009.

［26］贾平凹. 高兴［M］. 南京：译林出版社，2012.

［27］贾平凹. 带灯［M］. 北京：人民文学出版社，2013.

［28］贾平凹. 古炉［M］. 桂林：漓江出版社，2012.

［29］贾平凹. 浮躁［M］. 桂林：漓江出版社，2013.

［30］贾平凹. 秦腔［M］. 西安：陕西人民出版社，2008.

［31］贾平凹. 老生［M］. 北京：人民文学出版社，2014.

［32］贾平凹. 极花［M］. 北京：人民文学出版社，2016.

［33］贾平凹. 山本［M］. 北京：作家出版社，2018.

［34］高建群. 最后一个匈奴［M］. 北京：北京十月文艺出版社，2016.

［35］高建群. 统万城［M］. 西安：太白文艺出版社，2013.

［36］高建群. 大平原［M］. 西安：陕西师范大学出版总社有限公司，2021.

［37］红柯. 敬畏苍天［M］. 上海：上海人民出版社，2002.

［38］红柯. 额尔齐斯河波浪［M］. 上海：上海文艺出版社，2011.

［39］红柯. 西去的骑手［M］. 昆明：云南人民出版社，2002.

［40］红柯. 生命树［M］. 北京：北京十月文艺出版社，2010.

［41］红柯. 乌尔禾［M］. 上海：上海文艺出版社，2013.

［42］红柯. 好人难做［M］. 北京：人民文学出版社，2012.

［43］红柯. 阿斗［M］. 上海：上海文艺出版社，2013.

［44］红柯. 百鸟朝凤［M］. 上海：上海文艺出版社，2013.

［45］红柯. 喀拉布风暴［M］. 重庆：重庆出版社，2013.

［46］红柯. 少女萨吾尔登［M］. 北京：北京十月文艺出版社，2015.

［47］红柯. 太阳深处的火焰［M］. 北京：北京十月文艺出版社，2018.

［48］叶广芩. 老虎大福［M］. 西安：太白文艺出版社，2004.

［49］叶广芩. 青木川［M］. 西安：太白文艺出版社，2007.

［50］叶广芩. 采桑子［M］. 北京：北京十月文艺出版社，1999.

［51］叶广芩. 状元媒［M］. 北京：北京十月文艺出版社，2019.

［52］叶广芩. 去年天气旧亭台［M］. 北京：北京十月文艺出版社，2016.

［53］陈彦. 西京故事［M］. 西安：太白文艺出版社，2023.

［54］陈彦. 装台［M］. 北京：作家出版社，2015.

［55］陈彦. 主角［M］. 北京：作家出版社，2018.

［56］陈彦. 喜剧［M］. 北京：作家出版社，2021.

［57］陈彦. 说秦腔［M］. 上海：上海文艺出版社，2017.

［58］陈彦. 边走边看［M］. 上海：上海文化出版社，2012.

［59］冯积岐. 村子［M］. 西安：太白文艺出版社，2006.

［60］周瑄璞. 多湾［M］. 杭州：浙江文艺出版社，2015.

［61］周瑄璞. 日近长安远［M］. 北京：北京十月文艺出版社，2019.

［62］吴文莉. 叶落长安［M］. 南京：凤凰出版社，2012.

［63］吴文莉. 叶落大地［M］. 西安：太白文艺出版社，2015.

［64］吴文莉. 黄金城［M］. 西安：陕西师范大学出版总社有限公司，2021.

［65］李春平. 盐道［M］. 北京：作家出版社，2014.

［66］李春平. 盐味［M］. 北京：人民文学出版社，2018.

［67］李春平. 盐色［M］. 北京：人民文学出版社，2020.

［68］王海. 金花［M］. 西安：太白文艺出版社，2020.

［69］黄天顺. 大引茶商［M］. 西安：陕西人民出版社，2019.

［70］王妹英. 山川记［M］. 西安：太白文艺出版社，2014.

［71］梁启超. 饮冰室合集［M］. 北京：中华书局，1989.

［72］闻一多. 闻一多全集［M］. 长沙：湖南人民出版社，1993.

［73］周作人. 周作人散文全集［M］. 南宁：广西师范大学出版社，2009.

［74］毛泽东. 毛泽东选集［M］. 北京：人民出版社，1991.

二、传记

［1］刘可风. 柳青传［M］. 北京：人民文学出版社，2016.

［2］王西平，李星，李国平. 路遥评传［M］. 西安：太白文艺出版社，1997.

［3］厚夫. 路遥传［M］. 北京：人民文学出版社，2015.

［4］张艳茜. 路遥传［M］. 西安：陕西人民出版社，2017.

［5］孙见喜，孙立盎. 贾平凹传［M］. 西安：陕西人民出版社，2017.

［6］邢小利. 陈忠实传［M］. 西安：陕西人民出版社，2015.

［7］韩春萍. 丝路骑手：红柯评传［M］. 北京：中央民族大学出版社，2020.

三、译著

［1］［美］克利福德·吉尔兹. 地方性知识：阐释人类学论文集［M］. 王海龙，张家瑄，译. 北京：中央编译出版社，2000.

［2］［美］约瑟夫·劳斯. 知识与权力：走向科学的政治哲学［M］. 盛晓明，邱慧，孟强，译. 北京：北京大学出版社，2004.

［3］［美］本尼迪克特·安德森. 想象的共同体：民族主义的起源与散布［M］. 吴叡人，译. 上海：上海人民出版社，2011.

［4］［日］柄谷行人. 日本现代文学的起源［M］. 赵京华，译. 北京：生活·读书·新知三联书店，2019.

［5］［匈］卢卡奇. 历史与阶级意识：关于马克思主义辩证法的研究［M］. 杜章智，任立，燕宏远，译. 北京：商务印书馆，1992.

［6］［美］柯文. 在中国发现历史：中国中心观在美国的兴起［M］. 林同奇，译. 北京：社会科学文献出版社，2017.

［7］［英］迈克·克朗. 文化地理学［M］. 杨淑华，宋慧敏，译. 南京：南京大学出版社，2003.

［8］［英］多琳·马西. 空间、地方与性别［M］. 毛彩凤，袁久红，丁乙，译. 北京：首都师范大学出版社，2018.

［9］［加拿大］爱德华·雷尔夫. 地方与无地方［M］. 刘苏，相欣奕，译. 北京：商务印书馆，2021.

［10］［美］杨庆堃. 中国社会中的宗教：宗教的现代社会功能与其历史因素之研究［M］. 范丽珠等，译. 上海：上海人民出版社，2007.

［11］［美］夏志清. 中国现代小说史［M］. 丁福祥，潘明燊，译. 杭州：浙江人民出版社，2016.

［12］［美］华莱士·马丁. 当代叙事学［M］. 伍晓明，译. 北京：北京大学出版社，1990.

［13］［法］罗杰·加洛蒂. 论无边的现实主义［M］. 吴岳添，译. 天津：百花文艺

出版社，1998.

［14］［俄］别林斯基. 别林斯基论文学［M］. 别列金娜，选辑. 梁真，译. 上海：新文艺出版社，1958.

［15］［美］塞缪尔·亨廷顿. 文明的冲突［M］. 周琪，译. 北京：新华出版社，2013.

［16］［英］安东尼·吉登斯. 现代性与自我认同：晚期现代中的自我与社会［M］. 赵旭东，方文，译. 北京：生活·读书·新知三联书店，1998.

［17］［美］马克·赛尔登. 革命中的中国：延安道路［M］. 魏晓明，冯崇义，译. 北京：社会科学文献出版社，2002.

［18］［匈］卢卡奇. 小说理论［M］. 燕宏远，李怀涛，译. 北京：商务印书馆，2012.

［19］［法］阿尔都塞. 保卫马克思［M］. 顾良，译. 北京：商务印书馆，2010.

四、论著

［1］丁帆，等. 中国乡土小说史［M］. 北京：北京大学出版社，2007.

［2］［战国］韩非. 韩非子［M］. 陈秉才，译注. 北京：中华书局，2007.

［3］李继凯. 秦地小说与“三秦文化”［M］. 北京：商务印书馆，2013.

［4］冯肖华. 陕西地域文学论稿［M］. 西安：陕西人民出版社，2007.

［5］冯肖华. 文学气象与民族精神：20 世纪陕西地缘文学审美形态［M］. 北京：中国社会科学出版社，2010.

［6］李敬泽. 会饮记［M］. 北京：北京十月文艺出版社，2018.

［7］赵德利. 情源黄土地：新时期陕西文学的民间文化阐释［M］. 北京：作家出版社，2006.

［8］韦建国，李继凯，畅广元. 陕西当代作家与世界文学［M］. 北京：中国社会科学出版社，2004.

［9］梁颖. 三个人的文学风景：多维视镜下的路遥、陈忠实、贾平凹比较论［M］. 北京：人民出版社，2009.

［10］费秉勋. 贾平凹论［M］. 西安：陕西人民出版社，2018.

［11］赵学勇. 生命从中午消失：路遥的小说世界［M］. 增订本. 西安：陕西师范大学出版总社有限公司，2019.

［12］陈晓明，张晓琴. 全球视野下的贾平凹［M］. 上海：上海交通大学出版社，2019.

［13］杨辉."大文学史"视域下的贾平凹研究［M］.北京：人民出版社，2017.

［14］赵学勇，王贵禄.守望・追寻・创生：中国西部小说的历史形态与精神重构［M］.北京：北京大学出版社，2012.

［15］杨天宇.周礼译注［M］.上海：上海古籍出版社，2004.

［16］来新夏.方志学概论［M］.福州：福建人民出版社，1983.

［17］费孝通.江村经济［M］.上海：华东师范大学出版社，2018.

［18］周振甫.文心雕龙今译［M］.北京：中华书局，1986.

［19］邬国平，黄霖.中国文论选・近代卷［M］.南京：江苏文艺出版社，1996.

［20］曾大兴.文学地理学概论［M］.北京：商务印书馆，2017.

［21］李松睿.书写"我乡我土"：地方性与20世纪40年代中国小说［M］.上海：上海人民出版社，2016.

［22］程美宝.地域文化与国家认同：晚清以来"广东文化"观的形成［M］.北京：生活・读书・新知三联书店，2006.

［23］洪子诚.中国当代文学史［M］.北京：北京大学出版社，1999.

［24］贾平凹.平凹文论集［M］.西宁：青海人民出版社，1985.

［25］洪子诚.问题与方法：中国当代文学史研究讲稿［M］.北京：生活・读书・新知三联书店，2002.

［26］徐迺翔.文学的"民族形式"讨论资料［M］.北京：知识产权出版社，2010.

［27］毛泽东.建国以来毛泽东文稿：第七册［M］.北京：中央文献出版社，1992.

［28］陈彦.戏剧评论文选［M］.西安：陕西人民出版社，2008.

［29］毕海.中国现代文学论争与文化政治："民族形式"文艺争论及相关问题［M］.北京：中国社会科学出版社，2017.

［30］王俊虎.延安文学经验的当代承传：以陕西文学为中心［M］.北京：人民出版社，2020.

［31］朱寨.中国当代文学思潮史［M］.北京：人民文学出版社，1987.

［32］蒙万夫，等.柳青写作生涯［M］.天津：百花文艺出版社，1985.

［33］陈思和.中国当代文学史教程［M］.上海：复旦大学出版社，1999.

［34］朱栋霖，朱晓进，吴义勤.中国现代文学史：1915—2018［M］.4版.北京：高等教育出版社，2020.

［35］徐复观.两汉思想史：第三卷［M］.上海：华东师范大学出版社，2001.

［36］杨晓帆. 路遥论［M］. 北京：作家出版社，2018.

［37］费孝通. 乡土中国［M］. 上海：华东师范大学出版社，2018.

［38］赵园. 地之子［M］. 北京：北京大学出版社，2007.

［39］畅广元. 神秘黑箱的窥视［M］. 西安：陕西人民教育出版社，1993.

［40］张柠. 土地的黄昏：中国乡村经验的微观权力分析［M］. 北京：东方出版社，
2005.

［41］汪名凡. 中国当代小说史［M］. 南宁：广西人民出版社，1991.

［42］蔡翔. 革命/叙述：中国社会主义文学—文化想象（1949—1966）［M］. 北京：
北京大学出版社，2010.

［43］贺桂梅. 书写"中国气派"：当代文学与民族形式建构［M］. 北京：北京大
学出版社，2020.

［44］刘绍棠，宋志明. 中国乡土文学大系：当代卷［M］. 北京：农村读物出版社，
1996.

［45］陈晓明. 中国当代文学主潮［M］. 北京：北京大学出版社，2009.

［46］李杨. 抗争宿命之路："社会主义现实主义"（1942—1976）研究［M］. 长春：
时代文艺出版社，1993.

［47］贺桂梅. 打开中国视野：当代文学与思想论集［M］. 北京：北京大学出版社，
2020.

［48］苏沙丽. 贾平凹论［M］. 北京：作家出版社，2018.

［49］南帆. 五种形象［M］. 上海：复旦大学出版社，2007.

［50］贺桂梅. "新启蒙"知识档案：80 年代中国文化研究［M］. 2 版. 北京：北京
大学出版社，2021.

［51］张旭东. 改革时代的中国现代主义：作为精神史的 80 年代［M］. 崔问津等，
译. 北京：北京大学出版社，2014.

［52］熊修雨. 中国当代寻根文学思潮论［M］. 北京：中国人民大学出版社，2020.

［53］李杨. 50—70 年代中国文学经典再解读［M］. 北京：北京大学出版社，2018.

［54］贺桂梅. "50—70 年代文学"研究读本［M］. 上海：上海书店出版社，2018.

［55］杨伯峻. 论语译注［M］. 北京：中华书局，2012.

［56］李泽厚. 中国古代思想史论［M］. 北京：生活·读书·新知三联书店，2017.

［57］王大华. 崛起与衰落［M］. 西安：陕西人民出版社，1987.

［58］甘阳. 八十年代文化意识［M］. 上海：上海人民出版社，2006.

［59］程光炜. 寻根文学研究资料［M］. 南昌：百花洲文艺出版社，2017.

［60］陈富强. 后岸书［M］. 武汉：长江文艺出版社，2016.

［61］魏华莹.《废都》的寓言："双城"故事与文学考证［M］. 北京：中国社会科学出版社，2016.

［62］张少康. 中国文学理论批评史教程［M］. 修订本. 北京：北京大学出版社，2011.

［63］王宁，薛晓源. 全球化与后殖民批评［M］. 北京：中央编译出版社，1998.

［64］陈晓明. 文学超越［M］. 北京：中国发展出版社，1999.

［65］唐宏峰. 旅行的现代性：晚清小说旅行叙事研究［M］. 北京：北京师范大学出版社，2011.

［66］李刚. 陕西商帮史［M］. 西安：西北大学出版社，1997.

［67］邹卫鹏. 秦巴古盐道［M］. 西安：陕西师范大学出版总社有限公司，2017.

［68］王一川. 京味文学第三代：泛媒介场中的 20 世纪 90 年代北京文学［M］. 北京：北京大学出版社，2006.

［69］靳明全. 区域文化与文学［M］. 北京：中国社会科学出版社，2003.

［70］葛剑雄. 中国移民史［M］. 福州：福建人民出版社，1997.

［71］范玉春. 移民与中国文化［M］. 桂林：广西师范大学出版社，2005.

［72］谢镇泽，郭海军. 改革开放城市新移民文学书写研究［M］. 北京：人民出版社，2018.

［73］霍俊明. 先锋诗歌与地方性知识［M］. 济南：山东文艺出版社，2017.

［74］韩春燕. 文字里的村庄：当代中国小说的村庄叙事［M］. 上海：上海人民出版社，2010.

［75］王晓平. 走向文化复兴：全球化时代的中国文学与文化［M］. 北京：社会科学文献出版社，2017.

［76］吴毅. 村治变迁中的权威与秩序：20 世纪川东双村的表达［M］. 北京：中国社会科学出版社，2002.

［77］张旭东. 全球化时代的文化认同：西方普遍主义话语的历史批判［M］. 北京：北京大学出版社，2005.

［78］王忠明，等. 中外名家系列讲座集萃 5［M］. 北京：中国青年出版社，2005.

［79］张旭东. 文化政治与中国道路［M］. 上海：上海人民出版社，2019.

五、期刊论文

［1］贺仲明. "地方性文学"的多元探究与价值考量［J］. 中山大学学报（社会科学版），2021，61（2）.

［2］朱竑，钱俊希，陈晓亮. 地方与认同：欧美人文地理学对地方的再认识［J］. 人文地理，2010，25（6）.

［3］王祥. 试论地域、地域文化与文学［J］. 社会科学辑刊，2004（4）.

［4］李怡. 成都与中国现代文学发生的地方路径问题［J］. 文学评论，2020（4）.

［5］杨丹丹. "地方性"与北方文学研究［J］. 东北师大学报（哲学社会科学版），2014（5）.

［6］凤媛. 作为一种"地方性知识"的地域文化：兼及对江南文化和文学研究的一些思考［J］. 文艺理论研究，2011（5）.

［7］周燕芬. 当代陕西长篇小说的代际衍变与艺术贡献［J］. 华中师范大学学报（人文社会科学版），2014，53（1）.

［8］何西来. 文学鉴赏中的地域文化因素［J］. 文艺研究，1999（3）.

［9］田中阳. 黄土地上的文学精魂：从区域自然地理环境对文学的影响观陕西作家群［J］. 湖南师范大学社会科学学报，1996（1）.

［10］吴妍妍. 陕西当代乡土小说的书写方式［J］. 苏州大学学报（哲学社会科学版），2010，31（5）.

［11］张艳茜. 文学期刊与文学生态：对《延河》杂志的历史考察（1956—1966）［J］. 人文杂志，2021（3）.

［12］解志熙. 一卷难忘唯此书：《创业史》第一部叙事的真善美问题［J］. 文艺争鸣，2018（4）.

［13］许子东. 寻根文学中的贾平凹和阿城［J］. 文艺争鸣，2014（11）.

［14］黄平. 贾平凹与80年代"改革文学"：重读贾平凹"改革三部曲"［J］. 渤海大学学报（哲学社会科学版），2010，32（2）.

［15］周燕芬. 1980年代文学潮流中的路遥与陈忠实［J］. 文艺争鸣，2020（2）.

［16］杨辉. 作为批评和美学文本的《早晨从中午开始》：兼论路遥的文学观与20世纪80年代文学思潮［J］. 文学评论，2020（2）.

［17］杨辉. 现实主义的广阔道路：论陈彦兼及现实主义赓续的若干问题［J］. 中

国现代文学研究丛刊，2018（10）.

［18］李怡. "地方路径"如何通达"现代中国"：代主持人语［J］. 当代文坛，2020（1）.

［19］李永东. 中国现代文学研究的地方路径［J］. 当代文坛，2020（3）.

［20］盛晓明. 地方性知识的构造［J］. 哲学研究，2000（12）.

［21］邹建军. 文学地理学关键词研究［J］. 当代文坛，2018（5）.

［22］阎嘉. 四川文学与地理空间、地域性和地方性问题［J］. 大西南文学论坛，2017（0）.

［23］莫伸，毋燕. 地域特色对陕西文学的托载［J］. 小说评论，2011（6）.

［24］刘小波. 地方路径与文学中国："2020 中国文艺理论前沿峰会暨'四川青年作家研讨会'"会议综述［J］. 当代文坛，2021（1）.

［25］徐文斗，任孚先. 漫谈《红旗谱》的民族风格［J］. 山东大学学报（中文版），1960（Z1）.

［26］梁斌. 漫谈《红旗谱》的创作［J］. 人民文学，1959（6）.

［27］崔志远，葛振江. 燕赵风骨考论［J］. 河北师范大学学报（哲学社会科学版），2002（5）.

［28］鲍昌. 新时代的"燕赵风格"：梁斌创作风格一析［J］. 当代作家评论，1985（2）.

［29］何平. 被劫持和征用的地方：近三十年中国文学如何叙述地方［J］. 上海文学，2010（1）.

［30］叶珣. 腹地的光耀：《四川公报·娱闲录》的"新文化运动"［J］. 当代文坛，2020（1）.

［31］刘大先. 族群性、地方性与国家认同：百年中国文学的满人路径［J］. 当代文坛，2020（4）.

［32］张未民. 新世纪文学的发展特征［J］. 作家，2006（7）.

［33］于京一. 全球化语境下的地方性书写：论刘庆的《唇典》兼及讲述中国故事的方法［J］. 中国现代文学研究丛刊，2021（1）.

［34］蒋林欣. 河流叙事与国族文化想象建构：以徐则臣《北上》为中心［J］. 扬子江文学评论，2020（1）.

［35］陈彦. 现代戏创作的几点思考［J］. 中国戏剧，2011（8）.

［36］王金胜. 故事、小说与中国经验书写：由《喜剧》《主角》论陈彦小说的文化政治意涵［J］. 中国当代文学研究，2021（4）.

［37］陈培浩. 游牧于地方性与总体性之间：文学与地域三题［J］. 青年作家，2019（11）.

［38］《南方文坛》编辑部. 新时代的地方性叙事：第十届"今日批评家"论坛纪要［J］. 南方文坛，2020（2）.

［39］李建军. 论陕西文学的代际传承及其他［J］. 当代文坛，2008（2）.

［40］赵学勇，孟绍勇. "文学中心"的转移与当代文学"新方向"的确立［J］. 山西大学学报（哲学社会科学版），2006（1）.

［41］《延河》记者. 记"笔耕"组贾平凹近作讨论会［J］. 延河，1982（8）.

［42］陈深. 把生活的井掘得更深：贾平凹小说创作直观录［J］. 延河，1982（8）.

［43］周燕芬. 贾平凹与三十年当代文学的构成关系［J］. 当代作家评论，2009（5）.

［44］韩鲁华. 地域文化与文学创作：路遥、陈忠实、贾平凹文化心态比较分析［J］. 北京广播电视大学学报，2009（3）.

［45］唐先田. 充满浓郁诗意和改革精神的农村画卷：评贾平凹的三部中篇小说［J］. 江淮论坛，1984（5）.

［46］袁红涛. 发现商州：一个"地方社会空间"：重读贾平凹的一种方法［J］. 中国现代文学研究丛刊，2019（4）.

［47］蔡翔. 行为冲突与观念的演变：读贾平凹的《腊月·正月》［J］. 读书，1985（4）.

［48］陈剑晖. 骚动与喧哗：新时期文学思潮一瞥［J］. 当代作家评论，1986（6）.

［49］王鹏程. 秦腔对陕西当代小说的影响：以《创业史》、《白鹿原》、《秦腔》为例［J］. 沈阳师范大学学报（社会科学版），2007（6）.

［50］肖云儒. 《秦腔》：贾平凹的新变［J］. 小说评论，2005（4）.

［51］贾平凹. 三月问答［J］. 美文，2005（5）.

［52］白烨. 作为文学、文化现象的"陕军东征"［J］. 小说评论，1994（4）.

［53］肖云儒. 论"陕军东征"［J］. 人文杂志，1993（5）.

［54］张志忠. 陕军东征：从哪里来，到哪里去？：《1993：众语喧哗》选四（上）［J］. 文艺评论，1998（2）.

［55］吴义勤. 九十年代的小说格局［J］. 社会科学战线，1998（6）.

［56］《小说评论》编辑部. 一部可以称之为史诗的大作品：北京《白鹿原》讨论会
纪要［J］. 小说评论，1993（5）.

［57］王洪义. 公共艺术·在地性·上下文［J］. 上海艺术评论，2018（5）.

［58］陈晓明. 论文学的"当代性"［J］. 中国现代文学研究丛刊，2017（6）.

［59］王东明. 关于文学的当代性的思考［J］. 文学评论，1984（1）.

［60］刘琼. 陈彦的文学观和方法论浅议［J］. 中国文学批评，2021（1）.

［61］贺仲明. 意识形态的回归：转型中的新世纪初中国文学思潮［J］. 山东社会
科学，2006（5）.

［62］图力古日. 地方性知识研究的历史维度及其内涵［J］. 云南社会科学，2017（6）.

［63］王仲生. 历史，在这里呼唤史诗：重读《保卫延安》札记［J］. 文艺理论与
批评，1989（3）.

［64］张清华. 十年新历史主义文学思潮回顾［J］. 钟山，1998（4）.

［65］王岳川. 重写文学史与新历史精神［J］. 当代作家评论，1999（6）.

［66］杨辉，马佳娜. 天人之际：《老生》与中国古代的世界想象［J］. 中国现代文
学研究丛刊，2015（12）.

［67］李星. 论"农裔城籍"作家的心理世界：陕西作家论之一［J］. 当代作家评
论，1989（2）.

［68］曾攀. 百年中国乡土叙事的现代性镜像［J］. 黄河，2021（3）.

［69］魏策策. 中国乡土文学的发生与百年流变［J］. 文艺理论研究，2019，39（6）.

［70］罗志田. 科举制废除在乡村中的社会后果［J］. 中国社会科学，2006（1）.

［71］李继凯. 论长篇小说《山川记》和《盐道》［J］. 华夏文化论坛，2015（1）.

［72］李松睿. 吞噬一切的怪兽或劳动者：关于现实主义的思考之一［J］. 小说评
论，2020（1）.

［73］何直（秦兆阳）. 现实主义：广阔的道路［J］. 人民文学，1956（9）.

［74］杨辉. 总体性与社会主义文学传统［J］. 中国现代文学研究丛刊，2019（10）.

［75］黄子平. 关于"伪现代派"及其批评［J］. 北京文学，1988（2）.

［76］杨庆祥. 路遥的自我意识和写作姿态：兼及1985年前后"文学场"的历史分
析［J］. 南方文坛，2007（6）.

［77］邵燕君. 传统文学生产机制的危机和新型机制的生成［J］. 文艺争鸣，2009
（12）.

［78］吴义勤. 作为民族精神与美学的现实主义：论陈彦长篇小说《主角》［J］. 扬子江评论，2019（1）.

［79］杨小兰. 现实主义文学在当代［J］. 文艺争鸣，2012（4）.

［80］李建军. 是高峰，还是低谷：评长篇小说《秦腔》［J］. 文艺争鸣，2005（4）.

［81］陈思和. 论《秦腔》的现实主义艺术［J］. 西部，2007（4）.

［82］陈忠实. 关于《白鹿原》的答问［J］. 小说评论，1993（3）.

［83］雷达. 废墟上的精魂：《白鹿原》论［J］. 文学评论，1993（6）.

［84］陈独秀. 文学革命论［J］. 新青年，1917（2）.

［85］胡适. 建设的文学革命论［J］. 新青年，1918，4（4）.

［86］于敏，赵学勇. "人民性"书写的根基与精神指向：陕西文学七十年的追求与回望［J］. 小说评论，2020（5）.

［87］罗岗. "人民文艺"的历史构成与现实境遇［J］. 文学评论，2018（4）.

［88］杨辉.《讲话》传统、人民伦理与现实主义：论路遥的文学观［J］. 中国当代文学研究，2019（1）.

［89］李运抟. "底层叙事"的道德误区［J］. 作品，2007（9）.

［90］王贵禄. 谁的写作：重估"底层文学"中的意识形态话语［J］. 文艺理论与批评，2010（3）.

［91］李云雷. 贾平凹与新世纪文学的"底层"转向［J］. 兰州大学学报（社会科学版），2008（5）.

［92］刘纳. 写得怎样：关于作品的文学评价：重读《创业史》并以其为例［J］. 文学评论，2005（4）.

［93］严家炎. 梁生宝形象和新英雄人物创造问题［J］. 文学评论，1964（4）.

［94］崔永东. 试论中国传统文化的务实风格［J］. 清华大学学报（哲学社会科学版），1990（2）.

［95］任现品.当代小说中传统伦理的隐与显：从梁生宝到白嘉轩的伦理观分析［J］. 烟台大学学报（哲学社会科学版），2009，22（3）.

［96］贾平凹. 暂坐［J］. 当代，2020（3）.

［97］王一燕. 说家园乡情，谈国族身份：试论贾平凹乡土小说［J］. 当代作家评论，2003（2）.

［98］刘宁. 论贾平凹地域小说中的文化意蕴［J］. 小说评论，2004（5）.

［99］刘艳. 当代文学经典重读：贾平凹的"商州系列"［J］. 粤港澳大湾区文学评论，2021（4）.

［100］郭齐勇，廖晓炜. 改革开放四十年儒学研究［J］. 孔学堂，2018（3）.

［101］张林杰.《白鹿原》：历史与道德的悖论［J］. 人文杂志，2000（1）.

［102］南帆. 文化的尴尬：重读《白鹿原》［J］. 文艺理论研究，2005（2）.

［103］张颐武. 新保守精神：价值转型的表征［J］. 中国文化研究，1994（2）.

［104］王一燕. 细读《废都》：世纪末的文化空间符号学［J］. 南方文坛，2017（4）.

［105］王亚丽. "老西安"、"古典"传统与"招魂"写作：论贾平凹的西安城市书写［J］. 文学评论，2015（1）.

［106］李泽厚. 李泽厚答问［J］. 原道，1994（0）.

［107］兰爱国. 世纪末文学：文化保守主义思潮［J］. 文艺争鸣，1994（6）.

［108］沉风，志忠. 跨世纪之交：文学的困惑与选择［J］. 文学评论，1994（6）.

［109］张雨. 魏晋文人的放荡与庄学的关系［J］. 佳木斯大学社会科学学报，2019，37（2）.

［110］李敬泽. 庄之蝶论［J］. 当代作家评论，2009（5）.

［111］王岳川. 当代文化研究中的激进与保守之维［J］. 文艺理论研究，1999（4）.

［112］［美］阿里夫·德里克. 反历史的文化？寻找东亚认同的"西方"［J］. 王宁，译. 文艺研究，2000（2）.

［113］方奕. 新世纪长篇小说的"本土化"趋向［J］. 中国现代文学研究丛刊，2015（7）.

［114］王菊. 论《山本》的动植物描写及其文学意义［J］. 小说评论，2018（6）.

［115］邱正伦. 设计，必须旗帜鲜明地走中国路线［J］. 创意与设计，2008（1）.

［116］雷达，任东华. 新世纪文学初论：新世纪以来中国文学的走向［J］. 文艺争鸣，2005（3）.

［117］赛娜·伊尔斯拜克. "边界写作"：文化的守望与开拓［J］. 新疆艺术（汉文），2017（1）.

［118］周燕芬，叶广芩. 行走中的写作：叶广芩访谈录［J］. 小说评论，2008（5）.

［119］邢小利. 文人情怀 史家眼光：叶广芩论［J］. 中国作家，2010（9）.

［120］席扬，林山. 中国贵族精神的丰富性表达：再论叶广芩家族叙事的文化图谱与意义指涉［J］. 中南民族大学学报（人文社会科学版），2012，32（5）.

［121］李继凯. 20世纪秦地小说的文化主题［J］. 陕西师范大学学报（哲学社会科学版），1997（3）.

［122］李玫. 空间的生态伦理意义与话语形态：叶广芩秦岭系列文本解读［J］. 民族文学研究，2009（4）.

［123］红柯. 与大地的联系［J］. 人民文学，2002（5）.

［124］杨辉. 向着大地和天空，凡人和诸神：红柯《少女萨吾尔登》读札［J］. 雨花，2017（12）.

［125］吴玉玲. 晚清民国山东移民迁徙关中的背景［J］. 兰台世界，2017（15）.

［126］陕西省考古研究院. 陕西渭北地区"山东村"调查的初步收获及启示［J］. 三代考古，2011（0）.

［127］吕云涛，李辉.《白鹿原》中乡村治理模式的流变解读及启示［J］. 农业考古，2010（6）.

［128］袁红涛. 宗族村落与民族国家：重读《白鹿原》［J］. 文学评论，2009（6）.

［129］师力斌. 打开一座村庄呈现中国：读梁鸿《中国在梁庄》《出梁庄记》［J］. 当代作家评论，2015（6）.

［130］张丽军. 新世纪乡土中国现代性裂变的审美镜像：读贾平凹的《秦腔》与《高兴》［J］. 文艺争鸣，2009（2）.

［131］贾平凹. 我与传统接受［J］. 小说评论，2017（2）.

［132］杨辉. 执古之道：贾平凹文艺观念发微［J］. 文艺争鸣，2018（4）.

［133］谢有顺，樊娟. 海风山骨的话语分析：关于《带灯》［J］. 当代作家评论，2013（6）.

［134］王尧. 神话，人话，抑或其他：关于《老生》的阅读札记［J］. 当代作家评论，2015（1）.

［135］胡河清. 贾平凹论［J］. 当代作家评论，1993（6）.

［136］杨辉. 历史、通观与自然之镜：贾平凹小说的一种读法［J］. 当代文坛，2020（2）.

［137］李敬泽. 修行在人间：陈彦《装台》［J］. 西部大开发，2016（8）.

［138］王金胜. 现实主义总体性重建与文化中国想象：论陈彦《主角》兼及《白鹿原》［J］. 中国当代文学研究，2019（4）.

［139］翟耀. 大众化·民族化·现代化：茅盾在"民族形式"论争中的理论见解

［J］. 文史哲，1987（2）.

［140］郑润良. 以"中国经验"的总体性叙述对抗碎片化［J］.青年作家，2021（5）.

［141］张未民. 对新世纪文学特征的几点认识［J］. 东岳论丛，2011，32（9）.

［142］陈福民. 长篇小说和它的历史观问题［J］. 南方文坛，2009（5）.

［143］李蔚超. 李敬泽文学批评论［J］. 南方文坛，2017（4）.

［144］贺桂梅."总体性世界"的文学书写：重读《创业史》［J］. 文艺争鸣，2018（1）.

［145］黄平."总体性"难题：以李敬泽《会饮记》为中心［J］. 文学评论，2019（2）.

［146］王金胜. 一个人的总体性文学想象：论阿来《云中记》［J］. 南方文坛，2020（3）.

［147］杨晓帆. 怎么办？：《人生》与80年代"新人"故事［J］. 文艺争鸣，2015（4）.

［148］邵燕君.《平凡的世界》不平凡："现实主义常销书"生产模式分析［J］. 小说评论，2003（1）.

［149］唐小祥."苦恼的叙述者"向柳青致敬：论《带灯》［J］. 中国当代文学研究，2019（4）.

［150］陈晓明. 萤火虫、幽灵化或如佛一样：评贾平凹新作《带灯》［J］. 当代作家评论，2013（3）.

［151］王邵励."地方性知识"何以可能：对格尔茨阐释人类学之认识论的分析［J］. 思想战线，2008（1）.

［152］张未民. 何谓"中国文学"？：对"中国文学"概念及其相关问题的讨论［J］. 文艺争鸣，2009（9）.

六、报纸文章

［1］周燕芬."去地域性"与"去史诗化"：新世纪陕西长篇小说创作群体观察［N］. 光明日报，2013-02-26（14）.

［2］张永健. 江南山乡民俗风情的抒情诗［N］. 文艺报，2014-12-22（8）.

［3］金莹. 地方性写作：不仅仅是文化怀旧［N］. 文学报，2012-05-10（3）.

［4］段建军. 路遥对中国当代现实主义文学的贡献［N］. 文艺报，2018-12-14（2）.

［5］王立宪. 乡土与文学的根性［N］. 中国社会科学报，2020-12-11（12）.

［6］舒晋瑜. 陈彦：现实主义需要面对日常的残酷［N］. 中华读书报，2016-07-13（17）.

［7］王晓阳. 在陕西写作［N］. 陕西日报，2001-09-21（6）.

［8］陈晓明. 陈忠实：现实主义的完成［N］. 文艺报，2016-05-06（2）.

［9］徐可. 用现实主义精神观照社会生活［N］. 人民日报，2016-04-26（23）.

［10］张英. 从"废乡"到"废人"：专访贾平凹［N］. 南方周末，2007-10-25（21）.

［11］郑义. 跨越文化断裂带［N］. 文艺报，1985-07-13（3）.

［12］阎浩岗.《创业史》的艺术魅力［N］. 文艺报，2014-02-21（6）.

［13］庞朴. 孔子思想的再评价［N］. 光明日报，1978-08-12（2）.

［14］舒晋瑜. 陈彦：我希望写出文化传承和发展的根脉［N］. 中华读书报，2018-04-25（11）.

［15］曹霞. 梁鸿：土地的黄昏［N］. 北京日报，2014-08-21（18）.

［16］靳晓燕. 归乡，找寻精神家园：《中国在梁庄》作者梁鸿访谈［N］. 光明日报，2011-01-18（13）.

［17］李敬泽. 向理想而去：《如何讲述新的中国故事》序［N］. 文学报，2017-11-02（7）.

［18］张颐武. 如何讲好中国故事［N］. 团结报，2014-01-04（5）.

［19］李云雷. 何谓"中国故事"［N］. 人民日报，2014-01-24（24）.

［20］罗旻. 贾平凹：借《老生》给自己鼓劲［N］. 中国青年报，2014-11-04（10）.

［21］陈彦. 民族复兴需要中国精神［N］. 人民日报，2014-10-21（24）.

［22］李星. 陈彦《装台》：现实主义长篇小说的重要收获［N］. 文艺报，2015-12-25（5）.

［23］朱强. "我不想硬立布景一样的时代'背景板'"：《主角》作者陈彦谈为小人物立传［N］. 南方周末，2018-01-11（18）.

七、学位论文

［1］芦坚强. 昆明文学的地方性研究［D］. 昆明：云南大学，2016.

［2］苏喜庆. 当代关中文学场的生成与建构探源［D］. 西安：西北大学，2012.

［3］刘宁. 当代陕西作家与秦地传统文化研究：以柳青、陈忠实和贾平凹为中心［D］. 西安：陕西师范大学，2011.

［4］徐新建. 民歌与国学：民国时期"歌谣运动"的兴起与演变［D］. 成都：四川大学，2002.

［5］王艳荣. 1993：文学的转型与突变［D］. 长春：吉林大学，2012.

［6］费鹏. 新世纪长篇小说的历史想像［D］. 长春：东北师范大学，2019.

［7］李雁. 新时期文学中的乌托邦精神研究［D］. 济南：山东师范大学，2011.

［8］徐茜. 世纪之交中国"底层文学"中的底层形象研究［D］. 武汉：武汉大学，2012.

［9］张继红. 二十世纪中国文学资源与新世纪"底层文学"研究［D］. 兰州：兰州大学，2013.

［10］王学胜. "底层文学"批判［D］. 长春：吉林大学，2013.

［11］方奕. 本土化视野下的新世纪中国长篇小说［D］. 济南：山东师范大学，2010.

［12］荀羽琨. 中国现当代西北丝路文学研究［D］. 西安：陕西师范大学，2019.

［13］贾伟. 上海客：20世纪上半叶上海文学中的移民生活与文化认同［D］. 上海：上海师范大学，2016.

［14］张洁. 关中山东庄移民百年史迹与生聚现状研究［D］. 咸阳：西北农林科技大学，2012.

［15］王向然. 污名化与族群关系研究：基于西安地区河南人群的调查［D］. 北京：中央民族大学，2013.

八、工具书

［1］中国社会科学院语言研究所词典编辑室. 现代汉语词典［M］. 7版. 北京：商务印书馆，2016.

九、网络资源

［1］王小鲁. 警惕权利缺失形成"新底层社会"危险的贫富差距［EB/OL］.（2010-05-16）. https: //www.aisixiang.com/data/33690.html.

［2］别鸣. 专访作家贾平凹："我的血液里有楚文化的基因"［EB/OL］.（2016-04-25）. https://www.sohu.com/a/71554641_119861.

［3］姜妍.《钟山》评30年最好长篇小说 《白鹿原》高票第一［EB/OL］.（2010-03-31）. https://www.chinanews.com.cn/cul/news/2010/03-31/2200490.shtml.

［4］甘阳. 反民主的自由主义还是民主的自由主义？［EB/OL］.（2008-06-09）.

https: //www.aisixiang.com/data/12757.html.

［5］王春林. 陕西、山西、山东、河南四省作家比较，逐鹿中原谁最强？ ［EB/
OL］.（2020-11-10）. https: //www.sohu.com/a/430618091_475768.

［6］文学陕军. 专访叶广芩：作为陕军一员我充满骄傲和自豪 ［EB/OL］.
（2021-01-25）. http: //www.chinawriter.com.cn/nl/2021/0125/c405057-320108
13.html.

后 记

本书是在我 2023 年撰写的博士论文的基础上修订完成的。2019 年秋季，我在陕西师范大学开始了博士学习。自入学我就开始思考博士论文该写什么。在以往的研究中，我非常关注当代陕西文学，因此想通过博士论文继续这方面的研究。但我又不想仅做关于陕西文学地域性或陕西代表作家作品的研究，而是想把陕西文学置于中国当代文学这个整体性视域下进行研究。虽然有了初步的想法，但始终没有找到一个能很好地将陕西文学与中国当代文学联系起来的切入点。要找到一个合适的切入点有一定的难度，以至于在博士论文开题时我的研究思路被诸多评委质疑。博士论文开题后，我开始大量搜集查阅资料。这里我要感谢四川大学的李怡教授，他提出的"地方路径"观点给了我很大的启发。我系统地研读了李怡教授在《当代文坛》上主持的《地方路径与文学中国》专栏中的文章，有茅塞顿开之感。由此我找到了研究的切入点，就是"地方"。

文学与"地方"的关系是一个非常有意义的话题，无论是客观存在的"地方"还是文学中的"地方"，"地方"总是以种种形式与文学发生着关联，关于文学的诸多关键问题也都绕不开"地方"这个视点。"地方"比传统的"地域"更有弹性，它蕴含着更多的可能性。"地方"不仅指向地理空间，也是一种书写形式，更是一种知识、方法、路径和话语表达机制。通过"地方"进入中国文学是近年来的热潮，"地方"被评论家和作家频频使用。在评论界，有"地方路径"等观点的提出；在创作领域，有"东北文艺复兴"和"新南方写作"。由此可见,"地方"是一个历久弥新的话题,具有重要的研究价值与意义。就我的博士论文而言,"地方"就是可以关联陕西文学和中国当代文学的最合适的切入点。相关研究以地方书写为切入点,以陕西文学为样本,探讨中国当代文学的地方书写问题,探讨陕西文学和中国当代文学所包含的丰富的"地方"元素及其意义,进而探讨陕西文学作为一种地方书写与整体性的中国当代文学之间的关系,两者之间是如何借助"地方"产生互动和关联的,又是如何相互影响、相互建构的。

非常感谢我的博士研究生导师阎晶明教授。读博期间,从课程学习到日常生活,阎老师都对我关怀备至。没有他的教诲和指导,我不可能顺利确定博士论文的题目和框架,并最终完成论文的写作。在写作过程中,阎老师多次提出修改意见,使我受益匪浅。得知本书即将出版,阎老师又在非常忙碌的情况下为我撰写序言,为本书增色不少。阎老师这些年一直扎扎实实做研究,取得了丰硕的研究成果。他潜心于学问的精神令我既敬且愧,也提醒我在浮躁的时候要不忘初心。

感谢李继凯、赵学勇、田刚、程国君、袁盛勇诸位教授对我的谆谆教诲,他们在论文开题时给我提出了很多宝贵的意见,让我少走了很多弯路。感谢《大西北文学与文化》编辑部的李国平、李跃力、钟海波等老师,与他们一起办刊的经历让我收获颇多。李国平老师还认真看了我的论文,并提出了宝贵的意见。感谢我的同门程志军,他在我写作论文的过程中和我探讨了种种问题,帮我解决了不少疑惑。感谢师妹白若凡、师弟崔谦,他们在我不方便去学校的时候帮我处理了不少琐事。感谢我的博士同学们对我的关怀与帮助。感谢我的家人一直关心支持我的学业,他们永远是我前行的动力和坚实的后盾。

特别感谢我的工作单位西安外事学院为我提供科研经费,资助本书出版。

徐　翔

2025 年 6 月 1 日